파이의
시학

파이의 시학

정끝별 평론집

문학동네

책머리에

세상에서 가장 좋아하는 파이

3.14159265358979……, 이른바 원주율 π! 이 '네버엔딩'의 숫자를 들여다보고 있자면 아뜩한 황홀감에 현기증이 나곤 한다. 영원히 끝나지 않는 숫자인데, 변하지 않는 상수(常數)라니!

이 숫자는, 원의 둘레(원주)는 언제나 원의 지름의 '3.14……'배라는 걸 의미한다. 그러니까 우리가 원의 둘레를 알고 싶을 때는 지름에 3.14를 곱하면 된다. 원을 파이 조각처럼 잘라서(이 가장 작은 파이 조각의 각도는 몇 도일까?) 서로 엇갈리게 붙이면 직사각형에 가까운 모양이 된다. 이 직사각형의 넓이가 바로 원의 넓이다. 원을 잘라 직사각형을 만든다는 것은 가정일 뿐이다. 어쨌든 이렇게 완성된 직사각형의, 세로 한 변의 길이는 반지름일 것이고, 가로 한 변의 길이는 당연히 원의 둘레의 절반이 될 것이다. 따라서 원의 넓이는, 원의 둘레를 절반으로 나눈 길이에 반지름을 곱하면 된다. 정리하면, 지름$\times\pi\times\frac{1}{2}\times$반지름 $=$ 반지름$\times 2\times\pi$가 된다.

그뿐 아니다. 원이 깊이로 쑥 솟아오르거나 쑥 내려앉아서 생긴 원기둥의 겉넓이는, 윗면과 밑면을 이루는 두 원의 넓이와, 원기둥을 이루는 옆면(직사각형)의 넓이를 더해주면 된다. 참고로 원기둥의 옆넓이는 원의 둘레×높이다. 그러므로 (원의 넓이×2)+(지름×π×높이)다. 원의 부피까지는 나아가지 말자. 초등학교 6학년 수학을 넘어서니까.

지구는 둥그니까,

나의 '나와바리'는 지구다. 이 지구 한가운데를 싹둑 자른 둥근 단면을 삶이라고 하자. 그렇다면, 내 삶의 둘레는 '그때 그곳'의 시작점부터 '저기 저곳'의 끝점을 직선으로 이은, 그러니까 삶의 지름의 길이에 π를 곱하면 된다. '그때 그곳'을 탄생, '저기 저곳'을 죽음이라 부를 수 있을까? 또한 내 삶의 넓이는 '지금-여기'에서 '그때 그곳'이나 '저기 저곳'까지의 길이, 그러니까 삶의 반지름을 두 번 곱해 거기에 π를 곱하면 된다. 삶의 깊이도 마찬가지다. '너'와 '나'가 만나 이루는 두 삶의 넓이에, 그 삶의 지름과 수직적 높이에 π를 곱해서 그 둘을 더해주면 된다.

우리 삶의 둘레나 넓이나 깊이를 가늠하기 위해 필요한 삶의 좌표 혹은 기준, 그 상수가 바로 π다. 우리 삶에 3.14배를 더해주는 그 무엇! 사랑일까, 이념일까, 돈일까? 희생일까, 의지일까, 투쟁일까?

시도 둥글다면,

우리 시의 둘레나 넓이나 깊이를 헤아리는 데에 있어서도 π는 여전히 유효한 상수다. 시의 둘레는 '이 언어' 끝에서 '저 언어' 끝을 이은 언어의 지름에 π를 곱하면 된다. '이 언어'를 사물의 언어, '저 언어'를 관념의 언어라 부를 수 있을까? 그렇다면 시의 넓이는 '이 언어'에서부터 '저 언어'까지의 길이, 그러니까 시적 통찰의 반지름을 두 번 곱해 거기에 π를 곱하면 된다. 시의 깊이도 마찬가지다. '보편'과 '개인'이 만나 이루는 두 언어에, 시적 진정성과 시적 사유에 π를 곱해서 더해 주면 된다. 이렇게 보자면 우리 시의 둘레와 넓이와 깊이를 가늠하기 위한 '시적인 발견'의 상수 역시 π다. 이 π가 내게는, '시적인 것'들을 닦고 조이고 기름 치는 시학 혹은 시비평인 셈이다.

파이의 시학

우리 삶에서 시가 차지하는 역할이 딱 π만큼을 곱해주는 것이었으면 좋겠다. 우리의 시가 늘 우리 삶을 3.14배 더 길고 더 넓고 더 깊게 해주었으면 좋겠고, 시학이든 시론이든 시비평이든 그것들이 우리 시를 3.14배 더 길고 더 넓고 더 깊게 해주었으면 더 좋겠다. 시의 위의(威儀)가 날로 추락하고 있는 지금-여기에서, 시인의 아마추어리즘과 시의 골동품화가 피부로 지각될 때가 많은 지금-여기에서 나의 바람은 철 지난 낭만주의자의 아니면 고립을 즐기는 몽상주의자의 망상적 꿈일까? 그러나, 그럼에도 불구하고, 시는 우리의 삶을, 시학(시비평)은 우리의 시를, 위풍당당하고 기운생동하게 하는 그 본래적 위의와 책무를 지니는 것이라 믿어 의심치 않는다. π라는 상수처럼! 이 평론집의 제목이 '파이의 시학'인 이유다.

그리고 췌사……

제1부는 대체로 논문으로 썼던 글들이지만 시학적 성격이 강한 글이라는 점에서 함께 묶는다. 제2부는 하나의 단일한 시선으로 여러 시인들(시집들)의 시를 엮어서 쓴 글들이고, 제3부는 가뭄에 콩 나듯 썼던 시집 해설들이다. 묶어놓고 보니 앞선 평론집들을 엮어내면서 그 체제상 빼놓았던 글들도 적지 않다. 시간의 낙차를 잘 견뎌주었으면 하는 바람이다.

아무리 달리 생각해본들, 여전히 시를 쓴다는 것, 여전히 시에 대해서 쓴다는 것은, 내가 살아 있는 일이고 살아가는 일이다. 그리고 세계는 아니 진정한 한 편의 시는 결코 '씌어질' 수 없다는 것을 이 되풀이되는 쓰기를 통해 깨닫곤 한다. 그러므로 내게 시란 삶의 고통×π, 삶의 기쁨×π다.

그런 π는 내게 둥그렇고 구수한 파이와 같으니,

삶에 파이를 곱하는 시, 시에 파이를 곱하는 시비평을 꿈꾸며!

2010년 2월

정끝별

차례

제3부

해설의 둘레들=시집의 지름×π

제1부

시학의 깊이

=(비유의 넓이×2)+(구조×상상력의 높이×π)

소월시의 애매성과 모호성

민요조 리듬에 기대고 있는 소월의 시들은 절로절로 읽힌다. 그러나 그와 같은 자연스러운 읽힘 이면을 자세히 들여다보면 시적 의미가 녹록지 않은 경우가 많다. 풍경의 비밀과 삶의 비밀을 노랫가락으로 잇대놓은 그의 언어는 심연을 거느린 채, 의미에 저항하듯 의미를 버팅겨내고 있다. 보편적이고 표준어적인 의미가 자폐적인 개인 방언과 갈등할 때, 소월시에 숨겨져 있는 쓸쓸한 삶의 비애는 애매하고 모호함으로 감싸인다. 민족적 정한의 언어라는 수식 속에 깃든 지극히 주관적이고 내면적인 정한의 언어를 감지하지 못할 때 소월시는 읽어도 읽은 것이 아니다. 가장 소월다운 시의 진경은 단독자의 내면으로 체험되는 갇힌 풍경 속에서 웅숭깊게 펼쳐진다. 1925년에 상자한 시집 『진달래꽃』의 시편들은 그러한 비애의 풍경으로 가득 차 있다.

애련한 기다림의 공간, '왕십리'

「왕십리」가 그 대표적인 시이다. 서술 주체의 불투명성, 한 연에서 다른 연으로 넘어갈 때의 비약적 전환, 가정형 진술과 간접인용의 절묘한 활용, 객관적 상관물 간의 돌연한 병치 등으로 산문적인 해석을 어렵게 한다. 이런 애매성과 모호성을 높이 평가하여 「왕십리」를 김소월의 절창이라고 평가하는 이가 있는가 하면, 앞뒤가 맞지 않는 덜 여문 시라고 폄하하는 이도 있다. 시를 보자.

비가 온다
오누나
오는비는
올지라도 한닷새 왓스면죠치.

여드래 스무날엔
온다고 하고
초하로 삭망(朔望)이면 간다고햇지.
가도가도 왕십리(往十里) 비가오네.

웬걸, 저새야
울냐거든
왕십리(往十里)건너가서 울어나다고,
비마자 나른해서 벌새가 운다.

천안(天安)에삼거리 실버들도
촉촉히저젓서 느러젓다데.

비가와도 한닷새 왓스면죠치.

구름도 산(山)마루에 걸녀서 운다.

—「왕십리往十里」 전문[1)]

지금까지 「왕십리」를 해석하는 과정에서 제기된 주요 쟁점은 ① '왕십리' ② '한닷새 왓스면죠치' ③ '여드래 스무날'과 '초하로 삭망(朔望)' 등과 같은 단편적 시구에 몰려 있었다. 여기에 필자는 해석에 주요한 열쇠가 될 만한 문제로서 ④ '가도가도'의 주체는 누구인가 ⑤ 왜 '천안 삼거리'인가라는 의문을 덧붙이고자 한다.[2)]

「왕십리」는 첫 연부터 그 해석이 녹록지 않다. "비가 온다/오누나"

---

1) 『원본 김소월 전집』, 오하근 편저, 집문당, 1995. 이하 출전 동일.

2) ① '왕십리'를 어떻게 해석할 것인가?—왕십리가 동대문 밖의 지명과 연관되어 있고, 글자 그대로 '십 리를 가다'라는 의미임은 주지의 사실이다. 이러한 사실을 토대로, 왕십리의 언어적 뉘앙스와 지역적 특성에 초점을 맞춰 '먼 길 혹은 힘든 길'의 의미를 나타내는 보통명사로 해석하는가 하면, 조선의 도읍을 정하려 했던 무학대사 설화에 초점을 맞춰 '십 리를 더 가라'라는 의미로 해석하기도 하고, 서울 광희문에서 십 리 정도 떨어져 있는 지점이라는 점과 "십 리도 못 가서 발병 난다"는 옛 노랫말에 접합시켜 '십 리밖에 가지 못한다'라고 해석하기도 한다.

② '한닷새 왓스면죠치'를 어떻게 해석할 것인가?—「왕십리」의 시적 정황이 현재까지 계속해서 비가 내리고 있다는 점에는 이의가 없을 것이다. 그러나 '한닷새 왓스면죠치'라는 구절에 대해서는 내리는 비를 향해 내리는 김에 아예 한 닷새쯤 퍼부으라고 해석하기도 하고, 하루든 닷새든 오는 비 자체가 '싫기' 때문에 빨리 그치라고 해석하는가 하면, 닷새 '정도' 내리면 충분하다고 해석하기도 한다.

③ '여드래 스무날'과 '초하로 삭망'을 어떻게 해석할 것인가?—잘 읽히는 운율을 배려해 '여드래 스무날'은 28일의 도치로, '초하로 삭망'은 1일의 반복으로 해석하는가 하면, 말 그대로 8일과 20일, 1일과 15일로 보아 조수간만에 의한 조금(비가 내릴 확률이 높음)과 사리(맑을 확률이 높음)로 해석하기도 한다.

④ '가도가도'의 주체는 누구이고, 왜 가는가?—이렇다 할 논란이 되지는 않았지만 '가도가도'의 주체를 누구로 해석하는가에 따라, 시의 의미가 달라질 수 있다. '오고 가는' 주체는 '비'만에 국한되지는 않을 것이다. 이 경우 가고 또 가는 주체가 대상으로서의 '그 누군'지, 아니면 화자로서의 '나'인지가 분명치 않다.

는 현재 계속해서 비가 내리는 상황에 대한 사실 진술과 감탄 진술로 이루어져 있다. 이 행간은 깊고 깊다. 독자들은 언어화되지 않는, 그러니까 행간의 의미를 채워 넣으면서 읽어야 한다. 오는 비에 대한 화자의 주관적이면서 복잡다단한 감정은 "오는비는/올지라도"에 이르면 어쩐지 오는 비에 대해 한 수 접고 들어가는 체념적 정서가 묻어난다. 화자는 지금 오는 비에 앞으로 올 비까지를 상정해보는 것인데, '오는 비'에 대한 화자의 심정은 애매하기 그지없다.

왜 굳이 '한닷새'일까? '대략적'이라는 의미의 접두어 '한'을 거느린 이 '닷새'는, 통상적으로 비가 충분히 오고도 남을 만한 시간이다. 사실은 오는 비가 지겨워질 정도의 시간이다. 게다가 '한 사흘' 혹은 '한 나흘'보다는 '한 닷새'가 율격적 강세를 형성한다는 점에서 의미 또한 강조된다. 그러므로 '한 닷새 왔으면 좋지'는 진술 그대로 내릴 바에야 한 닷새쯤 오래 내렸으면 좋겠다는 표면적인 의미에 그치지 않고, 충분히 내렸으니 이제 그쳤으면 좋겠다는 아이로니컬한 진술로 읽힌다. 아니, 당장이라도 그만 그쳤으면 좋겠다는 의미를 비틀어서 내뱉고 있는 것으로도 읽힌다. 이렇게 보았을 때 오는 비에 대해 원망(願望)하고 원망(怨望)하는 화자의 이중적 심리상태는 더욱 증폭된다.

이 시의 애매성은 2연에서 더욱 깊어진다. 먼저 '여드래 스무날'과 '초하로 삭망'이 며칠을 뜻하는지 불분명하다. '여드래 스무날'은 음력

---

⑤ 왜 '천안(天安) 삼거리'인가?—그동안 '왕십리'에 대한 해석에는 많은 관심을 기울였지만, 정작 그 짝을 이루는 '천안'에 대한 논의는 별로 없었다. 필자는 왜 굳이 왕십리인가에 대한 의문은, 왜 천안인가 하는 문제와 함께 논의되어야 한다고 본다. '왕십리의 벌새'와 '천안의 능수버들'의 상관성 또한 마찬가지다.

박호영, 「소월시의 위상」, 『김소월 연구』, 새문사, 1983; 이승훈, 「김소월의 대표시 20편은 무엇인가」, 『문학사상』 1985년 7월호; 홍정선, 「허망한 언어와 의미 있는 언어」, 『문학과 사회』 1998년 여름호; 정끝별, 「가능한 해석체계와 열린 시 읽기」, 『작가세계』 1998년 가을호; 황현산, 「「왕십리」를 어떻게 읽어야 할까」, 『현대시학』 1999년 여름호.

스무여드렛날의 도치로, 삭망은 음력 초하루를 가리키는 동어반복으로 보는 기존의 주장을 뒤엎고, 표현 그대로 8일과 20일, 1일과 15일로 해석하는 황현산의 주장은 새롭고 분별 있다. 음력으로 8일과 20일쯤이 조금이기에 '(비가) 온다고 하고', 1일과 15일쯤이 사리이기에 '(비가) 간다고 했지'는 경험적 사실에 근거한 합당한 진술이라는 것이다.

그렇다고 음력 스무여드렛날의 도치와 초하루의 동어반복으로 해석하는 것이 틀린 해석이라고 할 수는 없다. 율독을 배려한 이러한 도치와 반복은 "갈 봄 여름 없이"(「산유화」)와 같은 구절에서도 엿볼 수 있는 소월의 시적 표현법이기 때문이다. 그러니까 스무여드렛날과 초하루로 보았을 때, 계속해서 내리는 비는 일단 장맛비를 연상시킨다. 예로부터 장마는 한 달간, 즉 음력 5월 28일쯤 시작해서 7월 1일쯤이면 끝난다고 했다. '오뉴월 장마'라 하지 않던가. 이 날짜를 염두에 두고 28일에 와서 1일에 간다고 했을 수도 있다. 이와는 무관하게 28일, 29일, 30일, 1일까지 사나흘을 계속해서 내리고 하루 더 내리면 '한닷새'가 된다. 게다가 장마 기간이 두어 달 동안 지속된다 해도, 계속해서 비가 내리는 날은 대체로 한 닷새를 넘기기 어렵다. 계속해서 내리는 비의 상한선이 바로 '한닷새'인 셈이다.

그런데 '온다고 하고' '간다고 한' 오고 가는 주체는 단순히 비만이 아닌 '무엇 혹은 누군가'를 떠올리게 한다. 흔히 비가 온다고는 말하지만 비가 간다고는 말하지 않기 때문이다. 필자의 경우 막연한 '그 무엇'보다는 구체적인 누군가, 즉 '온다고 하고 (떠나)간 사람'이 떠오르고 자연스럽게 이별의 상황이 떠오른다. 이러한 해석은 시의 정조뿐 아니라 김소월 시의 상호텍스트적 관계를 염두에 둔 결과이기도 하다.

화자는 대략 한 닷새 동안의 만남을 절박하게 기다리며 '온다고 한' 약속을 되새기고 있는 듯하다. 그러기에 '온다고 하며 (떠나)간 사람'이 편안하게 올 수 있도록 이제 그만 오는 비가 그쳤으면 하는 것이고,

어차피 오지 못할 사람이라면 '한닷새' 비라도 내려 그 핑곗거리가 되어 울적한 화자의 심사를 대신해주기를 바라는 것이다. 그렇게 보자면 온다고 하고 '간' 주체는 떠나간 '님'이고, '가도가도'의 주체는 떠나간 님을 따라 (마음이라도) 가고 또 가지만 (몸은) 여전히 왕십리에 갇혀 있는 화자이다.[3] 즉 화자는 절박한 심정으로 '온다고 한' 그 약속을 되새기며 기다리고만 있는 것이다.

그러나 온다고 약속한 사람이 올 것이라는 믿음이 화자에게는 없다. 온다고 약속한 사람의 모호한 말일 것이고 기다리는 화자의 애매한 심사일 것이다. 그 애매함과 모호함이, 오지 않을 사람을 기다리는 안타까움과 애잔함에 깊이를 더해준다. 특히 '―라고 했지'라는 간접인용 어법으로 진술함으로써 진술 내용의 신빙성 내지는 실현가능성을 약화시키고 있는 데 주목할 필요가 있다. 이 같은 어법은 '님'을 기다리고는 있지만 그가 정말 올 것인지에 대한 화자의 불확실한 믿음과 그로 인한 복잡한 심정을 효과적으로 드러내줄 뿐만 아니라, 갈 수 없음과 올 수 없음의 애절한 이별 상황을 강조하는 효과를 내고 있다. 사실 소월의 시에서 '오다'와 '가다'는 뚜렷하게 변별되지 않는다. 오는 것은 오는 것이 아니고 가는 것은 가는 것이 아니라는 점에서, 오다와 가다는 도달할 수 없음의 동의어에 불과하다. 도달할 수는 없지만, 그의 시 속의 화자들은 여전히 오고 또 간다. 그러기에 '가도가도'의 왕십리는, '기다리고 기다리는' '기다려도 오지 않는' 상징 공간인 셈이다.

의외 상황에 대한 의심, 부정, 강조를 나타내는 감탄 진술 '웬걸'에 의해 3연은 새롭게 비약한다. 비까지 오는데 새가 울고 있는 상황이 바

---

3) '가도가도'의 주체도 불분명한 데서 이 시의 애매성은 더욱 증폭된다. '가도가도'의 주체가 '님'이라면 나를 두고 누군가가 차마 못 가는 시이고, 이 경우는 떠남의 시가 될 것이다. 그러나 '가도가도'의 주체가 '나'라면 이미 떠나가버린 '님'을 따라가고자 하지만 결코 따라 '갈' 수 없는 기다림의 시, 즉 이별 이후의 시가 될 것이다. 필자는 후자라고 생각한다.

로 그것이다. 전체적인 맥락 속에서 '웬걸'은, 의외의 상황에 대한 '부정'의 강조로 해석되어야 한다.[4] 계속해서 내리는 비처럼 화자 또한 마음속으로 울고 있는데, 벌새[5]까지 우는 게 싫은 것이다. 오는 비야 어쩔 수 없다 하더라도 벌새만이라도 울음을 그쳐주길 바라는 마음이다. 때문에 '울려거든 왕십리 건너가서 울어다오'는, 기다림에 지쳐 울고 있는 화자의 마음을 더욱 부채질하지 말라는 의미인 동시에 울더라도 왕십리에서는 울지 말아다오라는 의미를 함축한다. 그런데 왜 '나른해서' 운다고 했을까. 계속되는 비(기다림)의 무게에 짓눌려 나른하다고 한 것일 게다. 다른 한편으로는 계속되는 비(기다림)의 무게를 기꺼이 받아들이고 있는 듯도 하다. 나른하게 우는 벌새의 울음이야말로 화자의 애련함을 더욱 북돋운다.

4연에서 주목할 부분은 '천안 삼거리 실버들'이다. 천안은 왕십리와 지리적으로 멀다. 삼남대로의 분기점이자 사통팔달의 육로로, 오고 가는 교통의 요지이자 사람들이 모여드는 유흥의 공간이기도 하다. 게다가 우리 민요(흥타령)에서 "천안 삼거리 휘휘 늘어진 능수버들"은 "님 만나 보겠네"라는 구절로 이어지며, 님과의 상봉을 위해 한껏 물이 오른 요염한 여인네를 연상케 한다. 그렇게 보자면 님 만나 보겠다는 '천안 삼거리 실버들'은, 님의 부재 속에서 울고 있는 '왕십리 벌새'와 대조되는 상관물이다. 하늘이 편안하다라는 '천안(天安)'의 한자적 의미

---

4) 이 '웬걸'은, 비가 그쳐 새가 울고 있는 뜻밖의 전환 상황에 대한 강조적 '감탄'일 수도 있다. 상식적으로 비가 오는 동안에는 새가 날지도 않고 울지도 않는다. 비가 그쳐야 새가 날고 울기 때문이다. 이때 새의 울음은 '노래'를 의미하는 긍정적 의미를 띠게 될 것이고, '저 새'라도 이 기다림의(비가 내리는) 왕십리를 벗어나길 바라는 화자의 마음이 투사된 것으로 해석할 수 있다. 또한 기다림에 지쳐(왕십리에 갇혀) 울고 있는 화자의 정서와 맞지 않기 때문에 왕십리 건너가서 울어달라고도 해석할 수 있다.

5) 벌새가 들새라는 장철문의 해석은 주목할 만하다. '벌'이 넓고 평평하게 생긴 땅을 지칭하는 우리의 옛말인바, 이 시가 창작되었던 1920년대의 언어 환경을 고려한다면 타당한 해석이다. 장철문, 「김소월 「왕십리」를 다시 읽는다」, 웹진 '문장' 2006년 3월호.

는 긍정적이고, '촉촉히'(촉촉이) 젖어 늘어진 실버들의 이미지는 에로틱하다. 왕십리와는 달리 천안 삼거리에 지금 막 비가 그쳤다고 생각한다면, 이러한 해석은 더욱 그럴듯해진다.

그러나 간단치만은 않다. 강조의 의미를 지닌 '도'라는 조사 때문이다. 계속해서 내리는 비가 왕십리뿐 아니라 천안까지 내린다고 해석할 수도 있기 때문이다. 이때 천안까지 내리는 비는, 벗어날 수 없는 막막한 기다림과 그 기다림에 묶여 있는 화자의 존재상황을 부정적으로 강조하는 역할을 한다. 그러니 왕십리를 벗어난다 해도 결과는 같을 뿐이다. '가도가도' 왕십리이고, 천안도 왕십리일 뿐이다. 빗속에 울고 있는 왕십리 벌새처럼, 천안의 실버들조차도 비를 맞아 늘어져 있음을 강조한 것이다. 그러므로 '촉촉히 젖어서 늘어졌다데'라는 구절은 왕십리 밖 천안까지 비가 내리고 있기 때문에 이 지루하게 내리는 비가 영영 그칠 것 같지 않다는 의미로 해석해야 할 것이다. 이때 '촉촉히'라는 부사 역시 화자의 처연한 심정을 더욱 강조하는 것이리라.

마지막 행 '구름도 산마루에 걸려서 운다'에서, '도'라는 조사와 '운다'라는 현재형 진술을 통해 화자의 애련함은 더욱 강조된다. 이 '도'에 의해, '우는' 행위는 화자로부터 화자의 객관적 상관물들인 '벌새'와 '실버들'과 '구름'으로 전이되고 있다. 구름이 산마루에 걸려 있다는 것은 왕십리에 여전히 비가 내리고 있음을 강조한다. 비가 그칠 기미가 보이지 않는 현재의 상황을 거듭 강조하고 있다. 그렇기 때문에 '가도가도 왕십리'이다. 비가 내리는 동안 화자는 왕십리로부터 벗어날 수 없고 온다는 사람은 오지 않고, 그렇기 때문에 비가 내리는 동안 화자는 기다림으로부터 벗어날 수가 없는 것이다.

그렇다면 제목을 비롯해 시의 본문에서 두 번이나 반복되는 '왕십리'를 어떻게 해석해야 할까. '왕십리'는 글자 그대로 '십 리를 가다'라는 의미를 함축한다. 게다가 '왕십리'라는 고유명사가 주는 지역적 특성과 언어가 주는 뉘앙스는 독특하다. 옛날 왕십리는 서울 도성에서 십 리쯤 떨어진 곳으로 비가 오면 질척거리기로 유명한 곳이다. 화자는 가도 가도 계속해서 내리는 비와, 한없이 질척거리는 이 왕십리를 절대로 벗어나지 못한다. 그러기에 '왕십리'에 내리는 비는 참으로 묘연하다. 사물에 젖어드는 속성 때문에 '님'을 떠올리게 하고, 그 '님'이 쉽사리 돌아오지 않을 듯해 울게 하고, 그 님을 더욱 오지 못하게 하는 결정적인 장애요인이 되기도 한다. 화자의 안타까운 내면을, 결코 벗어날 수 없는 그 애련의 심연을 두드러지게 한다. 이때 고유지명으로서의 왕십리는 시인의 심리적 공간으로 전환되면서, '한없는 기다림' 혹은 '가도 가도 벗어날 수 없는 기다림에의 유폐'라는 의미로 보통명사화된다. 그러기에 끝 행을 '가도가도 왕십리 비가오네'처럼 현재진행형으로 처리한 것이며, 여전히 내리는 비에 대한 객관적 서술로 마무리한 것일 게다. 즉, 영원한 현재진행형으로 울고 있는 화자의 내면을 비유한 것일 게다.

특히 갈 '往'의 의미와 사방으로 트인 '十'자는 헤맴과 옴짝달싹 못하는 유폐의 느낌을 강화시킨다. 『시경』에서 왕(往)과 왕(王)은 혼용해 쓰인다는 걸 굳이 언급하지 않더라도, 왕(往)자는 우두머리, 최고라는 왕(王)을 환기시켜, 십 리 중의 십 리, 즉 '최고로 먼 길 혹은 최고로 힘든 길'이라는 심리적 거리로서의 의미를 강화시켜준다. 이는 김소월이 자주 사용하고 있는 삼수갑산, 영변, 정주 곽산, 금강 단발령 등을 비롯하여 「왕십리」의 4연에도 등장하고 있는 '천안'처럼, 고유지명을 보통명사화하고 있다는 점과도 연관된다.

필자에게 「왕십리」는 기다림의 시, 한없는 기다림의 애련을 노래한 시로 다가온다. 앞뒤가 맞아떨어지는 계산된 언어가 아닌, 그 애련을 체화시킨 직관의 깊이로, 그 깊이의 애매모호함으로 '노래'하는 시 말이다. 이 시에서 사용된 비유적 상관물, 예를 들면 '비' '벌새' '실버들' '구름'과 같은 상관물들이 사랑의 이미지를 환기하기 때문이기도 할 것이며, '울음' '나른함' '젖음' '늘어짐' 따위의 시어들이 애절한 슬픔이라든가 이별의 비극적 정서를 환기하기 때문이기도 할 것이다. 또한 각 행의 서술어, '왓스면죠치' '-(하)다고' '-했지(했다데)' 등이 무언가 닿을 수 없는 곳을 향한 간접적인 바람 혹은 체념, 원망(願望) 혹은 원망(怨望)의 느낌을 강화시켜주기 때문이기도 하다. 그러기에 올지도 안 올지도 모르고, 왔어도 금세 가버릴, 그리하여 마냥 기다릴 수밖에 없는 기다림의 애한이 느껴지는 시이다.

겨운 봄날의 사랑과 사랑의 그늘

소월시의 묘미는 대체로 이러한 애매모호한 감정의 깊이에 그 뿌리를 두고 있다. 「널」 또한 그러한 시편들 중 하나다.

> 성촌(城村)의 아가씨들
> 널뛰노나
> 초파일이라고
> 널을 뛰지요
>
> 바람 불어요
> 바람이 분다고!
> 담 안에는 수양(垂楊)의 버드나무
> 채색(彩色)줄 층층 그네 매지를 말아요
>
> 담 밖에는 수양(垂楊)의 늘어진 가지

늘어진 가지는
오오 누나!
휘젓이 늘어져서 그늘이 깊소.

좋다 봄날은
몸에 겹지
널뛰는 성촌(城村)의 아가씨네들
널은 사랑의 버릇이라오

—「널」 전문

이 시는 훔쳐보는 사랑의 역학관계를 그네와 널 놀이의 흥겨움 속에 담아내고 있다. 초파일의 성촌이라는 축제의 시공간에서, 살랑살랑 불어대는 봄바람을 가로지르며 널과 그네를 노는 아가씨들은 흥에 겨운 사랑의 이미지를 고취한다. 특히 그러한 풍경을 훔쳐보는 화자(사춘기 소년)의 시선과 어조는 그 흥겨움을 더욱 들뜨게 한다. 그러나, 부정적 감정주의에 빠져 있고 개인적 고통이 초월적으로 승화되지 못한 시라는 또다른 지적도 있다. 이 시가 애매모호한 주관적 감정주의에 빠져 있다는 지적은 일견 타당하다. 애매모호함과 주관적 감정주의가 해석적 난맥을 이루기 때문이다. 그러나 필자에게는, 바로 이 부분이 시적 울림의 원천으로 다가온다. 시의 흥겨움 뒤에 숨겨진, 그늘을 향해 있는 쓸쓸한 단독자로서의 비애와 시의 깊이가 느껴진다고 할까. 이 시의 묘미는 겨운 봄날의 사랑과, 그 뒤에 숨겨진 사랑의 그늘과, 그 그늘을 훔쳐보며 사랑에 눈떠가는 화자의 내면을 모호하게 뒤섞어놓고 있다는 데 있다.

때문에 대립과 통합에 의한 동적인 유동성과 정적인 균형감 또한 절묘하게 그려내고 있다. 그 대립과 통합의 축은 참으로 다양하다. 첫째,

사랑의 메타포인 '널'이나 '그네'라는 소재 자체가 오름(상)/내림(하), 이쪽/저쪽의 역학적 운동을 내포한다. 둘째, 시의 배경이 되는 시공간 또한 경계의 속성을 강하게 부추긴다. 성(聖)과 속(俗)이 혼재하는 '초파일'이라는 축제의 시간은 갇힌 것이 풀려나오고 가치의 전도가 공식적으로 용인된다. '성촌' 또한 성(城)의 안팎으로 경계지어진 성의 내부 공간이다. 셋째, '담'을 경계로 담 안에는 수양의 버드나무가 심겨 있고 담 밖으로는 가지가 그늘 깊이 늘어져 있다. 한 뿌리에서 난 한 몸이, 안과 밖을, 빛과 그늘을 거느리고 있는 셈이다. 넷째, 봄날을 향한 화자의 정감적 표현인 '좋다'와 '겹지'라는 중심 술어들도 오묘하다. 직접적인 진술인 듯 에두른 진술이고, 반대어인 듯 유의어다. 다섯째, 화자 또한 경계의 존재성을 띠고 있다. 어린이도 아니고 어른도 아닌 화자는 십대쯤의, 누이의 남동생으로 추정된다. 어조 역시 소년에서 어른으로 넘어가는 정서적이고 심리적인 울렁임을 십분 담아내려는 듯, 그야말로 겹다. 길고 짧은 문장의 어우러짐, 다양한 종지법으로 인한 고양(영탄과 부름)과 이완(명령과 진술)의 조화, 외면적인 경쾌함과 이면적인 비극성의 맞물림은 어조의 역동성을 강화시켜준다. 이런 모든 대립항을 넘나들고 아우르고 매개하는 촉매제가 바로 '바람'이다. '바람났네'라는 말을 떠올리게 하는 '바람'의 이미지는 봄날과 사랑의 흥겨움과 들뜸과 자유로움을 강화시킨다.

소월의 많은 시가 그렇듯 이 시에도 해석적 쟁점이 될 만한 요소들이 많다. ① '채색줄 층층 그네' ② '그네를 매지 마라' ③ '누나'와 '그늘' ④ '널은 사랑의 버릇' 등의 해석적 의미들이 그렇다. 이런 의문점들을 안고 시 속으로 들어가보자.

1연은 그다지 문제가 되지 않는다. 성촌은 성안의 마을이라는 일반명사에서 비롯된 고유명사로 보는 것이 타당하다. '성촌의 아가씨들' 중의 하나인 누나는, '성' 안의 마을과 '담' 안의 집이라는 두 겹의 단힌 공간에 갇혀 있다. 초파일은 이렇게 닫혀 있던 문들이 공식적으로 열리는 날이다. 널을 뛰면서 집 밖을 훔쳐볼 수 있고, 그네를 타면서 성 밖을 훔쳐볼 수 있다. 무엇보다 널이나 그네를 뛰기 위해 '밖'으로 나갈 수도 있을 것이다. 은폐되고 금지되었던 것들, 특히 남녀 간의 사랑을 발현할 수 있는 절호의 기회일 것이다. 초파일날'이라고'(원인이나 이유를 나타내는 보조사) 널을 뛴다는 구절에서도 공식적인 바람나기를 즐겨보려는 심리는 잘 드러난다. 성촌이라는 공간도 아가씨들의 세련됨과 널(그네)놀이의 화려함을 배가시켜준다.

2연에서부터 의미가 꼬이기 시작한다. 초파일에 부는 바람은 덥지도 않고 춥지도 않다. 그런 의미에서 산들산들 부는 봄바람이고 사랑을 부추기는 바람이다. 그런데 '바람이 불어요'와 '바람이 분다고!'의 사이에는 깊은 골이 파여 있다. 1행이 바람 부는 사실에 대한 감탄이 깃든 객관적 진술이라면, 2행은 바람이 부는 사실에 대한 화자의 놀람과 걱정과 경계가 깃든 강조적 진술이다(「왕십리」의 "비가 온다/오누나"와 유사한 전개방식이다!). 1행의 바람이 봄바람 그 자체를 지시한다면, 2행의 바람은 춘정(春情)을 부추기는 사랑의 메타포로서의 바람을 지시하는 듯하다.

어쨌든 '바람'은 부는데 수양의 버드나무는 담 안에 있다. 수양이라는 이름도 그러하지만, 일반적으로 버드나무는 그 질감과 실루엣이 부드럽고 유연하여 여성을 상징한다. 누나의 객관적 상관물이라 할 수 있다. 먼 길 떠나는 이에게 꺾어주는 버드나무 가지는 이별과 기다림을 상징한다. 그런 맥락에서 보자면 이 시에도 이별과 기다림의 분위기가 암시되어 있다. 한데 대체로 담 밖에 있어야 할 수양 버드나무가 담 안에 있다는 사실은 주목을 요한다. 예로부터 버드나무는 소양(消陽)작용 때문에 자손이 귀한 집은 물론, 머리를 풀어헤친 여자의 형상이라 불행한 일이 생긴다고 하여 특히 집 안에는 심지 않았다. 그렇다면 왜 담 안의 버드나무일까? 사랑의 메타포로서의 바람을 피하기(막기) 위해서? 담 안에 갇혀 있는 누나의 상황을 비유하기 위해서? 이별이나 기다림을 비롯한 누나의 불행을 강조하기 위해서?

설상가상의 난제는 '채색줄 층층 그네'이다. 필자의 무지 탓도 있겠지만, 층층 그네가 무엇인지는 분명치 않다. 굳이 머리를 짜내자면 한 나뭇가지에 그네를 나란히 매거나, 한 나무의 다른 가지에 그네들을 매거나, 그것도 아니면 두 명이 층층으로 탈 수 있도록 사다리처럼 그네를 매달거나, 그넷줄을 색색으로 매듭(연령에 따라 높이를 달리한 매듭을 붙잡고 그네를 뛰지는 않았을까)지어 매단 그네가 아닐까 짐작해보기는 하나 불확실하다. 어쩌면 그네를 타는 이의 복합적 욕망이 쌓인 심리적인, 혹은 사랑하는 두 사람이 껴안고 있는 육체적인, 사랑의 메타포로서의 그네일지도 모르겠다.

아무튼 화자는 다층적인 사랑의 욕망을 현시하거나 부추기는 그 층층 그네를 매지 말라고 한다. 그러나 그 금지의 타깃이 '담 안'에 있는 것인지, '수양의 버드나무'에 있는 것인지, '채색줄 층층 그네'에 있는 것인지는 모호하다. 앞서도 언급했듯, 규방 아가씨들의 바깥나들이를 합리화시키는 명분을 주기 위해서라도 그네는 마을 어귀 큰 느티나무나 소나무 등의 굵은 가지에 매는 것이지 담 안에 매는 것은 아니다. 휘휘 늘어진 수양의 버드나무 가지에는 더더욱 그네를 매지는 않는다. 또한 특이한 형태의 그네이든 사랑의 메타포로서의 그네이든, 채색줄 층층 그네는 위험할 것이다. 그러니 위의 세 가지 모두가 금지의 대상이 될 수 있다.

애매함과 모호함의 난맥은 3연에서 그 절정을 이룬다. 담 안에 심긴 수양 버드나무의 가지가 담 밖으로 뻗어나가 늘어져 있다. 화자는 그 가지를 누나로 인식한다. '오오'라는 감탄사를 앞세운 이 '누나'의 출현은 돌연하다! 그러고는 그 늘어진 가지의 그늘이 깊다고 한다. 일반적으로 '누나'는 소월시뿐 아니라 우리 현대시에 자주 등장하는 어머니이자 이모이자 애인으로서의 여성성을 지닌다. 남자아이가 성(性)에 눈뜰 때 가장 가까운 존재인 누나를 매개로 하는 경우가 많다. 십대로 짐작되는 화자 또한 누나에게 야릇한 감정을 품고 있는 듯도 하다.

문제는 '그늘'의 의미를 어떻게 해석하느냐에 있다. 품이나 기억이라는 긍정적 의미로 읽을 수도 있고, 상처나 수심이라는 부정적 의미로 읽을 수도 있기 때문이다. 먼저 긍정적 의미로 해석해보자. 어린 화자는 담 밖으로 늘어진 수양의 가지가 봄바람에 흔들리는 모습을 보며, 누나가 타던 그네의 흔들림을 연상했을 것이다. 그러나 누나는 사랑(결혼)을 찾아 떠났고 지금 여기에 부재한다. 그때의 늘어진 가지는 누나를 향한 애틋하고 아련한 추억을 환기시킬 것이고, '그늘이 깊다'는 누나를 향한 화자의 그리움이 깊다는 의미가 될 것이다.

그렇다면, 바람에 흔들리는 늘어진 수양의 가지를 보면 봄바람 속에서 그네 타던 누나의 모습이 연상되기 때문에 수양의 버드나무에 그네를 매지 말라는 것일까? 담 밖에서 널(그네)놀이를 하는 성춘의 아가씨들이 누나의 과거 모습이라면, 성춘의 아가씨들은 누나의 부재와 그리움을 더욱 절실하게 한다. 누나의 부재로 인한 화자의 그리움을 강조하는 맥락에서의 해석이다.

'그늘'을 부정적 의미로 해석해보자. 담 안에 있는 수양의 버드나무가 누나의 현재를 비유한다면 그 의미는 다르게 읽힌다. 누나는 지금 무슨 사연인지는 알 수 없으나 담 안에 있다. 초파일인데도 널을 뛸 수도 없고 그네를 탈 수도 없으니, 어쩌면 사랑(결혼)에 실패한 듯도 하다. 아니면 그런 마음으로 누군가를 기다리고 있을 수도 있겠다. 이때 담 밖에서 널(그네)놀이를 하는 성춘의 아가씨들은 누나와 대비되는 상황을 구축한다. 마치 사랑하기 전과 후, 결혼 전과 후, 사랑의 기쁨과 슬픔을 대비적으로 보여주는 것처럼.

이렇게 보자면, 담 밖으로 '휘젓이(휘청이듯)' 늘어진 가지가 거느린 '그늘'은 담 안에서 누나가 감내하고 있을 사랑의 상처이자 불안이다. 상심이자 기약 없는 기다림이다. 수심 깊은 누나의 그늘은 화자의 근심과 불안을 유발하는 부정적 상황인 셈이다. 필자는 수심으로 해석하는 것이 시의 의미가 웅숭깊어진다고 생각한다. 사랑의 실패로 인한 누나의 상심이어야 누나를 흠모하면서 성(性)에 눈떠가는 화자를 더욱 들뜨게 하고 고통스럽게 할 것이다. 자신의 이상형인 누나가 다른 남자를 그리워할 때 화자는 위기를 느낄 것이다. 누나가 떠날까봐 두려워 자꾸 담장 주변을 배회하고, 담장 너머를 향해 깊어가는 누나의 수심을 안쓰러워할 것이다. 그러한 위기의식과 두려움과 걱정이 바로 2연의 '바람이 분다고!'라는 놀람의 외침을 가져온 것일 게고, 그네를 매지 말라는 청유형의 명령을 가져온 것일 게다.

4연에서는 다시 '널'로 돌아온다. '좋다'는 단독의 감탄사이기도 하고 연이은 '봄날은'에 호응되는 도치된 평서문의 술어이기도 하다. 또한 다음 행 '몸에 겹지'의 원인이 되기도 하는데 이때의 의미는 '봄날이 좋아서 몸에 겹지'가 될 것이다. 그러나 이 '좋다'를 '몸에 겹지'와 호응되는 도치된 술어로 볼 때, '봄날이 몸에 겨워서 좋다'는 의미로 읽힌다. 감정이 동(動)하여 억제할 수 없는, 그야말로 몸에 겨운 봄 사랑을 일갈해내는 술어인 셈이다. 그러나 3연의 '그늘'을 염두에 두고 읽을 때 '좋다'는 직설적 진술로만 읽히지 않는다. 봄날의 겨움이 부담스럽기도 할, 봄날의 겨움에 선뜻 동승할 수 없는, 사랑의 그늘이 간직한 불안과 초조가 읽히기 때문이다.

화자의 이러한 이중적 심사는, 이 시의 절정을 이루는 "널은 사랑의 버릇이라오"라는 구절에서도 드러난다. 이 구절은 절묘하다. 사전적 의미의 버릇은, 여러 번 거듭하여 저절로 굳고 몸에 밴 행동, 성질, 습관 등을 일컫기도 하며 마땅히 지켜야 할 예의를 지칭하기도 한다. 물론 여기서는 전자의 의미로 쓰였을 것이다. 그렇다면 널과 사랑의 버릇은 어떻게 연결될까? 널이나 사랑은 젊은 여성들이 즐기는 것이고, 담 너머 세상이나 새로운 관계에 대한 호기심의 시적 발현태라는 점에서 그 유사성을 찾을 수 있다. 그리고 사랑이 만남과 이별을 되풀이하듯, '널'('그네'도 그렇다!) 또한 상승과 하강, 전진과 후퇴, 반복적 리듬이 몸에 밴 육체적 사랑의 행위를 암시한다는 점에서 '사랑의 버릇'과 연결된다.

"널은 사랑의 버릇이라오"라는 단정적 마무리에서 이 시의 묘미는 더욱 깊어진다. 화자가 간직한 누나(의 사랑)에 대한 태도가 양가적이기 때문이다. 화자의 정서는 그리움과 안쓰러움의 사이, 열망과 위로의 사이를 오간다. 이 시를 사랑의 흥겨움 뒤에 가려진 상처 혹은 어두움에 초점을 맞추어 읽어내려왔다면, 사랑에 빠진 혹은 사랑의 상처를 간직한 누나를 바라보는 화자의 심정은 양가적일 수밖에 없음을 눈치챌 것이다.

사랑이 버릇에 불과하다면 그것은 사랑에 대한 모독이다. 그러나 버릇처럼 사랑을 할 수 있다면 그것은 사랑의 이상일 것이다. 사랑을 버릇이라고 폄하하고 싶은 어린 화자의 두려움과, 사랑을 버릇이라고 수락하고 싶은 선망이 동시에 느껴지지 않는지. 사랑에 대한 경원(敬遠)의 감정이 읽히지 않는지.

봄날과 봄날의 사랑이 좋아서 몸에 겨울 때, 봄날과 봄날의 사랑이 몸에 겨워서 좋을 때, 그 겨움은 사랑의 버릇에 의지해 발산된다면? 사랑의 버릇에 의지해서라도 발산되어야 한다면? 사랑이 버릇이라니! 소월의 놀라운 통찰이다. 사랑의 겨움이 그늘을 거느리고 다스릴 때 겨움의 깊이는 심연에 가까워질 것이다. 게다가 그 겨움을 누군가가 애정 어린 눈으로 훔쳐보고 있다면?

아브젝시옹(abjection)의 상상력

— 서정주의 『질마재 신화』를 중심으로

『질마재 신화』가 놓인 자리

미당의 대표시집을 꼽으라면 많은 사람들이 『질마재 신화』(1975, 일지사)를 꼽는 데 주저하지 않는다. 민중적 삶의 생생하고 구체적인 재현이라는 의미에서 탁월한 민중문학의 한 사례라는 점, 『신라초』와 『동천』에서 보여주고 있는 모호한 신비주의를 한껏 넘어서고 있다는 점, 전통적 농경사회 기층민의 가난문화에 대한 시적 탐구와 재현을 통해 빼어난 사회사가(社會史家)로서의 모습을 보여주고 있다는 점, 독특한 산문형식으로 부족 방언 마술사의 솜씨를 발휘하여 문학적 박력을 펼쳐 보이고 있다는 점, 후속 시업을 지속적으로 영위하도록 하는 계기가 되어주고 있다는 점 등을 들어 유종호는 『질마재 신화』를 '획기적인 시집'이라고 피력한 바 있다.[1)]

김우창도 『질마재 신화』를 '농촌적 심리의 있는 그대로의 모습을 하

1) 유종호, 「소리지향과 산문지향—미당시의 일면」, 『작가세계』 1994년 봄호; 유종호, 「서라벌과 질마재 사이」, 『서정적 진실을 찾아서』, 민음사, 2001.

나의 신화(샤머니즘적 신화)에 투영해 보여주고 있는 시집'이라고 평가했다. 그가 미당시의 배면에 깔려 있는 사회적이고 심리적인 억압과 그 욕망의 형이상학적 발견을 통찰하면서 미당시를 '이존책(以存策)'으로서의 굽음의 실천철학이라든가 욕망의 형이상학으로 명명했을 때, 상당 부분이 『질마재 신화』에 해당하는 것이었다.[2] 김지하 또한 『질마재 신화』에는 일상성과 무궁성이 통하고 땅에서 직접 하늘과 통하는 민중들이 가진 '놀라운 그늘'이 있으나 그 그늘에는 한(恨)이 쌓이지 않았다고 지적한 바 있다.[3] 김지하가 지적한 '그늘'이란 카오스적이면서 코스모스적이고, 음이면서 양이고, 어둠이면서 빛인 세계로서, 『질마재 신화』에 펼쳐진 독특한 혼융의 세계를 암시하는 단어라는 점에서 주목해볼 만하다.

시집 제목에서부터 시사하고 있지만 『질마재 신화』의 시편들에는 유난히 '신(神)이 된 사람들' 얘기가 많다.[4] '사람이 무얼로 어떻게 신(神)이 되는가'[5]의 구현담이라 할 수 있다. 이 구현담은 물론 김우창의 지적대로 '샤머니즘적 신화'에 해당할 것이다. 이렇듯 『질마재 신화』에 신이 된 사람들 이야기가 많은 까닭은, 미당 자신의 시구절을 빌려 말해보자면, "너무나 지나치게 사람들의 마음이 형이상학적"(「김유신풍金庾信風」)이기 때문이고, "신라 때부터의 한결같은 유원감(悠遠感)"(「지연승부紙鳶勝負」)을 간직하고 있기 때문이다.

질마재 사람들이 간직한 '형이상학적' '유원감'의 뿌리는 자연과 혼

---

2) 김우창, 「구부러짐의 형이상학」, 『궁핍한 시대의 시인』, 민음사, 1977.

3) 김지하, 『흰 그늘의 길』 3, 학고재, 2003, 296쪽

4) 직접적으로 '신(神)'이라는 시어가 등장하는 시편들로는 「이삼만李三晩이라는 신神」 「신선神仙 재곤在坤이」 「눈들 영감의 마른 명태」 「김유신풍金庾信風」 「풍편風便의 소식」 등이 있으며, 질마재 사람들의 신이(神異)한 행적들은 시편들마다 편재해 있다.

5) "질마재 사람들 중에 글을 볼 줄 아는 사람은 드물지마는, 사람이 무얼로 어떻게 신(神)이 되는가를 요량해 볼 줄 아는 사람은 퍽 많습니다". (「이삼만李三晩이라는 신神」)

연일체가 된 주체들의 비일상성과 신화성, 그리고 심미성에서 찾을 수 있다. 미당은 질마재 사람들을 유자(儒者), 자연주의파, 심미파로 구분한 바 있다.[6] 그가 관심을 가졌던 사람들은 자연주의파와 심미파다. 유자적 삶에서 보자면, 자연주의적이고 심미적인 육체의 삶이란 방탕하고 분별없고 더럽고 자기 파괴적인 것이기 십상이다. 그러나 질마재의 자연주의파와 심미파 들은 미당이 펼쳐놓은 한바탕의 신명(神明)난 '고운 숨의 무더기' 속에서 신화적 인물로 되살아난다. 그 생생한 신화에는 가난하지만 죄를 모르는, '햇빛 다음으로 질긴 전통'을 따라 살아가는 질박한 삶이 고스란히 담겨 있다.

이 '고운 숨의 무더기'와 질마재 사람들의 삶 사이에는, 마치 예술과 삶 사이의 중간 지대에 속하는 '틈'이 존재한다. 사실상 삶 자체이지만 설화적 유희정신으로 무장된 경계지점이다. 그 '틈'에서 질마재 사람들은 신이 되곤 한다. 그러므로 그 경계야말로 모든 공식적인 제도나 인습 그리고 권위로부터 해방된, 말하자면 '신화적 삶'의 무대일 것이다. 이런 질마재의 신화담은 아브젝시옹(abjection)[7]의 육체성을 통해

---

6) 서정주, 「질마재」, 『미당 자서전』 1, 민음사, 1994, 11, 44, 55쪽.

7) 'abjection'은 비천함, 비천체, 혹은 내쫓음, 거부, 배출 등의 의미가 함의된 추방작용으로 쓰인다. 이 아브젝시옹은 오이디푸스화된 '깨끗하고 적절한 몸'에 저항하는 '비천한 대상(the abject: 눈물, 침, 똥, 오줌, 토사물, 점액 등)'을 통해 구현된다. 이를 통해 아브젝시옹의 주체는 이미 구성된 자신의 정체성이나 육체적 경계선들을 의심하고 공격한다. 크리스테바에 따르면 '원초적 어머니(화된 육체성)'는 아브젝시옹의 주체에게 하나의 대상(objet)으로서가 아니라 '매혹과 반발이 뒤섞인 비천한 대상(abject)'으로 나타난다. 비참과 더러움이 불러일으키는 통쾌함과 그 정화작용은 상징적 질서에 대한 거부와 저항으로서 의미를 갖는다.

아브젝시옹의 방법론 및 그 현상학적이고 정신분석적이고 언어학적인 구체적인 논의는 줄리아 크리스테바의 『공포의 권력』(서민원 옮김, 동문선, 2001)을 참조하고, 작품 읽기의 실례로는 김승희의 「이상시 연구 — 말하는 주체와 기호성記號性의 의미작용을 중심으로」(서강대학교 박사논문, 1991)와 「김춘수 시 새로 읽기 — Abjection, 이미지, 상호텍스트성, 파쇄된 주체」(『시학과 언어학회』, 시학과언어학, 2004)를 참조할 것.

구현된다.

아브젝시옹은 먼저 분리의 논리를 교란하는 기능을 한다. 신과 인간을 포함해 삶과 죽음, 식물과 동물, 육체와 영혼, 건강과 질병, 주체성과 타자성과 같은 모든 분리의 경계들이 똥, 오줌, 피 따위의 비천한 대상들에 의해 와해된다. 입과 항문을 통해 들고 나는 배출물은 배제되고 위협적이며 제거해야 할 오물이다. 오물은 분리의 질서를 오염시키는 강력한 위력을 지닌다. 더러움, 비천함, 혐오스러움은 정결한 것들이 수립해놓은 분류질서를 섞어놓고 뒤바꿔놓기 때문이다. 더럽고 비천하고 혐오스러운 것은 상징체계라는 고유한 계급화의 질서에 복종하지 않기 때문에 더럽고 비천하고 혐오스러운 것이다. 이 부정(不淨)에 의한 부정(否定)은, 인간에게 강요된 터부에 대한 부정이기도 하다. 신격화된 '아버지의 이름', 즉 라캉의 상징계를 부정(不淨)의 힘으로 부정(否定)함으로써 모든 '정(正, 定, 貞, 淨)/부정(不正, 不定, 不貞, 不淨)'의 경계를 무너뜨리려는 것이다.

미당의 시에서 비천함의 상상력은 이러한 정/부정의 불가분성, 즉 비분리의 혼융구조에 의해 구축된다. 또한 '더러움'의 이름으로 터부시되었던 혐오의 범주들, 이를테면 음식물, 똥오줌, 피, 성교, 재(시체) 등에 의해 '몸'을 근간으로 하는 육체성으로 구현된다. 신의 특성인 성스러운 것과 인간의 특성인 더러운 것들의 차이를 뒤섞기 위한 위반과 전도의 범주들인 셈이다. 이 범주들은 각각의 논리와 특성을 가질 뿐만 아니라 서로 교차하기도 한다. 또한 융합의 자리, 즉 자연으로서의 '어머니화된 육체'로 귀환함으로써 그 결정적 의미론을 갖게 된다.[8] 이 어머니화된 육제는 상징계의 모든 질서들(즉 권력, 윤리, 도덕, 권위, 질서, 절대의 신성(神性))에 대항하는, 타자화된 신성 혹은 샤머니

8) 정신분석학은 인간의 가장 오래된 분리작용을 '어머니 육체와의 분리'라고 본다. 이 분리작용이 곧, 아버지의 이름으로 상징되는 '상징계'로의 진입과정이기도 하다.

즘적 신성의 다른 이름이기도 하다. 출산하고 월경하는 오염된 모성적 육체 내부로의 귀환은 폭식과 폭음, 똥오줌, 성행위와 피, 재와 주검 등의 아브젝시옹을 통해 '차이화된' 신성을 부여받게 되는 것이다.

폭식과 폭음을 통한 음식물의 환상성

음식물에 대한 혐오는 오래된 형태의 아브젝시옹이다.[9)] 초월적이고 금욕적인 세계관은, 먹고 마시는 일로부터 모든 긍정적 가치를 제거해 버리고 먹고 마시는 행위를 죄 많은 육체의 슬픈 필요로만 여기게 한다. 먹고 마시는 행위가 부정되는 한, 폭식이란 가장 상스러운 추태일 수밖에 없다. 그러나 『질마재 신화』에는 음식과 관련된 흥겨운 상상력이 자주 등장한다.

〈눈들 영감 마른 명태 자시듯〉이란 말이 또 질마재 마을에 있는데요. 참, 용해요. 그 딴딴히 마른 뼈다귀가 억센 명태를 어떻게 그렇게는 머리끝에서 꼬리끝까지 쬐끔도 안 남기고 목구멍 속으로 모조리 다 우물거려 넘기시는지, 우아랫니 하나도 없는 여든 살짜리 늙은 할아버지가 정말 참 용해요. 하루 몇십 리씩의 지게 소금장수인 이 집 손자가 꿈속의 어쩌다가의 떡처럼 한 마리씩 사다 주는 거니까 맛도 무척 좋을 테지만 그 사나운 뼈다귀들을 다 어떻게 속에다 따 담는지 그건 용해요.

---

9) 크리스테바는, 음식물은 인간과 신 사이를 최초로 분할하는 수단으로 작용한다면서 『성서』의 텍스트는 인간과 신의 차이가 그 음식물에서 비롯된다고 주장한다. 이를테면 신이 인간에게 육식을 허용한다는 것 자체는 인간에게 가장 원초적이고 오래된, 뿌리 뽑을 수 없는 탐식과 같은 '죽음의 충동'을 승인하는 것이라고 설명한다(줄리아 크리스테바, 앞의 책, 23쪽). 미당의 「까치마늘」이라는 시에서도, 곰이 사람이 되기 위해서는 마늘과 쑥만 먹어야 하는 단군신화의 음식물에 대한 금기 사항이 시화되고 있다.

이것도 아마 이 하늘 밑에서는 거의 없는 일일 테니 불가불 할수없이 신화(神話)의 일종이겠읍죠? 그래서 그런지 아닌게아니라 이 영감의 머리에는 꼭 귀신의 것 같은 낡고 낡은 탕건이 하나 얹히어 있었읍니다. 똥구녁께는 얼마나 많이 말라 째져 있었는지, 들여다보질 못해서 거까지는 모르지만……

—「눈들 영감의 마른 명태」 전문[10)]

눈들 영감이 마른 명태를 먹은 행위는 탐식의 절정을 보여준다. 시적 주체는 너스레와 능청을 섞어가며, "불가불 할수없"는 '신화'(신의 차원)와 "말라 째"진 '똥구녁께'(인간의 차원)를 자유자재로 넘나든다. 그러면서 엉뚱하게 묻고 스스로 답하곤 한다. "어떻게 그렇게는 머리끝에서 꼬리끝까지 쬐끔도 안 남기고 목구멍 속으로 모조리 다 우물거려 넘기시는지"라는 물음에 대한 답은, "꿈속의 어쩌다가의 떡처럼 한 마리씩 사다 주는 거니까 맛도 무척 좋을 테"니까이다. 그러나 이러한 상식적인 대답으로는 도저히 해결할 수 없다는 듯, "그 사나운 뼈다귀들을 다 어떻게 속에다 따 담는지"라고 다시 묻는다. 이 두번째 물음에 대한 답은 "이 하늘 밑에서는 거의 없는 일일 테니 불가불 할수없이 신화의 일종이겠읍죠?"라는 설의적 구절에 있다. 식탐이라고밖에 할 수 없는 여든 살의 늙은이를 신으로 격상시킴으로써 현실적 의문을 해결하려 한다. 여기에 너스레를 덧붙여 "아닌게아니라 이 영감의 머리에는 꼭 귀신의 것 같은 낡고 낡은 탕건이 하나 얹히어 있었"다며, 그 타당성을 입증하려는 듯 엉뚱한 증거를 들이댄다. 그러곤 다시 "똥구녁께는 얼마나 많이 말라 째져 있었는지, 들여다보질 못해서 거까지는 모르지만……"이라고 의심쩍은 여운을 남기며 신격화한 늙은 영감을

10) 『미당 서정주 시전집』, 민음사, 1983. 이하 모든 텍스트의 출전 동일.

다시 격하시켜버린다.[11)]

이렇듯 미당은 비속하고 사소한 부분을 과장해 신화로 찬양하는가 하면, 신화를 남용하고 희롱함으로써 다시 비속화시킨다. 마른 명태를 매개로 눈들 영감은 신의 반열에 오르기도 하고 식탐이 센 늙은이로 격하되기도 한다. 이러한 음식물에 관한 아브젝시옹은 인간/신, 비속함/신성함, 육체적 하향성/정신적 상향성의 경계를 전복시킨다. 경계를 자유자재로 넘나드는 자문자답의 발화형식에 의해서 그 전복성은 강화된다. 특히 물음과 답이 되풀이되면서 더해지는 식탐의 해학성 또한 단순하지 않다. '여든'의 나이에 걸맞지 않은, 비리고 바짝 마른 음식에 대한 식탐은 크리스테바가 언급했던 죽음의 충동을 강력히 환기함으로써 그로테스크한 이미지를 더하고 있기 때문이다. 그리하여 눈들 영감은 살아 있는 주검의 형상을 연상시킨다. 먹는 주체인 눈들 영감이, 먹히는 대상인 마른 명태와 오버랩되는데, 이로써 먹히고 있는 주검은 마른 명태이기도 하고 눈들 영감이기도 하다. 신화와 똥구녁의 경계를 오염시켜 무너뜨리는 '마른 명태'가 지닌 환상성은 이러한 복합적 요인에 기인한다.

> 심사숙고(深思熟考)는 그러나, 그걸 오래 오래 하고 지내 보자면 꼭 그것만으로는 견디기 어려운 것이어서, 큰 아우 백관옥(白冠玉)이는 술로 그 장단(長短)을 맞추었던 것인데, 이 사람은 술도 가짜 술은 영 못 마시는 성미(性味)라, 해마다 밀주(密酒)를 담아서는 숨겨두고 찔큼찔큼 마시고 앉았다가 순경(巡警)한테 들키면 그때마다 벌금(罰金)만큼 징역(懲役)살이를 되풀이 되풀이해 살고 나와야 했읍니다. 둘째 아우 백사옥(白士玉)이도 그 긴 심사숙고(深思熟考)의 사이, 마지못해 사용

11) 정끝별, 『패러디 시학』, 문학세계사, 1997, 105~109쪽 참조.

한 게 술은 술이었지만, 그래도 백사옥(白士玉)이 술은 진가(眞假)를 까다롭게 가리지도 않는 것이어서 아무것이나 앵기는 대로 처마셨기 때문에 벌금조(罰金條)로 또박또박 징역(懲役)살러 갈 염려까지는 없었지마는, 그놈의 악주독(惡酒毒)으로 가끔 거드렁거리고, 웃통을 벗고 덤비고, 네갈림길 넓적바위 같은 데 넓죽넓죽 나자빠져버리고 하는 것이 흉이었읍니다.

—「심사숙고深思熟考」 중에서

'어머니(육체)로부터의 분리'에 저항하는 가장 대표적인 음식물 중 하나가 술이다. 인용시에서 술은, 풍랑에 맏형을 잃은 뱃사공 아우 삼형제의 슬픔을 잠재우는 역할을 한다. 이 시에서 '심사숙고'란 취한 상태에 다름 아니다. 삼형제의 '심사숙고'는, 그야말로 오랫동안 깊게 생각만 하기란 어려운 일이기에, 그 어려움에 '장단'을 맞추어주는 것이 바로 술이다. 그러나 술 '장단'은 환란의 씨앗이기도 하다. '진짜 술'만을 밀주로 담가 먹는 큰 아우의 환란은 되풀이되는 징역살이로, "아무것이나 앵기는 대로 처마시"는 둘째 아우의 환란은 고약한 술버릇으로 발현되어 인사불성으로까지 이어지기 때문이다. 이러한 혼란으로 인해 슬픔은 정화되기도 한다. 슬픔의 정화와 대혼란은 동시적으로 발생한다. 그런 의미에서 술이 거들고 있는 '장단'의 양면성이다. 이때 폭음의 아브젝시옹은 숭고함으로 승화된다. 식탐과 취기가 불러일으키는 통쾌함, 정화작용의 의미를 되새겨볼 때 특히 그러하다. 취기의 환상성은 이렇게 고무된다.

음식물에 대한 혐오는 풍요로운 여성의 육체나 생식력에 대한 혐오에 맞닿아 있으며, 음식물과 결부된 부정이나 오물 같은 것들은 '어머니 육체'에게 전가된다. 그러므로 음식물과의 분리는 곧 어머니의 환상적인 힘으로부터의 분리를 의미한다. 따라서 정결한 '신(아버지)의 이름으로' 금기시한 더러운 음식물을 마구잡이로 입속에 들여놓는다는 것은 '어머니 육체와의 분리'에 대한 거부를 의미한다. 미당시에서 음식물의 배후는 신화적 특성과 맞닿아 있다. 음식물에는 전지전능성, 영원성, 불가해성이 내재되어 있고, 그러한 음식물의 '형이상학적' 특성 속에서 현실적·역사적 긴장은 해소될 수 있다는 시인의 세계관을 반영하고 있는 셈이다. 때문에 미당시에 등장하는 폭식과 폭음의 환상적 이미지는 낡고 거짓된 질서를 파괴하고 세계를 물질화하는 창조적인 작업을 수행한다.

범람하는 똥오줌의 반사성(反射性)

음식이 입과 관련된다면, 배설은 항문(성기)과 관련된다. 정신분석학적으로 보자면, 성기와 항문을 통해 몸 바깥으로 축출되는 배설물이야말로 인간이 최초로 제어할 수 있는 물질적인 분리작용이다. 시적 주체는 똥오줌을 배설함으로써 주체에 깃든 강요된 억압들을 밀어낸다. 억압된 주체를 밀어내 스스로 억압된 주체와 분리됨으로써 정화된 주체를 발견한다. 따라서 똥오줌은 신적인 권위와 계급적 권위를 무너뜨리는 육체의 힘을 표출하기도 한다. 권력과 돈, 금욕과 정절, 윤리와 도덕 따위로 무장한 일체의 금기와 제도에 대항하는 상징적 기능을 발휘하기 때문이다. 육체가 고유의 정결한 상태가 되는 것은 이와 같은 밀어냄 혹은 상실을 치른 후에만 가능한 것이다.

『질마재 신화』에서 유난히 자주 눈에 띄는 시어들이 똥과 오줌이다. 배설된 물질로서의 똥오줌은 질마재 사람들이 가진 '마지막껏'으로서의 육체성을 한껏 고무시킨다.

①「네 이놈 게 있거라. 저놈을 사타구니에 집어 넣고 더운 오줌을 대가리에다 몽땅 깔기어 놀라!」 그러면 아이들은 꿩 새끼들같이 풍기어 달아나면서 그 오줌의 힘이 얼마나 더울까를 똑똑히 잘 알 밖에 없었읍니다.

—「소자小者 이李 생원네 마누라님의 오줌 기운」 중에서

② 역적(逆賊) 구섬백(具蟾百)이와 전봉준(全琫準) 그 둘 중에 누가 번개치는 날 일부러 우물 옆에서 똥을 누고 앉았다가, 벼락의 불칼이 내리치는 걸 잽싸게 붙잡아서 몽땅 분지러 버렸기 때문이라는 이야깁니다.

—「분지러 버린 불칼」 중에서

③ 마을에서도 제일로 무얼 못 먹어서 똥구녁이 마르다가 마르다가 찢어지게끔 생긴 가난한 늙은 과부(寡婦)의 외아들 황(黃)먹보는 (…)늘 항상 아랫목에서 퍼먹고 윗목 요강에 가 똥누는 재주밖에 더한 재주는 없던 녀석이었는데,

—「김유신풍金庾信風」 중에서

④ 아무리 집안이 가난하고 또 천덕구러기드래도, 조용하게 호젓이 앉아, 우리 가진 마지막껏—똥하고 오줌을 누어 두는 소망 항아리만은 그래도 서너 개씩은 가져야지.

—「소망(똥깐)」 중에서

①의 시는 이생원네 마누라님이 쏟아내는 해학적 욕설을 인용한 부분이다. "오줌 기운이 아주 세"고 덥기도 한, 그래서인지 "장고(長鼓)만큼 무밭까지 고무(鼓舞)시키는 무슨 그런 신바람"이 깃든 이생원네 마누라님의 오줌 줄기는, 그 노골적이고 호탕한 욕설만큼이나 통쾌한 아

브젝시옹을 야기시킨다. '어머니'로서의 육체가 간직한 무한한 생명력은 물론 해학적 웃음의 원동력을 야기시키고 있는 셈이다. ②의 시는 구섬백인가 전봉준인가가 하필이면 가장 하찮고 더러운 똥을 누다가 '치사한 권력(勸力) 벙거지'로 상징되는 벼락의 불칼을 분질러버렸다는 얘기다. 똥을 누는 일을, 벼락의 불칼을 분질러버리는 일과 병치시켜놓음으로써 '벼락'으로 비유된 지배체제의 폭력적인 권력을 조롱한다. 민중의 힘을 배설된 똥에 투사시켜놓고 있다.

③의 시는 "똥구녁이 마르다가 마르다가 찢어지게끔" 가난할 뿐만 아니라 "아랫목에서 퍼먹고 윗목 요강에 가 똥누는 재주밖에 더한 재주는 없는" 미련퉁이 황먹보가 (귀)신의 흉내를 내서 장가를 잘 든 얘기다. 황먹보가 똥을 누면 눌수록, 황먹보의 가난과 우매는 배출되고 배설된다. 이때 똥은 우매함을 가장한 채, 욕망에 충실한 지혜로움을 숨기고 있는 셈이다. ④의 시는 가난한 질마재 사람들이 서너 개씩은 간직하고 있었던 "우리 가진 마지막껏—똥하고 오줌을 누어 두는 소망 항아리"를 찬양하고 있다. "별과 달이 늘 두루 잘 내리비치는" 곳에 묻힌 '한국(韓國) 「소망」'은 더럽고 혐오스러운 것이 아니라, 자유롭고 달가운 똥깐인 동시에 자연과 어우러진 쾌미한 '똥깐'이다. 그러니 소망에서의 '마지막 용변(用便)'은, 마지막 목숨과 더불어 영속하는 한없이 소망(所望)스럽고 성스러운 것으로 승화된다.

> 질마재 상가수(上歌手)의 노랫소리는 답답하면 열두 발 상무를 젓고, 따분하면 어깨에 고깔 쓴 중을 세우고, 또 상여(喪輿)면 상여(喪輿)머리에 뙤약볕 같은 놋쇠 요령 흔들며, 이승과 저승에 뻗쳤읍니다.
>
> 그렇지만, 그 소리를 안 하는 어느 아침에 보니까 상가수(上歌手)는 뒤깐 똥오줌 항아리에서 똥오줌 거름을 옮겨 내고 있었는데요. 왜, 거, 있지 않아, 하늘의 별과 달도 언제나 잘 비치는 우리네 똥오줌 항아리,

비가 오나 눈이 오나 지붕도 앗세 작파해 버린 우리네 그 참 재미있는 똥오줌 항아리, 거길 명경(明鏡)으로 해 망건 밑에 염발질을 열심히 하고 서 있었읍니다. 망건 밑으로 흘러내린 머리털들을 망건 속으로 보기 좋게 밀어 넣어 올리는 쇠뿔 염발질을 점잔하게 하고 있어요.

명경(明鏡)도 이만큼은 특별나고 기름져서 이승 저승에 두루 무성하던 그 노랫소리는 나온 것 아닐까요?

—「상가수上歌手의 소리」 전문

미당은 이승과 저승의 경계조차 똥오줌으로 '작파해'버리는 '형이상학'자이다. 현실적으로 보면 '상가수'는 똥장군을 지고 왔다 갔다 하는 질마재 마을에 흔하디흔한 무식쟁이에 불과하다. 헌데 그의 노랫소리는 '열두 발 상무'와 '고깔 쓴 중'이 어우러진 신명을 북돋는가 하면, 상여머리의 요령 소리와 더불어 한(恨) 서린 죽음을 인도하기도 한다. 이승과 저승을 넘나들며 우주를 감흥시키는 소리인 것이다. 미당은, 상가수의 그런 소리란 똥오줌 항아리에 고인 똥오줌물을 거울 삼아 하루에도 몇 번씩 스스로를 되비춰보는 행위에서 비롯되는 것이라고 한다. 이 시에서도 똥오줌 항아리는 "비가 오나 눈이 오나 지붕도 앗세 작파해 버"려 "하늘의 별과 달도 언제나 잘 비치"고 있다. 게다가 "특별나고 기름지"게도 자신의 똥오줌뿐만 아니라 비나 눈, 온갖 사람들의 똥오줌까지 뒤섞여 있다.

이런 똥오줌 항아리는 상가수에게 자신만의 특별한 소리의 세계, 즉 자신만의 독특한 서사의 세계를 창조할 수 있는 공간이다. 똥오줌을 배설하고 배설된 똥오줌을 들여다봄으로써 상가수는 자신의 삶을 되비춰보곤 한다. 하늘과 땅, 사람과 사람, 삶과 죽음, 인간과 신의 세계가 '특별나고 기름진' 이 원초적인 진흙물 속에 한데 뒤섞여 상가수의 노랫소리로 뽑아지는 것이다. 그러기에 그는 가수 중에서도 상(上)가수이고 신화적 인물로 되살아난다.

이처럼 똥오줌은 심미성과 육체성과 신성을 되비춰주면서 상징계의 결핍을 대변하고 정화해주는 비의적 존재로 등극하게 된다. 똥오줌 항아리가 체계나 질서를 교란시키는 아브젝시옹, 즉 상징계의 질서에 저항하는 신성함의 경지를 획득하는 과정이다. 더러움을 배출함으로써, 배출로 인한 상실을 받아들이고 스스로 정화됨으로써, 생명을 수긍하는 이치를 피력하고 있는 셈이다. 육체성의 긍정이자, 어머니성에로의 귀환이다. 미당시에서 배설작용은 의식의 대상으로부터 더러움 자체를 완벽하게 몰아내려는 역설적 힘을 지닌다 하겠다.

'소문'으로 번지는 성적 충동과 피의 전능성

구강기적, 항문기적, 생식기적인 성적 충동들 또한 대표적인 금기와 혐오의 대상들이다. 성교에 대한 공포는 출산에 대한 공포와 맞닿아 있다. 남성중심적 질서가 억누르려 한 것이 바로 이 출산 능력이다. 유교적 상징계에서는 출산 능력을 지닌 여성 자체를 비천한 것으로 추방시켰으며 특히 부정한 여성은 혐오의 대상이었다. '깨끗하고 적절한' 여성성만이 부덕(婦德)이라 칭송되어 체제 안으로 진입할 수 있었다. 상징계적 신성함이나 도덕성의 이면에는, 성적 충동에 대한 혐오와 공포가 짙게 깔려 있는 것이다.

미당의 시에서 이와 같은 성적 충동들은 직접적이지 않다. '소문'에 의해 간접화되어 질마재를 떠돈다. 시집 『질마재 신화』의 시편들이 대체로 간접화된 담론 형식을 취하고 있기는 하지만, 특히 성적 충동을 이야기할 때 미당은 '소문'이라는 시어를 반복적으로 노출하고 있다. 소문은 한 개인의 믿음이 아니라 집단적인 믿음이다. 그 믿음의 사실

여부는 중요치 않다. 아브젝트의 특징이 교란, 혼합, 혼성을 통해 경계를 해체시킨다는 것을 환기해볼 때, 성적 충동이 소문으로 아브젝트됨으로써 죄의식을 수반하는 윤리적이고 도덕적인 심급은 더욱 모호해지고 오염된다. 그런 소문은 도덕을 알면서도 그 가치를 부정하는 것이어서 훨씬 더 음흉하고 우회적이며 석연찮은 힘을 지니기 때문이다.

> ①「누구네 마누라허고 누구네 남정(男丁)네허고 붙었다네!」 소문만 나는 날은 맨먼저 동네 나팔이란 나팔은 있는 대로 다 나와서「뚜왈랄랄 뚜왈랄랄」 막 불어자치고, 꽹과리도, 징도, 소고(小鼓)도, 북도 모조리 그대로 가만 있진 못하고, 퉁기쳐 나와 법석을 떨고, 남녀노소(男女老少), 심지어는 강아지 닭들까지 풍겨져 나와 외치고 달리고, 하늘도 아플 밖에는 별 수가 없었읍니다.
>
> —「간통사건姦通事件과 우물」 중에서

> ② 알뫼라는 마을에서 시집 와서 아무것도 없는 홀어미가 되어 버린 알묏댁은 보름사리 그뜩한 바닷물 우에 보름달이 뜰 무렵이면 행실이 궂어져서 서방질을 한다는 소문이 퍼져, 마을 사람들은 그네에게서 외면을 하고 지냈읍니다만, 하늘에 달이 없는 그믐께에는 사정은 그와 아주 딴판이 되었읍니다.
>
> —「알묏집 개피떡」 중에서

①의 시에서 '붙었다'라는 원색적인 언어로 표현된 '간통사건'의 '소문'은 마치 축세의 전야제 소식처럼 묘사되고 있다. 질마재 마을에서 간통사건은 "꿈에 떡 얻어먹기같이 드물"기 때문이라는 것이다. '떡'은 질마재 사람에게 가장 맛있는 축제 음식임이 분명하다. 이러한 축제성은, 간통사건이 심각한 금기의 대상일수록 더욱 강조될 것이다.

"하늘도 아플 밖에는 별 수가 없"고 "마을의 우물을 모조리 뿌려 메꾼"다는 표현은, 간통이 심각한 금기의 대상이었음을 암시하고 있다. ②의 시도 "서방질을 한다는 소문", 즉 '눈맞춘' 이야기다. 금기시되었던 성(性)을 풀어내며 사는 과부 알뫼(卵山)댁은 "당할 사람 없는" 떡맛을 빚는다. 그 '떡맛'의 근원이 "달이 좋은 보름" 동안의 '서방질'에 있다는 것이다. 그러니까 자연의 섭리(달의 운행)에 부합하며 사는 알뫼댁은 소문으로 떠도는 부정(不貞)한 행위로, 더럽고 부적절하고 추방당한 '어머니의 몸'을 다시 소환하고 있는 셈이다. 자연적이고 전(前)사회적인 어머니의 몸이 '아버지의 이름'(금기)을 넘어설 때 어머니 몸의 쾌락은 음욕이 아닌 자연으로 대체될 수 있다. 미당시에서 성적 욕망이 죄의식 없는 자연의 영역에 세워져 있는 까닭이다.

> 윈 마을에서도 품행방정(品行方正)키로 으뜸가는 총각놈이었는데, 머리숱도 제일 짙고, 두개 앞이빨도 사람 좋게 큼직하고, 씨름도 할라면 이사 언제나 상씨름밖에는 못하던 아주 썩 좋은 놈이었는데, 거짓말도 에누리도 영 할 줄 모르는 숫하디 숫한 놈이었는데, 「소×한 놈」이라는 소문이 나더니만 밤 사이 어디론지 사라져 버렸다. 저의 집 그 암소의 두 뿔 사이에 봄 진달래 꽃다발을 매어 달고 다니더니, 어느 밤 무슨 어둠발엔지 그 암소하고 둘이서 그만 영영 사라져 버렸다. 「사경(四更)이면 우리 소 누깔엔 참 이쁜 눈물이 고인다.」 누구보고 언젠가 그러더라나. 아마 틀림없는 성인(聖人) 녀석이었을거야. 그 발자취에서도 소똥 향내쯤 살풋이 나는 틀림없는 틀림없는 성인(聖人) 녀석이었을거야.
>
> —「소×한 놈」 전문

동물과의 성교는 가장 강력한 금기 사항이다. 동물과의 도착적 성행위는 혐오를 넘어서 죄나 패륜과 같은 강렬한 아브젝시옹을 야기한다.

인용시에서 도착의 절정인 암소와의 수간(獸姦)은 아름다운 연애사건처럼 조명된다. '-더라나' '-이었을거야'의 간접화된 서술형과 함께 '소문'이라는 시어를 직접 노출시키고 있는데, 이것 역시 금지와 관련된 규제력을 완화시키기 위한 교란의 전략일 것이다. "품행방정키로 으뜸가"고 "아주 썩 좋은 놈"에다 "숫하디 숫한 놈"이었다는 진술은 시적 주체의 성적 욕망을 정당화시킨다. 또한 암소의 "두 뿔 사이에 봄 진달래 꽃다발을 매어 달고 다니"고 "사경이면 우리 소 누깔엔 참 이쁜 눈물이 고인다"라는 진술은 시적 주체의 성적 욕망을 서정화시킨다. 특히 끝부분에서 두 번에 걸쳐 반복되는 "틀림없는 성인 녀석이었을거야"라는 구절에 의해 도착적 성행위는 한없이 승화된다.

피는 육체를 가로지르는 오물이나 부패물, 혼합물이다. 성교가 여성의 출산 능력에 대한 공포와 맞닿아 있듯, 피에 대한 혐오 역시 상당 부분 오염된 어머니의 육체성과 맞닿아 있다. 오염된 피의 중요한 부분을 차지하는 것이 월경(출산)수이기 때문이고, 어머니 내부가 유출된 피이기 때문이다. 그러나 『질마재 신화』에서 피의 유출은 그다지 두드러지지 않는다. 굳이 찾아보자면 앞에 인용한 「알묏집 개피떡」 정도인데, 여기서의 월경은 피 자체로 전경화되기보다는 성적 욕망 속에 감춰져 있다. 「말 피」에서 보이는 피의 유출 또한 성적 충동과 연관되고 있다.

모시밭 골 감나뭇집 설막동(薛莫同)이네 과부(寡婦) 어머니는 마흔에도 눈썹에서 쌍긋한 제물향(香)이 스며날 만큼 이뻤었는데, 여러해 동안 도깝이란 별명(別名)의 사잇서방을 두고 전답(田畓) 마지기나 좋이 사들인다는 소문이 그윽하더니, 어느 서녘엔 내사립문(門)에 인줄을 늘이고 뜨끈뜨끈 맵고도 비린 검붉은 말피를 쫘악 그 언저리에 두루 뿌려 놓았읍니다.

—「말 피」 중에서

과부 주변에는 늘 소문이 많다. 과부인데다 예쁘기도 하고 재산까지 불어난다면 더더욱 그럴 것이다. 그러니 "도깝이란 별명의 사잇서방" 쯤이 등장해야 한다. 미당은 남녀의 정을 떨어뜨리게 하는, 그 '찐한' 이별 방법으로 "뜨끈뜨끈 맵고도 비린 검붉은 말피"를 이용했던 질마재 사람들의 습속을 얘기하고 있다. 그 습속은 신랏적 김유신이 천관녀와의 정을 떼면서 말목을 잘랐을 때 흘렸던 그 말피의 효력에 근원하고 있다. 이때의 피는 시적 주체가 빌린 말(馬)의 몸 내부에서 내뿜어지는 아브젝트다. 김유신의 의지로 상징되는 상징계 질서에 대한 거부이다. 말을 제물로 삼아, 말목으로 대체된 신체의 한 부분을 절단함으로써, 정(情)으로 오염된 내부가 강력히 분출되는 것이다. 이때 말은, 말피의 더러움으로, 오염된 '과부 어머니네'를 더러움으로부터 해방시키기 위해 추방된 속죄양이다. 그러나 이 "뜨끈뜨끈 맵고도 비린 검붉은 말피"가 경계를 구분하는 데 쓰이는 데 주목할 필요가 있다. 즉 강력한 접근금지의 효력을 발휘한다. 남녀의 정을 떼고 인간과 도깝이(귀신)를 구분하는 데 말피가 쓰이고 있다는 점에서도, 『질마재 신화』에는 피가 지니는 아브젝시옹의 의미는 약하다.

생(生)과 더불어 순환하는 죽음의 영원성

음식물, 똥오줌, 성교, 피 등은 살아 있는 육체에서 배출된다. 그것들은 우리 삶을 유지할 수 있도록 하는 조건이자 한계이다. 이 오물들은 시체가 될 때까지 배출될 것이다. 그런 의미에서 죽은 몸으로서의 시체는 아브젝시옹의 절정이다. 몸 전체가 오물인 시체는, 삶 속에 죽음을 들끓게 하고, 삶의 모든 독자적인 가치를 박탈한다. 현실의 위협인 시체는 삶을 부르고 결국에 가서는 삶을 삼켜버린다. 그러나 미당

시에서 시체는 저승의 심연 속으로 사라지는 것이 아니라 죽음과 충돌하지 않는 생 안으로 포섭되곤 한다. 그러기에 미당은 죽음조차도 '그냥 어쩌다가' 일어나는 것으로 그릴 뿐 그 비극성을 지나치게 강조하지 않는다.

그러고 나서 사십년(四十年)인가 오십년(五十年)이 지나간 뒤에 뜻밖에 딴 볼일이 생겨 이 신부(新婦)네 집 옆을 지나가다가 그래도 잠시 궁금해서 신부(新婦)방 문을 열고 들여다보니 신부(新婦)는 귀밑머리만 풀린 첫날밤 모양 그대로 초록 저고리 다홍치마로 아직도 고스란히 앉아 있었읍니다. 안스러운 생각이 들어 그 어깨를 가서 어루만지니 그때서야 매운재가 되어 폭삭 내려 앉아 버렸읍니다. 초록 재와 다홍 재로 내려앉아 버렸읍니다.

—「신부新婦」 중에서

인용시에서 신랑의 급작스런 요의(尿意)는 죽음을 부르는 오해를 낳는다. 부정(不淨)의 요의가 부정(不定)의 죽음을 부른다. 요의로 아브젝트된 신랑의 성적 충동은 신부에게 전가된다. 신부방의 '문'은 정과 부정, 정숙과 음탕, 이승과 저승의 경계를 이룬다. 그런데 신랑이 요의 때문에 이 문을 넘어감으로써, '문 돌쩌귀'가 신랑의 옷자락을 걸리게 함으로써, 그 경계는 혼란스러워진다. 깨끗함이 더러움으로, 정숙함이 음탕함으로 오해됨으로써 이승은 저승이 되어버린다. 그 '문 돌쩌귀'가 신랑의 몸에서는 요의로 나타났던 것이다. "사십년인가 오십년"인가를 지나도록, 삶 한가운데 '고스란히 앉아 있는' 시체는 강요된 정숙을 향한 강력한 저항이다. 신부의 시체는 자신을 배제했던 신랑을 호출하여 배제의 오해가 풀릴 때까지 오염된 온몸으로 자신을 증명한다. 그러고는 신랑의 "안스러운 생각"이 담긴 어루만짐에 의해 '매운재'로 폭삭 내려앉는다. 그 순간 오해와 이해, 부정과 정의 경계는 물론 그 형체까지 사라져버리게 된다. 그 재의 위력은 상징계의 질서를 순식간에 오염시키고 무화시키고 있다. 재는, 부패가 정지된 생명 없는 육체이면서 비육체다. 완전히 배설물로 화한 생물과 무기물로서, 경계에서 흔들리는 배제된 존재이다. 그런 의미에서 모든 오염과 부패를 끝마친 이 '매운재'는 『질마재 신화』에 나타난 아브젝시옹의 절정을 이룬다.

미당시에서 죽음은 물질성을 달리하여 삶으로 귀환한다. 순환한다. 죽음을, 삶 자체의 필연적인 한 측면으로 인식함으로써 삶의 자리로 복귀시키곤 하는 것이다.

> 그런데, 그것이 갑술년(甲戌年)이라던가 을해년(乙亥年)의 새 무궁화(無窮花) 피기 시작하는 어느 아침 끼니부터는 재곤(在坤)이의 모양은 땅에서도 하늘에서도 일절(一切) 보이지 않게 되고, 한 마리 거북이가 기어다니듯 하던 살았을 때의 그 무겁디 무거운 모습만이 산 채로 마을 사람들의 마음 속마다 남았읍니다. 그래서 마을 사람들은 하늘이 줄 천벌(天罰)을 걱정하고 있었읍니다.
>
> 그러나, 해가 거듭 바뀌어도 천벌(天罰)은 이 마을에 내리지 않고, 농사(農事)도 딴 마을만큼은 제대로 되어, 산신도(神仙道)에도 약간 알음이 있다는 좋은 흰수염의 조선달(趙先達) 영감님은 말씀하셨읍니다.
> 「재곤(在坤)이는 생긴 게 꼭 거북이같이 안 생겼던가, 거북이도 학(鶴)이랑 마찬가지로 목숨이 천년(千年)은 된다고 하네. 그러니, 그 긴 목숨을 여기서 다 견디기는 너무나 답답하여서 날개 돋아나 하늘로 신선(神仙)살이를 하러 간 거여……」
>
> —「신선神仙 재곤在坤이」 중에서

위의 인용시를 보자면 사라진 혹은 부재하는 주검은, 「신부」의 '매운재'와 짝을 이루며 아브젝시옹의 또다른 단면을 보여준다. 마을 사람들이 먹여 살려야 했던 앉은뱅이가 어느 날 질마재에서 홀연히 사라져버리는 데서 이야기는 시작된다. 그 앉은뱅이가 "땅 위에 살 자격이 있다는 뜻으로 「재곤」이라는 이름을 가"졌다는 데서 시적 역설은 발생한다. 마을에서 배제되었던, 그리하여 이승 밖으로 내몰렸던 재곤이의 죽음은 사실 마을 사람들의 공동 책임이고 공동의 죄의식을 수반하는 사건이다. 질마재 사람들이 이 죽음을 어떻게 받아들이고 있는가는, "마음적(的)으로야 불가불"이라는 부사에 의해 단적으로 드러난다. 특히 재곤이의 주검조차 사라진 대목에서 마을 사람들은 자신들을 정당화할 구실을 찾는데, 신선(神仙)이 되었을 거라고 믿는 것이 그것이다. 그러고는 무겁디무거운 모습으로 기어다니던 앉은뱅이였기에 "양쪽 겨드랑이에 두 개씩의 날개"를 달아줌으로써 신격화시켜놓는다. 이러한 신격화는 현실적인 경계나 사실적인 분별을 넘어서 질마재 사람들을 죄의식으로부터 자유롭게 해준다. 이렇듯 미당시에서 주검은 사라짐으로써 용서와 화해, 재생과 순환을 특성으로 모든 경계를 무너뜨리는 신화의 계기를 제공하고 있다.

미당은 '지나치게 사람들의 마음이 형이상학적'이었던 질마재 사람들의 전통 속에서 혐오의 대상이었던 비천함의 상상력을 신화담으로 펼쳐놓는다. 혐오의 대상이란 결국 성스러움에 대한 맞장구이다. 정/부정의 구조적 불가분성은 신과 인간, 이승과 저승, 과거와 현재, 신화와 현실의 분리를 부정하는 미당시의 '형이상학'으로 이어진다. 또한 그 '형이상학'은 곧 몸의 생리학적 발견을 근간으로 하는 어머니성의 발견으로 이어진다. 이 과정이 곧 '사람이 무얼로 어떻게 신(神)이 되는가'라는 질마재 신화의 구현담이다. 이 같은 신화담을 통해 분리되는 것들의 경계를 오염시키고 무화시켜 우리 삶의 모순성과 혼융성과 혼돈성을 고무시키고 있는 것이다. 이는 곧 인간 육체와 생명의 본질에 대한 천착일 뿐 아니라 '질마재 마을'로 상징되는 세계에 구체적 현실성 및 새로운 물질성을 부여하는 일이기도 하다.

아브젝시옹의 발화양식과 그 의미

크리스테바에 의하면, 억압과 공포를 심하게 느낄수록 우리는 말을 더 많이 한다. 말이 가득 찬 입으로 말하면서 금기의 원인인 어머니를 배출하고 그 금기가 수반하는 억압과 공포를 치료한다. 이런 의미에서 말을 하는 행위는 곧바로 공포의 대상을 아브젝트하는 행위이기도 하다. 이러한 아브젝시옹의 언어는 미당 스스로 '고운 숨의 무더기'라 언급한 바 있는 말 건넴의 구연(口演)방식을 통해 표출된다. 문어체는 일반적인 논리와 문법에 복종해야 한다. 그 문어체에 대항하는 구어체, 즉 입말이야말로 대표적인 모성화된 발화양식이다. 전통적인 운문의 리듬을 위반함으로써 긴 호흡의 산문적인 리듬과 이야기성을 구축하는 이러한 발화양식이 바로 『질마재 신화』를 가장 미당시답게 하는 재미의 근원이기도 하다. 그 구체적인 양상에 대해서는 이미 많은 연구자들이 지적한 바 있을 뿐만 아니라[12] 앞에서 시를 분석할 때 언급한 바 있기 때문에, 여기서는 그것들이 지니는 아브젝시옹의 의미를 중심으로 서술하고자 한다.

'고운 숨의 무더기'로 아브젝트되는 질마재 시편들은 구어체 중에서도 특히 어린아이의 목소리로 발화되고 있다는 점에 주목을 요한다. 육체와 언어가 접합되는 그 자리, 감정이 소리로 전환되는 그 자리에

12) 유종호, 앞의 글들; 심혜련, 「서정주 시의 화자 청자 연구」, 이화여자대학교 석사학위 논문, 1992; 나희덕, 「서정주의 『질마재 신화』 연구—서술시적 특성을 중심으로」, 연세대학교 석사학위 논문, 1999; 최현식, 『서정주 시의 근대와 반근대』, 소명출판, 2003.

서 어린아이의 목소리가 튀어나온다. '역사적 시간의 반역사화'를 위해 유년의 기억 속에서 거슬러 올라가고 있는 것이다. 프로이트에 의하면 유년기는 '항문기'에 해당한다. 이 시기에 대한 기억들이 의식적이든 무의식적이든 음식의 상상력이나 똥오줌을 비롯한 배출의 상상력과 밀접하게 관련된다고 볼 때 그 심리학적 근거는 확보된다. 때문에 성인의 언어에 드러나는 어린아이의 목소리는 언술 자체의 층위에서도 억압된 것으로부터의 도망 혹은 귀환이라는 의미를 갖는다. 거기에 사투리, 비속어, 욕설까지가 더해진 어린아이의 비공식적인 언어는, 공식적 언어에 침투된 인습이나 형식 혹은 품위와 같은 규범을 무너뜨리는 강력한 힘을 얻게 된다. 이러한 특징이 미당의 발화양식에 모성적인 육체성을 부여하고, '자연'에 근접한 모국어에의 애착과 구현으로 나아가도록 한다.

나열과 열거의 방식으로 이야기를 풀어내고 있다는 점도 모성화된 발화양식의 특징을 이룬다. —하는데, —하니, —하지만, —하고와 같은 연결어미, 그렇지만, 그러나, 그래서, 그러면(고/니), 그리하여, 그런데, 그러다가와 같은 연결접속사, 이, 그, 저로 시작되는 각종 지시대명사 등을 적극 활용하여 다른 절과 다른 문장을 연달아 이어지게끔 한다. 문장 안팎의 공백을 쉼 없이 이어주는 나열과 열거의 장치들에 의해 문장은 흐르고 넘쳐난다. 이는 곧 과거, 현재, 미래가 혼융되고 이승과 저승은 물론 안과 밖을 넘나드는 생동적인 시공간의 구조를 만들어내는 데 기여한다. 또한 이와 같은 흐름의 연쇄 안에서 자연의 순환적 국면(밤낮, 계절의 교대)이 여성, 육체, 생명 등과 어울려 참여하게 된다. 결국 모든 현상들은 한데 모여 하나의 복합체를 이루고 자연과 인간의 삶은 이러한 복합체 안에서 하나로 융합된다. 특히 흘러넘치는 문장들의 연쇄는 삶의 현장에 정서적 가락을 부여한다. 그것이 논리의 추상성과 허구성을 시적 육체로 변화시키는 마당시의 가락이자 호흡이다.

대립된 경계들의 연결관계를 회복해내는 데 해학적 요소 또한 주요 역할을 담당한다. 너스레와 능청, 시늉과 과장을 특징으로 하는 해학적 웃음을 통해 이분법적인 모든 경계를 무화시킬 때 모성적 발화의 특성은 강화된다. 해학이 대상에 대한 호감과 연민을 바탕으로 현실의 모순이나 결함까지를 수용하는 낙관적인 태도를 지닌다는 점을 환기해볼 필요가 있다. 특히 스스로 해명해보거나 아닌 척 물어보거나 뜬금없이 독자를 끌어들이거나 하는 미당 특유의 말 건넴 방식으로 너스레와 능청을 가미하곤 한다. '꿈속의 어쩌다가 떡' '네갈림길 넓적바위' '망건 밑에 염발질' '품행방정키로 으뜸가는 총각놈'과 같은 독특한 조어법, '불가불 할수없이' '아무래도' '도무지' '앗세' '아마' '아닌게아니라' '마지못해' 등과 같은 강조 부사의 사용, '-밖에' '-만은' '-도'와 같은 특수한정조사의 활용 등도 해학적 웃음을 더해준다.

이러한 비천함의 내적, 외적 지표 뒤에는 시대를 경험하는 특정한 아브젝트의 의미가 숨어 있을 것이다. 질마재 시편들이 씌어졌던 1972년부터 1975년까지는 유신정권과 산업화를 근간으로 사회의 구조적 모순이 첨예했던 시기였다. 70년대라는 시대상황 속에서 미당은 왜 신(神)을 끌어들였으며, 왜 비천함의 상상력을 통해 질마재의 신화를 풀어내고 있는가. 그리고 『질마재 신화』에 나타난 부정(不正, 不定, 不貞, 不淨)이 미당의 내적, 외적 현실과 어떠한 연관성을 갖는가.

미당은, 인간으로 하여금 실제 삶 너머의 세계를 연결시킬 수 있도록 해주는 새로운 형식이 필요했다. 시대와 역사와 이념을 넘어서는 창조적이고 생산적인 시공간, 정화와 신명에 의해 생성되는 시공간이 필요했던 것이다. 거기에는 미당의 원죄의식과, 역사·시대에 대한 부채의식 또한 큰 몫으로 작용했을 것이다. 일제강점기, 해방, 동란, 혁명, 쿠데타로 이어지는 역사의 파동 속에서 미당은 선택해야 했고 그

의 선택은 때로 반역사적이고 반시대적인 것이기도 했다. 이는 미당의 죄의식과 밀접하게 연관된다.[13)]

미당은 '질마재의 전통', 즉 죄의식이 없는 '형이상학적'인 시공간에서 여기-이곳을 넘어서는 유토피아적 비전을 발견한 것이다. 그 '전통'이 회고직인 것이 아니라 리얼하게 삶의 밑뿌리를 지탱하는 불변의 '형이상학'임을 역설하고 싶었을 것이다. 특히 더럽고 오염된 비천함의 상상력은, 이전의 시편들 『신라초』와 『동천』이 발견한 '신라정신'과 '영원성'에 대한 보완이기도 하다. '모호한 신비화로 빠져들고 그만큼 지상적인 삶의 실감과는 멀어진' 감이 없지 않았던 '신라정신'에, 문학적 박력과 민중적 삶의 생생하고 구체적인 재현을 더하고 있는 것이 바로 이 비천함의 상상력이기 때문이다. "『신라초』 『동천』에 대해 가장 신랄한 비판을 가하고 있는 것은 다름 아닌 미당 자신의 『질마재 신화』"[14)]라는 지적은 이러한 맥락 속에서 읽힐 수 있을 것이다. 당대적인 인간의 일이란 한낱 "직딱거리는" 일일 뿐이고 "치사한 권력 벙거지만 털렁털렁 지랄"일 뿐이다. 그러기에 미당이 자신의 시에 부여한 현실성의 뿌리는, 부정하고 싶은 당대의 시대적 더러움보다는 보다 근원적으로 부정하고 싶은 인간 본능의 더러움이었다. 그 더러움은 신성함과 맞닿아 있는 오염된 어머니의 육체성의 발현이었고 시대, 역사, 죄로 구성된 상징계에 대한 부정(否定)이었다. 그러한 '형이상학적' 사유가 시대와 역사를 우회케 하고 시대와 역사로부터 자유롭도록 일조했을 것이다.

미당은 질마재의 '형이상학적' 습속들을 통해 그의 시에 결핍으로 지석되었던 현실석 맥락과 민중의식을 끌어들이고자 했으며, 신과 인

13) 이 글의 도입 부분에서 인용한 바 있는 질마재 사람들은 "그런 가난 속에서도 거의 죄는 모르는 사람들이었다"라는 구절에 다시 주목해볼 필요가 있다.

14) 유종호, 『서정적 진실을 찾아서』, 165쪽.

간, 삶과 죽음, 현실과 초월 사이의 경계를 무화시켜 당대의 시대와 역사의 억압으로부터도 벗어나고자 했던 것이다. 그의 시적 논리에 따르자면 시적 성과 또한 당대적이거나 당위적인 문학관 속에서만 평가될 수 없을 것이다. 그가 『질마재 신화』에 구현했던 것처럼, 과거를 통해 구현해낸 미래지향적인 시간 속에서 평가될 수 있도록 유보하고 있는지도 모른다.

패러디 시학의 향방

— 1990년대 이후의 시를 중심으로

패러디에 대한 몇 가지 오해

패러디하면 모방, 표절이라는 단어를 먼저 떠올리거나 독창성, 역사성이 결여된 방법적 유희라고 생각하는 사람들이 많다. 패러디에 대한 첫번째 오해다. 패러디를 바라보는 우리의 시선이 이처럼 어긋나 있는 데는 그럴 만한 이유가 있다. 우리의 경우 패러디는 90년대 이후 작가(주체)의 죽음, 장르 혼합, 경계 해체, 키치 따위와 함께 유희성, 대중성, 경박성, 일회성이라는 징후를 띠면서 포스트모더니즘의 핵심 기법으로 부상했다. 포스트모더니즘에 대한 우리의 시각은 그다지 우호적이지 않았다. 설상가상으로 패러디의 유사형식인 패스티시에 대한 대중적 관심이 '포스트모던 기법인가, 표절인가'라는 논쟁[1) 속에서 촉발되어 잘해봐야 모방, 그렇지 않으면 표절이라는 불명예스런 오해를 받

1) 1991년 말 미술대전 입상작인 조강원의 〈또다른 꿈〉과, 1992년 초 '오늘의작가상' 수상작인 이인화의 『내가 누구인지 말할 수 있는 자는 누구인가』를 둘러싼 표절논쟁이 신문지상에 기사화되면서 패러디에 대한 대중적 관심은 촉발되었다.

았던 것도 한몫했을 것이다. 그러나 패러디란 '의식적인' 모방이라는 점에서 단순한 영향이나 모방과 구별되며, 모방한 원텍스트를 숨기지 않는다는 점에서 표절과 구별된다. 때문에 패러디스트는 모방한 텍스트를 독자들이 알 수 있도록 전경화(foregrounding)시켜야 하며 독자 또한 그 전경화를 식별할 수 있는 안목을 구비해야 한다.

패러디에 대한 두번째 오해는 패러디를 서양에서 수입된 이국품종으로만 여기는 시각이다. '패러디'가 서양용어임이 분명하고 포스트모더니즘이라는 서양사조의 유입과 더불어 회자되기는 했으나, 단지 서양문화 전통에서만 언급될 수 있는 표현양식은 아니다. 패러디는 동서양을 막론하고 존재해왔던, 문화 수용 및 창작의 근본 원리 가운데 하나였다. 우리의 문화 전통에서도 구비전승의 주요 방법으로, 혹은 창작 주체의 의도를 기존의 텍스트로 정당화, 간접화시키는 방법으로 널리 활용되어왔다. 고전시학에서 다양한 용어로 등장하는 용사(用事), 환골탈태(換骨奪胎), 그리고 희문(戲文), 희시(戲詩) 등에도 패러디적 방법이 활용되고 있는데, 그 모방 의도에 있어서 오늘날의 패러디와 놀랄 만한 유사성을 지닌다. 패러디의 본령은, 원텍스트와 패러디 텍스트라는 두 겹 텍스트 간의 차이와, 그 텍스트들이 놓인 두 겹 현실 간의 차이에서 발생하는 '대화적인' 행위에서 찾을 수 있다. 따라서 시간적으로는 과거와 현재, 공간적으로는 이곳과 저곳을 연결하면서 동시에 멀게 한다. 패러디가 가진 이러한 대화성을 우리는 '과거의 현재화(presentification)' 또는 '과거의 현존(the presence of the past)'[2] 이라 부르기도 한다.

문제는 우리가 흔쾌히 받아들여도 좋을 만한 합의된 패러디 개념이 존재하지 않는다는 사실이다. 각 시대에 따라, 장르에 따라, 논자에 따

---

2) Linda Hutcheon, *A Poetics of Postmodernism: History, Theory, Fiction*, Routledge, 1988, p. 20.

라 조금씩 다르게 정의된 탓이다. 여기에서 패러디에 대한 이러저러한 오해들이 생기는 것이다. 그러나 패러디는 일반적으로 하나의 텍스트가 다른 텍스트를 '조롱하거나 희화화한다'는 좁은 개념에서부터, 텍스트와 텍스트 간의 '반복과 차이'라는 넓은 개념으로 통용된다. 전자가 과거의 작품에 대한 풍자적이고 희극적인 변용의 장치라는 제한적 이해라면, 후자는 과거의 작품이나 관습에 자신의 모양을 비추어봄으로써 새로운 형식의 가능성을 찾고자 하는 포괄적인 이해이다. 정치, 사회, 문화 전반에 걸쳐 다양한 방식으로 양산되는 오늘날의 패러디 현상을 이해하기 위해서는 예술적 재순환, 확장된 재기능화(refunctioning), 추론적 행보, 초텍스트성(hypertextuality), 재맥락화(recontextualize), 초맥락(문맥)화(trans-contextualize), 하나의 의도된 대화(dialogism)상의 혼성(hybrid)[3] 등의 용어로 정의되는 후자의 개념이 보다 더 유효할 것이다. 어쨌든 이러한 용어들이 함의하는 패러디에 대한 규정력이 모호하고 헐거운 것은 사실이다.[4]

이외에도 원텍스트가 패러디 텍스트보다 문학적으로 더 우월한 가치를 지니지 않을 뿐만 아니라, 원텍스트를 변형시킨 정도가 패러디 텍스트의 문학적 가치를 보장하지 않는다는 사실도 염두에 두어야 할 것이다. 패러디의 가치는 패러디의 의도와 방법이 어떠한 미적 효과를 획득했느냐, 그 미적 효과에 의해 어떠한 의미를 생성했느냐에 의해 좌우된다. 최근의 패러디 텍스트들이 역사의식의 부재, 창조를 위한

---

3) 린다 허천, 『패로디 이론』, 김상구 · 윤여복 옮김, 문예출판사, 1992.

4) 이런 이유로 필자는, 우리 시에서 패러디가 되기 위한 기본적인 요건으로(그것이 장르든, 문체든, 구체적인 작품이든, 문장이든) 원텍스트가 있어야 하고, 원텍스트를 적극적으로 독자들이 알아볼 수 있도록 전경화해야 한다는 조건을 우선적으로 꼽은 바 있다. 패러디는 현실을 모방한 '텍스트'를 모방한다. 또한 원텍스트를 불러놓고 거기에 저자의 메시지를 첨가하는 것이고, 그 충돌과 차이를 독자가 즐길 수 있을 때 패러디는 완성되기 때문이다. 정끝별, 『패러디 시학』, 문학세계사, 1997, 58~62쪽 참조.

진지한 노력 및 개성의 결핍, 원텍스트의 무분별한 차용과 모방, 대중매체의 현란한 이미지에의 의존, 유희적 난립 등과 같은 지적들로부터 자유롭지 못한 것은 일정 부분 사실이다. 그럼에도 불구하고 시적 성취와 의의는 물론 첨예한 시대정신을 담보하는 패러디 텍스트도 많다는 점 또한 기억되어야 할 것이다.

21세기 패러디의 내적 원리들

우리 현대시에서 패러디의 대상과 방법은 실로 다양하게 전개되어 왔다. 단적으로 패러디의 정점을 이루었던 80년대를 보자. 황지우는 드라마, 신문기사, 컴퓨터 게임, 만화를, 오규원과 장정일은 광고와 영화를, 유하는 무협소설을, 송재학은 주석과 각주를, 김정환은 성경을, 신현림과 이승하는 사진을 시에 끌어들였다. 박남철은 선배 시인의 시를 통째로 인용했으며, 김춘수는 자신의 시구절을 재활용하기도 했다. 한 세기가 전환된 21세기 초두에도 패러디를 활용한 창작은 여전히 계속되고 있다. 시공간, 언어, 장르를 불문하는 패러디의 대상이 무한하고 주체, 텍스트(원텍스트와 패러디 텍스트), 현실 간의 다양한 관계만큼이나 많은 종류의 패러디 전략이 있을 법하다.

90년대 이후의 패러디는 7, 80년대처럼 단일한 언어(텍스트)를 통해서가 아니라, 복수(複數)적이고 과정적인 언어(텍스트)를 통해서 이루어진다. 러시아 형식주의자들이 믿었던 새로운 인식(낯설게하기)으로서의 전략이나, 바흐친이 믿었던 전복으로서의 이데올로기적 전략이나, 신비평주의자들이 믿었던 아이러니로서의 전략에만 국한되지 않는다. 풍자나 조롱이나 비판의 동기가 거세된 패러디들이 오히려 더 양산되고 있다. '과거의 풍요롭고도 위협적인 유산들'은 대중적 소비를 통해 이미 공유가능한 일상적 조건이 되었고, 영향 혹은 모방이 더 이상 부담이나 불안의 요인으로 간주되지 않고 있다. 다시 읽기의 차원에서 여전히 문화 텍스트들을 끌어들여 재구성하는 텍스트의 마술적인 직조가 이뤄지고 있을 뿐만 아니라, 복수적 상호교배를 통한 텍스트들 간의 혼종을 통해 불확정적인 의미의 분열을 초래하고 있다. 이때 패러디는 과정으로서의 복수성을 획득한다. 또한 패러디 스스로의 비평적 기능과 현실을 향한 가역반응력(可逆反應力)도 확장된다. 그런 의미에서 최근 발표된 시들에 나타난 패러디는 분명 기교적이고 방법적이라기보다는, 일상적이고 존재론적 조건을 형성하고 있는 듯하다.

최근의 패러디 텍스트에서 현실과 텍스트는 착종되고 있으며, 원저자와 패러디스트는 분화되지 않는다. 보다 효과적으로 현실을 재현하고 비판하기 위해 원텍스트를 활용하던 시대는 지났다. 원텍스트의 원본성을 주장하던 시대도 지났다. 텍스트가 현실을 베끼는 게 아니라 거꾸로 현실이 텍스트를 베끼는 이 하이퍼텍스트적 메커니즘 속에서, 원텍스트와 현실 간의 간극이 사라지는 것은 물론 때로는 그들의 존재가치도 역전된다. 현실을 모방해낸 원텍스트가 아니라, 원텍스트를 통해서 현실을 확인하는 의미의 전복이 일어나는 것이다. 원텍스트 자체가 하나의 현실이고 실재가 하나의 원텍스트이다. 오히려 원텍스트 속의 현실이 더욱 실재적이다.

패러디스트와 독자 역시 분화되지 않는다. 20세기 패러디의 예술적 가치는 패러디스트나 독자의 원텍스트에 대한 해석적 관여 및 그 개연성, 즉 그것들을 비교하는 아날로그적 '차이'에서 비롯되었다. 그러나 패러디 텍스트를 패러디하고 그 복제된 패러디 텍스트를 거듭 패러디할 때 패러디스트는 텍스트의 매개자로서 패러디 과정에 흡수된다. 이때 패러디의 주체는 텍스트들이 시연(試演)되는 스크린에 불과하다.

현실로서의 텍스트를 욕망하고 소비하는, 놀이로서 재텍스트화하는, 과정으로서의 패러디 주체라는 점에서 패러디스트와 독자는 구별되지 않는다.

주체를 증식시켜 산포된 타자들로 떠돌게 하는 최근의 패러디는 주체의 분열, 혹은 주체의 자기 증식 자체를 당연한 것으로 받아들이는 듯하다. 오히려 그로 인한 주체의 혼성성과 타자성에 대한 폭로와 성찰에 더 친숙해진 듯하다. '미메시스하던 나'는 '패러디하는 나'로 자기 증식을 거듭하며, 실재로서의 현실은 괄호로 묶이고 텍스트가 그 자리를 대신하게 되었다. 텍스트와 텍스트 사이에 존재하는 패러디 주체는 타자에게서 타자에게로, 텍스트에서 텍스트로 흘러넘치는, 잔여로서의 주체이고 흔적으로서의 주체이다. 대체물로서의 주체이고 대리보충으로서의 주체이다. 그리고 텍스트에 의해 구성되고 텍스트에 의해 다시 찢긴다는 점에서 그 스스로의 실재성, 원본성을 주장할 수 없는 타자로서의 주체이다. 의미의 한없는 지연을 연장시키는 이와 같은 패러디 주체의 복합성과 자기 증식성은 때로는 자기 유희의 과잉을 불러오기도 한다.

어쨌든 21세기 패러디 주체의 욕망은 후기자본주의 생산, 소비 양식인 대중성과 대량성, 그리고 의미의 무정부성을 닮아 있다. 온갖 대중매체와 기술복제를 기반으로 하나의 텍스트는 순식간에 수개의 패러디 텍스트로 증식되고, 증식된 패러디 텍스트는 다시 조합할 수 있는 가짓수만큼이나 서로 다른 텍스트로 생성된다. 원텍스트들 간의 근접성과 확장성, 의미 확산성과 자기 증식성을 통해 패러디 텍스트들을 추동하는 원동력으로 작용한다. 이질적인 원텍스트들의 조합이 낯선 차이를 형성하고, 차이의 차이가 한 텍스트 안에서 뛰놀기도 하면서, 조합과 차이의 유희를 통해 패러디 텍스트는 대량적으로 생산된다. 본질과 가상, 현실과 원텍스트, 원텍스트와 패러디 텍스트, 패러디스트와 독자, 나아가 안과 밖, 앞과 뒤의 경계를 뒤섞어놓곤 한다.

서정적 파토스를 불러일으키는 '단편들'의 퓨전적 융합

90년대 이후, 원텍스트의 파편들을 직조하여 새로운 의미를 생산해내는 패러디의 실례를 찾기란 어렵지 않은 일이 되었다. 이런 패러디는 서정적 파토스를 불러일으키는 비극적 수사와 대중문화적 감수성을 가미해, 다채롭고 극적인 단편들의 다성악적인 울림을 꾀한다. 양적인 합체가 아닌 질적인 '융합'으로, 기계적인 혼합이 아닌 화학적 '화합'으로, 자연스런 어울림과 서정적인 내면성을 성취해내고 있다. 현실 체험을 텍스트 체험으로 대신하며 성장한 신세대의 패러디적 감수성의 발현이기도 할 것이다. 일찍이 유하는 시집 『세운상가 키드의 사랑』에서 메타시네마적인 패러디 유희를 통해 실재(the real)와 영화(the reel) 간의 경계에 대한 회의적 물음을 던진 바 있다.

나는야 할리우드 키드였으므로, 할리우드 여배우 이름이나 외우며 사춘기의 전부를 허비했지 저수지의 개, 같은 날들이라고 비웃지 말게 난 모든 종류의 진지함을 경멸했어, 그게 나의 호환이고 마마야 과연, 이름 속에 갇혀 있는 게 진리일까? 비비안 리의 해골에 담긴 물을 마시고 잠깐 깨달음을 얻은 적도 있었지 하나 나의 상상력은 자꾸만 썩은 물이 고인 저수지처럼 음습한 곳으로 향하는 것 같아 심지어 불량 불법 비디오에 나오는 모든 배우의 이름을 알고 싶어 이발소 그림, 화신극장의 쇼걸, 만화에 나오는 등장인물들, 해적판 레코드 위에서 희미하게 광란하고 있는 기타리스트, 바기나에 난 점이 인상적이었던 포르노 배우…… 폐기물의 환희…… 뭐 그딴 것들, 내 청춘의 독서목록이랄까 나는야 쓰레기의 이름으로 붐비는 지하 도서관, 내가 택한 건 향기 없는 진리보다 지금 이 순간, 독버섯의 매혹,

— 유하, 「드루 배리모어, 장미의 이름으로」 중에서[5)]

인용시에서 유하는 제도화된 욕망들의 양산과 그 절대적인 악의 징후들을 일련의 상업영화나 불법 비디오에서 읽어낸다. '나는야 쓰레기의 이름으로 붐비는 지하 도서관'이라며 자조할 때 그는, '세운상가'로 비유되는 상업과 자본의 한복판에서 성장한 '할리우드 키드' 세대의 불법 비디오적 감수성의 도래를 선언한 셈이다. 장미로 비유되는 '드루 배리모어'의 아름다움과 향기는 '존재의 참을 수 없는 휘발성'으로 인해 시적 자아에게 매혹인 동시에 허무의 대상이 되고 있다. 그러나 그 '장미'는 곧 영상 이미지의 비유적 표현에 지나지 않는다. 시에는 원텍스트가 발산하는 비디오적 현실들, 즉 영화 〈장미의 이름〉 〈헐리우드 키드〉 〈저수지의 개〉 〈개 같은 날들〉, 그리고 문화공보부의 홍보용 광고와 그 밖의 불량 불법 비디오의 영상들이 마구잡이로 뒤섞여 있다. 독자들은 영화 제목과 주인공의 이름만으로 수편의 영화를 떠올리면서 읽어야 한다. 이 영화적 끌어들이기는 더이상 '끌어들이기'가 아니라 일상 '그 자체로 발산되는' 현실의 틀이 되고 있는 셈이다. 결과적으로 독자들 또한 자신이 읽고 있는 것이 영화인지 시인지, 허구인지 실재인지 혼란스러움을 경험하게 된다.[6)] 원텍스트 중첩의 패러디 유희를 한층 강조한 시이다. 현실 체험을 앞서는 스크린 체험을, '향기 없는 진리'보다는 '독버섯의 매혹'을 택하고 있는 유하는 자신의 성장 배경과 그 문화양식을 패러디 형식으로 집약시켜 보여주고 있다.

---

5) 유하, 『세운상가 키드의 사랑』, 문학과지성사, 1995.

6) 정끝별, 「영화에서 상상력을 베끼는 시인들을 믿느냐」, 『천 개의 혀를 가진 시의 언어』, 케포이북스, 2008, 67~69쪽.

유하가 텍스트화되어가는 현실을 비판하기 위해 패러디를 활용하고 있다면, 박정대는 여기서 좀더 나아가 텍스트화된 현실에 젖어 살고 있는 시적 주체의 몽환적 내면을 표출하기 위해 패러디를 활용하고 있다.

1 워터멜론 슈가에서

물이 끓고 있다. 가습기 같은 내 영혼, 「아스펜 익스트림」이란 영화를 보고, 눈이 쌓인 설원을 생각했어야 되는데 진로 소주 한 병의 위력에도 휘청거리는 아스펜 아스피린 같은 혼몽한 겨울밤. 비명처럼 담배 한 대를 피워물고 옛날처럼 나는 늙었다. 워터멜론 슈가에서 오늘은 누가 또 미국의 송어낚시를, 피워무는지 몰라도 무섭도록 그리운 건 담배 한 개비 속에 떠오르는 춥디추웠던 그 골방의 기억뿐, //(…)//

2 페루여관에서

그 거리를 지나 당도한 골목 끝에 섬처럼 여관이 하나 떠 있었다. 여관은 검객의 차양모 같은 지붕을 뒤집어쓰고 낡은 간판을 펄럭이고 있었는데 여관의 이름이 취생몽사였는지 동사서독이었는지 난초 잎사귀 속의 호랑이였는지 호텔 바그다드였는지 페루여관이었는지는 아무도 기억하지 못한다. 암튼 그들은 지친 육체를 이끌고 그곳에 당도한 가엾은 한 쌍의 새였다. 동사가 티브이를 틀었고 서독은 침대 위에 무너져 오래도록 누워 있었다. 아주 오래도록 누워 있었는데 동사와 서독 사이로 바람이 불고 바람은 화병에 그려진 벵갈호랑이를 피워내려고 무진 애를 쓰고 있었다.

— 박정대, 「단편短篇들」 중에서[7]

7) 박정대, 『단편들』, 세계사, 1997.

박정대의 『단편들』이라는 시집에는 숱한 텍스트의 단편들이 혼재해 있다. 소설, 영화, 음악, 명함 등 장르들도 다양하다. 인용시 역시 마찬가지다. 리처드 브라우티건의 소설 『미국의 송어낚시』와 『워터멜론 슈가에서』, '마지막 활강'이란 제목으로 소개된 스키 영화의 고전 〈아스펜 익스트림Aspen Extreme〉, 로맹 가리의 소설 『새들은 페루에 가서 죽다』, 영화 〈동사서독〉과 〈바그다드 카페〉 등의 단편들을 잇대가면서 우울하면서도 자조적인 시인의 내면을 형상화하고 있다. 주체의 파토스적 내면과 서정성을 구현할 수 있다는 21세기적 패러디의 가능성을 시사하는 대목이기도 하다.

특히 시집 제목 '단편들'은 여러 의미의 '단편(短篇, 斷片, 斷編/斷篇)'을 환기함으로써 짧음, 조각, 단절, 모음 따위를 떠올리게 한다. 원텍스트들의 파편들이라고나 할까. 시인 스스로 시 속에서 언급한 바 있는 '취생몽사'적 글쓰기 혹은 '자동기술법'적 기술 또한 단편들의 내면적 융합과 화합에 한몫을 담당한다. 시간과 공간의 모호함, 착각 혹은 중첩, 평행과 불명료한 지시대상들로 이루어진 텍스트의 몽환적 직조는, 사실 초현실적이라기보다는 일상적이고 정서적인 내면상태를 표출하기 위함이다. 몽롱함과 혼란스러움을 가장한 허구적 플롯으로 삶에 대한 허무와 환멸과 애증이 배어나도록 하는 단편화 방식인 셈이다. 그 전략은 위악적 가장, 자리 바꿈, 드러나거나 감추어진 텍스트의 단편들, 요설과 조소의 혼합, 텍스트와 현실 사이에 내재하는 모호한 겹침 등을 활용해 시와 대중문화, 사실과 허구, 꿈과 현실, 삶과 죽음의 경계를 허무는 데 초점이 맞춰져 있다. 단편화의 융합과 화합의 퓨전적 패러디라 할 수 있다. 패러디를 통해 주체의 내면성과 서정성을 표출하려는 가능성을 모색하고 있다는 점이 새롭다.

주체의 자기 증식에 기여하는 '다시 쓰기'

패러디는 전적으로 타자화된 원텍스트를 기반으로 성립한다. 애정과 증오, 확신과 갈등, 집념과 좌절을 기반으로 원텍스트의 불안전성을 보충하면서 역설적으로 원텍스트의 타자성을 더욱 강화시킨다. 타자화된 원텍스트의 반복을 통해 패러디 주체가 분열적으로 재기능(refunction)하는, 자기 증식으로서의 '다시 쓰기'를 시도하는 패러디들에서 그러한 단면을 확인할 수 있다.

김춘수는 발표한 여러 편의 자기 시를 짜깁기하여 한 편의 시를 만드는 자기 반영적인 혹은 자기 순환적인 패러디를 선보인 바 있다.[8] 97년에 상재한 『들림, 도스토예프스키』에서는 자신의 텍스트를 패러디한 데서 한 걸음 나아가 도스토예프스키의 소설을 빌려 수많은 패러디적 주체로 자기 증식을 거듭한다.

자넨 소냐를 만나
무릎 꿇고 땅에 입맞췄다.
그러나
나는 언제나 외돌토리다.
그때
우들우들 몸 떨리고
눈앞이 어둑어둑해지면서
나는 그만 거기 주저앉고 말았다.
내 머릿속에 있을 때는
그처럼이나 당당했던 그것이

8) 정끝별, 『패러디 시학』, 문학세계사, 1997, 337~342쪽 참조.

즈메르자코프 그 녀석
그 바보 천치에게로 가서 그 모양으로
걸레가 되고 누더기가 되고 끝내는 왜 녀석의
똥창이 됐는가,
견딜 수가 없다.
어디를 바라고 나는 내 풀죽은
돌을 던져야 하나,

페테르부르크 우거에서
이반.

— 김춘수, 「라스코리니코프에게」 전문[9)]

『들림, 도스토예프스키』는 시집 한 권 전체가 편지 형식을 차용한 패러디 시집이다. 『카라마조프가의 형제들』『악령』『백치』『죄와 벌』『지하생활자의 수기』『가난한 사람들』 등의 소설 속 주인공이 또다른 주인공들에게 말을 건네는 편짓글 형식을 취하고 있다. 대부분의 시 제목은 '~에게'라는 소설 속 주인공을 수신자로 하고 있으며 시적 화자는 일인칭의 '나'다. 때문에 '나'는 시의 끝부분에 가서야 첨가된 발신자의 이름과 장소(시간)를 통해 누구인가가 드러난다.

인용시에서는 『카라마조프가의 형제들』의 이반이 『죄와 벌』의 라스코리니코프에게 편지를 보내고 있다. 이반과 라스코리니코프는, 신이 없다면 인간이 부도덕한 인간을 심판할 수 있다는 무신론적 이성주의자라는 점, 살인과 연루되었다는 점, 한 여자를 사랑했다는 점에서 비슷한 인물이다. 이반이 (즈메르자코프에게) 살인을 교사한 것이라면, 라

9) 김춘수, 『들림, 도스토예프스키』, 민음사, 1997.

스코리니코프는 스스로 살인을 실천한 사람이다. 이반이 형의 약혼녀 카테리나를 일방적으로 사모했다면, 라스코리니코프는 소냐의 사랑으로 구원까지 받는다. 이러한 텍스트적 맥락 위에서 이반은 10행의 '그것'으로 지시되는 인간의 이성적 심판 혹은 존엄성이 좌절되는 상황을 토로하고 있다.

시집 제목에 전경화된 '들림'이라는 시어와 시집 전편에 걸친 '대화(편지)' 형식은 그의 패러디를 이해하는 데 유효한 단서를 제공한다.[10] '들림'은 소리가 들리다, 듦을 당하다, 병이나 귀신 따위가 옮거나 덮치다, 뒤가 끊어지다(바닥이 나다) 등의 다의적 의미를 환기한다. 김춘수는 도스토예프스키의 텍스트를 체험하고 텍스트 속에 끼어들듯 '들린' 것이다. 이 '들림'을 형상화한 형식이 대화체다. 텍스트 속 인물들에 대해 말하는 것이 아니라 텍스트 속 인물들끼리 말하게 함으로써, 즉 작중 인물들끼리 주고받는 편지를 통해 한 인물의 심리를 체험하고 그 내면을 육화시키고 있다. 시의 형태적 특징 자체가 대화성, 상호텍스트성을 보여줌은 물론이다. 이때 언술 주체로서의 '나'는, 언술 내용의 주체인 소설 속 주인공으로 분열되면서 시의 주체는 복수(複數)화된다. 소설 속 주인공들은 자신들이 속한 고유한 텍스트의 공간에서 튀어나와 시 텍스트의 공간으로 가로질러 가면서 또 복수화된다. 그러므로 시집 전체를 통해 패러디의 주체는 무한히 증식된다. 사이와 사이 들을 만들어내는 텍스트들의 무한한 빈틈, 규정되거나 완결되지 않은 채 쉼 없이 자기 증식해가는 텍스트의 다중 주체야말로 21세기 패

10) 시집 뒷부분에 실린 짧은 산문에서도 '들림'과 '대화'라는 단어를 찾아볼 수 있다. "나는 오래전부터 도스토예프스키를 되풀이 읽어왔다. 그때마다 나는 그에게 들리곤 했다. 그러는 그 자체가 나에게는 하나의 과제였고 화두였다. 이것을 어떻게 풀어야 하나? 나는 나대로 하나의 방법을 얻었다. 그의 작중 인물들끼리 서로 대화를 나대로 시켜봄으로써 나는 내 과제, 내 화두의 핵심을 나대로 다시 짚어보고 암시를 받을 수 있을 것 같았다."

러디의 특징이기도 하다.

이성복의 시집 『달의 이마에는 물결무늬 자국』도 한 권 전체가 패러디 시집이다. 외국 시인들의 시구절을 인용한 후, 정작 자신이 하고 싶은 이야기를 풀어놓는 독특한 산문시 형식을 취하고 있다. 이성복 또한 우리의 삶이 되풀이되듯 텍스트도 되풀이된다고, 이미 사용되지 않은 말은 존재하지 않는다고 믿고 있는 듯하다. "그가 상대를 통해 사랑하는 건 그가 이미 알았고 사랑했던 것들이었"(「사랑은 사랑만을 사랑할 뿐」)듯, 사랑이 자기 반영과 자기 복제라면 우리의 삶이라든가 삶을 향한 글쓰기란 하물며 어떠할 것인가. 일종의 순환적인 구조가 삶의 다양한 풍경들 속에 반복되고 있음을 감지한 시인은 그 되풀이를 패러디 형식으로 표출한다. 매 편의 시들은, 짤막하게 인용된 외국 시인들의 시구들에 가장 일상적인 삶의 풍경들을 겹쳐놓음과 동시에 어긋나게 한다.

우리 숨쉴 때마다, 안 보이는 강물처럼 죽음은
희미한 탄식 소리 지르며 허파 속으로 내려간다.
— 샤를르 보들레르, 「독자에게」

수레바퀴가 돌아도 중심은 돌지 않는다. 테두리가 돌면 중심 축은 나아간다. 중요한 건 이뿐, 테두리가 중심 축 폼을 잡아서는 안 된다. 테두리가 돌기에 중심 축이 나아가는 게 아니라, 중심 축이 나아가기에 테두리는 도는 것. 우리는 모른다, 누가 이 수레를 어디로, 언제까지 끌고 가는지. 영원한 수레는 나아가고 헛되이 바퀴는 돌고 도는 것. 아 미치겠다 보들레르야, 보채지 좀 마라. 네 헛소리가 자갈밭 구르는 수레바퀴 소리보다 크구나. 어째 그리 넌 말귀를 못 알아듣냐.

— 이성복, 「45. 보채지 좀 마라」 전문[11)]

이런 패러디 시의 특징은 시인에게 말을 걸어왔던 원텍스트에 의지해 자신의 말을 피력하는 것이 일반적이다. 제사(題詞) 형식으로 인용된 보들레르의 시구절은 "아 미치겠다 보들레르야, 보채지 좀 마라. 네 헛소리가 자갈밭 구르는 수레바퀴 소리보다 크구나. 어째 그리 넌 말귀를 못 알아듣냐"라는 본문 구절을 통해 그 연결고리를 짐작할 수 있을 법하다. 보들레르에게 하대를 하고 있는 시의 어조는 유머러스하면서도 위악적이다. 이성복이 원텍스트에서 포착하고 있는 것은 일상(호흡) 속에 깃든 죽음의 청각적 이미지("희미한 탄식 소리")다. 이 청각적 이미지를 패러디 텍스트에서는 수레바퀴(축과 테두리의 회전) 속에 깃든 죽음의 청각적 이미지("수레바퀴 소리")로 다시 보충해낸다. 보들레르의 「독자에게」에서 읽어낸 텍스트의 욕망을, 패러디스트 이성복이 포착한 시적 통찰과 병치시킴으로써 또다른 텍스트의 욕망으로 전화시켜놓고 있는 셈이다. 제사 형식으로 부분 인용한 원텍스트는 문장 자체만으로 시적 의미나 이미지가 선명하고 강렬하다. 반면, 시의 본문은 너무나 일상적이고 그 언어 형식 또한 산문적이고 거침이 없다. 인용구와 본문 간의 묘한 어우러짐에서 패러디의 묘미는 우러난다.

이성복 스스로가 언급한, 하나의 말이 다른 말들과 어우러지는 "말들의 혼례"(「1. 무엇을 말하고 싶었는지 모른다」) 형식이 바로 이런 패러디 형식이기도 할 것이다. 말들은 자기들만의 내밀한 결합방식에 따른 말들의 혼례에 의해 무한히 증식한다. 이성복의 "무엇을 말하고 싶었는지 모른다"[12]라는 문장이 겨냥하고 있는 것은 사실상 원텍스트에의

11) 이성복, 『달의 이마에는 물결무늬 자국』, 열림원, 2003.

12) 이성복은 이런 시형식의 동기와 의도에 대해 이렇게 덧붙이고 있다. "가속기와 브레이크 페달을 번갈아 밟을 때처럼 내 글쓰기가 지나친 갈망과 절망으로 울컥거리기만 할 때, 평소에 좋아하던 다른 나라 시에 말붙이는 기회를 갖게 되었다. 결과적으로 내 관심사는 인용된 시를 빌미로 하여, 대체 나 자신이 무엇을 말하고 싶어하는지 확인하는 것이었다." (「시집을 펴내며」, 『달의 이마에는 물결무늬 자국』)

욕망, 그 자체에 의해 말은 발화된다는 의미일 것이다. 그런 의미에서 이성복의 패러디는 원텍스트에 의해 촉발되는, 텍스트와 텍스트 사이에서 이루어지는 인간과 세계에 대한 의미 탐색 과정이라 할 수 있다.

앞에서 언급한 '텍스트에서 텍스트로' 패러디 주체가 증식되는 김춘수의 패러디도 그렇지만, '텍스트를 다시 쓰는' 대리보충으로서의 이성복의 패러디도 결코 새로운 것은 아니다. 이를테면 서정주도 향단이가 되어 춘향에게 말을 건넨 적이 있으며, 박인환이나 김수영도 스티븐슨이나 휘트먼의 시구절을 인용한 적이 있다. 그러나 시집 한 권을 통해 되풀이하고 있다는 점이 중요하다. 김춘수가 보여준 '들림'이라는 시어나 대화 형식, 혹은 "우리는 정말 무엇을 말하고 싶었는지 모른다"라는 이성복의 문장에서 암시하고 있듯, 끊임없는 증식과 되풀이를 통해 역설적으로 주체의 타자성과 혼성성이 강조되고 있다는 점에 그 변별점이 있는 것이다.

'게임-가상-유희'를 자극하는 테크노 형식의 패러디

디지털과 테크놀로지, 컴퓨터와 인터넷은 이미 21세기 문화의 상징이 되었다. 이 같은 전자기술의 혜택을 통해 젊은 세대들은 시간과 장소에 구애받지 않은 채 엄청난 속도로 정보를 교환하고 서로의 의견을 공유하는 공간을 확보하고 있다. 그들은 스스로를 일방적이고 수동적이었던 소비자(consumer)에서, 생산과 소비에 영향을 끼치고 시장을 변화시키는 쌍방향적이고 능동적인 소비자(prosumer)로 탈바꿈시켰다. 거대한 자본주의 체제가 만들어내는 '테크노 형식'의 시적 형상화에 귀 기울이는 젊은 시인들도 있다. 컴퓨터를 매개로 하는 전자 언어를 패러디함으로써 시쓰기의 테크놀로지화를 실험하고 있는 장본인들이다.

1. 모니터. 혹은 이중(二重) 자아(自我)

한참 동안 어둡다가 무대가 서서히 밝아진다. 무대 가운데에 소파 하나, 그리고 양편으로 모니터가 두 개, 소파는 비어 있다. 모니터에는 계속해서 사람들의 얼굴이 지나간다. 무대 뒤의 벽면에는 큰 비디오 스크린. 소파와 모니터 두 개가 놓인 무대가 다시 거기 비추인다. 무대가 밝아진 후에도 계속하여 정적. 그리고 무대의 좌, 우측 끝에는 위로부터 길게 내리쳐진 휘장, 사람이 지치게 되어 있다. 거기 각각 한 사람씩 배치, 두 사람의 실루엣이 다음의 대화를 한다. (…)

— 카드를 뽑아보세요
— 탄환은 머리에 박힐 수도 있습니다
— 하지만 목숨이 두 장이라서
— 증식하는 이마주 쪽이라서
— 당신은 어느 쪽이지요?
— 공장은 이마주를 증식시킵니다
— 그쪽입니까?
— 그쪽입니다
— 파편들 하나하나가 다 나타났다가 사라집니다
— 파편들 하나하나가 다 나타났다가요?
— 사라집니다. 매번 왔다가는 작별을 고하지요.
— 매번 왔다가요? 죽음입니까?
— 당신도?
— 당신도?

— 성기완, 「환생幻生, 혹은 죽음에 이르는 병」 중에서[13]

---

13) 성기완, 『쇼핑 갔다 오십니까?』, 문학과지성사, 1998.

성기완은 그의 시집 『쇼핑 갔다 오십니까?』 I부의 '들어가는 말'[14]에서 '테크노로 가는 모양'을 1) 기능하는 나사, 2) 무슨 기능을 하는지 기능조차 지워져버린 기능 나사, 3) 운동성은 있으나 방향성과 의식이 없는 단자들, 4) 자르고 섞은 파편들, 5) 튕겨다니는 리듬들로 요약한 바 있다. 테크노로 가는 기능적인 나사들은 곧 그의 시의 주체이자 주체의 언어에 대한 은유적 표현일 것이다. 이 '나사들'의 욕망은 반복적인 기계음, 강렬한 리듬, 빠른 비트, 단속적인 흐름을 특징으로 하는 테크노 형식에 의지해 인간의 내적 엑스터시를 자극하려는 그의 패러디적 욕망과 맞닿아 있다.

인용시는 무려 13쪽에 해당하는 긴 시다. 음악적 구성 과정, 연극 및 영화 양식, 가상 인터뷰 형식 등을 '자르고 섞어(cut & mix)' 쓴 시다. '삭히지도 않고'(체화시키거나 내면화시키지도 않고) '토막 낸 익명의 살점들'(의미를 무화시키는 단속적인 파편들)처럼 '튕겨다니도록'(혼성적 목소리로) 하고 있다. 제사 형식으로 인용한 니체의 "그러니 타락하라,/ 목숨은 목숨을 낳을 뿐"이라는 인용과, "일러두기: 이것은 타락의 한 형식이다"라는 시 본문의 구절에서 알 수 있듯, 성기완은 '복제를 눈앞에 둔 주형틀'에서 생산되고 있는 자신의 시형식을 '타락의 한 형식'이라고 일컫고 있다. 또다른 그의 시구절에 빗대어 말하자면, 거울에 되비친 자기 자신의 해골바가지이고, 판박이 종이에 각인된 말없는 풍경 혹은 인물들이고, 존재의 강시들이고, 너의 그림자이다.[15]

---

14) 다음과 같다. "—드디어 다들 테크노로 가는 모양이야 기능하는 나사였잖아 그러나 이젠 나사긴 나산데 무슨 기능을 하는지 그 기능조차 지워져버렸어/—다시 라이프니츠의 단자로 돌아가는군 운동성은 있고 방향성과 의식이 없는/—정충 같애/—귀여워/—끝이지 자르고 섞어cut & mix 삭히지 않고 토막낸 익명의 살점들처럼 튕겨다니는 그 리듬들 하나하나가 다 쉼없이 목숨을 좇는 우리 의식의 붉게 켠 눈동자들이지."

15) 「허두虛頭」라는 시의 도입 부분에서는 "모든 생(生)은 죽음을 눈앞에 둔 단 한 번의 기회가 아니라 복제(複製)를 눈앞에 둔 주형틀이라 다들 의미를 찾지 못하고 뜻없는 거울에

특히 '모니터. 혹은 이중 자아' 라는 소제목을 통해 '모니터'로 상징되는 잡종(hybrid)적 결합 혹은 배치 형식이 주체의 이중적 분열성을 강조하고 있다. 그리하여 (테크놀로지화된) '공장이 이마주를 증식시키'듯, 패러디는 텍스트를 증식시키고 텍스트는 이미지를 증식시킨다. '파편들 하나하나가 나타났다가 사라질' 때마다 '죽음과 환생'이 되풀이되듯, 텍스트의 파편들이 나타났다 사라질 때마다 텍스트의 욕망은 다시 생성되기를 반복한다. 테크놀로지화된 복수(複數)적 패러디의 복수(復讐)이기도 할 것이다.

서정학의 상상적 모태도 테크놀로지화된 삶이다. 테크놀로지화된 대중문화의 여러 요소들은 그의 시의 소재일 뿐 아니라 언어 형식까지 결정짓고 있다. 비디오와 전자오락, 텔레비전과 공상과학물, 판타지와 만화 등의 형식들이 시적 상상력의 토대를 이룬다.

POPULOUS*

프로그램에서: 나의 역할은 신이다
신의 종족 곧 나의 인간들을 번성시켜야 한다
악마의 종족 인간들 적을 물리쳐야만 한다
많은 성과 마을들을 지어야만 한다
바닷물은 위험하다 나의 종족들에게 그것은 치명적이다
나는 땅을
산을 깎아내려 평지를 만든다 종족들은 그곳에 집을 짓는다
그리고 번영을 누린다 그들은 숨쉰다 난 느낄 수 있다

되비친 자기 자신의 해골바가지에다 대고 웃고 울고 지랄하다가 (…) 목숨은 간데없고 판박이 종이에 각인된 말없는 풍경 혹은 인물뿐이더라 다들 존재의 강시인 자들아 타락하라 그것은 네가 아니라 너의 그림자이니"라고 노래하고 있다.

모니터 가득 그들의 존재 흰 점을 늘리는 꿈
그것, 많은 점수를 받을 수 있다 // (…) //

VILLAGE : 56
CASTLE : 38
KNIGHT : 5
SCORE : 10300

또 다른 세계 방식은 같다(세계의 존재 방식의 비밀)

*© 1989, 1990, 1991 ELECTRONIC ARTS.

© 1989, 1990, 1991 BULLFROG.

— 서정학, 「컴퓨터, 꿈, 키보드」 중에서[16]

각주를 참조해보면, 'populous(인구가 조밀한, 인파가 많은, 군중이 붐비는)'는 컴퓨터 게임의 이름인 듯하다. 이 게임의 주체는 신이다. 신은 자신의 종족을 위해 마을과 성과 기사를 늘려야 하고, 악마의 마을과 성을 탈환하고 악마의 기사들을 무찔러야 한다. 이러한 신들의 전쟁은 모니터 속에서 흰 점(신의 종족수)을 늘려야 하고, 수치(점수)를 올려야 하고, 모니터 오른쪽의 사이코 프레임을 올려야 하는 과정에 다름 아니다. 모니터 속 '신의 세계'는 철저히 레벨화되어 있고 점수화되어 있다. 그리고 일정 점수 이상을 획득하면 '다른 세계'로 넘어간다. 게임의 법칙이다. '다른 세계'(다른 레벨)의 존재 방식(게임 규칙) 또한 다르지 않다. 인용시에서 현실은 존재하지 않는다. 장엄한 신들의 전쟁 속에서 인간의 현실은 비소하기 그지없을 뿐 아니라 심지어

---

16) 서정학, 『모험의 왕과 코코넛의 귀족들』, 문학과지성사, 1998.

존재감조차 없다. 인간의 세계는 신들의 세계로, 현실세계는 철저히 프로그램화된 게임의 세계 혹은 텍스트의 세계로 대체되고 있다. 게임 속 가상적 주체는, 패러디 텍스트 속의 패러디 주체와 오버랩된다. 원텍스트의 가상현실에 의해 사물화되고 메커니즘화된 주체이자 내면까지도 테크놀로지화된 주체이다.

전자 언어를 모방하여 패러디의 테크놀로지화를 실험하는 이러한 패러디 형식은 일차적으로 후기 자본주의 사회의 테크놀로지화된 메커니즘을 반영한다. 그러나 결과적으로 시의 장형화, 산문화, 단편화, 분열증화, 비속화, 다성화, 짜깁기화, 부조리화, 유희화를 초래하기도 한다. 성기완, 서정학의 패러디 시들은 테크놀로지를 근간으로 하는 대량 복제의 소비사회에서 서정시를 쓴다는 것이 불가능함을 보여주고자 하는 역설적 동기를 함의한다. 성기완이 언급하고 있듯이 시인에게 있어서 테크놀로지화된 패러디란 시의 타락한 형식이자 시의 죽은 형식이기 때문이다. 일찍이 루카치가 소설을 일컬어 자본주의 사회의 물신성으로 인한 '타락한 사회의 타락한 형식'이라고 명명했던 구절이 떠오르는 대목이다. 그러니 '죽음에 이르는 병'을 통해 또다른 '환생'을 도모함으로써 21세기 패러디 시학의 가능성을 새롭게 타진하고 있는 역설적인 시도임은 분명하다.

21세기 시학으로서 패러디의 전망

우리 현대시사에서 패러디 시의 정점은 80년대일 것이다. 80년대가 시의 시대였던 탓도 있겠지만, 80년대의 패러디는 시의 형식(실험적 언어)과 내용(이데올로기적 현실) 면에서 부정과 비판의 정신을 자양분으로 삼아 그 꽃을 피웠다. 90년대 이후, 이데올로기는 종언을 고했고 시 또한 위기를 예단하는 상황에 이르렀다. 그러나 이 위기는 20세기적이고 80년대적 시정신과 시형식의 위기였을 것이다. 21세기의 벽두에서도 패러디 시는 여전히 생산되고 소비되고 있다. 80년대와 비교했을 때 비판적 이데올로기, 정전(canon), 원텍스트, 원저자 등에 대한 부채의식이나 부정의식으로부터 보다 자유롭다. 텍스트란 이미 오리지널하지 않은 이미지들만이 뒤섞이고 맞닥뜨리는 공간에 지나지 않다는 듯, 창조성은 '인용'과 '자신의 목적' 속에 존재한다는 듯, 조합과 합성으로서의 패러디적 일상성과 유희성은 더욱 가속화되고 있다. 패러디적 복합성과 다양성도 마찬가지다. 현실과 텍스트, 리얼리티와 픽션, 실재와 파상실재(가상) 사이의 구별을 불가능하게 하는 부단한 패러디의 유희와 실험을 초래하고 있다.

패러디적 모방이 그저 텍스트에 기생하며 실재를 흉내내고 베끼기만 한다면, 패러디는 더이상 창조적 '시학'으로서 존재하지 못하고 공허한 기법으로 전락할 수밖에 없다는 것은 주지의 사실이다. 모방을 위한 모방이 아닌, 변용과 전복적 창조를 위한 모방을 추구할 때 패러디는 21세기에도 유효한 시학으로서 살아남을 수 있다. 그 의도와 방법이 미적 가치를 획득하고 있는가의 여부도 패러디의 성패를 좌우하는 중요한 척도이며, 그 가치와 효과를 제대로 읽어내는 것은 여전히 독자의 몫일 것이다. 결국 21세기에도 패러디는 기존의 텍스트를 '어떻게' 소유하느냐, '어떻게' 바라보느냐의 문제인 것이다. 텍스트는 이전의 세기보다 기하급수로 늘어날 것이고 우리의 현실은 '텍스트의 바다' 혹은 '텍스트의 홍수' 위에 떠 있을 것이다. 이 '어떻게'에서 우리는 21세기적 비전과, 시적 비전과, 패러디적 비전을 발견해야 한다. "바라보는 자가 예술을 만든다"라는 뒤샹의 지적은 여전히 패러디 시학의 21세기적 가능성을 새롭게 여는 말인 것이다.

병렬(parallelism)과 병렬의 시적 구조

병렬의 개념과 현대시의 병렬구조

현대시에서 병렬법 연구는 시를 이루는 본질적 특성이 언어에 있으며 그 언어는 텍스트의 구성요소로서 언술체계를 이룬다는 관점에서부터 출발한다. 음성, 어휘, 구절, 문장, 행, 연 등 텍스트를 구성하는 요소들이 등가적(等價的) 배열을 이루는 짝을 중심으로, 텍스트 전체 속에서 그 짝과의 관계 등으로 병렬 양상을 살펴볼 수 있다. 보다 풍부한 텍스트는 몇 개의 병렬관계가 다양하게 얽힘으로써 텍스트에 변화와 의미를 부여하게 되어 텍스트의 구조 원리로까지 발전하게 된다.

고전시가에서 보이는 정형적 운율, 나열적 반복, 이항대립적 대구, 공식적 표현법 등을 중심으로 이루어졌던 단순한 병렬의 방식은 현대시에서 다양하게 변주되고 해체된다. 이는 현대시의 출발이, 정해진 형식에 시인의 내면과 언어를 맞추어야 했던 정형시로부터 탈출하여 자유시의 형태로 시작되었다는 점과 맞물려 있다. 병렬 또한 현대시의 내적 요구에 의해 다채롭게 구사되었다. 때문에 현대시에서는 병렬이 잘 짜여 있다 하더라도 복잡하고 정밀한 이해 과정을 거쳐야만 알아챌 정도로 숨어 있는 경우가 대부분이다. 게다가 병렬이 시의 구조 차원에서 생성되고 있을 뿐만 아니라, 병렬 자체가 반복적 현상을 동반하는 만큼 반복이나 운율(리듬)과 일정 부분 착종하고 있어 현대시의 병렬에 대한 이해는 상당히 까다롭다.

병치, 대비, 대응, 병행체라 불리기도 하는 병렬은, 일반적으로 시에 있어서 한 쌍의 서로 다른 구절(phrase), 행(line), 운문(verse) 들이 대응하는 상태[1]라고 정의된다. 그러나 논자마다 그 개념의 차이를 보이기도 한다. 먼저 '대구(對句)'와 유사한 의미로 사용되기도 한다. 대구는 문법적 요소와 의미 요소 등을 나란히 짝지음으로써 미적 효과를 노리는 시의 구성 원리로 대우(對偶) 또는 간단히 대(對)라고 부른다. 그러나 엄밀한 의미에서 대구와 병렬은 차이가 있다. 대구는 병렬 가운데 특히 대칭(antithes)의 성격이 강한 것을 말한다.[2] 또한 반복의

---

1) 로버트 로스(Robert Lowth)는 1778년 성서에 나타난 회기적 반복 현상에 주목하여 이를 병렬법(parallelism)이라 칭했다. "시의 어떤 행이 다른 행과 대응하는 것을 나는 병렬법이라고 부르려 한다. 어떤 명제가 나타나고 거기에 또하나의 명제가 추가될 경우, 즉 그 밑에 그려져 먼저 것과 의미상으로 맞먹거나 또는 대립되거나 또는 문법적 구조의 형태에 있어서도 서로 닮은 데가 있는 경우 그것을 병렬 시행이라고 부르려 한다. 그리고 그 짝을 이루는 시행에 있어서 서로 대응하는 말 또는 어구를 병렬 어구라고 부를 것이다. 병렬 시행은 다음과 같은 세 종류로 정리된다. 동일적 시행(parallel synonymous), 대립적 시행(parallel antithetic), 종합적 시행(parallel synthetic)이다. 그러나 이런 종류의 병렬 시행들이 서로 섞여 여러 가지 형태로 얽혀 있다는 점에 주목하지 않으면 안 될 것이다. 이러한 혼합이야말로 작품에 변화와 아름다움을 주고 있는 요소이기 때문이다." Roman Jacobson, *Grammatical parallelism and its Russian facet*, Selected Writings III, Mouton & Co., 1981, p. 98; Alex Pleminger, *Princeton Encyclopedia of Poetry and Poetics*, Princeton University Press, 1965. 이어령, 「병렬법의 시학—「용비어천가」와 「봄은 고양이로다」, 『문학사상』 1988년 8월; 이경희, 「시적 언술에 나타난 한국 현대시의 병렬법 연구」, 이화여대 박사논문, 1989 참조.

2) 유약우는 한시의 대구가 히브리어 시에서 보는 병렬과는 다르다고 지적하면서 대구는 병렬에서와 같이 똑같은 말을 반복하는 것을 허락하지 않으며, 엄격한 반의어로 되어 있다고 설명했다. 유약우, 『중국시학』, 이장우 옮김, 범학도서, 1976, 201~208쪽.

범주 안에 병렬을 포함시키거나[3], 병렬의 범주 안에 반복을 포함시키기도[4] 한다. 실제로 이 둘은 서로 중복될 수 있는 여지가 많아 확연히 그 층위를 구분해내기가 힘들다.

그러나 병렬은 반복보다는 작은 개념으로 파악하는 것이 타당하다. 반복은 "운율이나 모든 다른 특질들 내에서 폭넓게 존재할 수 있는 배경"인 반면, 병렬은 "상이한 언어표현을 사용한 의미의 반복이 때로 동질적인 되풀이를 이루거나 대립적인 되풀이를 이룰 때 존재한다".[5] 그러니까 반복은 '동일한 요소가 계속 나열되는 것' 또는 '동일한 것의 연속'으로서 모든 시가에 공통적으로 나타나는 요소인 반면, 병렬은 동일한 요소의 나열 혹은 동일한 것의 연속이, 특히 시적 의미나 구조에 변화와 굴절을 일으키면서 비교 또는 대립적 구조를 형성할 때 나타나는 것이라고 볼 수 있다. 그렇게 보자면 병렬이란, 넓은 의미에서 반복에 포함되는 것으로서 반복을 실현하는 한 수단이 될 수 있다. 반복 중에서 반드시 쌍으로 구성되며 대응을 요구하는 것, 곧 '시에 있어서 한 쌍의 서로 다른 구절, 행, 운문 들이 대응하는 상태'가 병렬이다.

오늘날 병렬은, 의미상 연관을 갖는 대구나 대응으로서의 개념을 변형하고 심지어 해체시키는 넓은 개념의 반복적 양상으로 확대되고 있다. 대응하는 쌍의 위상적(topological) 자리가 유동적이라는 말이다. 그런 의미에서 병렬은 반복과 더불어 시의 새로운 리듬을 갱신할 수

3) 피네간은 구비시의 작시법(prosodic system)의 하나로 병렬을 다루고, 문체와 구조에 관련하는 중요한 특징으로서 별개로 반복을 논의하였다. 그리하여 병렬은 반복(repetition)의 한 유형이라고 하였다. R. Pinnegan, *Oral Poetry*, Cambridge Univ. Press, 1977, pp. 98~109.

4) 병렬은 '동질적인 요소를 나란히 배열하는 방식' 모두를 포괄하며, 그래서 '같은 어휘라는 동질적 요소가 나란히 배열될 수도 있고 의미가 같은 요소가 두 행으로 나란히 배열될 수도 있으며, 완전히 똑같은 요소가 배열되는 반복으로 나타날 수도 있다'고 하였다. 김대행, 『한국시의 전통연구』, 개문사, 1980, 40쪽.

5) R. Pinnegan, 앞의 책, pp. 88~90.

있는 간격, 빈틈, 공간의 역할을 한다. 때문에 현대시에서 병렬은, 두 번 이상 반복 출현하는 형식 요소들이 다양한 규칙성에 의해서 의미의 차이를 메워가는 양상이 중요하다. 동일성을 지향하는 병렬이 아니라 동일성을 비켜가는 병렬, 눈에 띄지 않는 그러나 분명히 존재하는 탈메커니즘적 병렬이 바로 현대시의 특징이기도 하다.

이 글에서는 개별 작품들이 지니고 있는 병렬의 시적 의미와 기능을 밝혀내고자 한다. 특히 병렬이 리듬[6]의 응집과 해체는 물론 시적 의미의 응집과 해체에 관여한다는 점에 초점을 맞추어, 1920년대의 시에서부터 최근 시에 이르는 특징적인 병렬구조와 그 양상을 살펴보게 될 것이다.

응집하거나 파괴하는, 반복적 병렬

현대시의 병렬 중 가장 두드러진 양상은 반복적 병렬구조에서 찾을 수 있다. 한 쌍(pair) 이상의 통사적 차원의 반복을 거느리는 병렬로서, 반복과 그 경계를 넘나드는 유형이다. 외관상 병렬보다 반복적 요소가 두드러지고 있으나 자세히 살펴보면 반복 안에 병렬을 구축하고 있다. 단순해 보이는 이 같은 반복적 병렬이 불러일으키는 시적 의미나 기능은 다양하다. 시의 의미를 응집시키면서 서정적 정서화를 강조하는 역할을 하기도 하지만, 반복이 가장 큰 위반이라는 말이 있듯이 반복적 병렬이 극단적으로 추구될 때 시의 의미는 파괴되고 서정적 정서화가 부정되기도 한다. 먼저, 시의 의미를 응집시켜주는 단순반복형

---

6) 이 글에서 리듬은 주기성, 상이성, 반복성을 근간으로 하는, 즉 상이한 요소들의 주기적인 반복운동, 어떤 규율에 따라 움직이는 반복 현상을 의미하는 율동이나 음악성과 유사한 좀 더 포괄적인 개념으로 사용한다.

병렬구조를 보자.

봄가을업시 밤마다 돗는달도
「예전엔 밋처몰낫서요.」

이럿케 사뭇차게 그려울줄도
「예전엔 밋처몰낫서요.」

달이 암만밝아도 쳐다볼줄을
「예전엔 밋처몰낫서요.」

이제금 져달이 서름인줄은
「예전엔 밋처몰낫서요.」

— 김소월, 「예전엔 밋처몰낫섯요」 전문[7)]

인용시는 2행씩을 거느린 4연으로 구성되어 있고 3음보 변형의 율격을 구현하고 있다. 이 시에서 달은 결핍의 대상물이자 시적 자아가 그 결핍을 인식하는 매개물이다. 그 결핍이 실연의 아픔이든 조국의 상실이든, 달을 통해 화자는 자신의 처지가 결핍되고 서러운 상황임을 인식한다. 이로써 달은 사무치는 그리움과 설움의 대상이 된다. 화자의 서러운 감정을 '달'에 이입시키고 있는 홀수 행들은, 부재의 그리움과 설움의 의미를 응집시키는 역할을 한다. 이에 비해 마치 민요의 후렴 형식처럼 동일하게 반복되는 "「예전엔 밋처몰낫서요.」"라는 짝수 행들은 서정적 운율감을 형성한다. 뿐만 아니라 부재로 인한 그리움과

---

7) 『원본 김소월 전집』, 오하근 편저, 집문당, 1995.

설움의 감정을 점층적으로 증폭시켜주는 역할을 한다. 주지하다시피 반복은 병렬을 창출하는 중요한 자질인바, 특히 짝수 행의 형태적 반복이 시 전체에 안정감을 부여하면서 비약적인 의미 생성의 기틀을 마련하고 있다. 부재 혹은 결핍에 대한 화자의 인식과정을 복잡한 병렬의 방식으로 풀어내고 있는 것이다.

또한 객관적(외부적)인 달과 주관적(내면적)인 달로 1, 3연/2, 4연이, '이렇게'와 '이제금'이라는 현재 상태와 시간으로 2연/4연이 병렬을 이룬다. 또한 홀수 행말이 '돋는 달도(명사+조사)'와 '-인 줄은(의존명사+조사)'로 대응된다는 점에서, 그 행위 주체가 '달'과 '나'로 대응된다는 점에서 1연/2, 3, 4연이 병렬되고 있다. 달을 통해 자신의 결핍을 강조하면서 그 결핍에서 비롯되는 격렬한 감정만을 전달하고 있는데, 이때 병렬구조가 화자 내면의 고통을 인식하고 제어하는 장치로 사용되고 있다.

늦은 저녁때 오는 눈발은 말집 호롱불 밑에 붐비다

늦은 저녁때 오는 눈발은 조랑말 발굽 밑에 붐비다

늦은 저녁때 오는 눈발은 여물 써는 소리에 붐비다

늦은 저녁때 오는 눈발은 변두리 빈터만 다니며 붐비다.

— 박용래, 「저녁눈」 전문[8)]

인용시는 한 행이 한 연을 이루면서, 동일하게 반복되는 연들 사이

---

8) 박용래, 『먼 바다』, 창작과비평사, 1984.

에서 병렬의 관계를 형성하고 있다. '늦은 저녁때 오는 눈발은-에 붐비다'라는 동일한 구문이 3연까지 반복되다가 4연에서 술부만 변용되고 있다. 살아 있는 모든 것들이 따뜻한 자신의 공간으로 귀소하는 저녁에, 눈은 '붐비며' 내린다. 이 '붐비다'라는 술어는, '붐비다(동사원형)'와 '붐비다가(연결어미)'라는 이중적 의미를 내포함으로써 시적 해석의 진폭을 확장시키고 있다. 또한 현재도 과거도 아닌 부정시제로 반복되고 있어서 함축적 화자의 객관적인 태도를 강조하는 동시에 언제까지라도 눈이 내릴 듯한 장면을 지속시켜준다. 각 연에 등장하는 변이소들은 모두 미미한 존재들이지만 이 무상하고 약한 것들이 만들어내는 움직임과 소리는 소중하고 애틋한 삶의 국면들이다.

1연에서 3연까지는 집 안에 있는 동물의 공간으로 내밀함을 강조하고 있는데 4연만 집 밖에 있는 무생명의 공간으로 소외감을 강조하고 있다는 점에서, 처소격 조사 '-에'가 4연에서 '만'으로 변주되고 있다는 점에서 1, 2, 3연/4연이 병렬된다. 다른 연들이 모두 시각적 이미지를 구사하고 있는데 3연만 청각적 이미지를 구사하고 있다는 점에서 1, 2, 4연/3연이 병렬된다. 또한 외진 빈터에서 나는 삶의 소리들은, 소리 없이 내리는 눈발에 의해서 대비적으로 부각된다. 그 대비를 통해 붐비는 것들보다는 비어 있는 것들, 가득 찬 것보다는 비운 것들, 또는 드러난 것들보다는 가려진 것들의 의미를 일깨워준다.

이런 이분법적인 대비관계를 흩뜨려놓으면서 반복의 리듬감을 부여해 담담하게 가라앉는 정조를 구현하고 있는 것이 이 시의 병렬구조이다. 이러한 반복적 병렬구조는 계속해서 내리는 저녁눈의 시각적 형식을 구현하고 있을 뿐만 아니라 '붐비다'의 진술적 의미와 모순되는 적막함과 쓸쓸함의 정서를 구현해내는 구조로 작용하고 있다. 때문에 변화감이 크지 않은 병렬들 속에서도 전연 지루하다거나 답답하지 않다.

꽃을 주세요 우리의 고뇌(苦惱)를 위해서
꽃을 주세요 뜻밖의 일을 위해서
꽃을 주세요 아까와는 다른 시간(時間)을 위해서

노란 꽃을 주세요 금이 간 꽃을
노란 꽃을 주세요 하얘져가는 꽃을
노란 꽃을 주세요 넓어져가는 소란을

노란 꽃을 받으세요 원수를 지우기 위해서
노란 꽃을 받으세요 우리가 아닌 것을 위해서
노란 꽃을 받으세요 거룩한 우연(偶然)을 위해서

꽃을 찾기 전의 것을 잊어버리세요
　꽃의 글자가 비뚤어지지 않게
꽃을 찾기 전의 것을 잊어버리세요
　꽃의 소음이 바로 들어오게
꽃을 찾기 전의 것을 잊어버리세요
　꽃의 글자가 다시 비뚤어지게

내 말을 믿으세요 노란 꽃을
못 보는 글자를 믿으세요 노란 꽃을
떨리는 글자를 믿으세요 노란 꽃을
영원히 떨리면서 빼먹은 모든 꽃잎을 믿으세요
보기싫은 노란 꽃을

— 김수영, 「꽃잎 2」 전문[9)]

이 시는 정확한 내용이나 메시지 파악이 어렵다. 일종의 주술과도 같은 문장들이 강렬하고 집요하게 되풀이되고 있는바, 연, 행, 통사, 어휘의 측면에서 반복적 병렬과 도치를 활용하고 있다. 먼저, 두 행이 한 문장으로 이뤄진 4연을 제외한 모든 행은 한 문장으로 되어 있다. 각 문장들은 화자(주체)나 청자(대상)가 문면에 드러나 있지 않은 채 전언(message)만이 제시된 호소문이다. 먼저 전체적인 병렬구조를 보자. '주세요'라는 반복구를 중심으로 '-위해서'와 '-꽃을'이라는 변이소에 의해 1연/2연이, '노란 꽃을' 이라는 반복구를 중심으로 '주세요 -꽃을'과 '받으세요 -을 위해서'라는 변이소에 의해 2연/3연이 병렬되고 있다. 또한 '-을 위해서'라는 반복구를 중심으로 '꽃을'과 '노란 꽃을'이라는 변이소에 의해 1연/3연이, '노란 꽃을'이라는 반복구를 중심으로 '주세요'와 '믿으세요'라는 변이소들에 의해 2연/5연이, 그리고 '꽃을 -하세요'라는 반복구를 중심으로 '-을 위해서' '-않게'라는 변이소에 의해 1연/4연이 각각 병렬을 이룬다.

1연에서 '꽃을 주는' 행위는 '우리의 고뇌'와 '뜻밖의 일'과 '아까와는 다른 시간'을 위해서이다. 고뇌, 뜻밖의 일, 다른 시간 등은 우리 삶의 근본적 조건을 이루는 대상들이다. 꽃이 그 조건들을 완화시키는 원인이 되는 것인지 그 조건들을 증폭시키는 원인이 되는지는 애매하다. 직설적인 의미의 '위해서'인지 역설적인 의미의 '위해서'인지도 애매하다. 2연에서 그 '꽃'은 특이하게도 꽃의 본질을 벗어난 '노란' 꽃으로 구체화되고 있다. 게다가 '금이 간 꽃'→'하얘져가는 꽃'→'넓어져 가는 소란'으로 부정적 변이를 일으키는 꽃이다. '아까와는 다른 시간'을 위한 변이과정일 것이다.

3연은 1연을 변형한 반복적 병렬이다. 즉 통사형태로는 변한 것이

9) 『김수영 전집 1—시』, 민음사, 1981.

없으나, '꽃'이 '노란 꽃'으로 '주세요'가 '받으세요'로 바뀌었고 '위해서'의 목적어들이 바뀌었다. 4연은 변이의 형태가 가장 크다. 1연부터 3연까지는 각 연이 3행으로 구성된 채 각 행마다 한 문장을 이루고 있으나, 4연은 6행으로 구성된 채 두 행이 한 문장을 이룬다. 이 4연의 형태구조는 1, 3연과 대응을 이룬다. 차이점은 '꽃을'→'꽃을 찾기 전의 것을', '주세요'→'잊어버리세요', '위해서'→'하게(않게)'처럼 목적어의 형태와 부사구가 부사절로 변형되어 있다. '–을 위해서' / '–하게(않게)' '꽃을 주세요' / '꽃을 찾기 전의 것을 잊어버리세요'는 의미의 차원에서도 호응을 이룬다. (노란) 꽃에 의해 현재와 과거를 확연히 단절시키고자 하는 화자의 의지를 감지할 수 있다.

5연의 어조는 한층 고조된다. 2연의 변주인 5연에 와서 '노란 꽃'의 의미는 '말 혹은 글자'의 속성('내 말' '못 보는 글자' '떨리는 글자' '영원히 떨리면서 빼먹은 모든 꽃잎' '보기 싫은 노란 꽃')으로 보다 분명해진다. 결국 '내 말 혹은 글자'는 꽃의 소음, 소란, 노란 꽃으로 본질적 언어이자 꽃의 형이상학적 소리가 된다. 이때 반복적 병렬은, 각 연마다 형성된 의미가 다음 연을 위한 단서로 작용하면서 나아가 새로운 인식에 도달할 수 있도록 하는 강조의 기능을 담당한다. 화자의 정서와 시적 의미를 강조하는 소월의 「예전엔 밋처몰낫섯요」의 단순한 반복적 병렬과는 차원이 다른 반복적 병렬이다. 역설과 모순, 애매한 진술 등에 의해 화자의 정서를 분열시키고 시적 의미를 교란시키고 있기 때문이다.

> 13인(人)의아해(兒孩)가도로(道路)로질주(疾走)하오.
> (길은막다른골목이적당(適當)하오.)
>
> 제(第)1의아해(兒孩)가무섭다고그리오.
> 제(第)2의아해(兒孩)도무섭다고그리오.

제(第)3의아해(兒孩)도무섭다고그리오.
제(第)4의아해(兒孩)도무섭다고그리오.
제(第)5의아해(兒孩)도무섭다고그리오.
제(第)6의아해(兒孩)도무섭다고그리오.
제(第)7의아해(兒孩)도무섭다고그리오.
제(第)8의아해(兒孩)도무섭다고그리오.
제(第)9의아해(兒孩)도무섭다고그리오.
제(第)10의아해(兒孩)도무섭다고그리오.

제(第)11의아해(兒孩)가무섭다고그리오.
제(第)12의아해(兒孩)도무섭다고그리오.
제(第)13의아해(兒孩)도무섭다고그리오.
13인(人)의아해(兒孩)는무서운아해(兒孩)와무서워하는아해(兒孩)와 그렇게뿐이모였소.
(다른사정(事情)은없는것이차라리나았소)

그중(中)에1인(人)의아해(兒孩)가무서운아해(兒孩)라도좋소.
그중(中)에2인(人)의아해(兒孩)가무서운아해(兒孩)라도좋소.
그중(中)에2인(人)의아해(兒孩)가무서워하는아해(兒孩)라도좋소.
그중(中)에1인(人)의아해(兒孩)가무서워하는아해(兒孩)라도좋소.

(길은뚫린골목이라도적당(適當)하오.)
13인(人)의아해(兒孩)가노도(道路)로질주(疾走)하지아니하여도좋소.

— 이상, 「오감도烏瞰圖 시제1호詩第一號」 전문[10)]

10) 『이상문학전집 1—시』, 이승훈 엮음, 문학사상사, 1989.

인용시에 이르면 반복적 병렬구조는 진술된 의미를 극단적으로 위반, 부정하면서 서정적 정서화를 파괴한다. 병렬의 구조를 구축하는 동시에 스스로 파괴한다. 13인의 아이들이 질주하는 동기는 작품의 표면에 나타나지 않는다. 다만 '무서움'의 감정만이 그들의 의식을 지배하고 있음을 토로할 뿐이다. 13인의 아이들이 느끼는 공포는 각각 분리된 개인들이 가지는 공포 감정에 의해 증폭된다. '막다른 골목'이든 '뚫린 골목'이든 아이들의 내면은 오로지 '무서움'에 감금되어 있는데, 이 13인 아이들의 무서움은 완전한 반복과 대칭적 병렬구조를 통해 증폭된다. 먼저 1, 2행/22, 23행(그리고 1행/23행, 2행/22행), 18, 19행/20, 21행(역시 18행/21행, 19행/20행)이 각각 병렬관계를 이룬다. 정리하면 다음과 같다.

13인의아해가도로로질주하오(1행)	↔	(길은막다른골목이적당하오)(2행)
	⤩	
(길은뚫린골목이라도적당하오)(22행)	↔	13인의아해가도로로질주하지아니하여도좋소(23행)

그중에1인의아해가무서운아해라도좋소(18행)	↔	그중에2인의아해가무서운아해라도좋소(19행)
	⤩	
그중에2인의아해가무서워하는아해라도좋소(20행)	↔	그중에1인의아해가무서워하는아해라도좋소(21행)

이외에도 2연/3연이 병렬을 이룬다. 2연과 3연의 첫 행끼리도 대칭을 이루는데 일 단위와 십 단위의 차이가 그것이다. 그래서 3연의, 제13인의 '아해' 다음에도 무수한 '아해'가 올 수 있다는 암시를 준다. 또한 의미상으로도 4연에서 13인의 아이들은 두 부류로 나누어진다. 즉 '무서운 아해'와 '무서워하는 아해'이다. 그러나 13인의 아이 중에 누가 무서운 아이이고, 무서워하는 아이인지에 대한 구분은 없다. 그것

은 위에서처럼 반복으로 짝을 이룬 병렬행을 통해서 분류할 수는 있으나 13인의 아이들 가운데서 누구라도 '무서운 아해'도, '무서워하는 아해'도 될 수 있다. 특히 조사 '－라도'와 함께 오는 술어 '좋소' 때문이다. 이러한 조사와 술어는 간신히 추스른 병렬구조와 그 의미를 다시 와해시킨다. 텍스트의 전제상황을 스스로 배반하고 파괴하는 결과를 초래하고 있다. 이는 완전한 경계 침범이다. 시차성이 무너지고 기호의 파괴가 된다. 이러한 극단적인 반복과 병렬은 의미체계에 도전함으로써 의미 자체를 거부하는 현대시의 한 양상을 보여준다.

변주하고 변형하는, 확산적 병렬

현대시에서 병렬은, 변주와 변형을 통해 그 구조 자체를 새롭게 생성해가는 역동적인 생성원리가 되고 있다. 자유자재로 변주되고 변형되는 이 확산적 병렬은 현대시의 가장 일반적이고 가장 다양한 병렬 양상이다.

주춧돌이 하나 녹아서
환장한 구름이 되어서
동구 밖으로 걸어 나가고 있었지.
칠월이어서 보름남아 굶어서
백일홍이 피어서
밥상 받은 아이같이 너무 좋아서
비석 옆에 잠시 서서 웃고 있었지.
다듬잇돌도
또 하나 녹아서

동구로 떠나오는 구름이 되어서……

— 서정주, 「백일홍百日紅 필 무렵」 전문[11)]

이 시는 '-아(어)서' '-고 있었지'라는 똑같은 통사형태를 지닌 세 문장(1~3행, 4~7행, 8~10행)으로 이루어져 있다. 맨 마지막 문장에서 '-고 있었지' 부분이 말줄임표로 생략되어 끝 부분이 빈칸으로 남겨져 있는 미완의 병렬구조를 보이고 있다. 먼저, 주춧돌(녹다)과 환장한 구름(되다)에 의해 1행/2행이, 굶다(밥)와 피다(백일홍)에 의해 4행/5행이, 그리고 녹아서, 되어서라는 같은 통사형태에 의해 1, 2, 3행/8, 9, 10행이 병렬관계를 이룬다. 보다 세부적으로는 1행에서 3행에 이르는 첫번째 문장과, 8행에서 10행에 이르는 세번째 문장은 '돌'과 '구름'이라는 대비적인 소재의 변용을 노래하고 있다. 그러나 첫번째 문장에서는 주춧돌이 동구 밖으로 걸어 나가는 환장한 구름으로 변화하는 양상을 보인 반면, 세번째 문장에서는 다듬잇돌이 동구로 떠나오는 구름으로 변하는 양상을 보임으로써 의미론적 상동(相同)을 이룬다.

돌이 구름이 된다는 건 일견 불가능해 보인다. 그러나 오랜 시간의 축적과 인연의 고리를 거듭하다보면 가능한 일이기도 하다. 이러한 순환 혹은 윤회의 세계관은 두번째 문장의 '비석' 옆에 피어 웃고 있는 '백일홍'에 의해 풍요롭게 상상할 수 있는 서사적 고리를 확보한다. 백일홍 속에 깃든 구름(물론 이 구름은 비를 통해 백일홍 속에 깃들었을 것이다!)과 비석 속에 깃들어 있던 주춧돌(물론 이 비석도 원래 주춧돌로 만들어졌을 것이다!)은 애초의 주춧돌과 환장한 구름의 현신(現身)들이다. 그러니 이 시는 전혀 다른 돌과 구름의 사랑을, 그것들의 한 몸 됨을 병렬과 반복을 통해 형상화하고 있는 것이다. 특히 생략함으로써

---

11) 『미당 시전집 1』, 민음사, 1994.

끝을 열어두고 있는 이 시의 병렬구조는 돌이 구름으로 화하는 시간의 역사(役事)를, 반복을 통해 상징적으로 보여주고 있다.

뭐락카노, 저 편 강기슭에서
니 뭐락카노, 바람에 불려서

이승 아니믄 저승으로 떠나는 뱃머리에서
나의 목소리도 바람에 날려서

뭐락카노 뭐락카노
썩어서 동아밧줄은 삭아내리는데

하직을 말자 하직 말자
인연은 갈밭을 건너는 바람

뭐락카노 뭐락카노 뭐락카노
니 흰 옷자라기만 펄럭거리고……

오냐. 오냐. 오냐.
이승 아니믄 저승에서라도……

이승 아니믄 저승에서라도
인연은 갈밭을 건너는 바람

뭐락카노, 저 편 강기슭에서
니 음성은 바람에 불려서

오냐. 오냐. 오냐.

나의 목소리도 바람에 날려서.

— 박목월, 「이별가離別歌」 전문[12)]

2행씩을 거느린, 연과 연 사이의 생략이 돋보이는 시다. 수미상관의 형태로 1, 2연/8, 9연이, 동일한 문장의 반복에 의해 1연/8연, 2연/9연, 6연/9연이 대응관계를 이룬다. 또한 "이승 아니믄 저승에서라도"라는 동일 어구의 연쇄적 형태로 6연/7연이, "뭐락카노"가 점층적으로 반복을 거듭하면서 1연/3연/5연이 구조적 상동성을 이룬다. 인연의 튼튼한 줄이 삭아내리는데 4연에서 두 번 반복되는 "하직(을) 말자"라는 구절에는, 현실적으로 인연의 끈이 멀어져가는데도 헤어지지 않으려는 안타까움이 담겨 있다. 이를 무뚝뚝한 경상도 사투리 "뭐락카노"라고 표현했다. 단속적으로 투박하게 반복되고 있는 이 "뭐락카노"에는 삶과 죽음의 경계와 그 격절감이 담겨 있다.

이 시의 병렬관계 속에서 놓치지 말아야 할 것은 행간에 놓인 여백의 의미이다. 행간은 마치 '니'와 '나', 죽음과 삶의 간극만큼이나 깊다. '니'는 저편 강기슭에서 무슨 말인가를 하고 있다. 시의 화자는 '니'가 하는 말을 들으려고 애쓰지만, '니'가 하는 소리도 '나'가 하려는 말도 바람에 날려 들리지 않는다. '나'는 마침내 하직이 불가피함을 깨닫고, "인연은 갈밭을 건너는 바람"이라서 "오냐. 오냐. 오냐"라며 그 단절을 받아들인다. 여기에는 인연(삶)에 대한 허무가 있고 죽음을 받아들이는 달관이 있다. 강, 배, 바람과 같은 흐름의 이미지, 투박한 사투리와 정감 있는 대화체, 강기슭이라는 경계 공간과 더불어 끊일 듯

12) 『박목월 시전집』, 서문당, 1984.

이어지는 병렬이 삶과 죽음의 격절감을 완화시켜주면서 자연스럽게 죽음을 포용할 수 있도록 한다.

빈 산
아무도 더는
오르지 않는 저 빈 산

해와 바람이
부딪쳐 우는 외로운 벌거숭이 산
아아 빈 산
이제는 우리가 죽어
없어져도 상여로도 떠나지 못할 아득한 산
빈 산

너무 길어라
대낮 몸부림이 너무 고달퍼라
지금은 숨어
깊고 깊은 저 흙 속에 저 침묵한 산맥 속에
숨어 타는 숯이야 내일은 아무도
불꽃일 줄도 몰라라

한줌 흙을 쥐고 울부짖는 사람아
네가 죽을 저 산에 죽이
끝없이 죽어
산에
저 빈 산에 아아

불꽃일 줄도 몰라라
내일은 한 그루 새푸른
솔일 줄도 몰라라.

— 김지하, 「빈 산」 전문[13)]

아무도 더는 오르지 않는 산, 외로운 벌거숭이 산, 상여로도 떠나지 못할 아득한 산, 그 '빈 산'은 "깊고 깊은 저 흙 속에 저 침묵한 산맥 속에/숨어 타는 숯"을 간직한 산이다. 폭압적이었던 우리 현대사의 공간인 동시에 그런 세상을 살아가는 시적 자아의 황폐한 내면 공간을 상징하는 산이다. 1, 2연에서 "빈 산/(…) 저 빈 산" "(…) 산/아아 빈 산/(…) 산, 빈 산"으로 '빈 산'의 점층적인 변주를 이룬다. 그러고는 4연에서 다시 한번 "산에/저 빈 산에 아아"로 변주된다. 이 병렬적 변주의 과정은 빈산의 처절함을 심화시키는 방향으로 나아간다.

또한 3연과 5연이 "불꽃일 줄도 몰라라"를 동일 어구로 하여 병렬관계를 이루는데, 다시 5연 안에서 다시 "솔일 줄도 몰라라"라고 한번 더 대구적으로 변주된다. 특히 '숯'과 '솔'의 대비를 통해 빈산을 태우는 불꽃이 소멸/재생의 의미론적 대응을 이룬다. 그리하여 까맣게 타버린 숯의 산은 뜨겁게 타오를 수 있는 불꽃을 간직한 산이 된다. 온몸을 태워버리는 '대낮'의 열기와 불은 그 고통을 감내하는 자의 내면의 불로 전환되고, 마치 숯처럼 '죽어 끝없이 죽어' 현실의 불꽃이 되는 것이다.

그러한 빈산을 향한 '온몸의' 투신은 현실에 대항하는 시인의식의 결연함을 엿볼 수 있는 대목이다. 그 결연함의 절정에서 시인은 '아아' 라고 탄식한다. 외롭고 힘든 결단에 따르는 고통의 탄식이기도 하지만

---

13) 김지하, 『타는 목마름으로』, 창작과비평사, 1982.

온몸을 투신하는 그 결단에서 오는 희열의 탄식이기도 하다. 이러한 탄식 끝에, 타고 남은 재가 기름이 되듯, 숯은 한 그루의 새푸른 소나무로 전환한다. 이 시에서 병렬은 정서적 고양과 결연한 의지를 고무시키는 역할을 하고 있다.

쓸개 빠진 녀석의 쓸개 빠진 사랑을 보았나,
녀석도 참
나중에는 제 불알을 따서
새끼들을 먹였지,
애비의 불알 먹는 새끼들을 보았나,
그래서 녀석의 새끼들은
간(肝)이 곪았지,
　불알 먹었다. 불알 먹었다.
　불쌍한 울아부지 불알 먹었다.
그래서 녀석의 새끼들은
뿔이 돋쳤지,
눈두덩에 뿔이 돋친 귀신(鬼神)이 됐지,
쓸개 빠진 녀석의 쓸개 빠진 사랑을 보았나,
녀석도 참
나중에는 오뉴월 구름으로 흐르다가
입춘(立春) 가까운 눈발로도 쓸리다가
히히 히히 히
쓸개 빠진 너식은 쓸개 빠진 웃음을
웃을 뿐이지,

— 김춘수, 「타령조打令調 5」 전문[14)]

논리적이고 규칙적인 병렬에 근거한 것은 아니더라도 소리의 반복이 주는 지속성에 의해 텍스트 전체가 유기적인 병렬성을 획득하는 경우가 있는데, 인용시가 바로 그러하다. 인용시는 신체를 떼어 새끼들을 먹이는 '쓸개 빠진' 자의 사랑을 얘기하고 있다. 그 사랑은 자식들을 향한 부모의 사랑이기도 하고, 무한히 주는 사랑의 보편적 상징이기도 하다. '보았나' '-했지' '먹었다'라는 종결어의 자유로운 배치를 중심으로 구축되는 이 시의 병렬 양상은 자세히 들여다보아야 한다.

먼저 "그래서 녀석의 새끼들은"이라는 동일 어구를 중심으로 "간이 곪았지" / "뿔이 돋쳤지"에 의해 6, 7행/10, 11행이, "쓸개 빠진 녀석의 쓸개 빠진"이라는 어구를 중심으로 1행/13행/18행이(이 안에서도 '사랑'과 '웃음'이라는 의미론적 대응으로 1, 13행/18행이), '보았나'라는 술어를 중심으로 1행/5행/13행이, "녀석도 참/나중에는"이라는 어구를 중심으로 2, 3행/14, 15행이 병렬된다. 이뿐 아니다. '뿔이 돋치다'라는 어구를 중심으로 11행/12행이, '-하다가'라는 연결어미를 중심으로 "오뉴월 구름" / "입춘 가까운 눈발"에 의해 15행/16행이, "불알 먹었다"는 술어를 중심으로 8행/9행이 병렬관계를 이루고 있다. 어느 행 하나도 쌍으로서의 병렬을 거느리지 않는 행이 없을 정도로 참으로 복잡다단한 병렬이 산포되어 있다. 병렬이 꼬리에 꼬리를 물면서 변형되고 변주되는 대표적인 경우에 해당한다.

숨겨진 혹은 내재된, 해체적 병렬

병렬이 가진 시적 기능의 풍부함은 병렬이 지닌 규범성을 파괴하고

14) 『김춘수 시전집』, 서문당, 1986.

해체할 때 그 가능성이 보다 넓어진다. 현대시에서 병렬은 텍스트 이면에 숨어 있는 경우가 많다. 표면적으로는 병렬이 파괴되어 있는 것처럼 보이지만 구조적으로 분석해보면 미약하나마 병렬구조를 발견할 수 있는 경우가 대부분이다. 이 유형에서는 병렬의 부정과 무화(無化)를 통해 또다른 병렬의 재구축을 시도하는 양상을 보인다.

벌목정정(伐木丁丁) 이랬거니 아람도리 큰솔이 베혀짐즉도 하이 골이 울어 멩아리 소리 쩌르렁 돌아옴즉도 하이 다람쥐도 좃지 않고 뫼ㅅ새도 울지 않어 깊은산 고요가 차라리 뼈를 저리우는데 눈과 밤이 조히보담 희고녀! 달도 보름을 기달려 흰 뜻은 한밤 이골을 걸음이랸다? 웃절 중이 여섯 판에 여섯번 지고 웃고 올라 간뒤 조찰히 늙은 사나히의 남긴 내음새를 줏는다? 시름은 바람도 일지 않는 고요에 심히 흔들리우노니 오오 견듸랸다 차고 올연(兀然)히 슬픔도 꿈도 없이 장수산(長壽山)속 겨울 한밤내—

— 정지용, 「장수산長壽山 1」 전문[15)]

장수산의 정경을 산문형식을 빌려 자유롭게 표출하고 있는 듯하지만, 그 이면에는 치밀한 구도 및 시선의 배치가 숨어 있는 시이다. 마침표를 제거해버린 줄글 형태, 종결어 '—즉도 하이'와 더불어 '도리' '솔이' '골이' '멩아리' '소리'에서 보여주는 '이'음의 반복 등은 사물의 움직임을 축소시킬 뿐만 아니라 사물과의 정서적 밀착감을 고조시키고 지속시킨다. '운문의 지속적이고 반복적인 회귀'를 확인시켜주는 대목이다.

숨어 있는 병렬 시행들을 간추려보자. 먼저 "벌목정정 이랬거니 아

15) 『정지용 전집 1—시』, 민음사, 1999.

람도리 큰솔이 베혀짐즉도 하이"와 "골이 울어 멩아리 소리 쩌르렁 돌아옴즉도 하이"가 병렬을 이룬다. 또한 "다람쥐도 좃지 않고"와 "뫼ㅅ새도 울지 않어"가 다람쥐/뫼ㅅ새, 좃다/울다의 병렬을 이루고 있으며, 감탄형으로 어미가 처리된 "깊은산 고요가 차라리 뼈를 저리우는데 눈과 밤이 조히보담 희고녀!"와 "시름은 바람도 일지 않는 고요에 심히 흔들리우노니 오오 견듸랸다"가 감탄형의 통사구조로 병렬을 이루며, "달도 보름을 기달려 흰 뜻은 한밤 이골을 걸음이란다?"와 "웃절중이 여섯 판에 여섯번 지고 웃고 올라 간뒤 조찰히 늙은 사나히의 남긴 내음새를 줏는다?"도 의문형의 통사구조로 병렬을 이룬다.

뿐만 아니라 장수산 속 한밤의 설경(雪景)은 시각과 청각의 병치, 청각과 촉각의 대체, 다시 촉각과 시각의 통합이라는 가파른 감각적 전이를 거쳐 공감각적으로 병렬되고 있다. 특히 장수산의 고요는 희디흰 달과 눈(雪)과 어우러져 더욱 그 빛을 발한다. '깊은 산 고요가 차라리 뼈를 저리운다'는 구절이야말로 자연의 고요에 가슴이 저며드는 서정적 주체의 내면적 갈등을 체화(體化)시키고 있다는 점에서 돌올하다. '차라리' '조찰히' '심히' '올연히' '한밤내'와 같은 부사의 적절한 배치 또한 시의 병렬적 구조에 기여한다. '차라리'와 '심히'의 반대편에 '조찰히'와 '올연히'가 있다. 전자가 인간의 편에 선 몸과 마음에서 건져올린 부사라면, 후자는 장수산의 편에 선 초극의 자연에서 건져올린 부사다. 시인은 후자 쪽 부사들에 의지해 장수산 속 깨달음과 견딤의 의미를 완성시키고 있다. 때문에 "오오 견듸랸다 차고 올연히 슬픔도 꿈도 없이 장수산속 겨울 한밤내―"라는 마지막 구절을 통해 도달한 내면의 깊이와 자연의 심연은 '장수산'의 고지(高地)이자 정지용 시의 고지이기도 할 것이다.

그 날 아버지는 일곱 시 기차를 타고 금촌으로 떠났고

여동생은 아홉 시에 학교로 갔다 그 날 어머니의 낡은
다리는 퉁퉁 부어올랐고 나는 신문사로 가서 하루 종일
노닥거렸다 전방은 무사했고 세상은 완벽했다 없는 것이
없었다 그 날 역전에는 대낮부터 창녀들이 서성거렸고
몇 년 후에 창녀가 될 애들은 집일을 도우거나 어린
동생을 돌보았다 그 날 아버지는 미수금 회수 관계로
사장과 다투었고 여동생은 애인과 함께 음악회에 갔다
그 날 퇴근길에 나는 부츠 신은 멋진 여자를 보았고
사람이 사람을 사랑하면 죽일 수도 있을 거라고 생각했다
그 날 태연한 나무들 위로 날아 오르는 것은 다 새가
아니었다 나는 보았다 잔디밭 잡초 뽑는 여인들이 자기
삶까지 솎아내는 것을, 집 허무는 사내들이 자기 하늘까지
무너뜨리는 것을 나는 보았다 새점치는 노인과 변통(便桶)의
다정함을 그 날 몇 건의 교통사고로 몇 사람이
죽었고 그 날 시내 술집과 여관은 여전히 붐볐지만
아무도 그 날의 신음 소리를 듣지 못했다
모두 병들었는데 아무도 아프지 않았다

— 이성복, 「그 날」 전문[16)]

'그 날 —은(는) —했다'라는 통사적 반복을 통해 그려지는 일상의 소묘는 무감각하게 마비된 병든 삶의 모습을 아이로니컬하게 드러내고 있다. 이 아이로니컬한 반복적 진술 속에 나를 비롯해 아버지, 어머니, 창녀들, 나무들, 술집과 여관들이 도열해 있고, 그러한 반복적 변주들은 마지막 부분의 '신음 소리'라는 목적어에 귀결된다. 이 '신음

16) 이성복, 『뒹구는 돌은 언제 잠 깨는가』, 문학과지성사, 1980.

소리'를 드러내기 위해서 아이로니컬하게 아무 일 없는(없는 것이 아닌) 그 많은 주어들이 동원된 것이다. 눈에 띄는 병렬의 구절들을 간추려 보면 다음과 같다.

> ① 그 날 아버지는 일곱 시 기차를 타고 금촌으로 떠났고 여동생은 아홉 시에 학교로 갔다
> 그 날 아버지는 미수금 회수 관계로 사장과 다투었고 여동생은 애인과 함께 음악회에 갔다
>
> ② 전방은 무사했고 세상은 완벽했다 없는 것이 없었다
> 모두 병들었는데 아무도 아프지 않았다
>
> ③ 나는 보았다 잔디밭 잡초 뽑는 여인들이 자기 삶까지 솎아내는 것을, 집 허무는 사내들이 자기 하늘까지 무너뜨리는 것을
> 나는 보았다 새점치는 노인과 변통(便桶)의 다정함을

이 시에서 가족은 피폐하고 타락한 현실의 군상들로 이루어져 있다. 아버지의 일상에서 출발한 연상작용은 여동생과 어머니에 이어, '나'에까지 이른다. 아버지와 어머니의 고단한 삶에 비해 젊은 '나'가 한가롭게 노닥거리는 일상은 전방의 무사함을 증명하고 있는 듯하다. 그리하여 불안한 휴전상태가 삶의 조건이 되어 있는 현실 속에서도 전방이 무사하기만 하면 세상은 완벽하다는 아이러니를 유발한다. 결국 화자는 "모두 병들었는데 아무도 아프지 않았다"라는 마지막 시행으로 자신을 포함한 모든 사람들이 부조리하고 피폐한 현실을 살아가는 부조리한 존재에 불과하다는 것을 역설적으로 보여주고 있다.

▲우에
▲
그 上上峰에
⊙하나
그리고 그 ▲아래
▼그림자
그 그림자 아래, 또
▼그림자,
아래
다닥다닥다닥다닥다닥다닥다닥다닥다닥다
凹凸한 지붕들, 들어가고 나오고,
찌그러진 △□들, 일어나고 못 일어나고,
찌그러진 ♂♀들
88올림픽 오기 전까지의
新林山 10洞 B地區가
보인다
'해야 솟아라 지난 밤 어둠을 살라 먹고 맑은 얼굴 고운 해야 솟아라'
솟지 마라

— 황지우, 「'日出'이라는 한자를 찬,찬,히, 들여다보고 있으면」 중에서[17]

인용시는 산동네(철거촌)의 아침풍경을 각종 도형과 기호를 차용하여 묘사하고 있다. 그 풍경은 '찌그러진'이라는 형용사에 집약되어 있는데, 아침해가 너무 쉽게 삼사리로 들어올 수 있는 주거환경, 아침이면 못 일어나게 하는 전날의 피곤한 노동, 일어나도 갈 데 없는 실업

17) 황지우, 『새들도 세상을 뜨는구나』, 문학과지성사, 1983.

상태 등을 연상케 한다. 이렇게 시각적으로 해체시켜놓은 시에서도 병렬 양상은 찾아볼 수 있다.

먼저 4연의 해일 것 같은 ⊙을 중심으로, 그 위 행들과 그 아래 행들이 보여주는 산과 산 그림자의 모습이 시각적, 형태적으로 병렬을 이루고 있다. 凹凸한 지붕들, 찌그러진 △□들, 찌그러진 ♂♀들도 모두 소소한 대조를 이루고 있으며, '일어나고/못 일어나고' '들어가고/나오고' '솟아라/솟지 마라'와 같은 서술어에서도 대조를 엿볼 수 있다. 이러한 대조적 묘사에도 불구하고 산동네의 아침은 그 대조적 변별성이라는 게 전혀 의미가 없는 공간이다. 그 경계와 분별이 분명치 않은 곳이고 불필요한 곳이기도 하다. 절대적인 가난과 삶만이 남아 있기 때문이다. 이러한 산동네의 풍경과 대비를 이루고 있는 것이 '88올림픽'과 '고운 얼굴의 해'인데, 이 대비적 풍경이 바로 이 시에서 가장 중요한 병렬적 의미를 구축하고 있다.

> 차(車)가 달려간다. 길 한중앙을. 공중에서 내려다보면 숲 한중앙을. 차(車)가 달려간다. 차(車)는 사면이 유리이다. 차(車)가 달려간다. 유리 속으로 숲이 들어왔다 나간다. 어느 것도 오래 머물지 않는다. 유리 속에선 아무것도 오래 머물지 않는다. 머물렀다 생각하면 어느새 보이지 않는다. 차(車)가 달려간다. 차(車)는 앞으로 가지만 나무는 뒤로 간다. 차(車)는 앞으로 가지만 강(江)은 뒤로 간다. 차(車)는 앞으로 가지만 너는 뒤로 간다. 차(車)가 달려간다. (…) 차(車) 속에서 들리는 음악도 차(車) 밖으로 나가지 않는다. 내 울음 소리도 차(車) 밖으로 나가지 않는다. 차(車)가 달려간다. 어느 날 아침 갑자기 멈추면 눈알을 때리듯 망치로 유리를 때린 다음 한없이 녹슨 몸을 거대한 압착기로 네모나게 눌러, 죽은 친구들의 몸 아래 실어 어디엔가 보내질, 그런 차(車)가 아직도 달려간다. 차(車)가 달려간다. 아직도 나밖에 실은 적 없는

차(車)가 달려간다. 길 한중앙을. 언제나 숲을 만나면 머리채 휘날리며 뒷걸음치는 나무를 잡으려 소리치는, 차(車)가 달려간다. 일평생을 달려도 하늘 한방울 스며들지 않던, 그 차(車)가 아직도 달려간다.

— 김혜순, 「서울 3느 9916」 중에서[18)]

장황한 산문시처럼 보이는 인용시에도 반복과 병렬은 존재한다. '차(車)가 달려간다'와 '한중앙을'이 반복되면서 리드미컬한 속도감을 자아내고 있다. 차번호인 '서울 3느 9916'은 시인의 분신이다. 그러므로 달리는 차는 다름 아닌 시인 자신이다. 행갈이가 무시된 채 병렬관계를 이루는 문장들을 찾아보면 다음과 같다.

① 차(車)가 달려간다. 길 한중앙을.
숲 한중앙을. 차(車)가 달려간다.
길 한중앙으로 차(車)가 달려간다.

② 차(車)는 앞으로 가지만 나무는 뒤로 간다.
차(車)는 앞으로 가지만 강(江)은 뒤로 간다.
차(車)는 앞으로 가지만 너는 뒤로 간다.(2번 반복)

③ 유리 속에선 아무것도 오래 머물지 않는다.
유리창 속에 머무는 것처럼 행복한 아침,

④ 자(車) 속에서 들리는 음악도 차(車) 밖으로 나가지 않는다.
내 울음 소리도 차(車) 밖으로 나가지 않는다.

---

18) 김혜순, 『나의 우파니샤드, 서울』, 문학과지성사, 1994.

특히 ①의 문장들은 각각의 문장들끼리 서로 병렬관계를 이룬다. ②도 마찬가지다. '서울 3느 9916'으로 비유되는 시인의 몸은 세상의 모든 말을 끌어안고 괴롭게 꿈틀거린다. 자기 몸에 덕지덕지 붙어 있는, 아니 자기 몸속에서 와글거리는 그 말들을 괴로운 숨을 토하듯 쏟아내면서 시인의 고통스러운 내면을 시각화하고 있다. 병렬을 이루면서 끝없이 반복되고 변주되는 문장들의 연쇄와 그 시각화는, 이미지와 시의 의미를 해체시키는 새로운 발성법을 구축한다. 바로 단속적이고 불규칙적이고 떠도는 시니피앙으로서의 병렬구조이다. 이는 소리의 반복과 혼돈, 속도감을 느끼게 할 뿐 의미론적 계기성은 없다. '차(車)가 달려간다'라는 단문의 불규칙적이고 단속적 반복과 쉼표의 사용이 소리의 무정부주의를 이루고 있다. 이러한 시들에서 일상적이고 재현적인 의미를 구성하기란 불가능하다. 반복되는 소리, 리듬, 주문 같은 효과로 인해 언어가 지닌 의미들은 뒤로 물러나고, 이때 병렬은 소리들의 소용돌이 속에서 시인의 무의식을 흔드는 구조적 역할을 하고 있다.

현대시에서 병렬은 반복과 더불어 작품의 형식 원리로서 작용한다. 우리에게 익숙한 '두 행이 서로 대응되는 의미 요소로서 짝을 이루는' 전통 시가의 병렬 모형은 현대시로 오면서 시 전체의 구조적 차원으로 확장하거나 변형 및 파괴되면서 해체의 과정을 겪는다. 크게 반복적 병렬구조, 확산적 병렬구조, 해체적 병렬구조라는 세 유형으로 나누어 살펴보았는데, 실제적으로 병렬의 변형과 해체의 양상에 따라 시적 기능도 다채롭고 풍부한 미적 변화를 일으키곤 한다. 이를테면 시적 의미나 정서를 응집시키거나 파괴하거나 새롭게 생성하는 기능을 담당하기도 하고, 시각적이고 청각적인 시적 리듬을 구축하기도 하고 해체하기도 한다. 또한 시인의 감정이나 내면, 시적 갈등 및 대상을 강조해 드러내면서 시의 유기적 구조 형성과 미학적 효과에 기여하기도 한다. 현대시의 병렬은 통사구조의 등가성 및 반복성이 율격적 자질로 확대되는, 이른바 '의미의 율격'을 형성하는 중요한 시적 장치가 되고 있다.

알레고리의 유형과 변모 양상

알레고리의 정의와 변천

알레고리는 시대나 논자에 따라 각기 상이한 의미로 사용되고 있어서 그 개념의 정의가 쉽지 않다. 가장 좁게는 우화(fable)의 차원에서 이해되는가 하면, 일반적으로는 은유(metaphor)나 상징(symbol) 등과 유사한 비유의 차원에서 이해되기도 한다. 알레고리가 우화(寓話), 우언(寓言), 우의(寓意), 우유(寓喩), 풍유(諷喩) 등으로 번역되어왔던 데서도 알 수 있다. 그리고 최근에 이르러서는 넓은 의미에서 독서의 흔적 혹은 차이의 해석학 차원에서 이해되기도 한다.

어쨌든 아리스토텔레스 『시학』에서부터 지속된 알레고리의 특징적 정의는 추상적인 개념(tenor)을 구체적인 대상(vehicle)으로 다르게 표현하거나, 어떤 개념(혹은 생각)을 어떤 형태의 이미지(혹은 이야기)로 번역해놓은 일종의 비유적 표현법을 일컫는다. 흔히 나타내고자 하는 원관념과 그것을 표현한 보조관념의 관계가 1:1로 대응되는 수사법이라고 정의되기도 한다. 이러한 알레고리는 시에서보다는 서사문학

에서, 특히 단형 서사체나 큰 서사체의 삽화 혹은 다른 복잡한 양식의 원천으로 더욱 원용되었다.[1)]

알레고리에는 인간사회의 한 단면을 극적으로 제시하여 하나의 교훈적 주제를 표출하고 있는 수많은 우화와 비유담(parable)[2)]이 포함된다. 교훈적 측면이 강한 사건 및 사리(事理)를 분명하고 구체적으로 서술하기 위해, 그리고 교리나 이론을 현실적 맥락으로 전달하기 위해 세계를 인간/자연, 현실/이상, 선/악 등의 상반된 요소로 파악하려는 이분법적 혹은 이원론적 세계인식이 두드러진다. 이때 알레고리는 필연적으로 인간의 사고, 행위, 감정에 관계된 술어에 의존하기 때문에 본질적으로 인격성을 띠게 된다. 의인화와 함께 의동물화(擬動物化)가 빈번하게 활용되는 까닭이다. 수사학상의 의인화가 일시적이고 단편적인 것이라면, 알레고리로서의 의인화는 계속적인 동시에 총체적이라는 데 차이가 있다. 대부분의 문학용어사전들이 알레고리를 '연장된(extented) 또는 혼합된(mixed) 메타포'라고 부르는 까닭이기도 하다.

20세기에 들어서면서 이러한 알레고리는 이분법적인 흑백논리에 빠지기 쉽고, 소박하고 기계적이며 추상적이라는 이유로 그다지 환영받지는 못했다. 그러나 사라진 신화, 역사, 영웅, 근원을 향한 노스탤지어, 대중적인 공감과 손쉬운 계몽적 권위, 속전속결의 유머와 재치, 파편화된 독서의 흔적 등의 속성이 부각되면서 21세기 들어 새롭게 주목받고 있다. 그리하여 단순한 수사적 차원을 넘어 세계에 대한 인식의 틀로, 그리고 언어문화적 조건으로 그 위상이 확대되고 있다.

---

1) 존 맥퀸, 『알레고리』, 송낙헌 옮김, 서울대출판부, 1980 : 도정일, 「우화론」, 『문예중앙』 1997년 여름호: 신광현, 「알레고리」, 『현대비평과 이론』 1994년 봄·여름호 참조.

2) 우화(fable)란 동물이 주체, 화자, 대상, 행위자인 동물우화 형식을 일컫는 반면, 비유담(parable)은 인간이 주체, 화자, 대상, 행위자인 인간우화 형식을 일컫는다. 전자가 인간의 우행에 대한 풍자를 담고 있다면 후자는 풍자가 아닌 어떤 다른 목적, 이를테면 '진리'와 '법'에 대한 깨침 등 진지한 가르침을 담고 있다. 도정일, 앞의 글 참조.

알레고리에 대한 현대적 해석의 관점은 벤야민이나 폴 드 만 등에 의해 촉발된다. 벤야민은 사물이 지니는 우발성, 임의성, 단편성에 알레고리적 충동이 내재되어 있다고 주장하면서, 일관된 목표를 상정하지 않은 채 우연적인 단편들을 모아놓은 몽타주야말로 알레고리적 동기를 지닌 것이라고 주장한다. 폴 드 만은 진리와 언어 자체에 회의를 품는 20세기 철학과 비평이론에 알레고리를 연결시키는데, 이때 알레고리는 근원(기원)과 그 흔적들의 거리를 뜻한다. 그것은 이것을 말하고 저것을 뜻하기에 '차이'의 해석학이기도 한데 이 차이에는 당연히 시간성(temporality)이 개입된다.[3)]

알레고리스트란 경험 이전에 선험적인 관념이 앞선 자들이다. 따라서 알레고리는 세계에 대한 절대적 혹은 보편화된 관념을 전제하고 그것의 예시와 비유로 현실을 조합해 제시한다. 즉 자신의 관념적 메시지를 연역적, 비유적으로 전달하며, 이를 위해서는 짧은 서사나 선명한 이미지를 통해 관념(本義)을 암시해야 한다. 초월적 관념이나 현세적 교훈을 지향하므로 시적 메시지는 단일하다. 특히 최근의 알레고리스트들은 이 절대적이거나 보편화된 관념의 자리를 자신의 주관화, 파편화된 관념으로 대신하곤 한다. 이 글에서는 알레고리의 특징적 유형과 그 변모 양상을 살펴보고자 한다. 알레고리임을 알리는 일정한 지표(알레고리를 푸는 실마리)를 중심으로 개별 텍스트의 해석적 틈을 메워가며 숨은 의미를 찾아내는 과정이야말로 알레고리 해석의 가장 큰 재미일 것이다.

---

3) 그러나 이 같은 경향은 알레고리의 개념을 극단적으로 넓힘으로써 구체적인 작품 분석의 잣대로서의 기능을 반감시키는 듯하며, 특히 폴 드 만으로 대표되는 최근 알레고리의 경향은 작품 자체에서 밝혀지는/드러나는 방식으로서의 알레고리가 아니라, 작품을 해석/분석하는 하나의 방법으로서의 알레고리다.

이데올로기 및 정치현실에 대한 풍자적 알레고리

폭압적이었던 좌우 이데올로기의 대립을 근간으로 하는 현대사의 정치, 사회 현실을 겨냥한 현실비판 혹은 시대인식의 도구로서 알레고리는 즐겨 구사되곤 한다. 우리 현대시에서 가장 쉽게 찾아볼 수 있는 알레고리 유형이다. 이 유형의 알레고리 시들은 생경한 구호나 직접적인 진술을 피해 비유적이고 우회적으로 현실을 반영할 수 있는 동시에 보편성을 획득할 수 있다는 장점을 지닌다.

1920년대 후반, 프로문학의 선두주자였던 임화의 시에는 단편서사와 더불어 알레고리를 구사하는 작품들이 많다. 이와 같은 알레고리 형식은 프롤레타리아화될 수밖에 없는 식민치하의 국민 대다수에게 계급의식을 고취해 해방 투쟁에 나설 것을 고무하려는 목적의식을 띠고 있다.

사랑하는 우리 오빠 어저께 그만 그렇게 위하시든 오빠의 거북문(紋)이 질화로가 깨여졌어요
언제나 오빠가 우리들의 '피오닐' 조그만 기수라 부르는 영남(永男)이가
지구에 해가 비친 하로의 모-든 시간을 담배의 독기 속에다
어린 몸을 잠그고 사온 그 거북문(紋)이 화로가 깨여졌어요

그리하야 지금은 화(火)적가락만이 불상한 우리 영남(永男)이하구 저하구처럼
똑 우리 사랑하는 오빠를 잃은 남매와 같이 외롭게 벽에가 나란히 걸렸어요 // (…) //

화로는 깨어져도 화(火)젓갈은 기(旗)ㅅ대처럼 남지 않었어요
우리 오빠는 가셨어도 귀여운 '피오닐' 영남(永男)이가 있고
그러고 모든— 어린 '피오닐'의 따듯한 누이 품 제 가슴이 아직도 더 웁습니다

—임화, 「우리 오빠와 화로」 중에서[4)]

서사적 관점이란 독자들이 의식하지 못하는 사이에 텍스트가 제시하는 가치들에 공감하게 만드는 강력한 수단 중 하나이다. 일정한 방식으로 텍스트를 읽도록 독자의 위치를 고정시키는 것이 서사전략의 목표이기 때문이다. 인용시는 연초 공장 직공으로 있던 오빠가 노동투쟁으로 감옥에 간 뒤, 어린 남동생과 편지봉투 만들기로 생계를 연명하며 느끼는 오빠에 대한 애정을 편지 형식으로 표현하고 있다. '단편 서사시'[5)] 형식으로 서사를 도입하여, 서사의 이면에 강한 계급의식과 함께 현실에 대한 개혁의지를 숨겨놓고 있는 시이다.

화자는 오빠가 아끼는 '거북문(紋)이 질화로'가 깨어진 것을 알려주는 것으로부터 편지를 시작하고 있다. 여기서 '질화로'는 오빠 또는 혁명가를 의미한다. 이 화로가 '거북문(紋)이'라는 점, '피오닐'('개척자, 선구자'라는 뜻과 함께 '공산소년단원'을 일컫는 말)로 불리는 동생 영남이가 사온 것이라는 점은 중요하다. 프롤레타리아 혁명정신이 천천히 계속해서 젊은 세대로 계승되고 있음을 시사하기 때문이다. "화로는 깨어져도 화(火)젓갈은 기(旗)ㅅ대처럼 남"았다는 구절을 통해, 화자와

4) 『임화전집 1—현해탄玄海灘』, 풀빛, 1988.

5) '단편 서사시'란 짧은 서사시로서, 종래의 서사시가 영웅들의 세계를 노래한 반면 '단편 서사시'는 계급투쟁에서 비롯되는 혁명적인 사건을 취급하여 서사적인 화자를 시 속에 끌어들여 표현하는 형식이다. 이러한 '단편 서사시'의 창작으로 임화는 일약 카프 내 최고의 시인으로 떠오른다.

화자의 동생 영남이가 오빠의 투쟁정신을 되새기며 더욱 큰일을 위하여 마음을 가다듬고 있음을 암시한다. 이처럼 구체적이고 개연성 있는 서사와 잘 짜인 비유, 그리고 미래에 대한 낙관적 전망의 서사는 독자 대중의 공감을 쉽게 유도해낼 뿐만 아니라 교훈과 계몽과 선동의 효과를 자아낸다.

식민과 독재와 군부로 점철된 우리 현대사 속에서 대부분의 창작자들은 시대적 정치 상황을 직접적으로 묘사할 경우 검열에 걸릴 수 있다는 심리적 부담감을 가졌다. 때문에 상황에 대한 직접적 방법이 아닌 다른 우회적 방법을 모색하게 된다. 이때 알레고리가 사용된다. 김수영의 많은 시들은 아이로니컬한 알레고리를 활용해 당대의 정치현실을 우회적으로 비판한다.

야 손들어 나는 아리조나 카보이야
빵! 빵! 빵!
키크야! 너는 저놈을 쏘아라
빵! 빵! 빵! 빵!
짜키야! 너는 빨리 말을 달려
저기 돈보따리를 들고 달아나는 놈을 잡아라
쬰! 너는 저 산 위에 올라가 망을 보아라
메리야 너는 내 뒤를 따라와

이 놈들이 다 이성망이 부하들이다
한데다 묶어놔라
애 이 놈들아 고갤 숙여
너희놈 손에 돌아가신 우리 형님들
무덤 앞에 절을 9(九)천6(六)백35(三五)만번만 해

나는 아리조나 카보이야

— 김수영, 「나는 아리조나 카보이야」 중에서[6)]

김수영 스스로가 "청탁을 받아가지고 쓴 동시"라고 밝혔듯이[7)], '아리조나 카보이'가 그의 친구들과 악당을 물리치고, 구름을 타고 하와이에서 2분 만에 돌아온다는 동화적 발상은 알레고리적 효과를 증폭시켜 준다. 시의 메시지 또한 1960년 4월 26일 하야 후 5월 29일 하와이로 망명한 이승만 자유당 집권세력들을 다시 붙잡아 와서 그들의 죗값을 물어야 한다는 선명한 의미를 담고 있다. 화자인 '아리조나 카보이'는 그러한 정의를 실현하는 자이다.

1연에서 화자는 '이성망'을 "돈보따리를 들고 달아나는" 도둑놈으로 규정하고 있다. 또 2연에서는 "너희놈 손에 돌아가신 우리 형님들"이라고 하여 그들이 '우리 형님들'을 직접 혹은 간접적으로 살인한 자들임을 드러낸다. '아리조나 카보이'와 그의 부하들은 도둑과 살인자를 잡으려 한다. 이승만 정권의 정치 권력자들이란 도둑이나 살인자와 다름없다는 메시지를 통해 통치자들의 도덕성을 직접적으로 문제 삼고 나선 것이다. 인용 부분에서는 누락되고 있으나 "미국 사람들이 세워놓은 자동차란 자동차는/싹 없애버려라"라는 구절에서는 이승만의 친미 성향을 꼬집는 동시에 명백한 반미 감정을 드러내고 있다.

껍데기는 가라.

4월도 알맹이만 남고

6) 『김수영 전집 1—시』, 민음사, 1981.

7) 이 시는 "이승만이를 다시 잡아오라는 내용이 아이들에게 읽히기에 온당하지 않다는 이유" 때문에 신문사에서 퇴짜를 맞았다고 한다. 김수영, 「치료될 기세도 없이」, 『김수영 전집 2—산문』, 민음사, 1981, 26쪽.

껍데기는 가라.
껍데기는 가라.
동학년 곰나루의, 그 아우성만 살고
껍데기는 가라.

신동엽, 「껍데기는 가라」 중에서[8)]

잘 알려진 신동엽의 시 「껍데기는 가라」는 1960년대 부정부패와 독재체제라는 시대상황과, 4·19, 동학농민운동이라는 실제 역사적 사건을 시적 배경으로 삼고 있다. '껍데기'와 '알맹이'라는 선명한 이분법적 구도 속에서, 구호처럼 반복되는 '껍데기는 가라'라는 구절을 지루하지 않게 변주시키고 있다. 이로써 시의 주제는 동적으로 강조된다. '껍데기'는 '쇠붙이'와 동일한 의미항을 이루며 순수하지 못한 일체의 부정적이고 반민족적인 요소를 의미한다. 예를 들면 퇴색하고 변질된 4·19 정신, 외세 의존적 사대주의, 남북 간의 대립과 갈등 등이 그것이다.

이에 비해 '알맹이'란 오늘에 이어져야 할 핵심적인 전통이며, 남북으로 분단된 현실을 포함하여 일체의 반민족적인 요소가 부정되고 극복된 상태를 의미한다. 구체적으로 '동학년'으로 비유되는 동학농민운동, '4월'로 비유되는 4·19의 정신, 아사달과 아사녀의 맞절, 향기로운 흙가슴으로 비유되는 민족화해의 정신 등이 그것이며, 이것들은 모두 훼손되고 오염되지 않은 가장 순수한 민족의 모습을 간직한 민중을 의미한다. 특히 '중립(中立)의 초례청'은 남과 북의 화해가 이루어질 상상의 공간을, '맞절'은 정치의 중립에 의한 분단 극복의 의지를 알레고리화하고 있다.

8) 『신동엽 전집』, 창작과비평사, 1975.

산은 날더러 들꽃이 되라 하고
강은 날더러 잔돌이 되라 하네
산서리 맵차거든 풀속에 얼굴 묻고
물여울 모질거든 바위 뒤에 붙으라네
민물 새우 끓어 넘는 토방 툇마루
석삼년에 한 이레쯤 천치로 변해
짐부리고 앉아 쉬는 떠돌이가 되라네
하늘은 날더러 바람이 되라 하고
산은 날더러 잔돌이 되라 하네

— 신경림, 「목계장터」 중에서[9)]

인용시는 오래전부터 구전되어온 무명(無名)씨의 작품과 유사한 시상(詩想) 및 통사구조를 지니고 있다. 시의 공간인 '목계장터'는 민중들의 무수한 사연이 배어 있고 삶의 애환이 깃든 곳이다. 시적 화자는 '목계장터'에 "짐부리고 앉아 쉬는 천치"와 같은 '방물장수'가 되어 삶의 애환을 두루두루 보고 듣는 존재가 되라는 운명의 소리를 독백한다. 독백의 주체는 '나'이지만, '나'에게 운명의 소리를 들려주는 주체는 하늘, 땅, 산, 강 등의 자연물이다. 자연물을 의인화하고 있는 것 또한 알레고리적 상상력에 해당한다.

하늘이 부여한 운명이자 시대가 규정한 삶의 방식에 순응하고 그 운명을 기꺼이 받아들이라는 메시지를 담고 있다는 점에서 이 시 역시 교훈적이다. 그 운명은 자유로운 떠돌이로서의 민중적 삶을 의미하는 '구름' '바람' 등으로 표상되며, 보잘것없지만 결코 좌절하지 않고 든든한 뿌리를 내리고 사는 '잡초' '들꽃' '잔돌' 등으로 표상된다. 이 대

9) 신경림, 『새재』, 창작과비평사, 1979.

조적 표상은 방랑과 정착의 기로에 선 표상들인바 현대화에 떠밀려 붕괴되는 농촌 공동체의 시대적 삶과, 화자의 개인적 삶 사이의 갈등을 보여주는 것들이기도 하다. '산서리'와 '물여울' 또한 가혹한 시대 현실을 암시하며, "풀속에 얼굴 묻고" "바위 뒤에 붙"는 행위 역시 현실의 시련을 벗어나려고 애쓰는 민중들의 모습이다. 시인은 '천치'에게, 세속적 이해나 명리(名利)에 무지한 바보가 되어 현실적인 모든 어려움을 잊고 살고 싶은 시적 의지를 투사하고 있다.

> 예가 바로 제벌(狾猔), 국회의원(匔獪狋猿), 고급공무원(跍磔功無獂),
> 장성(長猩), 장차관(瞕猹矔)이라 이름하는,
> 간뗑이 부어 남산만 하고 목질기기 동탁배꼽 같은
> 천하흉폭 오적(五賊)의 소굴이렸다.
> 사람마다 뱃속이 오장육보로 되었으되
> 이놈들의 배안에는 큰 황소불알만한 도둑보가 곁붙어 오장칠보,
> 본시 한 왕초에게 도둑질을 배웠으나 재조는 각각이라
> 밤낮없이 도둑질만 일삼으니 그 재조 또한 신기(神技)에 이르렀겄다.
>
> — 김지하, 「오적五賊」 중에서[10)]

김지하는 70년대를 어떻게 표현할 것인가 하는 방법론적 필요성과, 민중에게 보다 쉽게 다가가려는 전략의 일환으로 알레고리 형식을 택했다. 4·4조의 판소리 율격에 의지한 채 온갖 비어와 속어를 동원해 풍자적으로 '이야기'하는데, 이 같은 시형식을 일컬어 시인 스스로 '담시(譚詩)'[11)]라고 명명한 바 있다. 특히 「오적」은 이야기의 무대를 "옛날도 먼옛날 상달 초사흗날 백두산아래 나라선 뒷날"이라고 과거로 한

10) 『김지하 담시 모음집—오적五賊』, 동광출판사, 1985.

정시켜 현실에 대한 풍자적 거리를 획득한다. 큰 다섯 도둑과 좀도둑 꾀수의 행적이 '전해오는 옛날이야기임'을 강조하는 이 설화적 관용구는 허구적 세계, 즉 알레고리의 세계로 들어가는 입구 역할을 한다. 이러한 장치에 의해 다섯 도둑들의 이야기는, 당대 현실의 이야기이면서 과거의 허무맹랑한 이야기가 된다. 이와 같은 구비민담적 허구화 전략은, 화자가 현실의 세계와 허구의 세계를 자유로이 오갈 수 있는 단서를 마련해주고 독자로 하여금 당대의 현실에 대해 일정한 비판적 거리를 유지하게끔 해준다.

풍자의 대상인 재벌, 국회의원, 고급공무원, 장성, 장차관에 해당하는 오적은, 한일합병의 주역들이었던 을사조약의 매국노 오적을 환기한다. 이들이 바로 미국과 일본에 나라를 팔아먹은 70년대판 오적이라는 메시지를 담고 있는 셈이다. 따라서 이들은 미친개 '제(猘)', 교활할 '회(獪)', (개가) 으르렁거릴 '의(狋)', 원숭이 '원(猿·獂)', 성성이(오랑우탄류) '성(猩)'처럼 하나같이 짐승에 비유되는 알레고리 기법과 동음의 한자유희에 의해 풍자되고 있다. 이처럼 언어유희를 부각시켜 정치권력의 부도덕성과 정치적 이데올로기의 모순을 비판하면서 그 부패한 권력의 희생자가 독자 대중 즉, 민중들 자신이라는 자각을 유도하고 있다. 알레고리와 풍자가 밀접히 연결되어 있다는 사실을 직접적으로 보여주는 시이다.

현대시에 나타난 알레고리적 특징 중 하나는 상당 부분의 작품들이 상징과 겹치고 있다는 사실이다. 이런 작품들은 작품이 창작되었던 당대의 시대적 문맥 속에서는 현실비판 혹은 현실적 염원을 담은 시들로 해석될 수 있지만, 그 의미가 넓은 진폭을 함의하고 있어 상징시로 읽

11) 세상에 떠도는 구비전승의 '이야기 구조'를 지칭하는 민담에서 '담(譚)'자를 차용하고, '노래'를 지향하여 쓰인 율문이라는 뜻에서 '시(詩)'를 결합한 명칭이다. 최일남, 『우리 시대의 말들』, 동아일보사, 1984, 193쪽 참조.

히기도 한다. 알레고리와 상징 간의 친연성을 엿볼 수 있는 다음의 시들을 보자.

① 지금 눈 나리고
매화(梅花) 향기(香氣) 홀로 아득하니
내 여기 가난한 노래의 씨를 뿌려라

다시 천고(千古)의 뒤에
백마(白馬) 타고 오는 초인(超人)이 있어
이 광야(曠野)에서 목노아 부르게 하리라.

— 이육사, 「광야曠野」 중에서[12)]

② 날이 흐리고 풀이 눕는다
발목까지
발밑까지 눕는다
바람보다 늦게 누워도
바람보다 먼저 일어나고
바람보다 늦게 울어도
바람보다 먼저 웃는다
날이 흐리고 풀뿌리가 눕는다

— 김수영, 「풀」 중에서[13)]

①의 시는 의지가 깃든 예언자적 목소리로 민족의 염원인 해방을 확

12) 『이육사 전집』, 김학동 편저, 새문사, 1986.
13) 『김수영 전집 1—시』, 민음사, 1981.

신하고 있다. '눈'과 '매화 향기'는 각각 어두운 조국의 현실과 의연한 저항 의지를 의미한다. 그 저항 의지를 구현한 "가난한 노래의 씨"가, "백마 타고 오는 초인"에게 계승될 것을 기대하고 있다. 조국 광복에의 신념과 의지를 노래하고 있다고 해석했을 때 이 시는 알레고리시가 된다. 그러나 "백마 타고 오는 초인"을 민족 또는 인류 구원자, 위대한 민족시인, 메시아 등으로 해석하고, '이 광야'를 그것들이 놓인 개별적인 광장(현장)으로 해석한다면 이 시는 상징시가 될 것이다. 이때 "목노아 부르게 하리라"의 목적어를 개별적으로 꿈꾸는 노래로 해석할 수 있다.

②의 시 역시 '풀'과, 풀을 움직이게 하는 '바람'을 어떻게 해석하느냐에 따라 알레고리시로도 상징시로도 읽을 수 있다. '눕는다/일어난다' '운다/웃다'라는 대립적 술어의 해석 또한 마찬가지다. 김수영의 시정신과 4·19 직후에 창작되었다는 점을 고려해, '풀'은 민초(民草)로서의 민중 혹은 민중들의 참된 자유를 의미하고 '바람'은 '부패권력이나 소시민성'을 의미한다고 해석할 때 이 시는 알레고리시가 된다. '비를 몰아오는 동풍'도 외세를 의미하고, '일어나고/웃는' 희망으로 기울어져 있는 '빨리'와 '먼저'에 민중적 역동성을 부여한다면 특히 그러하다.

그러나 '풀'과 '바람'을 다의적으로 해석한다면 상징시로 볼 수도 있다. 풀/바람의 이미지 대립은 원형적 상징으로도 설명 가능하기 때문이다. '풀'은 '시인 자신'을 비롯한 개별자 혹은 개별자로서의 삶, 거기에 내재한 희망, 생명성, 자유 내지는 '그 무엇'을 상징하기도 한다. 그 모든 것이 될 수 있는 풀은 '현실'이라는 '바람'에 밀려 쓰러지고 또 쓰러지지만, 현실보다 빨리 울어버림으로써 더 빨리 일어난다는 상징적 의미가 될 것이다. 이때 '눕는다/일어난다' '운다/웃다'라는 술어는 대립이 아니라 대립을 통합하고 해소하는 움직임인 것이다.

이 유형은 우리 현대사의 이데올로기와 시대현실을 어떻게 표현하느냐 하는 방법론적 필요성에 기인한다. 생경한 구호나 직접성을 피해 현실을 우회적으로 표현함으로써 문학적 보편성을 획득할 수 있었던 것이다. 알레고리가 역사 현실과 어떻게 조우하고, 그 조우로부터 어떠한 알레고리가 나올 수 있는가를 보여주는 유형인 셈이다. 그러나 상징과 그 경계를 넘나들 때 현실반영이나 현실비판이란 면에서는 알레고리의 직접성은 약화된다. 비유적 의미가 넓게 확장되기 때문이다.

이데아의 발현과 그 흔적으로서의 알레고리

알레고리의 기원은 철학과 신학에 있다. 알레고리는 처음부터 종교와 밀접한 관계를 맺고 있었다. 종교화된 관념이나 보편적 진리, 상실한 유토피아의 흔적들을 계시하고자 했던 이 유형의 알레고리는 상징과 넘나드는 것이 특징이다. 때문에 상징의 특징인 비의적(秘義的) 측면과, 알레고리의 특징인 유비적 대칭 구조가 동시에 드러나곤 한다.

직접적으로든 간접적으로든 우리 현대시에서는 불교의 가르침과 깨달음을 시로 형상화한 작품들을 쉽게 찾아볼 수 있다. 동양적 사유 속에서 불교의 가르침과 깨달음이 우리 삶의 지렛대 역할을 오래 했기 때문일 것이다.

① 바람도 없는 공중에 수직(垂直)의 파문(波紋)을 내이며, 고요히 떨어지는 오동잎은 누구의 발자최입니까.

지리한 장마 끝에 서풍에 몰려가는 무서운 검은 구름의 터진 틈으로, 언뜻언뜻 보이는 푸른 하늘은 누구의 얼골입니까.

꽃도 없는 깊은 나무에 푸른 이끼를 거쳐서, 옛 탑(塔) 위의 고요한 하늘을 슬치는 알 수 없는 향기는 누구의 입김입니까.

— 한용운, 「알 수 없어요」 중에서[14]

② 세마리 사자(獅子)가 이마로 이고 있는 방(房)에서
나는
이 세상 마지막으로 나만 혼자 알고 있는
네 얼굴의 눈섭을 지워서
먼발치 버꾸기한테 주고,

그 방(房) 위에 새로 핀
한송이 연(蓮)꽃 위의 방(房)으로
핑그르르
연(蓮)꽃잎 모양으로 돌면서
시방 금시 올라 왔다

— 서정주, 「연蓮꽃 위의 방房」 중에서[15]

존재의 근원, 사멸, 소생 등의 불교적 순환원리를 상징적 알레고리로 즐겨 구사했던 현대시의 대표적 시인으로 한용운을 들 수 있다. 불교적 세계관은, 그가 세계와 사물을 바라보고 해석하는 뿌리를 이룬다. 그러나 불자(佛者)로서의 한용운은 애국지사로서의 한용운과 떼놓을 수 없다. 때문에 그의 시에 나타나는 알레고리는 흔히 종교적, 상징적, 정치적 현실과 맞물려 있어 보편성을 획득하기에 용이하다.

①의 시는 연시 형태를 취하고 있으나 시집 구성원리에 비추어볼 때 단순한 연시가 아니라 절대적 존재를 노래하고 있다. 각 행에 나오는 '누구'는 한용운의 '님'에 대한 부정대명사이다. 오동잎=발자최, 푸른 하늘=얼굴, 향기=입김, 작은 시내=노래, 저녁놀=시라는 은유적 인

14) 『한용운 시전집』, 최동호 편저, 문학사상사, 1989.
15) 『미당 시전집 1』, 민음사, 1994.

식을 통해 부재하는 것처럼 보이지만 엄연하게 존재하는 님의 존재를 확인하고 있다. 이 '님'이 문자 그대로의 님이기도 하고 부처이기도 하고 상실된 국권을 의미하기도 한다는 것은 주지의 사실이다.

그럼에도 불구하고 이 작품의 기본 바탕은 불교의 윤회사상과 연기설(緣起說), 그리고 색즉시공(色卽是空)과 깊은 관련을 맺고 있다. 특히 '타고 남은 재가 기름이 되듯' 순환하고 있다는 점에서 삼라만상이 윤회하고 연기하는 것이다. 공(空)의 형태로 존재하면서 여전히 색(色)으로 작용한다는 것을 보여줌으로써 님의 존재를 입증하는 시이다. 그러나 불교적 교리는 작품 속에 은유적으로 용해되고 있어 설법(說法)의 냄새가 풍기지 않는다.

②의 시는 불가의 상징인 '연꽃'과 '사자'를 직접적으로 끌어들이고 있다. 민간전승에서도 온갖 삿되고 사악한 것들을 막아주는 벽사(辟邪)의 의미를 지닌 사자는 절집에서도 쉽게 찾아볼 수 있는데 석탑이나 석등, 부처님을 떠받치고 있다. 『유마경』에서도 부처님의 위엄스런 설법을 '사자후(獅子吼)'에 비유하기도 했다. 연꽃 또한 불법을 상징한다. 염화시중(拈華示衆)의 미소, 이심전심의 묘법(妙法)이라는 말은 부처님이 설법하실 때에 연꽃 한 송이를 들어 대중에게 보였을 때 제자 가섭만이 홀로 미소를 지었다는 데서 유래한다.

또한 연꽃이 불교의 상징적인 꽃이 된 것은 더러운 물(속세)에서 피는 꽃(열반)이고, 꽃을 피움과 동시에 열매가 꽃 속에 자리잡는 꽃(因果의 도리)이고, 합장을 하고 있는 듯한 꽃봉오리(불자의 마음)의 형상을 지녔기 때문이다. "세 마리 사자가 이마로 이고 있는 방"과 그 방 위에 새로 핀 "연꽃 위의 방"은 불법을 상징한다. 그러나 그 비유가 다르듯 깨달음에 이르는 서로 다른 과정이자 방법을 의미한다. 전자의 '방'이 보다 강렬하고 심지어 폭력적이기까지 한 설법의 과정이자 방법이라면, 후자의 '방'은 보다 맑고 넓고 부드러운 설법의 과정이자 방법을 의미한다. 이것은 사자와 연꽃이 가지는 원형적 이미지만으로도 짐작할 수 있는 대목이기도 하다.

기독교의 교리를 알레고리화하고 있는 시들은 작품 수가 많지는 않으나 시적 메시지는 선명한 편이다.

① 얼골이 바로 푸른 한울을 울어렀기에
발이 항시 검은 흙을 향하기 욕되지 않도다.

곡식알이 거꾸로 떨어저도 싹은 반듯이 우로!
어느 모양으로 심기여졌더뇨? 이상스런 나무 나의 몸이여! // (…) //

목마른 사슴이 샘을 찾어 입을 잠그듯이
이제 그리스도의 못박히신 발의 성혈(聖血)에 이마를 적시며—

오오! 신약(新約)의 태양(太陽)을 한아름 안다.

— 정지용, 「나무」 중에서[16)]

② 더러는
옥토(沃土)에 떨어지는 작은 생명이고저……

흠도 티도,
금가지 않은
나의 전체는 오직 이뿐!

16) 『정지용 전집 1—시』, 민음사, 1999.

더욱 값진 것으로

드리라 하올 제,

나의 가장 나아종 지니인 것도 오직 이뿐!

—김현승, 「눈물」 중에서[17)]

정지용의 신앙시들은 우리 현대시에서 가톨릭 신앙을 담은 최초의 본격적인 시작품들로 평가된다. 일련의 신앙시들 중 하나인 ①의 시에서 시적 자아는 신과 인간을 엄격하게 구분하는 기독교적 이원론 속에 위치한다. 천상과 지상, 위와 아래라는 공간적 대조로 표상되는 신(神)과 인간의 거리는 피할 수 없는 운명적 조건으로 그려진다. 시적 자아가 신앙적 자아와 세속적 자아로 이원화되더라도 이 이원화는 '분열'이 아니라 '구분'이다. 분열은 갈등이지만 구분은 질서와 조화다. 질서와 조화의 자리에서 신과 '나'를 연결해주는 신앙적 자아는 수직성을 지닌 '우주수(宇宙樹)'라는 기호를 발견한다. 그러기에 "오오 알맞은 위치(位置)! 좋은 우아래!"라는 구절은, "못박히신 발의 성혈"과 "신약의 태양"으로 상징되는 '그리스도'라는 분명한 지향점을 지닌 질서와 조화를 의미한다.

시인이 어린 아들을 잃고 그 슬픔을 기독교 신앙으로 승화시켜 쓴 작품이라고 전해지는 ②의 시는 경건한 신앙에 대한 간절한 소망을 알레고리화하고 있다. '눈물'을 "옥토에 떨어지는 작은 생명"으로 비유함으로써 새로운 생명을 싹틔울 씨앗과 열매를 예비하도록 한다. 특히 마지막 연에서 눈물의 역실적 의미를 강조하는바, 자신의 "가장 나아종 지니인" 궁극의 가치를 '눈물'로 표상하고 있다. 이 눈물은 '꽃/열

17) 『김현승 전집 1—시』, 시인사, 1985.

매' '웃음/눈물'의 대립구조를 통합시킨다. '웃음'이 잠시 피었다 지는 '꽃'이라면 '눈물'은 생명을 거듭나게 하는 신의 은총과 같은 '열매'라고 여김으로써 종교적 경지에서 슬픔을 극복해내고 있다.

이때 눈물은 종교적 상상력에서 우러나오는 시적 표상으로서 '자기정화(自己淨化)'라는 강한 상징성을 띤다. 특히 1연에서 성경구절을 인용하고 있다[18]는 점, 구도자로서의 화자를 설정하고 있다는 점, '자기정화'와 '자기희생'에서 비롯되는 부활과 재생을 노래하고 있다는 점, 그리고 청교도적인 파토스로 시적 존재 가치를 추구했다는 점 등은 이 시가 유일신인 '하나님'의 섭리와 그 절대성을 노래하고 있음을 증명해주는 증거들이다. 슬픔을 통해 더 높고 순정한 상태에 이르려는 시인은, 눈물이 오직 사람에게만 주어진 하나님의 은총이라고 여김으로써 지극한 고난을 이겨내는 기독교적 시정신을 보여주고 있다.

이것은 소리 없는 아우성
저 푸른 해원(海原)을 향하여 흔드는
영원한 노스텔지어의 손수건
순정은 물결같이 바람에 나부끼고
오로지 맑고 곧은 이념의 표ㅅ대 끝에
애수(哀愁)는 백로처럼 날개를 펴다.
아아 누구던가
이렇게 슬프고도 애닯은 마음을
맨 처음 공중에 달 줄을 안 그는

— 유치환, 「기旗빨」 전문[19]

---

18) 신약성서에 보면 "더러는 옥토에 떨어지매 혹 백 배, 혹 육십 배, 혹 삼십 배의 결실을 하였느니라"(마태복음 13장 8절)라는 구절이 있다.

19) 『청마 유치환 전집 1— 기旗빨』, 정음사, 1984.

인용시는 이상화된 이념(理念)에의 향수를 알레고리화하고 있다. 지상으로부터 높이 솟아 있는 깃발은 세속적인 질서로부터 벗어나 높은 곳을 지향하려는 의지를 상징한다. 그러나 깃발은 "맑고 곧은 이념의 푯대 끝"에서 이상향을 향한 '아우성'의 몸짓으로 의지와 집념의 자세를 보이기도 하지만, 결국은 깃대를 떠날 수 없는 숙명적 존재임을 깨닫고 절망하고 만다. 깃발의 몸짓은 이상화된 이념의 표상이기도 한 반면에 그 좌절의 흔적이기도 하다. 이 같은 이상과 좌절은 다섯 개의 보조관념(아우성, 손수건, 순정, 애수, 마음)을 거느리면서 다채롭게 전개된다.

"아아 누구던가/이렇게 슬프고도 애닯은 마음을/맨 처음 공중에 달 줄을 안 그는"이라는 마지막 구절에는, 이상 세계에 대한 동경과 향수, 그리고 그것에 도달할 수 없는 한계로 인한 슬픔과 절망이 응집되어 있다. 결국 이 시에서 깃발은 깃대의 제한성으로 말미암아 현실을 뛰어넘을 수 없는, 인간의 근원적 한계를 표상한다. 그래서 '충족할 수 없는 향수', '영원한 향수'가 되는 것이다. 이처럼 알리면서 알리는 만큼 숨기는 알레고리의 방법적 특성은, 이상화된 관념을 비의적으로 충족시키거나 시대를 초월한 보편적 의미를 획득하는 데도 용이하다.

문명비판과 파편화된 유희로서의 알레고리

'현대'의 알레고리스트들은 보편화된 관념을 '개인의 주관적 관념'으로 대체하곤 한다. 세계에 대한 자신의 경험적 사실이나 허구적 상상들을 재구성하여 작품화하는 것이다. 이때 알레고리는, 현대의 물질문명과 소외된 인간 군상들에 대한 비판적 조망을 근간으로 개인의 주관적 세계관을 예시한다. 그중에는 물질문명의 발달과 비례해 소외된 인간 군상들과 그 인간들의 내면을, 그로테스크하거나 환상적이거나 패러디적 유희를 가미해 그려내는 경우도 있다.

> 어둠은 편안하고 안전하지만 굶주림이 있는 곳
> 몽둥이와 덫이 있는 대낮을 지나
> 번득이는 눈과 의심 많은 귀를 지나
> 주린 위장을 끌어당기는 냄새를 향하여
> 걸음은 공기를 밟듯 나아간다
> 꾸역꾸역 굶주림 속으로 들어오는 비누 조각
> 비닐 봉지 향기로운 쥐약이 붙어 있는 밥알들
> 거품을 물고 떨며 죽을 때까지 그칠 줄 모르는
> 아아 황홀하고 불안한 식욕

— 김기택, 「쥐」 중에서[20]

인용시는 동물의 특성에 빗대어 인간들이 가진 속악한 면모를 비판하고 있다. 쥐의 엄청난 식욕은 죽음에까지 이르는 병이 되고 있다. 생명은 죽음에까지 이르게 하는 끈질기고 악착같은 식욕 위에서 태어나고 그리고 그 위태로운 식욕과 더불어 소멸한다는 메시지를 담고 있다. '쥐약'이 뒤섞인 밥알을 향한 쥐의 식욕은 인간의 이중적 욕망을 환기시킨다. 살아남기 위한 원초적 욕구와 또 그 욕구로 인해 죽을 수밖에 없는 모순된 욕망, 그러기에 "황홀하고 불안한 식욕"은 죽음에 이르러서야 끝이 난다. 인간의 욕망을 쥐의 식욕을 통해 알레고리화하고 있다. 동물들을 이처럼 비참하게 그려놓은 것은 그에 못지않게 비참하게 살아가는 인간의 생활상을 풍자하기 위해서이다.

---

20) 김기택, 『태아의 잠』, 문학과지성사, 1991.

남산경(南山經)

남산(南山)의 첫머리는 회현(會峴)이다. 그 고개는 남산의 북향 그늘이 드리워져 늘 음습하고 차가워, 사람 살 곳이 못된다. 이곳의 어떤 풀은 그 생김새가 푸른 지렁이 같고, 가느다란 털이 달려 있고, 끈끈이액이 나와, 사람이 다가가면 긴 줄기로 휘감아 잡아먹으려 든다. 이름을 창부(蒼芙)라 한다. 이것에 닿으면 오줌을 자주 눈다. (…)

다시 북쪽으로 3백 리 가면 상계산(上溪山)이 나온다. 초목은 자라지 않으나 물이 많다. 이곳의 어떤 짐승은 생김새가 긴꼬리원숭이 같은데, 앞발이 다섯이요 뒷발이 셋이다. 이름이 구청(狗鯖)이며, 소리는 나무를 찍는 듯하고, 이것이 나타나면 그 고을에 철거와 토목 공사가 많아진다.

— 황지우, 「산경山經」 중에서[21]

황지우의 「산경」은 기이한 동식물이 총출동하는 중국의 고대 기서(奇書) 『산해경』[22]의 어법을 빌려, '서울'로 상징되는 자본주의와 도시문명을 풍자하고 있다. 거기에는 사람을 해치는 기괴하고 사나운 짐승과 해로운 식물들의 불길하고 어두운 이미지로 가득 차 있다. 인용 부분은 남산의 회현에 사는 '창부'와, 상계산에 사는 '구청'에 대해 설명하는 대목이다. '창부(蒼芙)'라는 풀은 창부(娼婦)와, '구청(狗鯖)'이라는 짐승은 구청(區廳)과 동음(同音)의 관계를 이룸으로써 매춘과 날림

---

21) 황지우, 『게눈 속의 연꽃』, 문학과지성사, 1991.

22) 『산해경』(정재서 역주, 민음사, 1993)에서 인용시의 대목과 유사한 구절을 찾으면 다음과 같다.

남산경(南山經)

「남산경」의 첫머리는 작산이라는 곳이다. 작산의 첫머리는 소요산이라는 곳인데 서해변에 임해 있으며 계수나무가 많이 자라고 금과 옥이 많이 난다. 이곳의 어떤 풀은 생김새가 부추 같은데 푸른 꽃이 핀다. 이름을 축여(祝餘)라고 하며 이것을 먹으면 배가 고프지 않다.

행정을 절묘하게 풍자한다. 인간세계의 현상과 동물세계의 현상을 등치시키는 유머, 과장, 그로테스크적 표현으로 우리 사회의 부조리한 단면을 폭로하고 있다.

인용시는 또한 패러디와 그 경계를 넘나드는 알레고리 유형의 전형적 작품이다. 기존의 잘 알려진 서사 텍스트를 재구성한 경우야말로 패러디와 알레고리가 맞물리는 가장 대표적인 경우이다. '독자의 능동적인 독서'에 의해 '끝없는 자리 바꿈'[23]을 계속하는 이러한 반복적 패러디, 즉 알레고리적 재읽기는 바로 폴 드 만이 지적하고 있는 독서의 알레고리와 상통한다. 앞선 독서가 무엇을 억압했는지를 밝히는, 읽기에 대한 읽기, 즉 메타독서이고 메타픽션이라는 점에서 그렇다. 또한 친숙함 속의 새로움으로 과거의 어떤 형식이 기본틀을 유지하면서 다르게 되풀이된다는 점에서 그렇다.

현실에 대한 부정적 인식은 유토피아에의 충동을 부추기고 그 같은 충동은 부정적 현실을 괄호 속에 묶어버리고자 한다. 이때 알레고리는, 상실되고 파편화된 이상(理想)을 표현하기 위해, 총체적인 삶의 연관관계들로부터 분리된 현실의 단편이나 허구적 단편들을 이리저리 짜맞추곤 한다. 그것들의 조합은 하나의 유기적 통일체를 거부하며 반리얼리즘적 태도를 지향한다.

아파트 위로는 강철구름이 떠다니고, 나는 아파트 내 방에 누워 비틀즈의 연주를 듣는다 강철구름 위에서 푸른 사다리가 내려와 어둔 내 방에 들어온다 (…) 새들이 바라보던 그곳에서 검은 터널이 열렸다 새들은 있는 힘을 다해 그곳으로 날아갔지만 한 마리를 제외한 다른 새들은 모두 지상으로 떨어지고 말았다 그리고 시간이 마구 뒤섞이기 시작했다

23) Paul de Man, *Allegories of Reading*, New Haven and London Yale University Press, 1979, p. 115.

나는 추락한 새들을 생각하며 사다리를 오른다 강철구름은 까마득히 높이 있다 끝이 보이지 않는다 사다리들이 하나씩 떨어져 나간다 나는 또 한 칸 올라간다 나는 실체일까 허상일까 아파트 위로는 강철구름이 떠다니고 까마득한 밑에서 또 한 사람이 올라온다

— 김참, 「강철구름」 중에서[24)]

인용시는 현실세계의 재현이 아닌 독특한 허구의 상황을 그려 보인다. 자의적(恣意的)이고 불연속적인 진술을 통해 시의 의미적 연관들과 관계규칙들을 교란시키고, 그 결과 비실재로의 비약적 유희를 낳고 있다. 상징과 은유의 우화적 수법을 사용해 사실과의 거리두기를 하고 있는바, 이것이 바로 현실에 대한 직접 개입보다는 허구적 거리를 두고 투시하는 우회적인 알레고리 방법이다. 현실을 포괄하는 선(先)관념을 통해 일정한 의미의 체계들을 읽어내는 고전적 알레고리스트와 달리, 현대의 알레고리스트들은 단지 파편화된 기호들의 단편적 의미를 조합하고 있다.

젊은 시인 김참이 꿈꾸는 환상적 알레고리의 지형도는, 어둔 아파트 방 안에서 푸른 사다리를 타고 강철구름 위에서 펼쳐진다. 실제 대상과 환상 속의 대상, 현실과 환상 사이를 부유하는 그의 언어는 가위눌린 자의 잠꼬대처럼 그 의미가 불투명하다. "시간이 마구 뒤섞이기 시작했다" "나는 실체일까 허상일까" 의심하는 구절에서도 알 수 있듯, 시인은 환상과 현실, 우울·환상과 죽음·공포, 그 사이를 넘나들며 그 경계를 해체한다. 그로테스크하고 비실재적인 이미지를 향해 돌진하는 이러한 유희는 제도화되고 기계화된 현실을 넘어버리고 시인만의 자유를 확보하려는 알레고리적 장치임에 틀림없다. 오리무중의 현실

24) 김참, 『시간이 멈추자 나는 날았다』, 문학세계사, 1999.

속에서 포착한 존재론적인 고통의 알레고리일 터이다. 이처럼 최근의 알레고리 작품들은, 현실로부터 관념 혹은 이념을 획득해가는 과정을 형상화하는 리얼리즘적 알레고리와는 일정한 거리를 유지하기도 한다.

젊은 시인들의 언어 속에는, 여기 우리가 서 있는 곳이 최악의 세계이며 그 누구도 이 세계를 이해하지 못한다는, 세계에 대한 공허한 시선이 깔려 있다. 이 부정적 시선은 파괴와 몰락의 징후들이 조합된 알레고리로 표출된다. 이때 '키드화'된 세계 혹은 '키드적' 서사를 끌어들여 알레고리적 유희를 증폭시키기도 한다.

1. 핫도그맨은 1955년 미국 캘리포니아 어느 지저분한 거리에서 태어났다.

2. 지나가던 거지 흑인에게 심하게 욕설을 들으며 핫도그를 부당하게 빼앗긴 경험이 있다.(어두운 과거)

  핫도그맨은 자기의 간식 핫도그를 억울하게 빼앗긴 데 대해 격분. '정의'의 수호자가 되기로 결심했다.

3. 외계인의 비행접시 부대가 지구를 방문했을 때, 핫도그맨은 그들에게 핫도그를 주고, 대신 지구를 '악'에서 구할 만한 초능력을 받았다.(외계인들은 핫도그를 무척 좋아했다)

4. 핫도그를 먹고 변신하고, 그가 변신했을 때는 손으로 레이저 빔을 발사하며 눈에서는 에메랄드 광선을 뿜어낸다(!)

5. 붉은 망토의 핫도그맨은 캘리포니아 주의 몇몇 아이들에게 영웅대접을 받는다.

—서정학, 「핫도그맨」 중에서[25)]

25) 서정학, 『모험의 왕과 코코넛의 귀족들』, 문학과지성사, 1998.

잡식성의 대중문화적 감수성을 지닌 젊은 시인들은 TV, PC 화면이나 스크린과 같은 사각의 영상매체를 통해 세계를 인지하며 세계를 욕망한다. 인용시에서 '핫도그맨'은 이 세계의 불의와 악당을 물리치는 '정의의 수호자'가 되고자 한다. 이 '핫도그맨'은 시인이 자체적으로 생산해낸 알레고리적 캐릭터이자 브랜드이다. 슈퍼맨이나 배트맨의 아류처럼, 핫도그맨은 철저히 미국화, 허구화, 영웅화, 희화화되어 있다. 키치화된 현대문명의 단면을 보여주는 만화적 꿈의 산물들이다.

서정학은 핫도그맨의 일대기와 활약상을 통해 현대문명이 지향하는 만화적 영웅담을 그려 보인다. 사각의 영상매체에 의해 재현되는 불연속적이고 이질적이며, 황당하고 키치화된 유희 속에서 "눈을 뜬 채 꾸는 꿈"을 펼치고 있는 것이다. 시인에게 현실 혹은 진정성이란 관심 밖의 문제이다. 키드적이고 키치적인 이 같은 알레고리는, 현대문명의 비속한 단면을 되비추고 굴절시키는 거울 역할을 한다는 점에서 풍자적이고, 유쾌한 만화적 비유담이라는 점에서 유희적이다. 그리고 게임의 플롯과 '―맨'류의 영화적 문법을 차용하고 있다는 점에서 패러디적이고, 그것이 비유담이라는 점에서는 알레고리적이다.

알레고리는 우리의 생각이나 사유 속에 존재하는 추상적 관념을 구체화하는 방법 중 하나다. 현실과 밀접한 우화나 비유담을 통해 당대의 시대정신을 표출하며, 인간의 존재양상을 탐구하는 데 주력한다. 또한 알레고리는 관념에 힘입어 일상적인 사실이나 사건을 초월할 수 있으며 표현상의 보다 많은 자유와 융통성을 부여한다. 이때 비의적 서술자로서의 목소리는 주석적인 혹은 우월한 서술 태도를 보여주며, 세계에 대한 관념적 인식이 드러나기도 한다. 어쨌든 알레고리는 관념을 조립하기 위한 비유적 도구로 활용되기 때문에 관념이 강조될 때 그 관념은 주제로 고정되어버리기 쉽고, 어떤 작품이 일단 알레고리로 해석되기 시작하면 그 작품에 대한 더이상의 해석이 불가능한 경우도 많다. 알레고리가 가진 가능성인 동시에 한계점일 것이다.

우리 현대시에서 알레고리의 특징적 유형은, 첫째 좌우 이데올로기적 대립을 근간으로 한 역사, 정치 현실을 겨냥한 비판적 풍자의 양식으로, 둘째 종교적, 보편적 진리에 대한 깨달음이나 교리를 교화시키고 전달하기 쉬운 비유의 양식으로, 셋째 현대적 복잡성과 부조리성을 반영한 반리얼리즘적 유희의 하나로 전개되어왔다. 이 세 유형은 사실 우리 현대시에서 알레고리의 통시적 변모 양상과도 일정 부분 맞물려 있기도 하다. 이러한 알레고리는 이분법적인 사유구조 속에서 분명하게 메시지를 전달할 수 있다는 점, 잃어버린 신화(아우라)에 대한 향수를 전할 수 있다는 점, 산문화된 시대에 부응해 서사적(허구적) 구조를 가질 수 있다는 점, 유희적인 요소를 충족시킬 수 있다는 점 등에서 21세기 시적 규범으로서 그 가능성이 열려 있다 하겠다.

모더니티와 은유

— '신시론' 동인의 『새로운 도시와 시민들의 합창』을 중심으로

은유는 단순히 언어의 문제만은 아니다. 모든 인간의식 및 경험세계와 관련된 근본양식이기 때문이다. 은유는 지금까지 비교, 대조, 유추, 유사성, 병치, 동일성, 장력, 충돌, 융합 등의 원리로 다양하게 기술되었으며, 최근에는 기호나 단어의 차원에서 확대되어 문장과 언술, 나아가 세계를 인식하는 지시틀(frame of reference)이나 인간의 사고와 행위의 중심 역할을 하는 '삶으로서의 은유'로까지 확대되고 있다.[1)]인

1) 아리스토텔레스 이후로 은유는 많은 철학자, 미학자, 문학연구가 들의 연구대상이 되어왔다. 아리스토텔레스는 "은유는 한 사물에 그 사물이 아닌 다른 사물에 속하는 이름을 부여하는 것"이라고 정의하고 있는데, 이는 은유를 어휘 차원의 유사성으로 인식하는 것이다. 그 이후 리처즈에 와서 이른바 은유에 대한 인식의 전환이 이루어진다. 그는 은유를 단순한 언어의 문제나 어휘 차원의 문제가 아닌, 어디에나 편재하는 하나의 사고원리로 파악한다. "우리가 은유를 사용할 때 우리는 단어(word)나 구(phrase)에 의해 뒷받침되고, 상호작용하는 각기 다른 사물에 대한 두 가지 사고, 즉 tenor(취의, 원관념, 비유되는 것)와 vehicle(매재, 보조관념, 비유하는 것)을 갖는다. 의미는 이 두 사고들의 상호작용에 의해 얻어진다"라고 주장한다. 또한 블랙은 리처즈의 이론을 좀더 개진하여 은유를 문장의 차

간의 보편적인 사고 행위로 텍스트가 전개됨에 따라 변화하는 역동적 형태로 인식되기에 이른 것이다. 그러므로 문학작품 특히 시에서 은유는 단어의 내포적 의미에서부터 세계에 대한 총체적 의미의 대상으로까지 자리할 수 있다.

은유를 통해 새로운 언어를 창조하고 새로운 세계의 버전을 획득하고자 하는 욕구는 특히 모더니스트 시세계에서 두드러진다. 그들이 주로 다루고 있는 도시적 소재와 그들이 모색하고 있는 새로운 언어에 대한 방법적 탐색이 은유를 통해 구현되는 경우가 많기 때문이다. 은유를 통해 50년대 모더니즘 시의 특성을 추적해보고자 하는 이 글은 다음과 같은 문제제기로부터 출발한다. 첫째, 은유가 모더니즘 시인들의 다양한 문법 속에서 어떻게 구현되고 어떤 시대적 상황을 암시하고 있는가. 이는 곧 언어 자체의 확장을 통해 시의 모더니티를 인식하게 하고 시적 창조에 직접적으로 기여하는 은유의 기능에 대한 고찰이 될 것이다. 둘째, 난해하다고 일컬어지는 모더니스트의 시작품을 이해하는 데 은유가 어떤 단서를 제공해주고 있는가. 서구(특히 구미)문학의 흐름을 받아들인 모더니스트들의 표현기법에서 보는 은유의 문제는

원으로까지 확대하여 초점(focus)과 틀(frame)이라는 분석틀을 세웠으며, 후르숍스키는 은유를 텍스트 전체 혹은 세계를 인식하는 지시틀(frame of reference)이라는 유효한 분석틀을 정립하였다. 나아가 레이코프와 존슨은 언어뿐 아니라 인간의 모든 사고와 활동의 준거틀이 되는 삶으로서의 은유로까지 그 영역을 확대시키고 있다. 본고에서는 후르숍스키의 지시틀을 중심으로 은유의 제반 양상을 고찰해보고자 한다. 이상의 이론적 배경에 대한 참고문헌으로는 테런스 혹스, 『은유』, 심명호 옮김, 서울대출판부, 1986; 필립 휠라이트, 『은유와 실재』, 김태옥 옮김, 문학과지성사, 1985; 김현 엮음, 『수사학』, 문학과지성사, 1985; M. 블랙, 「은유」, 이정문 외 공편, 『언어과학이란 무엇인가』, 문학과지성사, 1997; Mark Johnson, *Philosophical Perspectives of Metaphor*, University of Minesota Press, 1981; P. Ricoeur · R. Czerny, *The Rule of Metaphor*, Routledge & Kegan, 1977; Benjamine Hrushovsky, *Poetic Metaphor and Frames of Reference*, Poetics Today Vol. 5, 1984; G. 레이코프 · M. 존슨, 『삶으로서의 은유』, 노양진 · 나익주 옮김, 서광사, 1995 등이 있다.

자못 복잡한 구조와 기능을 지니고 있기 때문이다. 셋째로는 전후 모더니즘의 맹아 '신시론' 동인의 두번째 앤솔러지 『새로운 도시와 시민들의 합창』을 중심으로 한 시대 혹은 한 유파의 은유양상의 특징은 어떠한가 하는 문제이다.

『새로운 도시와 시민들의 합창』의 발간 배경

해방 직후 우리의 상황은 자유주의 사상과 문명을 수용할 수 있는 포괄적이고 합리적인 기반이 마련되지 못했다. 일제강점기의 문학행위에 대한 반성과 민족문학의 확립이라는 당면과제는 좌우 이데올로기의 대립이라는 문학의 정치성을 요구했으며, 문학 전반을 정치의 소용돌이 속으로 휘몰아넣는 결과를 초래했다.[2)] 또한 민족적 자아가 제대로 확립되지 못한 채 서구문화의 무비판적 수용에 집착했던 점도 이러한 혼란을 가중시켰다.

이때 문단에서는 현대시에 새로운 문학적 세계관을 수립하기 위하여 김경린, 박인환, 김경희를 주축으로 '신시론' 동인이 만들어졌다. 김경린은 일본 모더니즘 운동의 보루였던 '바우(VOU)' 그룹의 동인이었으며, 김병욱도 일본 모더니즘 계열의 '황지(荒地)'와 '신영사(新領士)' 출신이었고, 김경희도 '일본 미래파' 동인이었다. 그들은 일시에 불어닥친 시대변화와 문명의 집중화 현상에서 시의 모티프를 잡고, 이 모티프를 통해 이미지즘에 근거하여 모더니즘 운동을 추동하고자 했다. 그 성과가 김경린, 박인환을 중심으로 1948년에 발간한 『신시

2) 좌익 쪽은 문학가동맹을 중심으로 하여 각종 문화예술단체를 연합한 전국문화단체총연맹(약칭 '문련', 1947)을 조직했고, 이에 맞서 청년문학가협회가 중심이 된 우익문화단체가 모여 전국문화단체총연합회(약칭 '문총', 1948)가 만들어졌다.

론』[3]과, 이어 1949년 김병욱과 김경희가 빠지고 김수영, 양병식, 임호권이 참가하여 발간한 『새로운 도시와 시민들의 합창』이다. 전쟁이 발발하자 그들은 부산을 거점으로 '후반기' 동인[4]으로 재편성되어 50년대 모더니즘을 이끄는 주역이 된다.

『새로운 도시와 시민들의 합창』에는 시인별로 시론 혹은 시작 메모와도 같은 '짧은 글'과 5편 안팎의 시작품들이 실려 있다. "우리의 앞에 가로놓여 있는 현실을 어떠한 각도로서 관찰하는가. 그리하여 얻은 경험을 어떠한 방법으로 구상화하는가"라는 문제의식을 천명하고 있는 후기에서도 알 수 있듯이, 그들은 당대에 대한 현실인식과 시적 형상화 방법을 첨예하게 드러내 보이고자 했다. '짧은 글'에 드러나는 시 정신의 일단면을 보자.

① 나는 불모의 문명, 자본과 사상의 불균정(不均整)한 싸움 속에서 시민정신에 이반(離反) 언어작용만의 어리석음을 깨달았었다. (…) 그러나 영원의 일요일이 내 가슴속에 찾아든다. 그러할 때에는 사랑하는 사람과 시의 산책의 발을 옮겼던 교외의 원시림으로 간다. 풍토와 개성과 사고의 자유를 즐겼던 시의 원시림으로 간다.

— 박인환, 「장미의 온도」

---

3) 『신시론』은 국판 16쪽 분량에 불과한 잡지였지만 표지도 없이 상단에는 시를 그리고 하단에는 시론과 에세이를 가득 채운 빽빽한 편집이었고, 양과 질이 제법 우수했던 것으로 기억되고 있다. 지금은 고본(古本)조차 없어서 누가 무엇을 썼는지 가늠할 수 없지만 동인들이 시 한 편씩을 썼고 시론으로 그들의 입장을 밝힌 「현대시의 구상성」이 김경린에 의해 씌어졌다. 김경린의 논문만은 그에 의해 보존되고 있다.

4) 김경린, 김차영, 김규동, 이태래, 조향 등이 주축을 이룬 '후반기' 동인들은 1930년대 김광균, 이상, 장만영, 최재서 등이 추구하던 모더니즘 시의 방법과 정신을 계승한다는 취지에서 현대문명의 메커니즘과 그 그늘을 형상화하는 데 주력했다.

② 그것(현대시)은 하나의 병리학적인 생리를 내포하였음에도 불구하고 마치 신세대의 빛깔처럼 현대인의 지성에 자극을 주는 바가 되어 어두운 나의 세계에도 침투하여 왔든 것이다. (…) 시는 종국에 있어서 전진하는 사고인 것이다.

— 김경린, 「매혹의 연대」

①은 '시민정신'에 부합하는 '풍토와 개성과 사고의 자유', ②는 '병리학적 생리'와 '현대인의 지성'이 결합된 '신세대의 빛깔'을 키워드로 내세우고 있다. 이는 30년대의 모더니즘에서 한 단계 나아간 지표들이다. 이러한 기치 아래 계획된 『새로운 도시와 시민들의 합창』은 50년대 시단을 대표하는 '새로운 모더니스트들의 출발신호와 같은 것'이었다. 그들은 자연과 전통적 감정들로 시세계를 구축하는 것에 반발하여 도시와 문명과 현실에서 시의 테마와 언어를 찾고자 했다. 이 또한 30년대 모더니즘이 감상주의와 경향주의로부터 반발했던 것과 비교된다.[5] 사회적 혼란과 소용돌이를 의식하면서 도시적 서정시를 쓰고자 했던 것이다.

특히 30년대 모더니즘 운동을 시도했던 선배들이 모더니즘과는 거리가 먼 세계로 흘러가버린 때에[6] 그들은 모더니즘에 대한 강력한 의지를 가지고 있었다. 그들의 이러한 주장과 실험은 좌익진영으로부터

5) 30년대 모더니즘의 기수인 김기림은 "모더니즘은 두 개의 부정을 준비했다. 하나는 '로맨티시즘'과 세기말 문학의 말류인 '센티멘탈 로멘티시즘'을 위해서고, 다른 하나는 당시의 편내용주의의 경향을 위해서였다"(「모더니즘의 역사적 위치」, 『김기림 전집 2』, 심설당, 55쪽)라고 지적하면서 30년대 모더니즘의 위치를 설정하고자 했다. 이에 반해 50년대 모더니즘의 기수 '신시론' 동인들은 한편으로는 좌익 이데올로기에 근거하여 문학활동을 했던 부류에 대한 반발과 다른 한편으로는 당시 한국 시단에 주류였던 자연과 전통적 감정들로 시세계를 구현한 청록파 및 서정주 등에 대한 반발 속에서 그들의 길을 찾았다. 그리하여 도시적 감수성, 현대의식, 전위적 기법의 추구 등 다양한 노력을 통해 50년대의 혼란스러운 면모를 노래하면서 새로운 시의 가능성을 탐색하고자 했다.

는 사상성의 결여라는 기총소사를 받았고, 서정을 노래하던 우익진영으로부터는 난해라는 비난을 받았다.

현대문명의 속도와 감각적 치환은유

해방 이후 급작스럽게 밀어닥친 현대문명은 메커니즘화된 생활과 과학적인 사고를 부채질했다. 그 메커니즘을 질서화하고 시의 세계로 형상화하는 작업은 그 당시 모더니즘의 기수였던 젊은 시인들에게는 매우 절실한 문제였다.

『새로운 도시와 시민들의 합창』의 동인들 중 김경린은 경험의 질서와 형이상학적인 의식세계의 결합에 의한 통일된 지적 이미지 혹은 현대적 감각세계를 구축하고자 했다. 그는 치환은유를 중심으로 현대문명의 일단면을 감각적으로 제시하고 있다.

길가에
범람하는 언론의 유행과
바람에 나부끼는 계절과
오
굳은 시간의 그림자마저 없는
시민들은
샘물이 흐르는 도심지대를 향하여

6) 해방이 되자 많은 모더니즘 작가들은 새로운 방향을 모색하였다. 정지용은 번역시와 시조풍의 「나비」류 시 몇 편을, 김기림은 「새노래」와 같은 시를 통해 이데올로기를 반영하고자 했으며, 장만영은 서정의 세계로 복귀하여 「소년송」 등을 발표하는 정도였다. 이처럼 해방 직후는 한국 모더니즘의 위축기였다.

질주하고 있었다

그러나
다감(多感)한 지면(地面)에
푸른 순간이 왔다하여
그대들이여
푸른 의상을 준비할 필요가 없다
지구의 표면을 달리는
선수들의 손바닥 위에
빛나는 속도를 보라

무수한 음향이
모래알 같은 잡음을
나의 발자국에
뿌리고 지나간 다음
길가에 쓰러지는 바람을 따라
부풀어 오르는
지붕 밑으로
한줄기의 소낙비가 쏟아져 왔다

— 김경린, 「나부끼는 계절」 전문

은유의 기본 원리는 동일성에 있다. 아직 모호하고 불확실한 것(원관념)이 상대적으로 이미 잘 알려져 있거나 보다 구체적인 것(보조관념)으로 옮겨지는 의미론적 이동, 즉 동일성에 근거하여 전이(transferation)되는 방법이다. 이러한 (치환)은유는 양태사(처럼, 같이, 듯이)의 사용, 대상의 의인화, 공감각에 의한 이미지 조형의 방법 등을 통해 쉽게 드러난다.

현대문명의 특징은 속도, 기계, 도시, 특히 공업지대를 중심으로 전개되는데, 김경린은 그것들이야말로 희망찬 인류의 미래를 위한 시적 소재라고 인식하고 있다. 특히 '속도'에 대한 천착이 두드러지는바, 인용시 외에도 "낡아빠진 전통 위에 / 정지하는 속도를 따라"(「파장波長처럼」), "아스러운 공간 위에 / 채찍처럼 달리고 있었다"(「선회旋回하는 가을」), "가늘어져가는 / 국제열차의 폭음이 지나간다"(「빛나는 광선光線이 올 것을」) 등에서도 현대문명을 '속도'로 시각화하고 있다.

인용시를 보자. 언론 시간 속도와 같은 비가시적인 대상들을, '범람하는' '굳은' '빛나는'과 같은 가시적인 관형어에 의해 시각화하고 있다. '모래알 같은 잡음'에서는 은유의 가장 단순한 형태인 직유를 사용하여 잡음을 모래에 비유해 청각을 시각화하고 있으며, '무수한 음향'에서는 관형어를 사용하여 청각을 시각화하고 있다. 이러한 공감각적 은유는 한 감각과 동시에 일어나는 다른 영역의 감각을 합치는 '결합전이'의 방법이다. '쓰러지는 바람' '음향이 (잡음을) 뿌리고 가다' 등에서는 의인화된 은유를 사용하고 있다.

관형어, 직유, 공감각, 의인화를 근간으로 하는 치환은유는 대상에서 비롯되는 감각적 유사성에 바탕을 두고 있다. 단어나 어휘 차원에서 이루어지는 세부적인 은유를 넘어서, 이 시는 통사적 언술구조에서도 '유사성'의 원리가 작용하고 있다. 제목에서도 알 수 있듯이, 이 시의 기본적인 지시틀(Frame of Reference; FR)은 '계절이 나부끼다'(시간)이다.

여기서 출발한 지시틀은 주어와 서술어를 중심으로 다음과 같이 전이된다.

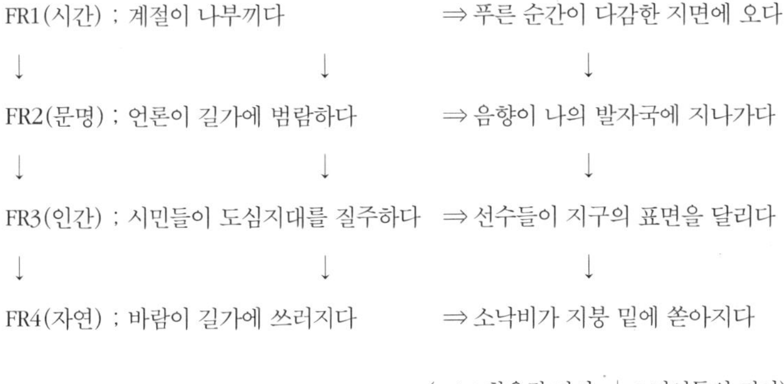

(⇒ ; 환유적 전이, ↓ ; 지시틀의 전이)

시의 골격을 이루는 8개의 문장은 은유를 중심으로 구축된다. 서로 관계없어 보이는 사상(事象)들을 감각적 유사성에 의해 은유의 관계로 전이하고 있다. 위에서 보듯, 그 관계는 은유의 변형된 형태인 '환유적 전이'와 '지시틀의 전이'를 통해 구축된다. 이와 같은 은유의 계층적 연쇄는 '빛나는 속도감'이라는 동일한 접합점을 축으로 시간, 문명, 인간, 자연이라는 네 개의 지시틀이 상호작용하여 '(모든 것들이) 빠르게 지나가고 변화한다'라는 시의 의미를 구축한다. 시인은 현대문명의 정체성이 시간의 지평 위에 있다고 파악하는 것이리라. 이 '빛나는 속도'는 새로움, 불안함, 위태로움 등의 복합적인 의미를 형성하게 된다.

"모래알 같은 잡음" "손바닥 위에 빛나는 속도" "부풀어 오르는 지붕"과 같은 감각적 시구는 '현실에 대한 과학적 통찰과 신선한 회화적 이미저리의 구축'이라는 김경린 자신의 시론을 실천한 결과물이다. 그러나 "범람하는 언론의 유행" "곧은 시간의 그림자" "샘물이 흐르는 도심지대" 등에서 보여주는 비유의 추상성은 관념적 현실인식에서 비롯되는 감각적 묘사라는 한계를 노정하고 있다. 이는 그가 현대문명에 대해 막연한 불안과 낙관을 지니고 있음을 시사하는 대목이기도 하다.

화려한 내면풍경과 남용된 은유

은유의 중복을 통해 작품 전체의 조화를 깨뜨리는 동시에 그것의 대담한 구사로 자유분방한 의식의 활성을 얻고 있는 경우를 박인환의 시에서 살펴볼 수 있다. 그의 시는 역사적, 사회적 비전과 함께 개인의 내면풍경을 그려 보이고 있다는 점, 자유분방한 언어구사와 막힘없는 호흡을 통해 리듬감을 획득하고 있다는 점에서 우리 시문학에 기여하는 바가 있다. 이를테면 "이미 밤은 기울어져가고/하늘엔 청춘이 부서져/에머랄드의 불빛이 흐른다// 겨울의 새벽이여/너에게도 지열(地熱)과 같은 따스함이 있다면/우리의 이름을 불러라//아직 바람과 같은 속력이 있고/투명한 감각이 좋다"(「지하철」)와 같은 시에서는 그의 센티멘털하고 화려한 내면풍경이 잘 드러나고 있다.

궤도 위에 철(鐵)의 풍경을 질주하면서
그는 야생한 신시대의 행복을 전개한다. — 스티븐 스펜더

폭풍이 머문 정거장 거기가 출발점
정력(精力)과 새로운 의욕 아래
열차는 움직인다
격동의 시간
꽃의 질서를 버리고
공규(空閨)한 나의 운명처럼
열차는 떠난다
검은 기억은 전원(田園)에 흘러가고

속력은 서슴없이 죽음의 경사를 지난다 / (…) /
가난한 사람들의 슬픈 관습과
봉건의 터널 특권의 장막을 뚫고
피비린 언덕 넘어 곧
광선의 진로를 따른다
다음 헐벗은 수목의 집단 바람의 호흡을 안고
눈이 타오르는 처음의 녹지대
거기엔 우리들의 황홀한 영원의 거리가 있고
밤이면 열차가 지나온
커다란 고난과 노동의 불이 빛난다
혜성보다도
아름다운 새 날보담도 밝게

— 박인환, 「열차」 중에서

제사 형태로 인용한 스펜더의 「급행열차」[7]는, 주제와 이미지 측면에서 인용시의 중심 골격을 이룬다. 박인환도, 김경린과 마찬가지로 현대문명의 기기(器機)를 현대시에 도입하여 신선한 이미지를 구축하는 동시에 참신한 언어구사로 새로운 감각을 구현하고자 한다. 30년대 김기림 등이 신선한 감각으로 현대문명의 인상적 단면을 그렸던 것과 달리, 그들은 현대문명의 병리학적 징후를 간파하고 이를 비판한다. 사실 현대문명의 상징인 '열차'는 박인환의 시뿐만 아니라 김경린은 물론 이미 30년대 모더니즘의 시에서도 주요한 소재로 등장한 바 있다. 현대문명의 기기에 대한 소재적 편향성은 모더니즘의 공통된 특징이기도 하다.

7) 인용된 부분의 원문은 "steaming through metal landscape on her lines / She plunges new ears of wild happiness"이다.

인용시에서 박인환은 혼란스럽고 불안한 사회 속에서 생존하는 인간의 비극성을, 미래를 향해 달리고 달리는 '열차'에 의지해 질주로써 초극하고자 한다. 그의 은유는 격동하는 전율 속에서 출발한다. 그 '출발점'은 역사적 문맥과 관념적 내면충동이 결합된 세계다. 그의 열차는 '죽음의 경사' '슬픈 관습' '봉건의 터널' '특권의 장막' 등이 의미하는 어둡고 억압된 역사를 '새로운 의욕 아래' 헐어버리고, '광선의 진로'를 따라 '영원의 거리'를 달린다. 그리하여 '고난과 노동'의 불을 발견하기 시작한 '율동하는 풍경'의 주요한 모티프가 되고 있다. 이는 서구 모더니즘이 보여주는 '과거 유산에 대한 반역과 문화적 관습의 파괴'라는 특성과 맞닿은 지점이다. 사회의식이 강한 이미지스트 스티븐 스펜더의 작품을 인용하고 있다는 사실도 박인환이 전통 혹은 봉건사회에 대한 비판적인 시각을 견지하고 있음을 간접적으로 증명하고 있는 셈이다.

박인환 시 대부분이 그렇듯이, 인용시 역시 유창한 호흡과 어조 속에 화려한 은유들이 가득 차 있다. 구체적인 은유의 방법 또한 가장 단순한 형태의 관형어나 양태사(처럼, 보다, 듯이) 사용이 빈번하다. '공규한' '슬픈'이라는 관형어를 '운명' '관습'과 결합시키고 있다. 1연의, 열차가 떠나는 모습과 공규한 나의 운명을 연결해주는 '처럼'의 직유도 흔한 은유의 방법이다. '꽃의 질서'나 '봉건의 터널' 등에서 보이는 '의'에 의한 은유(genitive of metaphor) 구사도 30년대의 김기림, 김광균의 은유방법과 맞닿아 있다. 또한 '슬픈 관습과 봉건의 터널 특권의 장막'에서처럼, 열거의 조사 '와'와 쉼표조차 사용하지 않는 나열에 의해 이중 삼중의 은유를 구축하기도 한다.

끝의 두 행도 주목을 요한다. 이 두 행은 은유가 아닌 것처럼 보인다. 그러나 '의'에 의해 결합된 '고난, 노동'과 '불'은, '빛난다'는 속성에 의해 그 유사성을 확보한다. 그러고는 비유의 지표가 되고 있는 '보다도'는 일차적으로 '고난과 노동의 불'과 '혜성' '새날'의 밝기 정도를 비교한다. '빛난다'라는 속성에 의해 '고난, 노동'은 '혜성' 혹은 '새날'과 직유관계를 이루어, '검은 기억'으로 비유되는 어두운 역사를 통과해온 고난과 노력의 분명한 비전을 은유한다.

일반적으로 은유는 비유하는 것과 비유되는 것 사이의 접합점에 대한 새롭고 분명한 인식을 전제로 한다. 은유는 시인의 내면적인 연소과정에서 충분한 여과작용을 거쳐야 그 결과로 이루어지는 대상과 언어의 상호작용에 의해 생산된다. 그러나 은유의 홍수를 이루고 있는 박인환의 현란한 은유들은 비유하는 것과 비유되는 것 사이의 접합점이 부정확하다. 비유되는 것이 생략되어 내포적 의미가 불투명하기도 하고, 비유하는 것과 비유되는 것 모두가 추상적이고 관념적인 경우가 많아 모호하기도 하다. 이러한 은유의 남용은 시의 의미를 애매하게 하거나 난삽하게 하는 결과를 초래하기 쉽다. 현란하고 생경한 은유들이 빚고 있는 그 의미가 지나치게 단순하거나 관념적일 경우, 이런 작위적인 은유의 남용을 우리는 캐터크리시스[8]라 할 수 있겠다. 이같은 관념적 은유의 과도한 사용은, 역사성을 결여한 채 현대문명에 과도하게 흥분함으로써 감정과 언어의 절제를 놓쳐버린 데서 비롯된다. 그럼에도 불구하고 예기치 않은 부조화와 작위적인 은유가 새로운 메시지와 이미지를 창출해낸다는 실험적인 의의를 간과할 수는 없을 것이다.

8) 캐터크리시스(catachresis)에 대한 해석은 구구하지만 옥스퍼드 사전에서는 "말의 부적당한 사용. 어떤 용어를 적절한 의미를 지닐 수 없는 사물에 적용하는 것, 비유나 은유의 오용 혹은 악용"이라고 정의하고 있다.

전환기의 비전과 모순어법(oxymoron)의 은유

"바야흐로 전환하는 역사의 움직임을 모더니즘을 통해 사고해보자는 신시론 동인들의 의도와 내 시는 표현주의에 있어 거리가 멀다"[9]라는 그의 시론에서도 알 수 있듯이, 서정적이고 구체적인 역사인식이 드러나고 있다는 점에서 임호권은 다른 동인들과 성격을 달리한다. 유사성에 기반을 둔 감각적 혹은 관념적인 이미지 조작이 두드러지는 은유를 사용한다는 점은 공통된 부분이다.

> 운석이 태양을 비웃고 또 생명을 비웃는다
> 장중한 침묵을 벗기엔 아즉 이르다
> 머얼리 물결 이는 소리
> 항시 전설같이 들려오고
> 오즉 전설같이 고은 이야기가
> 별같이 미(美)로울진대
> 생명이 장중한 침묵을 벗기엔 이르지도 않다 /(…)/
> 한줄기 광망(光芒)의 생명 속에
> 떨어진 장미처럼 주검이 밟혀
>
> — 임호권, 「생명의 노래」 중에서

네 쪽에 달하는 시의 분량에도 그 원인이 있겠지만 인용시는 몇 번 읽어도 무슨 의미인지 쉽사리 들어오지 않는다. 그중에서도 특히 "싹트는 식물이 풍장(風葬)을 미화(美化)한다" "장중한 침묵을 벗기엔 이르다(이르지 않다)" "한줄기 광망의 생명 속에 떨어진 장미처럼 주검이

9) 임호권, 「잡초원」, 『새로운 도시와 시민들의 합창』, 도시문화사, 1949, 29쪽.

밟혀"와 같은 구절은 표층적으로 모순되는 진술들이다. 이러한 진술은 독자로 하여금 '의미 있는 자기모순적 속성'이 만드는 이차적 의미를 재구하도록 한다. 논리적으로 비어 있고 양립할 수 없는 모순어법적 은유에 기대고 있는 것이다. 이때 시인은 표현하고자 하는 의미를 반쯤은 숨기고 반쯤은 보여주는 기교를 즐기며, 독자는 일종의 문제풀이와 같은 해독과정을 즐기게 된다.

"생명이 노래한다"라는 기본 지시틀을 중심으로, 여울이 흐르고 식물이 자라는 과정에서 빚어지는 생명과 죽음의 공존이 이 시의 의미를 이끌고 있다. '장중한 침묵'과 '생명의 노래'라는 두 개의 상반된 은유가 결국은 하나가 되는 통합적 상상력으로 전개된다. 흐르는 소리가 있는 곳에 소리 없이 식물이 자라듯이, 침묵 속에는 장중함이 깃들어 있고 이 소리 없음과 소리 있음의 어우러짐이 바로 생명의 노래라는 것이다.

인용시 역시 '같이'라는 직유의 양태사를 활용하여 은유의 그물을 엮고 있다. "머얼리 물결 이는 소리/항시 전설같이 들려오고/오즉 전설같이 고은 이야기가/별같이 미로울" 것 같으면 "생명이 장중한 침묵을 빚기엔 이르지도 않다"라는 구절은

(물결 소리∩전설=들려오다)∩(전설∩이야기=고웁다)∩(이야기∩별=미롭다)=생명의 노래

라는 등식으로 요약된다. 즉 소리가 있고, 곱고, 아름답다는 것은 생명이 흐르는 때이고, 그때가 바로 장중한 침묵을 빚기엔 저절한 시기라는 것이다. 모순적인 생명의 노래는 끝 연에서 더욱 두드러진다. '속에' '위에' '아래' '안에'와 같은 처소격 의존명사의 사용은 두 대상의 특성을 한곳에 결합시키는 은유의 변형태로 사용될 때가 있다. 이 경

우가 그렇다. '한줄기 광망의 생명'과 '주검'이 '속에'에 의해 결합되어, 그 생명 속에 주검이 밟혀 생명이 광망(광선이나 빛)처럼 빛난다는 의미이다. 그리하여

(광망∩생명=빛나다)∩(떨어진 장미∩주검=밟히다)=생명의 노래

라는 등식이 성립하고, 죽음(소리 없음)과 생명(소리 있음)이 결합된 모순적인 '생명의 노래'를 직조하고 있다.

이 같은 모순어법적 은유에는 시인이 처해 있는 사회의 모순을 간파하고, 그것의 역사적 긍정성과 부정성을 동시에 노출하려는 의도가 깔려 있다. 그럼에도 그는 여전히 사회역사적 비전을 '전설' 속의 '고향으로 돌아드는 마음' 속에서 발견하려는 낙관적 인식을 견지하고 있다.

현실응시의 의지와 난해한 병치은유

은유에는 비동일성의 원리나, 대결과 도피의 원리에 의해 서로 다른 사물들을 당돌하게 병치시킴으로써 새로운 의미를 빚어내는 결합방식이 있다. 이질적인 두 요소가 새로운 배열에 의해 난해한 의미를 형성하는 것이다. 병행(combining)의 방식으로 이루어지는 이 같은 병치는 은유 자체의 개념을 크게 확대하고 있다. 김수영은 "엉뚱한 곳에서 엉뚱한 소재를 붙잡아다가 기상천외한 방식으로 노래하는"[10], 소재가 다양한 시인으로 평가되었다. 그의 작품에서 보이는 비시적(非詩的)인 언어 사용과 이질적 단어의 생경한 결합은 종래의 서정시에 익숙한 독

10) 유종호, 「김수영의 문학—다양한 레파토리」, 황동규 외, 『김수영의 문학』, 민음사, 1981, 30쪽.

자들에게는 난해하게 다가온다. 이질적 이미지의 돌연한 결합이나 급격한 전환에 의한 병치적 은유는 김수영의 난해한 초기시를 이해하는 데 유용한 관점을 제공해준다.

흘러가는 물처럼
지나인(支那人)의 의복
나는 또 하나의 해협을 찾았던 것이 어리석었다

기회와 유적(油滴) 그리고 능금
올바로 정신을 가다듬으면서
나는 수없이 길을 걸어왔다
그리하여 응결한 물이 떨어진다
바위를 문다

와사(瓦斯)의 정치가여
너는 활자처럼 고웁다
내가 옛날 아메리카에서 돌아오던 길
뱃전에 머리를 대고 울던 것은 여인을 위해서가 아니다

오늘 또 활자를 본다
한없이 긴 활자의 연속을 보고
와사의 정치가들을 응시한다

—김수영, 「아메리카 타임지」 전문

이 시는 권위 있는 미국잡지 '아메리카 타임지'를 보조관념으로 내세워, 해방 이후의 역사적 전환기 속에서 미국을 바로 응시하고자 하는 시인의 메시지를 전하고 있다. "사화집에 수록하기 위해서 급작스럽게 만들어낸 히야카시 같은 작품이었다"면서 "나의 마음의 목록에서 깨끗이 지워버렸다"[11]고 시인 스스로 폄하해 마지않던 '난해의 포즈'가 두드러진 작품이기도 하다. "흘러가는 물처럼/지나인의 의복" "기회와 유적 그리고 능금" "와사의 정치가" 등의 구절은 물론, 문장단위로 서술되는 언술들도 좀체 해독될 단서를 제공해주지 않는다.

먼저 1연 1행의 '처럼'이 어디에 걸리느냐 하는 문제부터 생각해봐야 한다. 흘러가는 물처럼 지나인('중국인'의 제유)이 흘러간다는 것이 무리 없는 해석일 것이다. 그러나 '흘러가는 물처럼'이 2행의 '지나인의 의복'은 물론 3행의 '나'를 수식하는 것으로도 읽힌다. 2연의 '기회' '유적' '능금'의 원관념이 무엇이며 그것들 간의 접합점이 무엇인지도 애매하다. 또한 "활자처럼 고운 와사의 정치가"란 누구 혹은 무엇인가. 와사가 '가스'의 한문 음차임을 고려해볼 때 미국(혹은 개방) 지향적 정치가들을 지칭하는 것인지. '와'(瓦, 기와)의 뜻에 초점을 맞춘다면 동양/한국(혹은 수구) 지향적 정치가들을 지칭하는 것인지. 그렇지 않으면 '와사등(가스등, 가로등)'에 초점을 맞춘다면 당시의 일반 정치가를 비유하는 것인지. 그 해석이 쉽지 않다. 그럼에도 불구하고, '새로운 책과 세계'를 비유하는 '아메리카 타임지'에 가까이 가고자 하는 바람과 그것에서 벗어나고자 하는 부정의식 사이에서 빚어지는 긴장[12]은 선명하다. 그것을 '보고' '응시'하고자 하는 시인의 구체적인 지향성 또한 분명히 드러나고 있다. 지시틀의 전이과정을 따라가보자.

---

11) 김수영, 「연극하다가 시로 전향—나의 처녀작」, 『김수영 전집 2—산문』, 민음사, 1981, 227쪽.

12) 김윤식, 「김수영 변증법의 표정」, 『세계의문학』 1982년 겨울호.

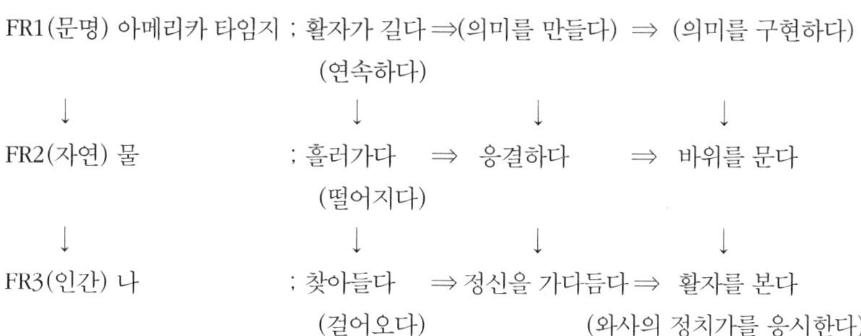

(⇒ ; 환유적 전이, ↓ ; 지시틀의 전이)

이 세 개의 지시틀을 중심으로 인용시를 다시 읽어보자. FR1에서 FR3까지 전이는 유사성을 근거로 전이되고 있다. 이러한 전이과정은 애매하고 난해해 보이던 문맥에서 정연한 은유의 중심축을 읽어낼 수 있도록 한다. 병치적으로 나열되어 있는 "기회와 유적 그리고 능금"도 이 지시틀의 전이과정 속에서 해독될 수 있다.

FR1(문명): 유적(남기다/지워지다)
FR2(자연): 능금(맺다/떨어지다)
FR3(인간): 기회(잡다/사라지다)

긍정적인 특성과 부정적인 특성을 둘 다 함의하는 대립적 서술어에 따르면 유적, 능금, 기회는 유혹의 대상이다. 이 양가적 특성으로 인해 유적, 능금, 기회는 내가 정신을 가다듬고 '보아야' 할 대상이기도 하다. 또한 정신을 가다듬고 보아야 할 또다른 대상 '아메리카 타임지'와 '와사의 정치가'들의 환유적 전이로도 읽을 수 있겠다.

그러나 좀더 주의 깊게 살펴볼 필요가 있다. 지시틀의 전이과정에서 보면 FR1(활자가 의미를 구현하다), FR2(물이 바위를 묻다), FR3(나는 활자를 본다/와사의 정치가들을 응시한다)는 은유적 관계에 놓여 있다. 결국 객관적으로 바로 보아야 할 대상인 활자와 와사의 정치가들은 의심스러울 정도로 곱지만 그 이면에는 거대하고 완강하고 단단한 특성을 갖는다. 이 은유의 지시틀에서 볼 때, 아메리카 타임지(미국)는 '고웁기' 때문에 선망과 의심의 대상이기에 그것을 '정신을 가다듬으면서' 바로 보겠다는 시인의 현실인식의 태도가 쉽게 드러난다.

해방 이후의 모더니티와 은유

각 시대는 그 시대의 세계관을 표현하는 특징적인 시의 문법과 개성적인 은유를 가지고 있기 마련이다. 해방 이후 신시론 동인들은 청록파, 생명파의 전통적 정서와 감상주의를 "과학적 현실인식과 회화적 이미지네이션의 구현"으로 대체하면서 새로운 문학의 가능성을 다양한 은유를 통해 추구했다. 새로운 이미지를 부각시켜 새로운 세계인식과 아울러 모더니스트로서의 내면풍경을 담아내려는 모험을 건 시도였다. 현대화되어가는 도시의 생리에 부합할 수 있는 새로운 세계의 비전과 새로운 언어를 구현하고자 하는 노력의 일환이었기 때문이다. '새로운 도시'와 '시민들'의 합창이라는 이름을 붙이게 된 까닭도 여기에 있다. 이러한 취지에서 발간된 『새로운 도시와 시민들의 합창』은 당시의 시단에 도전적인 것이었다. 시집의 후기를 보자.

> 신시론에 모인 여러 시인들의 작품을 어떠한 각도에서 비판한다든지 또는 구주(歐洲)의 어떠한 유파의 시인들과 결부시켜 비난하든지 그것은 자유다. 다만 그것이 반발을 위한 반발에 그치거나 또는 근시안적 고찰에서 오는 기총소사라면 우리는 여기에 응전할 필요조차 느끼지 않는

다. (…) 하나의 작품 한 그룹의 예술활동의 존재 이유가 그것이 시대성을 망각하지 않는 한, 그리고 시의 역사적 전통을 무시하지 않는 한 성립될 수 없기 때문이다.

이 후기가 역설하고 있는 '시대성'이라든가 '시의 역사적 전통'이란 오늘날 우리가 익히 듣고 있는 한국적 현실이라는 좁은 카테고리를 넘어선다. 그들은 서구적인 현대문명의 세계성을 적극적으로 받아들이고 그에 대응함으로써, 박인환의 말처럼 "멋있는 현대시 운동, 멋있는 모더니즘 운동"을 전개하고자 했다. 이러한 취지는 양병식이 번역 소개하고 있는 시인이 스티븐 스펜더를 비롯하여 폴 엘뤼아르, 에즈라 파운드 등이라는 데서도 확인된다. 서점 '마리서사'를 중심 거점으로 모임을 가졌던 당시를 김수영은 다음과 같이 회상한다.

말리서사를 빌어서 우리 문단에도 해방 이후에 짧은 시간이기는 했지만 가장 자유로웠던, 좌·우의 구별 없던, 몽마르뜨같은 분위기가 있었다는 것을 자랑삼아 이야기해보고 싶었다. 그당시만 해도 글 쓰는 사람과 그밖의 예술하는 사람들과 저널리스트들과 그밖의 레이맨들이 인간성을 중심으로 결합될 수 있는 여유있는 시절이었다.

—김수영, 「말리서사茉莉書舍」[13)]

해방 직후 좌우익으로 양분된 문단에서 이들은 좌익계의 문인들도 아니었으며, 우익계의 문인들도 아니었다. 도시적이며, 감각적이며, 코즈모폴리턴적인 지성의 보헤미안들이었나. 무언가 새로운 세계를 항상 그리워하며 보다 세계적인, 보다 국제적인, 보다 인류적인 것에

13) 『김수영 전집 2—산문』, 민음사, 1981, 74쪽.

대한 뜨거운 실존적 향수에 젖어 있었던 그룹이었다. 따라서 그들의 시는, '증오와 안개 낀 현실이 있을 뿐'인 자본의 도시에 거주하는 시인의 생존방식과 그들의 언어감각과 실험성에서 비롯되었던 도시적 삶의 소산이었다. 그리고 긍정적이든 부정적이든 간에 그들의 언어가 동시대 문단에 문학적 활기를 불어넣기도 했다.

어떤 시대 그리고 어느 곳에서나 '시도'는 실험적이고 또한 다양함의 과잉과 미성숙으로 표출된다. 그런 의미에서 그들의 '시도'는 은유 전개 양상의 의미와도 일치한다. 그들은 관습화된 은유를 부정했다. 그러나 그들이 보여준 다양한 은유적 모색과 시도는 새로운 현실인식과 새로운 사회적 실천에서 불가피하게 태어난 것이라기보다 현대 서구문학의 학습을 통해 받아들여진 것이었다는 데 문제가 있었다. 그렇기 때문에 그들의 은유는 표현방식의 작위성 및 관념성, 남용된 은유에 의한 불투명성과 난해성, 과학적인 현실인식을 결한 피상적인 감각에의 집착 등의 부정적인 결과를 초래하기도 했던 것이다. 그들이 지향하고자 했던 강렬한 문명비판과 혁명에의 도취, 사회의식의 앙양 그 자체가 체화되지 못한 채 과장되었고 관념적이었고 불안했기 때문이었을 것이다. 김경린, 임호권의 미숙한 현실인식과 서정성, 자유분방한 센티멘털리즘을 벗어나지 못했던 박인환의 수사, 김수영의 작위적인 실험성 등은, 그들 자신의 시적 역량이 부족했다고 볼 수도 있겠으나 그보다는 그 세대의 정신적인 미성숙에서 비롯되는 면이 크다고 할 수 있다. 해방 직후의 혼란한 정치적 현실과 밀어닥친 서구문명은 식민지하에서 타율적으로 문학수업을 했던 그들이 감당해내기에는 역부족의 현실이었던 것이다.

그럼에도 불구하고 '신시론' 동인의 시가 한국 시문학사에 던진 파장은 주목할 만한 것이었다. 해방 직후 자칫 단절될 뻔한 이 땅의 모더니즘의 맥락을 잇게 하고, 30년대 모더니즘의 수준을 극복하고 있지는 못하지만 도시적, 감각적, 지성적 은유방법과 전후의 현실감각에 의한 의식세계를 확충하고 있으며, 새로운 방법론적 모색을 꾀하고 있다는 점은 평가받아야 마땅한 몫이다. 또한 이를 통해 새로운 언어개발과 이미지 조형에 힘을 기울임으로써 현대시의 언어를 확대시키고 그 정신과 방법적인 측면도 간과할 수 없는 부분이다. 해방 이후의 시적 질서를 해체하고 재구성하여 다양한 시정신을 드러냄으로써 현대시를 심화할 수 있는 전후 모더니즘의 맹아가 바로 그들로부터 시작되고 있었던 것이다. 사족이지만, 이 앤솔러지 시집이 발간된 직후 전쟁이 발발하지 않았다면 그들의 모더니즘 운동의 전개 양상 또한 달라지지 않았을까 하는 아쉬움도 남는다.

제2부

서정과 현실의 넓이

=일상의 반지름$\times 2 \times \pi$

사랑의 권력, 사랑의 언어

—우리 사랑시의 갈래와 욕망

모든 시는 사랑시다

'사랑이 무엇일까?'라는 물음 앞에 당신은 어떤 답을 내놓을 것인가. '사랑은 영혼의 날개가 자라는 것'이라는 시적인 정의에서부터 '사랑은 우정에 섹스를 더한 것'이라는 현실적인 정의에 이르기까지, '사랑은 존재의 가장 심오한 문제에 대한 해결책'이라는 낙관적인 정의에서부터 '사랑은 환각'이라는 냉소적인 정의에 이르기까지 그 답은 참으로 다양하다. 아마도 사랑은 인간의 수만큼 많은 정의를 가지고 있을 것이다. 그래야 마땅한 일이기도 하다. 사랑하는 두 주체조차도 자신들의 사랑을 다르게 정의하고 있을 테니 말이다.

사랑을 한마디로 정의할 수 없다는 것은, 사랑의 본질이 하나가 아니기 때문이다. 사랑을 원하지 않는 사람이 없음에도 불구하고 진정한 사랑을 발견한 사람이 드물기 때문이고, 사랑을 유지하기란 발견 그 이상으로 어렵기 때문이다. 사랑이 시대와 민족을 넘어서 인간에게 가장 영속적인 동경의 대상이 되고 있는 이유도 여기에 있을 것이다. 이런 사랑을 시적으로 정의하고 싶을 때 가장 먼저 떠오르는 시가 있다.

무엇을 감식한다는 것
가령 그대를 사랑한다는 것
그건 그대를 최고로 맛볼 줄 안다는 것이지
그대의 자존심을 최고로 지켜준다는 것이지
그대의 오르가슴을 절정으로 이끌어준다는 것이지

난, 너의 가장 뛰어난 감식가야
그게 사랑이지

—박용하, 「감식안에 관하여」 중에서[1)]

"사랑이란 인생에서 맛볼 수 있는 최대의 기쁨이자 광기 어린 일"이라고 일갈했던 이가 스탕달이었던가. 사랑이라는 것이 단순한 욕망 위에 더없이 복잡하고 미묘한 감정의 구축물을 쌓아올린 불가사의한 것임에도, '그대'를 최고로 감식한다는 것, '그대'를 최고로 맛본다는 것, 그리하여 '그대'의 자존심을 최고로 지켜주면서 '그대'를 최고의 오르가슴으로 이끌어준다는 것이야말로 사랑에 대한 가장 시적인 정의가 아닐까. 이 오르가슴이 육체적 절정에만 국한되지 않는 것은 물론일 것이다.

사랑 아닌 것들은 이 세상에 없는 것이어서
모두가 한두 번 쯤은 그 물에 빠지고
사막을 헤매 다녔다는 것도 알았습니다.

---

1) 박용하, 『바다로 가는 서른세번째 길』, 문학과지성사, 1995.

시집을 덮고 눈을 드는 순간 거기 절망처럼 펼쳐져 있는
한 장의 신기루를 나는 보았습니다.

— 여림, 「시집, 그 속의 사막」 중에서[2)]

이 세상에 "사랑 아닌 것들은 없고" 누구나 "한두 번쯤은 그 물에 빠져" "사막을 헤매 다"니기도 했을 것이다. 그 사랑이 미적 체험이든 사회적 체험이든 인간의 소통방식이든, 사랑 없이 살 수 있는 사람은 없다. 사랑하고 사랑받고 그래서 사람의 마음이 사랑으로 이어질 때 인간은 살아 있음을 확인하곤 한다. 인간의 삶이 지속되는 한, 사랑은 계속될 것이고, 그런 사랑은 사람과 삶에 대한 메타포이다. 그런 의미에서 모든 서정시는 사랑시다. 그러나 사랑의 환상과 희열과 고통을 노래하는 모든 시는 정작 "절망처럼 펼쳐져 있는/한 장의 신기루"인지도 모른다. 사랑 그 자체가 영원한 결핍이자 결코 채워지지 않는 욕망의 기호이고, 정의 불가능한 기표이기 때문이다.

'갈망'에 사로잡힌 언어

사랑의 신비는 정확한 이유 없이 한 사람에게 무작정 끌린다는 데 있다. 우리를 사랑에 빠지도록 만드는 충동의 본질이 무엇인지 알 수 없다. 비밀스럽고 열정적인 자성(磁性)으로부터 태어난, 무의식적이고 감정적인 것은 분명하다. 그 감정이 자발적이라는 점에서 사랑은 자유로운 선택이고 운명의 자발적인 수용이다.

무작정, 자발적으로, 누군가에게 사로잡힌다는 것은 사랑의 맹목성,

2) 여림, 『안개 속으로 새들이 걸어간다』, 작가, 2003.

그 맹목성의 도취와 황홀에 자기를 던진다는 것이다. 사랑의 절대적 시작은, 사랑하는 대상의 결함조차도 미덕으로 보이는 눈멂 없이는 불가능한 일이다. 우리들 대부분은 그렇게 놀랄 만큼 아름답지도, 홀릴 듯이 매혹적이지도 않다. 그러나 그저 수수해 보이는 사람도 사랑에 빠진 이의 갈망에 찬 눈에는 활짝 핀 꽃처럼 보인다. 사랑은 주관적인 것이며 우리들은 현실의 사람을 사랑하는 것이 아니라 '우리들이 창조한 사람을 사랑하기' 때문이다.

사랑은 사랑하는 대상을 자유롭고 유일무이한 하나의 주체로 변신시킨다. 각자에게 '딱 들어맞는' 사람을 만났다는 느낌은 심리적 결핍에서 비롯되는 것이고, 사랑에 빠진다는 것은 그 심리적 결핍을 채우려는 갈망과 상상의 합성작용에서 연유한다. 이 갈망과 상상이 사랑하는 대상을 재창조한다. 갈망은 나의 또다른 성(性)을 찾기 위해 자기를 내던지는 것이며, 상상은 상대가 나의 또다른 성이라는 사실을 확신시켜준다. 이 둘이 합쳐지면 감정의 폭발이 일어난다. 모든 욕망은 한 사람에게 집중되며, 그 한 사람의 눈을 통해 새로운 세계를 보게 된다. 비록 이러한 갈망과 상상이 우리가 생각하는 것 이상으로 암울하고 복잡한 것일 수 있지만 말이다.

너는 시방 위험한 짐승이다.
나의 손이 닿으면 너는
미지(未知)의 까마득한 어둠이 된다.

존재의 흔들리는 가지 끝에서
너는 이름도 없이 피었다 진다.
눈시울에 젖어드는 이 무명(無名)의 어둠에
추억의 한 접시 불을 밝히고

나는 한밤내 운다.

나의 울음은 차츰 아닌 밤 돌개바람이 되어
탑을 흔들다가
돌에까지 스미면 금이 될 것이다.

……얼굴을 가리운 나의 신부여.

— 김춘수, 「꽃을 위한 서시」 전문[3)]

의지와 무관한 것이기에, 맹목적인 것이기에, 자기의 '이름'과 '얼굴'을 내던지는 것이기에, 사랑은 '위험'한 것이다. 그러기에 한 사람이 자유롭게 선택한 사랑의 시작에는 숙명과 선택, 객체와 주체, 운명과 자유가 교차하기 마련이다. 어찌 됐든 사랑은 사랑하는 상대에 대한 열중과 그/그녀 앞에서 느끼는 매혹과 열정을 기본 조건으로 한다. 사랑은 이 최초의 갈망과 상상의 잔광(殘光)에 불과한 것인지도 모른다.

란이와 나는
작은 짐승처럼 앉아서 바다를 바라다보는 것이 좋았다
짐승같이 말없이 앉아서
바다같이 말없이 앉아서
바다를 바라다보는 것은 기쁜 일이었다

란이와 내가
푸른 바다를 향하고 구름이 자꾸만 놓아가는

3) 『김춘수 시전집』, 서문당, 1986.

붉은 산호와 흰 대리석 층층계를 거닐며
물오리처럼 떠다니는 청자기빛 섬을 어루만질 때
떨리는 심장같이 자즈러지게 흩날리는 느티나무 잎새가
란이의 머리칼에 매달리는 것을 나는 보았다

란이와 나는
역시 느티나무 아래서 말없이 앉아서
바다를 바라다보는 순하디 순한 작은 짐승이었다

—신석정, 「작은 짐승」 중에서[4)]

사랑에 빠진 자는 '바라보는' 자이다. '바라본다'는 것은 끌림이고 매혹이고 발견이고 상상이다. 바라본다는 것은 누군가가 다정하고도 기쁘게 내 존재의 내밀한 영역 안으로 들어오기를 갈망하는 일이다. 둘이서 서로를 바라본다는 것, 둘이서 한 방향을 바라본다는 것, 그것은 사랑의 시작이다. 사랑이 막 생겨났을 때야말로 아마 인간이 생각할 수 있는 가장 감미로운 순간일 것이다. 서로를, 꿈꾸면서 바라보기 때문이다. 둘이서 산에서 바다를 바라보는 것이고, 둘이서 바라보는 바다는 하늘보다 더 푸르다. "순하디 순한 작은 짐승"이 되어 말없이 함께 바라보는 사랑의 시선은 풍요롭고 몽상적이다. 그러기에 산에 앉아서도 붉은 산호와 흰 대리석 층층계를 거닐 수 있으며, 물오리처럼 떠다니는 청자기빛 섬을 어루만질 수도 있고, 떨리는 심장같이 자지러지게 흩날리는 느티나무 잎새가 '란이'의 머리칼에 매달리는 것을 보기도 하는 것이다.

4) 신석정, 『아직은 촛불을 켤 때가 아닙니다』, 미래사, 1991.

서울 어느 뒷 골목
번지 없는 주소(住所)엔들 어떠랴,
조그만 방이나 하나 얻고
순아 우리 단 둘이 사자.

숨박꼭질하던
어린 적 그 때와 같이
아무도 모르게
꼬옹 꽁 숨어 산들 어떠랴,
순아 우리 단 둘이 사자.

— 장만영, 「사랑」 중에서[5)]

사랑을 향한 갈망은 미래에 대한 이해에서 오는 것이 아니라 미래에 대한 희망에서 온다. 장만영의 「사랑」은 미래의 어떠한 남루도 넘어설 수 있다는 현재진행형의 충만한 사랑을 노래하고 있지만, 그 이면에는 현실이 '조그만 방' 하나 얻을 수 없을 정도로 남루하기 때문에 미래지향적인 사랑을 꿈꾸고 있는 듯도 하다. 지금, 여기에서, 손에 닿을 수 없는 사랑의 불가능성은 실로 미묘한 역할을 한다. 그 사랑은 결실을 맺게 될 가능성이 없을수록 그 갈망은 증폭되고, 정열은 늘 최초의 상태에 머물고 갈망은 결코 충족되지 않는다. 그 때문에 사랑은 역설적으로 절정의 상태를 유지한다. 이 좌절은 사랑을 가장 완벽하게 보여주는 증거가 된다.

실러 또한 "세상에서 가장 작은 오두막도 진정한 연인들이 살기엔 충분하다"고 꿈꾼 바 있지만, 오두막집에 살면서 빵과 물만 먹고도 사

5) 『장만영 시선집』, 성문각, 1964.

랑하는 이와 함께라면 더없이 행복할 수 있다는 믿음은 사랑에 빠진 이들의 공통적 특징이다. 서울 어느 뒷골목, 번지도 없는 '조그만 방'은 사랑의 필요충분 공간이다. "깊은 산 바위 틈/둥지 속의 산비둘기"로 상징되는 사랑하는 두 주체는 현실적인 고립과 가난을, 자발적인 믿음과 의지로 채워 넣는다. 사랑하는 사람과 함께 살 수만 있다면 부족함이 없을 것이라는, 진행형으로서의 충만한 사랑은 그 어떤 결핍도 넘어선다. 이 연시의 단순함이 가지는 진정성과 순정은 현대인들이 찾아 헤매는 사랑의 본향, 그 아름다움의 본향 같은 걸 환기시킨다. 소박하기에 더욱 완전한 그런 사랑을 향한 그리움이랄까.

접촉에 '황홀'해하는 언어

이상적인 사랑은 상호 소유하는 관계다. 사랑하는 주체가 사랑하는 대상의 것인 동시에 사랑하는 대상 또한 사랑하는 주체의 것이기도 할 때, 사랑의 육체성은 극대화된다. 육체성의 핵심인 성(性)은 사랑과 한 쌍이고 한 몸이다. 영혼은 성적이지 않다거나 영혼은 육체로 이루어진 것이 아니라 육체 안에 머문다는 기독교적 신념은, 역설적이게도 사랑의 육체성을 강조하고 있는 듯도 하다.

마음이든 영혼이든 그것 없이 사랑이 있을 수 없겠지만 육체성 없이 사랑은 완성될 수 없다. 사랑하는 두 주체를 가장 직접적으로 결합시켜주는 것이 바로 육체적인 내밀함의 교환이기 때문이다. 그러기에 사랑에 빠진 사람이 욕망하는 육체는 하나의 영혼이고, 그것은 언어 이상의 언어이다. 사랑하는 주체는 이성의 작용이 아닌 육체를 통해, 육체의 살갗을 통해 사랑하는 대상에게 말한다. 사랑하는 두 주체에게 육체는 소통의 언어이고, 그들에게는 영혼조차도 감각될 수 있는 물질성으로 인식된다. 그런 의미에서 사랑은 육체를 통해 완성되고, 사랑은 삶의 가장 거대하고 가장 깊은 곳에 숨어 있는 힘들과 소통하게 된다. "사랑도 만질 수 있어야 사랑이다//아지랑이/아지랑이/아지랑이/길게 손을 내밀어/햇빛 속 가장 깊은 속살을/만지니//그 물컹거림으로/나는 할말을 다 했어라"(이홍섭, 「7번국도—등명燈明이라는 곳」)라는 시는 사랑의 육체성을 단적으로 보여준다.

〈마돈나〉 지금은 밤도, 모든 목거지에, 다니노라 피곤하여 돌아가려는도다.
아, 너도 먼동이 트기 전으로, 수밀도(水密桃)의 네 가슴에 이슬이 맺도록 달려 오너라.

〈마돈나〉 오려무나. 네 집에서 눈으로 유전(遺傳)하던 진주(眞珠)는 다 두고 몸만 오너라.
빨리 가자, 우리는 밝음이 오면 어덴지 모르게 숨는 두 별이어라. //(…)//

〈마돈나〉 날이 새련다, 빨리 오려무나, 사원(寺院)의 쇠북이 우리를 비웃기 전에.
네 손이 내 목을 안아라, 우리도 이 밤과 같이 오랜 나라로 가고 말자.

〈마돈나〉 뉘우침과 두려움의 외나무다리 건너 있는 내 침실 열 이도 없으니.
아 바람이 불도다, 그와 같이 가볍게 오려무나, 나의 아씨여, 네가 오느냐?

〈마돈나〉 가엾어라, 나는 미치고 말았는가, 없는 소리를 내 귀가 들음
은—
내 몸에 피란 피— 가슴의 샘이 말라 버리듯 마음과 몸이 타려는도다.

— 이상화, 「나의 침실로」 중에서[6]

사랑은 아름다움에 대한 욕망이자 불멸에 대한 욕망이다. 그러기에 서로의 아름다움에 매료된 그/그녀는 서로의 아름다운 육체를 갖기 원하고 그 육체를 통해 서로의 분신들을 잉태하고자 한다. 육체에 대한 관능성은 성녀와 창녀의 이미지를 동시에 환기시키는 마돈나에게 '수밀도의 가슴에 이슬이 맺도록' '나의 침실로' '몸만' '달려'오라고 한 데서 증폭된다. 수밀도의 가슴을 비롯해 몸, 눈, 귀, 발, 손, 목과 같은 신체어가 자주 사용된 까닭이다. 양털 같은 바람결, 이슬, 눈물, 피, 샘, 물결, 안개 등과 같은 이미지뿐만 아니라 떨다, 뛰다, 안다, 타다, 얽다, 궁그다 등의 서술어의 활용도 사랑의 육체성을 강조한다.

이 시의 배경이 되고 있는 비밀스러운 시공간과 절박한 기다림 또한 관능성을 증폭시킨다. 마돈나를 기다리는 나의 위치는 "구석지고 어둔 거리"이며, '침실'과 '오랜 나라'라는 둘만이 즐길 수 있는 비밀스런 공간이다. 게다가 시간은 이미 새벽이 다가오고 있어 "두려워 떨며 기다리는" 초조감은 극대화된다. 사랑에 빠진 주체의 접촉에 대한 갈망은 극도에 달해 있으며, 사랑하는 대상의 발자국 소리를 환청으로 듣는 등 마음과 몸이 타는 열정에 사로잡혀 있다. 그러니 서로의 '목을 안'을 수 있는 침실은 욕망의 공간이자 구원의 공간이 될 것이다.

따서 먹으면 자는 듯이 죽는다는

6) 『이상화』, 문학세계사, 1993.

붉은 꽃밭 사이 길이 있어

아편 먹은 듯 취해 나자빠진
능구렁이 같은 등어릿길로
임은 달아나며 나를 부르고……

강한 향기로 흐르는 코피
두 손에 받으며 나는 쫓느니

밤처럼 고요한 끓는 대낮에
우리 둘이는 왼몸이 달어……

—서정주, 「대낮」 전문[7]

육체적 정열은 불길처럼, 불에 탈 수 있는 것이면 무엇에든 옮아 붙는다. 접촉에의 열망은 이성을 무력화시키고 합리적인 행동에 대한 판단력을 잃게 만든다. "우리 둘이는 왼몸이 달어……"에는 육체적인 교감과 그 절정의 순간에 몰두하는 사랑의 감정이 담겨 있다. '달은' 몸은 육체적으로 소란스러운 자아가 교감을 원하는 상태다. 육체적 교감이 가져다주는 순간의 도취와 순간의 소멸을 동시에 함의한다. "따서 먹으면 자는 듯이 죽는다는" 구절에서 알 수 있듯이 사랑의 도취와 소멸을 통해, 그 의사적(擬似的) 죽음을 통해 다시 삶을 배우기도 할 것이다. 달아오른 몸은 언젠가는 식기 때문이다. 그러기에 성과 육체는 생식의 원동력이고, 가장 낮은 절망과 가장 높은 황홀성의 원천이다.

7) 『미당 시전집』, 민음사, 1983.

늦겨울 눈 오는 날
날은 푸근하고 눈은 부드러워
새살인 듯 덮인 숲속으로
남녀 발자국 한 쌍이 올라가더니
골짜기에 온통 입김을 풀어놓으며
밤나무에 기대서 그짓을 하는 바람에
예년보다 빨리 온 올봄 그 밤나무는
여러 날 피울 꽃을 얼떨결에
한나절에 다 피워놓고 서 있었습니다.

— 정현종, 「좋은 풍경」 전문[8)]

눈부셔라, 포옹의 흔적, 물의 팽팽한 배 위에서
튀어 오르는 크리스털빛의 섬광들. 지난밤
격렬한 마찰의 뜨거운 여운이 폭발 뒤의
포연처럼 물의 육체를 감싸는구나! // (…) //

말해요, 수련을 안아 흰빛을 남기는
눈부심의 딴딴함으로 말해요, 물의 얼굴에다,
연못의 귀에다, 꽃의 귓바퀴에다 혀를 집어넣어요.
떨어지는 햇빛의 말들을 모아 검은 물 위에 휘갈기는
수련꽃들이여! 하얀 글자들이여!

— 채호기, 「햇빛!」 중에서[9)]

---

8) 정현종, 『한 꽃송이』, 문학과지성사, 1992.
9) 채호기, 『수련』, 문학과지성사, 2002.

인간의 관능적 희열과 자연의 섭리가 서로 화해롭게 교감하는 정경이 '좋은 풍경'으로 펼쳐져 있다. 이 시가 보여주는 사랑의 절정은 '그짓'을 수식하는 "골짜기에 온통 입김을 풀어놓으며"에 있다. 다른 감각에 비해 입김은 가장 가까운 거리에서 지각할 수 있는 촉각을 통해 전달되기에 그것이 환기하는 관능적인 상상력의 힘은 크다. 이 시가 여기에서 끝났다면 그 의미와 깊이는 그리 크지 않았을 것이다. 밤나무에 기대서 '그짓'을 하는 바람에 밤나무가 "여러 날 피울 꽃을 얼떨결에/한나절에 다 피워놓고 서 있"다는 마지막 구절에서, 인간의 관능적 행위가 자연의 일부로서 상호조응하며 우주적 교감으로 확대되고 있기 때문이다. 봄으로 이어지는 계절의 순환과 함께 자연을 배경으로 한 남녀의 성행위는 풍요로움 그 자체를 환기하는 건강하고 행복한 에로스를 구현한다. 극사실적으로 감각화한 육체성의 절정을 보여주고 있는 채호기 시의 "물의 팽팽한 배 위에서/튀어오르는 크리스털빛의 섬광들", 그 '햇빛'들이야말로 사랑의 오르가슴이다. 「햇빛!」은 시 전체에 퍼져 있는 황홀한 성적인 비유와 이미지 들로 찬란하다.

사랑은 소유하고자 하는 열망이다. 그것은 우리의 동의나 인식 없이 육체적 애착에 대한 강렬한 갈망을 일으킨다. 그 갈망은 유기체처럼 성장한다. 충족되는 순간 뜻하지 않은 새로운 결핍에 눈뜨기 때문이다. 허기진 사랑은 우리를 사랑의 노예로 만든다. 비실재적인 허기이기에 더욱 허기진다. 채우면 채울수록 점점 더 커진다. 이러한 갈등은 사랑이 이성이나 의지의 직접적인 통제를 받지 않는 데서 발생한다.

의혹에 '고통'받는 언어

상상은 사랑의 갈망과 환희에만 국한되지 않는다. 상상은 사랑의 불안과 고통에도 관여한다. 사랑하는 이의 내면에는 사랑의 크기와 비례하는 원인 모를 불안과 망상이 존재한다. 불안의 원인을 모르면 모를수록 사랑하는 사람에 대한 의혹은 더욱더 마음속 깊이 파고든다. 매혹이 마술이었던 것처럼, 불안에도 애초부터 알 만한 원인 같은 것은 없는지 모른다. 불안은 뽑아버리려고 하면 할수록 더욱 살 속 깊이 파고들어가버리는 '가시'를 닮았다. "사랑하고 싶을 때/내 몸엔 가시가 돋아난다/머리 끝에서 발끝까지 은빛 가시가 돋아나/나를 찌르고 내가 껴안는 사람을 찌"(남진우, 「어느 사랑의 기록」)르는, 사랑의 '은빛 가시'는 사방에서 부딪쳐와 눈의 망막을 찢고 목젖에 단단한 갈고리처럼 걸려 온몸을 가시로만 남게 한다. 사랑하는 대상의 가슴에 박히고, 다시 사랑하는 주체의 살 속에서 제 스스로를 찌르기도 한다. 사랑의 고통은 여기에 근원한다. 그러기에 그리스도에서 프로이트에 이르는 사랑의 일설가(一說家)들 모두가 사랑을 삶의 중심에 놓고 있지만 실제로 그 이상을 실현하기가 얼마나 힘든지를 상기시키고 있는 것이리라.

어둠 속에서도 불빛 속에서도 변치 않는
사랑을 배웠다 너로 해서

그러나 너의 얼굴은
어둠에서 불빛으로 넘어가는
그 찰나(刹那)에 꺼졌다 살아났다.
너의 얼굴은 그만큼 불안하다.

번개처럼
번개처럼

금이 간 너의 얼굴은

— 김수영, 「사랑」 전문[10)]

사랑은 불안하다. 매혹적인 만큼 사랑은 변하기 쉽고 깨지기 쉬운 것이기도 하다. 상반되는 감정을 불러일으키곤 하는 사랑의 불합리성에 대한 두려움은, 상반되는 감정이 불합리하게 발생할지 모른다는 두려움보다는 그 상반되는 감정이 이성의 힘에 제어되지 않는 것에 대한 두려움이다. 사랑을 가르쳐준 '너'의 얼굴은 "어둠에서 불빛으로 넘어가는/그 찰나에 꺼졌다 살아났다"고 할 만큼 '불안하'고, '번개처럼' '금'이 가 있다. 이 사랑은 강력한, 어둠이며 순간이며 가변이며 균열이다. 아니 그것들이 사랑의 일부이다. 그러기에 사랑은 불안하다. 서로의 욕망이나 요구가 상대방과 지속적으로 맞아떨어진다는 건 있을 수 없는 일이다. 자신을 경험하는 일과 타인을 경험하는 일이 똑같을 수가 없기 때문이다. 다른 이들의 생각과 감정은 그들의 작은 행동을 통해 채집하듯 알아가는 수밖에 없다. 사랑의 불안은 바로 자신의 경험과 타인의 경험 사이에서 느끼는 균열의 단애(斷崖)로부터 연유한다. 사랑이 이 불안과 균열을 견뎌내지 못할 때, 사랑은 사랑이기를 그친다. 사랑한다는 것은 그 균열을 사랑의 어두운 반쪽으로 인식하는 일이다.

사랑하다가 죽어버려라
오죽하면 비로자나불이 손가락에 매달려 앉아 있겠느냐
기다리다가 죽어버려라
오죽하면 아미타불이 모가지를 베어서 베개로 삼겠느냐
새벽이 지나도록

---

10) 『김수영 전집 1—시』, 민음사, 1981.

마지(摩旨)를 올리는 쇠종 소리는 울리지 않는데
나는 부석사 당간지주 앞에 평생을 앉아
그대에게 밥 한 그릇 올리지 못하고
눈물 속에 절 하나 지었다 부수네
하늘 나는 돌 위에 절 하나 짓네

— 정호승, 「그리운 부석사」 전문[11)]

모든 갈망의 끝은 죽음이다. 사랑에는 항상 방해가 따르고 그 방해 요소로 인해 사랑은 깨지기도 한다. 사랑의 장애 요소가 크면 클수록, 그에 비례해 그/그녀를 열망하면 할수록, 그 사랑은 고통스런 파국으로 치닫는다. '오죽하면'이라는 시어에는 사랑의 파국과 파국의 불안을 넘어서려는 결단의 의지가 뭉쳐 있다. 이 '오죽하면'은 견줄 수 없는, 견딜 수 없는 사랑의 배후를 거느리고 있다. 침묵으로 사랑의 모순을 감내하려는 고심참담을 거느리고 있다. 사랑하다 죽고, 기다리다 죽고, 눈물 속에 절 하나 지었다 부수고, 그리고 하늘을 나는 돌 위에 절 하나 짓는 것은 모두 고심참담을 관통하는 사랑의 힘을, 안쓰럽게, 불러내는 행위들이다.

가거라, 사랑인지 사람인지,
사랑한다는 것은 너를 위해 죽는 게 아니다.
사랑한다는 것은 너를 위해
살아,
기다리는 것이다,
다만 무참히 꺾여지기 위하여.

11) 정호승, 『사랑하다가 죽어버려라』, 창작과비평사, 1997.

그리하여 어느날 사랑이여,
내 몸을 분질러다오.
내 팔과 다리를 꺾어

네

꽃
병
에

꽂
아
다
오

— 최승자, 「그리하여 어느날 사랑이여」 중에서[12)]

희망이 없는 기다림, 확신이 없는 기다림, 그럼에도 불구하고 기다릴 수밖에 없는 현실은 사랑하는 주체에게 가장 큰 의혹이자 고통 그 자체일 것이다. 그러나, 그러한 현실적 조건 속에서도 사랑이란 "너를 위해" "무참히 꺾여지기 위해" 살아 기다리는 것이라며 순교적인, 희생적인, 자학적인 면모를 유감없이 발휘하는 사랑도 있는 것이다. 그 섧기 어린 사랑이, 사랑하는 주체를 해결될 수 없는 모순 속에 가둘 때 광기를 띠기도 한다. 소유욕, 애증, 이별 따위에서 비롯되는 이런 고통

12) 최승자, 『즐거운 일기』, 문학과지성사, 1984.

은 분명, 정도는 약할지 몰라도 모든 사랑에 수반된다. 사랑으로 몰아넣은 그 갈망이 사랑을 순식간에 꺾어버릴 수도 있는 것이다. 그러기에 모든 사랑은 가장 황홀한 경우조차도 비극적인 것일까.

영원한 '지속'을 꿈꾸는 언어

어떤 인간도 시간과 우연의 질서로부터 자유롭지 못하다. 질병과 노쇠는 육체를 손상시키고 영혼으로 하여금 길을 잃도록 만든다. 인간이 시간의 부산물에 지나지 않고, 영원한 것은 아무것도 없고, 살아간다는 게 끝없는 이별이라는 사실을 부인할 수 있는 사람이 있을 것인가. 사랑이란 시간과 죽음에 맞서기 위해 인간이 만들어낸 거대한 꿈 중 하나일지도 모른다. 우리가 영원한 사랑을 꿈꾸는 까닭일 것이다. 사랑은 단 몇 시간을 몇 세기로 바꿔놓기도 하고, 직선적인 시간을 파상적이고 비약적으로 만들기도 하고, 그 질량 또한 측정할 수 없도록 한다. 부재를 현존으로, 기다림을 믿음으로, 그리움을 기쁨으로, 순간을 영원으로 전화시켰을 때 그러하다.

사랑에 빠진 사람에게는 멀리 떨어져 있는 사람을 생각하고 그리워하는 것이 더할 나위 없는 기쁨이기도 하다. 부재하는 대상을 향한 가없는 사랑은, 파도가 거세다고 해서 바다를 사랑하는 마음이 변치 않는 것처럼, 항구하고 여일하다.

> 달 아래에서 거문고를 타기는 근심을 잊을까 함이러니, 춤 곡조가 끝나기 전에 눈물이 앞을 가려서, 밤은 바다가 되고 거문고 줄은 무지개가 됩니다.
>
> 거문고 소리가 높었다가 가늘고 가늘다가 높을 때에, 당신은 거문고

줄에서 그늬를 뛰닙니다.

마즈막 소리가 바람을 따러서 느투나무 그늘로 사러질 때에, 당신은 나를 힘없이 보면서 아득한 눈을 감습니다.

아아 당신은 사러지는 거문고 소리를 따러서 아득한 눈을 감습니다.

—한용운, 「거문고 탈 때」 전문[13)]

사랑은 존재의 위험과 불행으로부터 우리를 보호해주지도 않고 시간의 산물인 죽음으로부터 우리를 구원해주지도 않지만, 사랑은 시간을 확장시켜줄 수 있는 힘을 가지고 있다. '거문고 타기'란 부재하는 '당신'과의 관계를 기다림으로 연장시켜놓는 행위이다. 악기 연주나 그네뛰기는 사랑의 행위에 대한 고전적인 메타포로 사용되어왔다. 거문고 술대의 밀고 당김과 소리의 높고 낮음은 사랑의 행위를 상징한다. 멀리 떨어져 있는 '당신'에게 다가가기 위한, '당신'에게 이르기 위한, '나'의 욕망에 대한 은유적 표현인 셈이다. 존재하면서도(들리면서도) 사라지는 거문고 소리는 님의 현존(有)과 부재(無)를 동시에 드러낸다. 뿐만 아니라 끝까지 닿을 수 없는 한계를 담고 있는 다리 역할을 하는 무지개나 그네와 같은 매개적 상관물 역시 사랑하는 대상과의 관계 지속의 열망을 담고 있다. 특히 '아득히 눈을 감'는 '당신'의 행위는, '나'의 절박한 기다림을 공감하면서 나아가 '당신' 스스로가 사라질 수밖에 없는 절망의 순간을 받아들이는 동시에 다시 만나게 될 희망의 순간을 기다린다는 의미로 읽힌다. 단절의 상황과 지속의 열망을, 단절의 상황에 대한 공감과 포용의 의미를 동시에 지닌다.

나타샤를 사랑은 하고

---

13) 『한용운 시전집』, 문학사상사, 1989.

눈은 푹푹 날리고
나는 혼자 쓸쓸히 앉어 소주(燒酒)를 마신다
소주(燒酒)를 마시며 생각한다
나타샤와 나는
눈이 푹푹 쌓이는 밤 흰 당나귀 타고
산골로 가자 출출이 우는 깊은 산골로 가 마가리에 살자

눈은 푹푹 나리고
나는 나타샤를 생각하고
나타샤가 아니 올 리 없다
언제 벌써 내 속에 고조곤히 와 이야기한다
산골로 가는 것은 세상한테 지는 것이 아니다
세상 같은 건 더러워 버리는 것이다

눈은 푹푹 나리고
아름다운 나타샤는 나를 사랑하고
어데서 흰 당나귀도 오늘밤이 좋아서 응앙응앙 울을 것이다

—백석, 「나와 나타샤와 흰 당나귀」 중에서[14)]

사랑은 격렬한 욕망 속에만 존재하는 것이 아니라 일상의 영속적인 기다림 속에도 존재한다. 기다림 속에서 완성된다. 기다림을 통해 사랑을 지속시키려 욕망한다. '나'의 기다림과 비례해 푹푹 내리는 눈은, '나타샤'가 오지 않는 구실을 제공해주기도 하지만 기다림의 충일감을 증폭시켜주기도 한다. 또한 기다리는 동안 마시는 소주는 사랑의 심화

14) 『백석 전집』, 실천문학사, 1997.

(心火), 즉 사랑에 빠진 마음의 불을 더욱 뜨겁게 지펴준다. 일시적인 부재와 단절을 현존과 영속으로 이어놓으려는 욕망의 소산이다. 사랑하는 대상을 기다리는 동안, 사랑하는 대상이 오든 오지 않든, 사랑하는 주체는 사랑하는 대상에게 가고 있는 것이고 사랑하는 대상은 오고 있는 것이다. 두 주체의 물리적 거리가 전혀 좁혀지지 않거나 물리적으로 한 지점에서 만날 수 없다 하더라도……

산산이 부서진 이름이어!
허공 중에 헤어진 이름이어!
불러도 주인 없는 이름이어!
부르다가 내가 죽을 이름이어! //(…)//

선 채로 이 자리에 돌이 되여도
부르다가 내가 죽을 이름이어!
사랑하든 그 사람이어!
사랑하든 그 사람이어!

— 김소월, 「초혼」 중에서[15)]

사랑은 시간과 죽음의 우연에 맞서고자 하는 일종의 신기루이다. 사랑을 통해 현세와 다른 또다른 세계를 볼 수도 있다. 죽은 사람의 영혼을 불러들이는 고복(皐復) 혹은 초혼(招魂) 의식을 통해 죽음을 넘어서는 인용시의 사랑이 그러하다. 시에 리듬을 부여할 뿐만 아니라 시의 분위기를 격정으로 이끌어가는 돈호와 반복의 형식에는 사랑하던 사람을 삶의 밖으로 떠나보낼 수 없는 절절한 마음이 담겨 있다. 그 격

15) 『원본 김소월 전집』, 집문당, 1995.

정의 외침은, 프로이트가 '대양 같은 느낌'에 비유한 바 있는 '거대한 전체' 안에 한 전체가 들어가는 종교적 경험에 비견되는 것이기도 하다. 그러나 "하늘과 땅 사이가 너무 넓"어서 죽은 혼을 부르는 초혼가는 끝내 하늘에 닿지 못하고 만다. 그렇기 때문에 "선 채로 이 자리에 돌이 되"도록 영원한 사랑을 동경하고 있을 뿐이다.

머리에 석남(石南)꽃을 꽂고
내가 죽으면
머리에 석남꽃을 꽂고
너도 죽어서……
너 죽는 바람에
내가 깨어나면
내 깨는 바람에
너도 깨어나서……
한 서른 해만 더 살아 볼꺼나.
죽어서도 살아나서
머리에 석남꽃을 꽂고
한 서른 해만 더 살아 볼꺼나.

— 서정주, 「소연가小戀歌」 전문[16]

죽음을 넘어서는 사랑에 대한 열망은 "한 서른 해만 더 살아 볼꺼나"라는 구절에서 잘 드러난다. 물론 그러한 환생을 가능케 하는 것은 석남꽃의 설화(최항은 부모의 반대로 사랑하는 여자와 맺어지지 못하고 죽어서도 다시 살아나 여자를 찾아가 같이 살고 싶은 뜻을 전한다. 그러나 여

16) 『서정주 전집』, 민음사, 1983.

자가 항이 이미 죽었다는 것을 알고 금세 숨이 넘어갈 지경에 이르자 항은 여자의 죽음에 깜짝 놀라 또다시 되살아난다)에서처럼 죽음까지도 뛰어넘을 수 있는 사랑의 힘이다. 현실에서 완성할 수 없었던 사랑에의 갈망, 영원한 사랑에의 욕망이 석남꽃에 비유되고 있다.

게다가 돌에 새기는 것도 아니고 돌 속에 파묻는 사랑이라면? 게다가 돌 그 자체가 되어 푸른 바닷물 속에 잠기는 사랑이라면? "한 여자 돌 속에 묻혀 있었네/그 여자 사랑에 나도 돌 속에 들어갔네/(…) 남해 금산 푸른 바닷물 속에 나 혼자 잠기네"(이성복, 「남해 금산」)라고 했을 때도, '그 여자'와 '나'의 어긋난 사랑은 영원성을 획득한다. 과거도 아니고 현재도 아닌, 안(시작)도 없고 밖(끝)도 없는 '남해 금산'의 시공간은 사랑의 지속성과 연장성을 강화시켜준다. 시인은 현실적으로 불가능한, 머무를 수 없는 곳에 사랑을 유폐시켜놓고는 그 지점에서 침묵한다. 그리고 그 지점에서, 마치 도달할 수 없는 사랑의 심연에 '잠기는' 것처럼 시의 언어는 가라앉는다. 그 가라앉음은 공허나 부재가 아니다. 텅 빈 채 잠기는 남해 금산의 돌 속에는 '그 여자'와 '그 여자 사랑'이 가득 찬다. 부재로 자신의 존재를 가득 채우는 사랑, 시인은 사랑의 부재 앞에서 심연과도 같은 침묵을 지키고 있다.

'위로'와 '권력'으로서의 사랑

사랑에 빠진다는 것은 단지 사랑의 시작에 불과하다. 그것만으로는 사랑을 지속시키기 어렵다. '사랑한다'는 과정이 안고 있는 중요한 난제에 직면하게 되고 사랑을 지속시키기 어려운 난관에 봉착하게 된다. 그러기에 사랑은 서로 매혹되는 것, 그리고 서로 결합하기 위해 그들이 극복해야 하는 고통과 고난의 역사이기도 하다.

까닭 없이 마음 외로울 때는
노오란 민들레꽃 한 송이도
애처럽게 그리워지는데

아 얼마나한 위로이랴.
소리쳐 부를 수도 없는 이 아득한 거리(距離)에
그대 조용히 나를 찾아오느니

사랑한다는 말 이 한마디는
내 이 세상 온전히 떠난 뒤에 남을 것

잊어버린다. 못 잊어 차라리 병이 되어도
아 얼마나한 위로이냐
그대 맑은 눈을 들어 나를 보느니

—조지훈, 「민들레꽃」 전문[17)]

'단 하나'의 언어로 표현될 수 있는 사랑은 대상에 대한 사랑의 강렬함과 영원성을 노래하곤 한다. 사랑하는 대상을 도저히 잊을 수 없어 오히려 병이 될 지경이건만, 고작 사랑의 표상인 민들레꽃이 '맑은 눈을 들어 나를 보고' 있다는 것이 커다란 '위로'가 된다니! 사랑하는 두 주체의 거리가 아득해도, 소리쳐 부를 수도 없는 거리에서 '나'를 찾아올 수는 없어도, '그대'는 '민들레꽃'처럼 세상의 그 무엇으로 현현하여 '내'게 온다니! 사랑은 그렇게 애처롭게 그리워지는 것이고 조용히 찾아오는 것이고 크나큰 위로가 되는 것이다. 이별과 부재의 시공간을

17) 『조지훈 전집 1—시』, 나남출판, 1996.

넘어서서 말이다.

우리 삶은, 우리의 운명을 결정하는 보이지 않는 힘과 소리 없는 전언 속에 잠겨 있다. 개인적으로든 문화적으로든 행복이란 무소부재하는 이 은밀한 사랑의 힘과 전언을 해독할 수 있는 능력에 달려 있다. 그러기에 모든 재난과 불행에도 불구하고 우리는 항상 사랑하고 사랑받기를 원하는 것이며, 사랑이야말로 지구상에서 축복받은 자가 가질 수 있는 아름다움에 가장 근접해 있는 그 무엇이 아니겠는가. 현재의 우리와 미래의 우리는, 우리가 누구를 어떻게 사랑하는가에 따라 좌우되는 것이다. 사랑은 우리 삶의 권력이기에……

> 내 사랑 내 귀에 속삭였네
> "사랑은 나의 권력"
> 나는 내 사랑의 귀에 속삭이네
> "내 권력이 약해지지 않도록"
> "내 권력이 약해지지 않도록"
> 사랑이여
> 우리의 권력이 약해지지 않도록!
>
> —정현종, 「사랑은 나의 권력—페테르부르크 시편 2」 중에서[18)]

(이 글에서 인용한 사랑시들의 시대적이고 종교적인 측면들에 관해서는 '의도적'으로 언급하지 않았다. 이성간의 사랑과 그 관계 역학에 충실하고 싶었기 때문이다. 그러나 그 사랑의 대상이 그 무엇 혹은 그 어떤 관념들로도 해석될 수 있다는 것은 시 해석의 기본일 것이다.)

---

18) 정현종, 『갈증이며 샘물인』, 문학과지성사, 1999.

서정과 일상의 변주, 그 불완전의 시학

—1990년대 시동인 활동의 위상

90년대 중반, 시 동인지의 존재양식

동인활동은 가장 흔한 형태의 그룹 창작활동이다. 동인은 등단지면, 출신학교, 출신지역을 비롯하여 연령, 성(性), 시정신 혹은 시세계 따위의 공통분모를 축으로 형성된다. 현대문학 형성기인 1920년대의 '창조' '폐허' '백조', 1930년대의 '시문학' '시인부락' '카프', 1940년대의 '청록파', 1950년대의 '신시론', 1960년대의 '후반기' '현대시', 1970년대의 '반시' '자유시' 들이 그렇다. 그리고 '시운동'과 '시와 경제'에 의해 새롭게 촉발된 동인활동은 1980년대 중반에 이르러 한 절정을 이룬다(시의 시대였다는 점, 동인지의 정점이었다는 점에서 1980년대는 자주 1930년대와 비견된다).

1980년대 초반의 폭압적 상황에서 문학적 생존을 위해 수많은 동인, 무크 집단들이 집중적으로 양산되었다. 그 경향은 크게 두 가지로 대별된다. '자유시'의 맥을 잇는 '열린시' '시운동' 등은 개인으로서의 내면적 자아가 겪는 체험에, '반시'의 계보를 잇는 '목요시' '오월시'

'시와 경제' 등은 사회적이고 실천적인 주체들 간의 문학적 연대에 더 큰 의미를 두었다. 전자의 계열은 현실인식의 추상성이나 현실극복 의지의 부재라는 한계로부터 자유롭지 못했으며, 후자의 계열은 문학을 도구적 특수성에 고착시켰다는 비판으로부터 자유롭지 못했다. 70년대적인 순수와 참여의 이분법적 대립이 80년대에는 개인과 사회의 대립으로 재편성된 셈이다.

그러나 세계를 해석하는 이데올로기나 가치관의 차이가 첨예하게 대립하면서도 그 자장 안에서는 다양한 스펙트럼을 형성했던 시기였기에 같은 방향성을 지닌 사람들의 소집단화는 당대적 요구이기도 했다. 80년대가 시의 시대 혹은 동인지의 시대가 될 수 있었던 요인이었을 것이다.

90년대의 어떤 동인활동도, 80년대에 누렸던 그 권위와 구심력을 발휘하지 못했고 그때의 막강한 결속력과 연대의식을 구축하지 못했던 것은 분명하다. 지난 시대의 문학적 권위와 허위의식을 부정하려는 자기비판 혹은 자기반성과, 전 시대 동인들의 방향성이 더이상 그 기능을 발휘할 수 없게 되었다는 위기의식에서 90년대 문학이 구축되었기 때문이다. '21세기 전망' '슬픈 시학' 동인이 새롭게 결성되었고, 1980년에 결성된 '시운동 제2세대'는 세대교체가 이루어지고 있었으며 1984년도에 결성된 '시힘' 동인은 여전히 건재했다. 이들은 전시대의 동인들과는 변별성을 갖는다. 후기 자본주의의 물신화된 메커니즘이 90년대의 일상과 육체에 어떻게 작용하고 있는가 하는 문제를 화두로 삼고 있다는 점에서 그렇다.

90년대 새로운 동인들의 출현은 문학 내외적 변화들과 맞물려 있다. 그 첫번째 변화는, 80년대가 지녔던 사회/개인, 리얼리즘/모더니즘이라는 이분법적 폐쇄성에 대한 반발과 그로부터 벗어나고자 하는 의지적 발현에서 찾을 수 있다. 이러한 탈중심, 탈이데올로기적 분위기로 인한 인식구조의 변화는 근본적으로 사회주의의 와해 및 정치적 보수화라는 국내외 정치적 변화와 관련이 있을 것이다. 또한 대중정보사회나 대중소비사회의 여러 징후나, 문학을 비롯한 모든 상부구조가 자본주의적 상품화 논리로 함입되는 사회문화적 변화와도 연루되어 있을 것이다.

둘째, 창작 주체의 세대교체 현상도 중요한 변화 중 하나이다. 새롭게 등장한 1960년대산 창작 주체들은 유신독재, 독재의 몰락, 오월광주로 점철된 한 시대의 환상과 광기를 경험했으며 보수대연합이라는 화해 혹은 야합에 따른 환멸을 경험했다. 기형적 경제구조 속에서 꽃핀 압구정 문화에 애증을 갖는 그러나 자본의 논리에 물든, '약속 없는 세대' 혹은 '자본주의 1세대'들이다. 개인적이고 도시적 감수성에 젖은 이들은 사회의 구성원 또는 시인으로서 마땅히 가져야 한다고 믿어왔던 책임과 당위에 대해 회의하기 시작한 세대들이다. 그 언어는 민첩하고 가볍고, 무정부적이고 허무적이고 퇴폐적이다. 이들의 출현은 단순히 세대교체라는 의미를 넘어서 감수성의 지각변동을 예시하는 징후라는 점에서 주목된다.

셋째, 문자 기능의 위축 현상과 맞물려 있는 문학, 특히 시 장르 자체의 위기 또한 그 변화 중 하나이다. 텔레비전이나 영화를 비롯한 다양한 영상기술, 컴퓨터를 비롯한 첨단과학기술의 급격한 성장은 '문자' 혹은 '문학'을 중심으로 이루어졌던 문화의 성격을 변화시키고 우리의 정서, 관습과 태도에까지 그 영향을 미치고 있다.

이 같은 변화들이 새로운 동인을 결성하는 추동 요인들로 작용했을 것이다. 그러나 90년대 동인들은, 전 시대 동인들에 비해 하나의 일치된 시각이나 뚜렷한 방향성을 가지고 있지 않다. 오히려 각 동인들의 다양성과 복합성이 바로 90년대 시의 경향이자 동인활동의 특징이기에 이들을 하나의 고정된 시각으로 묶거나 재단하는 것은 위험한 일이다. 그럼에도 불구하고 동인지의 서문이나 뒷글에서 공통적인 흐름을 찾아볼 수는 있을 것이다.

> 현실을 억압하는 다양하고 엄청난 폭력, 기존 언어를 빨아들이고 튼튼해져서 대중 속에서 왕성하게 커가는 기형적인 대체언어에 대해서도 견딜 수 있는 탄력성을 지니고 있어야 한다는 데에도 동의했다.
>
> —『해체시집』('시운동 제2세대' 동인지) 서문[1)]

> 자본주의 사회의 정치, 경제적 이익을 목표로 할 때 껴입게 되는 삶의 억압되고 훼손된 정신적 가치를 드러내고 그것으로부터 자유로움을 성취하려 한다. 그리고 타락한 현실의 단단한 각질을 파고들 수 있는 새로운 '서정성'을 탐색코자 한다.
>
> —『시힘 5집』 서문[2)]

> 생태론적 위기의식은 우리 모두의 공통 부분이다. 따라서 우리의 작업은 절망에서 희망을, 절멸에서 회생을, 절대악에서 절대 아름다움을 추구하려는 몸부림이다.
>
> —『21세기 전망 1집』 서문[3)]

> 현대 사회의 속성이 다양성과 세분화된 전문성에 있다면 이제 우리 시는 여기에 어울리는 실재적 가능성을 현실화할 수 있는 새로운 서정

---

1) 『시운동 '해체시집'』, 책나무, 1990, 김기택, 이진명, 장석남, 전동균, 이동엽, 이홍섭, 원재훈, 권대웅, 이학성, 성귀수 등의 이름으로 발표한 동인지 서문의 제목은 「신서정, 현실주의 상상력—새로운 '시운동' 출범선언」이다.

2) 『시힘 5집』, 시민, 1990.

3) 『21세기 전망 1집—떠나는 그대 눈부신 명상입니다』, 책나무, 1990. 유하, 함민복, 진이정, 박인택, 차창룡 등이 참여했다.

의 방법들을 찾아야만 한다.

—『슬픈 시학』, 「우리 시의 현상학」[4)]

이들이 계시하는 공통된 특징은 구체적 일상에 천착한 '현실주의적' 시각이다. 문학적 엄숙주의로부터 탈피하여 후기 자본주의 메커니즘에서 비롯되는 생태론적 위기, '기형적인 대체언어', 대중화 현상 등에 관심을 보이고 있다. 산업사회의 가속화와 그에 따른 물신화에 맞서기 위해 일상이나 서정의 중요성을 새삼 강조하기도 한다. 일상이라는 자본주의의 현실공간에서 '삶의 시각'으로 시를 쓰고자 하는 것이다. 그 시적 방법론은 물론 다양하다.

현실주의적 신서정—'시운동(제2세대)'

경희대 출신이라는 인간적 유대를 특징으로 했던 '시운동' 제1세대는 1980년 1집으로 시작해 1989년 12집을 끝으로 사실상 해체되었다. 이들이 지녔던 본질적인 매력과 한계는, '언어혁명' '사회적 검인을 벗어난 창조적 상상력'이라는 찬사와 '자아마비의 아름다움' '신통술로서의 상상력 또는 외계적 상상력'이라는 비난으로 요약될 수 있다. 그리고, 1990년 『해체시집』을 시발점으로 제2세대들이 결성되었다. 인적 구성의 대대적인 변화에서뿐 아니라 「신서정, 현실주의 상상력—새로운 '시운동' 출범선언」이라는 서문에서도 감지할 수 있듯이, 현실감각이라는 측면에서 1세대와 차별화 전략을 구사하면서 세대교체를 선언한다. '개성'을 존중하면서 자유롭고 풍요로운 언어의 뿌리에 닿아야 한다는

4) 『슬픈 시학—가라, 불임의 언어』, 청하, 1991.

점에서는 제1세대의 시정신을 잇고 있지만, 오늘날의 '기형적인 대체 언어'에도 견딜 수 있는 "현실주의 상상력을 바탕으로 한 새로운 서정"을 찾으려는 점은 2세대 나름의 독특한 시세계를 구축하려는 단면이다.

또한 '해체시집'이라는 제목에서 암시하는 시운동식 '해체'는 "삶을 바탕으로 하면서도 삶의 표면에 그치지 않고 거기에서 진실을 추구하고 그 진리를 해체시킴으로써 보다 철저한 해체로 나아가야 하리라는 점"(정한용, 「희망인가, 절망인가」)을 표방한다. 이는 2세대들이 주장하는 '신서정'이 도시적 일상과 그 감수성을 바탕으로 한 철저한 자기부정의 시정신을 지향하고 있다는 발언으로도 읽힌다. 바로 이 점이 뒤에 살펴볼 '시힘'의 민중적 서정과 구별되는 점이기도 하다.

1세대와 2세대에 걸쳐 있는 장석남이 다음과 같이 노래할 때, 1세대와는 다른 독특한 면모를 암시한다.

다시 불을 넣는다
마음에서 두꺼운 연기가 피어오르고
잉걸이 깊어지는 동안
차갑게 일어서는 속의 못끝들
감히 살아온 생애를 다 넣을 수는 없고 나는
뜨거워진 정강이를 가슴으로 쓸어안는다

불이 휜다

—장석남, 「군불을 지피며」 중에서

장석남의 많은 시들은 유년을 향해 열려 있다. 시 속에 구현된 유년은, 눅눅한 가족사는 물론 삶의 바닥에 깔린 허방까지도 깊고 따뜻한 여성성으로 받아들이려는 욕망의 징후로 가득 차 있다. '집 부서진 것들'은 군불의 땔감이 되어 재가 된다. 그러나 시인의 관심은 불에 타지 않고 남은 못에 집중된다. 시인은 이 못을 "어느 가계(家系)의 상처이자 응어리의 결정체"로, '부서진 집'의 불행과 가난, 절망 혹은 좌절의 표상으로 인식한다. 그러고는 그 못들을 향해 '불을 넣는다'. '두꺼운 연기'와 이글거리는 깊은 '잉걸' 속에서 이번에는 자신의 내면에 응어리진 날카로운 '못끝'을 인식하는데, 이 '못끝'은 시인 자신의 가계 그 불행한 역사의 응어리이기도 하다. 이때 군불은 시인의 내면을 향해 지피는 마음의 불이 된다.

시인의 내면에 응어리진 '못끝'을 환기시켰던 군불은 시인의 정강이를 뜨겁게 덥혀주고, 시인은 그 정강이를 쓸어안음으로 해서 응어리진 가슴을 녹인다. '살아온 생애'를 다 넣을 수 없고 또 생애를 다 산 것도 아니기에, 시인은 적당한 혹은 아름다운 거리에서 화해와 용서의 전언을 띄운다. 이 시의 압권은 끝 연, "불이 휜다"이다. 불이 타는 형상을 못의 특성과 연결시켜 '휜다'라고 시각화하는 그의 감각은 독보적이다. 이처럼 현실 속에서 그의 생래적 감성과 감각이 포착해낸 생생한 비극적 정서를 환기한다는 점에서, '의식적 수사학'이라는 혐의로부터 자유롭지 못했던 1세대와 변별성을 갖는다.

신선한 감각과 참신한 감수성, 그리고 현실주의적 상상력에 의한 서정적 형상화야말로 시운동 제2세대가 내세우는 '신서정'의 가장 큰 특징이다. 이들은 비극적 현실인식에 의한 일상적 반추를 통해 자기 정체성을 확인하고자 한다. 그 일상적 반추가 '시간'을 중심으로 이루어지고 있다는 점은 특기할 만하다.

> 나는 그들이 남기고 간 무늬였다. 미술관 정원을 떠돌며 산다. 여럿의 다른 무늬도 함께 산다. 계절이 돌아오고 또다시 돌아와도 그들은 나를 찾아오지 않는다. 무늬의 삶은 기억뿐이다. 땅도 하늘에도 닿지 못하

는 흰 거품처럼. 꺼지는 퉁기다 마는 외줄 악기처럼.

—이진명, 「무늬 남다」 중에서

거북이 뭉툭한 발 속으로 시간이 들어가네
초침소리 내지 않고 느릿느릿 걸어가네
거북이 발 멈추고 먼 바다 바라보면
시간은 잠시 돌 속으로 들어갔다가
생각나면 돌 속에서 발을 빼고 다시 걷는다네

—김기택, 「거북이」 중에서

이진명 시의 시적 화자인 '나'는 무늬다. 무늬를 수놓기 위해 만난 사람들이 "서로 떨어지는 순간", 무늬는 공중을 떠돌다 "땅도 하늘에도 닿지 못하는 흰 거품" 혹은 "꺼지는 퉁기다 마는 외줄 악기"가 된다. 그 무늬는, 한때 삶의 일부로 체험되었으나 이제는 사라져버린 과거의 안쓰러운 잔상에 다름 아니다. 한때의 인간적 욕망과 감정이 외로움과 덧없음으로 침윤될 때 날것의 상처나 절망이 내면화되어 오래 삭혀진 그늘과 향기가 될 때 바로 무늬가 되는 것이다. 전동균이 "아무도 찾아주지 않았네/긴 세월 잊고 살았네/한 번도 닿지 못한 타인(他人)의/메마른 손"(「타인他人의 손」)이라고 자각할 때 그 '손' 역시, 이진명의 '무늬'와 닮아 있다.

김기택의 시간의식은 이진명에 비하면 훨씬 구체적이다. 초침 소리도 내지 않고 '느릿느릿 걸어가는' 거북이의 뭉툭한 발이나 딱딱하고 캄캄한 등(돌)의 이미지로 시간을 감각화하고 있다. 표면적인 둔함과 딱딱함, 느릿느릿한 움직임 속에서 지치지 않는 어떤 끈질김을 발견하고 있는데, 그 끈질김이 시간 자체의 속성이기도 하겠지만 시간에 맞서는 우리의 삶 혹은 생명력일 수도 있겠다.

직접적이든 간접적이든 시운동 제2세대들은 추억, 무늬, 흔적, 기억, 시간, 세월 등의 시어를 반복적으로 환기함으로써 소멸해가는 일상적 실존을 확인하곤 한다. 그러한 소멸의 소리에 귀 기울이며, 희미한 잔상을 남기며 사라져가는 시간의 덧없음을 견디는 것이리라. 그것은 저 막막한 세기말에 대한 동시대인의 위기감과 겹쳐진다. 그 위기감이 막막하기에 그들은 한결같이 추억의 공간과 현실의 공간 그 중간에 터를 잡고 앉아 내면화된 흔적들을 낮은 목소리로 고백하는 것이리라. 이러한 서정성을 새삼 강조하는 것은 건강한 서정의 힘이나, 정신적인 본향에 대한 향수 같은 것들이 더욱 절실해지고 있기 때문이다. 그러나 이들이 주장하는 '신서정'이 '현실주의적 시각'을 어떻게 구현하고 있는지, 그 해체의식과는 어떻게 해후할 수 있을 것인지, 그 구체적인 작품들에서 그 답을 찾기란 어렵다.

껴안음의 민중적 서정—'시힘'

'시힘' 동인은 1985년에서부터 1993년까지 여덟 권의 시집을 발간했다. 이들의 방향성은, 인간다운 삶을 향한 "희망과 애정과 염원이 시를 다양하고 생동감 있게 해준다는 믿음"(2집)을 토대로 하는 '껴안음'의 '민중적 서정'에서 찾을 수 있다. 타락한 후기 자본주의 현실이 어떻게 인간다운 삶을 억압하고 정신적 가치를 훼손시키는가를 드러내는 작업도 같은 맥락을 이룬다. 동인들 사이의 공통적 지반이 약한 관계로 이들의 시세계는 일관성 있는 방향의 모색보다는 다양함을 폭넓게 수용하고자 한다. 동인들이 자연스럽게 교체되면서 한결같이 시에 대한 열정과 특유의 응집력으로 자생력을 유지하고 있다. 다양한 인적 구성과 다양한 목소리가 수렴되고 있다는 것이 지금까지 동인활동이 지속될 수 있는 '시힘'의 힘이다.

1993년에 나온 『시힘 8집』을 들여다보면, 이들도 시쓰기의 위축 현상을 표면화하고 있다. 상대적 빈곤의 심화와 끝없이 증대되는 인간의 욕망, 감각적이고 말초적인 사회풍토를 그 이유로 꼽고 있는데, 이러한 진단에는 소박하나마 1990년대의 여러 사회구조의 변화에 대한 이들 나름의 대응자세를 노정하고 있다. 즉 80년대의 민중해방적 지향성이 후기 자본주의하에서의 보편적인 인간 문제로 확대되고 있는 것이다. 그럼에도 불구하고 '시힘' 동인들의 관심은 여전히 소외된 이웃에게 가 있다. 할머니, 어머니를 비롯해 경리과 직원이나 김소령, 창녀, 동창생, 푸줏간 주인, 샐러리맨과 같은 구체적인 화자들은 물론이거니와, 이들이 몸담고 있는 물만골, 판교리, 신촌, 안양천과 같은 외곽성이 두드러진 삶의 현장들이 시의 주된 배경을 이룬다.[5] 또한 이들의 시에는 이야기가 있고 현실의 고통과 슬픔을 감싸려는 삶에 대한 믿음 혹은 긍정이 있다. 때문에 이들의 시는 편안하게 읽힌다. 삶의 진정성이 먼 곳에 있는 것이 아니라 가까운 곳에 있다는 이러한 구체성의 획득이 곧 이들 '시의 힘'이다.

호박잎 풋풋한 향기 저녁하늘가로 띠울 때
앞바다 낚시질에 걸린 재수없는 망둥이 얻어다가
고추장 얼큰히 풀어 덜컹덜컹 썰어 놓고
좋은 사람들과 함께 할
읏샤 읏샤 살아 볼만한 인생살이 앞에
어깨 함께 비비고 싶은 농사꾼

---

5) 이는 '시운동'이 자연이나 언어나 시간과 같은 보편적인 문제에, '21세기 전망'이 자본주의의 문화현상에 관심을 집중하고 있는 것과 대별된다.

내 형진이 울고 있어요

—김영춘, 「우루과이 라운드」 중에서[6)]

"신선한 생명의 대물림"과 "탄탄한 혁명적 낙관주의"를 가로막는 우루과이 라운드가 농촌현실에 미치는 영향을 산문적으로 진술하고 있는 김영춘의 시는 80년대 민중시적 발상과 어조를 잇고 있다. "좋은 사람들과 함께 할/웃샤 웃샤 살아 볼만한 인생살이"를 꿈꾸었으나 이제는 우루과이 라운드로 "고향에서 쫓겨날 제 모습 떠올리며 울고" 있는 시 속 '형진'의 모습이 바로 우리 농촌의 절망적 현실임을, 시인은 구체적인 현장감을 살려 이야기한다. 특히 그가 "온 천하의 나라 팔아먹는 도적놈들"이라고 위정자들을 향해 분노할 때 그의 적(敵) 또한 80년대적이다.

김영춘이 보여준 분노나 절망은 분명 전 시대와 정서적 연결고리를 갖고 있다. 그러나 그 분노와 절망에서 비롯된 공격성이 무뎌진 채 일상화되고 있다는 점에서 전 시대와 다르다. 아래 시들에서도 그러한 기미를 엿볼 수 있다.

삶이 가르쳐 준 길을 따라 제대로
나는 가고 있는지, 가령
쌀 한됫박에 감미료 조금 넣고
한없이 돌리다가 어느 순간 뻥, 튀밥을 한자루나 만들어내는 것처럼
순식간에 뒤집히는 삶을 기다려오지는 않았는지

—안도현, 「튀밥에 대하여」 중에서[7)]

6) 『시힘 6집』, 빛남, 1992.
7) 같은 책.

숨 죽여 아무 말 못하고
그림자 밟아오듯 시대를 좇아
나는 부끄럽게 살아 남았네
다시 뒤져보는 헌 잡지
나처럼 생기다 만,
나처럼 생겨서는 안될.

—고운기, 「헌 잡지」 중에서[8)]

안도현은 '튀밥장수'를 보면서 6, 70년대를 통과해온 자신의, 아니 자신이 속한 세대들의 삶을 반추한다. "순식간에 뒤집히는 삶"이 허황한 것이었음을 고백하면서 "튀밥으로 배 채우려는 욕심"을 스스로 경계한다. 그러나 90년대의 "삶이 가르쳐 준 길"은, 그러한 기다림의 반대편에 선 남루한 일상의 세계일 뿐이다. 고운기 시도 유사한 시적 발상을 갖고 있다. 낡고 오래된 헌 잡지를 보다가, "차마 참혹했다 말하지도 못할 날들" 속에서 "숨 죽여 아무 말 못하고/그림자 밟아오듯 시대를 좇아"온 자신의 삶을 부끄러워한다. 그가 "언젠가 살 만한 때가 온다고 믿은 걸까"라고 반문하거나 '그날'이 색 바랜 추억으로 돌아온다고 고백할 때, 우리는 90년대 민중적 서정에 만연해 있는 패배의식 혹은 열패감의 한 단면을 읽어낼 수 있다.

그러나 전 시대의 이상과 이념이 무너져버린 초라한 현실에서도 공동체적 삶에 대한 반성적 자세를 확립하고 있는 이들의 시의식은 귀한 감동으로 다가온다. 90년대 민중적 서정의 또다른 측면인 반성적 희망과 따뜻함을 확인하고자 할 때 나희덕의 시를 만나는 것은 즐거운 일이다.

8) 『시힘 7집—배추에게도 마음이』, 둥지, 1993.

여름내 밭둑 지나며 잊지 않았던 말
—나는 너희로 하여 기쁠 것 같아
—잘 자라 기쁠 것 같아
늦가을 배추포기 묶어주며 보니
그래도 튼실하게 속이 꽤 찼다
—혹시 배추벌레 한 마리
이 속에 갇혀 나오지 못하면 어떡하지?
꼭 동여매지도 못하는 사람의 마음이나
배추벌레에게 반 넘어 먹히고도
속은 점점 순결한 잎으로 차오르는
배추의 마음이 뭐가 다를까
배추 풀물이 사람 소매에도 들었나보다

—나희덕, 「배추의 마음」 중에서[9)]

땅과 배추를 생각해 농약을 쓰지 못하고 심지어 배추벌레가 갇힐까봐 배추를 꼭 동여매지 못하는 농부의 마음, 벌레에게 반은 먹히고도 속은 순결한 잎으로 차오르는 배추의 마음에서 시인은 모든 자연과 생명 있는 것에 대한 믿음을 확인한다. 그 믿음은 마지막 행 "배추 풀물이 사람 소매에" 드는 행위에 의해 더욱 구체화된다. 별 기교나 수사가 없는, 단정한 서술 전개는 건강한 일상을 과장이나 감격벽 없이 담담히 그려내는 시적 성실성을 돋보이게 한다. 바람직한 삶의 지혜를 일상적인 언어로 일구어내는 나희덕의 작업은 조화로운 삶을 향한 끊임없는 갈망을 견지해내고 있다.

이렇듯 삶의 구체적인 현장성을 구비하고 있는 '시힘' 동인들의 시

---

9) 같은 책.

들은, 삶이라는 것이 희망과 좌절의 끝없는 줄다리기라는 사실을 분명히 인식하고 있다. 절망과 좌절의 한복판에 서서 고통을 감내하며 사랑을 회복하는 일, 즉 훼손된 인간을 훼손되기 이전의 본래 자리로 되돌리는 일이야말로 참된 인간성을 회복하는 지름길임을 믿고 있는 것이다. 구체적인 인간의 삶에 깃든 따스한 사랑과 희망, 생명에 대한 믿음을 바탕으로 이루어진 세계, 그것이 바로 이들이 표방하는 90년대식 '민중적 서정'의 요체일 것이다.

문화복합체로서의 대중주의—'21세기 전망'

'이제 소박한 동인지 시대는 갔다'고 진단하는 '21세기 전망' 동인은 제1집 『떠나는 그대 눈부신 명상입니다』(청하, 1991)에서 생태론적 위기의식이 고조되고 있는 세기말을 환기하면서 시의 '새로운 가능성을 예감'한다. 특히 제3집 『대중적 전위주의 선언』(세계사, 1993)에서부터는 연극, 영화 등 다방면에 걸친 '예술 종합 무크지'를 표방하고 있으며, 특히 제호를 통해 그 지향점을 전면적으로 내세우고 있다. 이들이 언급하는 '대중'이란, 사회주의의 변혁 주체인 '민중'과 자본주의의 근간을 이루는 '대중'을 아우르는 보이지 않는 그러나 분명히 실재하는 그런 다수를 지칭하는 개념이다. 그러한 대중을 문화생산의 주체로 파악하고 있기 때문에 이들은 광고, 영화, 대중음악과 같은 상업적 대중문화까지를 문학의 영역 속으로 유입하고자 한다. 뿐만 아니라 문학 내적 장르늘 간의 넘나늘기는 물론 건축, 미술을 비롯한 범문화적 장르들 간의 경계도 넘나들며 '장르 간의 길 트기'를 모색하고자 한다. 이러한 시도는 90년대 사회의 총체성을 담아내려는 반성적 자각에서 비롯된 것이리라.

어쨌든 '21세기 전망' 동인들에게 포착된 세기말의 현대문명은 종말이나 죽음에 근접에 있다. 그런 까닭에 이들의 언어는 하나같이 냉소와 자기 비하, 불안과 공포 등의 부정적인 이미지를 띤다.

경남 울산에서 우리들의 진언이 피폭당하고
도솔천 미륵님의 정충들은 썩었다
왜 아무도 피난 가지 않는 걸까
내 몸은 낙진의 덩어리다
아내여—, 그 아이는 낳지 말거라

— 함성호, 「원자력 발전소—건축 사회학」 중에서[10)]

새들은 떠났고 미래는 아직 오지 않았다
어떠랴, 이곳이 죽음의 공설운동장이면……
죽음만이 공동묘지에 입장할 권리가 있다 / (…) /
망하라, 한꺼번에 망하는 기쁨만이 이 집에 살 권리가 있다
공간이 고장났고 시간은 서서히, 신호대기도 없이 온다

— 박용하, 「육체의 땅」 중에서[11)]

이들의 시에서 세계의 우울한 종말이나 죽음은 돌이킬 수 없도록 부패해버린 우리 삶의 익숙한 모습일 뿐이다. 함성호는 종말의 징후인 '낙진'이라는 죽음의 재로부터 자유롭지 못하고, 박용하는 이곳을 '죽음의 공설운동장'으로 인식한다. 함성호가 "아내여—, 그 아이는 낳지 말거라"라거나 "망하라, 한꺼번에 망하는 기쁨만이 이 집에 살 권리가 있다"라고 고통스럽게 고백할 때, 이들에게 미래란 없다. 세계는 폐허

---

10) 『21세기 전망 2집—이탈한 자가 문득』, 청하, 1991.
11) 『대중적 전위주의 선언 3집』, 세계사, 1993.

를 향해 치닫고 있으며 구원될 희망은 없다. "아들아, 너에게 죄(罪)가 있다면 악(惡)이 최고 수위에 다다른 시대에 태어났음을"(박용하, 「봄비의 묵시록」)이나, "이제 곧 마지막 나팔 소리가 울릴 것이다 고독한 인류여"(함성호, 「당신과 교신을 바라고 있는 누군가가 있다」)라는 구절들에도 종말의식이 깊게 드리워져 있다.

이러한 현대판 묵시록의 그림자는 동시대의 위기감, 즉 후기 자본주의의 온갖 위협들로 실체화된다.

> 그렇다면 오감도 위 옥스포드와 슈만과 클라라 사이 골목에 있는 소금창고 쪽으로 샹베르사이유 스카이 파크 밑 파리크라상과 호프 시티 건너편요 또 모른다고 어떻게 다 몰라요 반체제인산가 그럼 지난번 만났던 성대 앞 포토폴리오 어디요 베어 시티 거긴 또 어떻게 알아 좋아요 그럼 베어 시티 O.K 베어 시티—
>
> —함민복, 「자본주의와의 약속」 중에서[12)]

> 상금 삼천만 원을 타면
> 몽땅 증권 시장에 투자를 해서
> 한 열 배쯤으로 부풀려 놓고
> 좋은 길목에다 삼 층짜리 건물을 세우면
> 임대료만 한 달에 기백 아니 기천만 원 ……
>
> —박인택, 「가진 건 없지만」 중에서[13)]

이들의 언어는 즉물적이고 실제적이다. 이들이 즐겨 사용하는 장광

12) 같은 책.

13) 『21세기 전망 2집—이탈한 자가 문득』.

설(長廣舌)의 전략은 후기 자본주의의 산문화 경향과 맞물리고 있다. 타락한 자본주의 메커니즘에 함몰되어 옴짝달싹도 못하는 자아를, 함민복은 먹고 마시고 입고 쓰는 소비사회를 대표하는 낯선 간판 이름들의 숨가쁜 나열로 재현한다. 박인택은 좀더 일반적인 화법으로 횡재나 부정축재가 이 시대의 자본주의를 지배하는 보편적 방식임을 풍자한다. 위트와 패러디와 요설을 무기로 이들은, 물신화된 소비 자본주의의 일상에서 '돈'이 어떻게 인간의 가치를 전도시키고 인간의 본질을 왜곡하는지를 드러내고 있는 것이다. "남성의 높인 말이다/법제의 DNA이다/에이즈의 친어머니다/미쳤다는 말이다"(함민복, 「메타 시학을 도용한 돈에 대한 어두운 생각」)와 같은 직접적 진술은 물론, '돈'과 '쓰다'라는 단어를 연상시키는 '돈돈돈 쓰쓰쓰'(함성호, 「당신과의 교신을 바라고 있는 누군가가 있다」)의 간접적 암시에서도 마찬가지다. 이들의 시는 타락한 현실에 직접 뛰어들어 오물을 온몸에 묻히며 타락한 현실을 타락한 언어로 비판하고 해부한다.

세계에 대한 이들의 전면적 부정은 또다른 욕망으로 전화(轉化)한다. 이를테면 이런 불모의 현실에서 탈출하고 싶다는 욕망이 그중 하나인바 "미래를 포기하고" "이 지상으로부터 이탈"하고픈 유혹이 그것이다.

> 나는 보았다 단 한 번 궤도를 이탈함으로써 두 번 다시 궤도에 진입하지 못할지라도 캄캄한 하늘에 획을 긋는 별, 그 똥, 짧지만, 그래도 획을 그을 수 있는, 포기한 자 그래서 이탈한 자가 문득 자유롭다는 것을
>
> —김중식, 「이탈한 자가 문득」 중에서[14]

14) 같은 책.

전망이 부재하는 현실에서 가장 쉬운 일이란 이 현실 밖으로의 탈출이다. "자기의 꼬리를 물고 뱅뱅 도"는 권력의 중심 궤도를 벗어나는 '일탈'을 통해 김중식은 잃어버린 자아와 그 원형의 세계, 즉 개체의 '자유'를 찾으려 한다. "아저씬 아저씨의 궤도를 가세요/저는 제 울렁임의 광속으로 사라지겠어요"(진이정, 「제로야 제로야 뭐하니—공空」)나, "그때 저기 실직에 막혀 있던 그대가/제도로부터 기우뚱!"(박용하, 「철새들은 집으로 돌아오지 않는다」)과 같은 구절들도 탈중심, 탈이데올로기적인 욕망을 반영한다. 이와 같은 '이탈'은 중심축을 상실한 채 환멸과 폐허의 주변부를 떠도는 90년대적 시형식임에 틀림없다. 80년대를 대표하는 시인, 황지우가 단호하게 "가자, 저 중심으로/살아서 가자"(「나는 너다—205」)라고 노래했거나 혹은 비아냥거리며 "새들도 세상을 뜨는구나"(「새들도 세상을 뜨는구나」)라고 노래했던 것과 대별된다.

'21세기 전망'의 또다른 욕망은 불모의 현실에 맞서 풍요와 희망을 담보한 서정의 깊이로 전화되기도 한다. 유하나 윤제림 등이 보여주는 서정적 연시(戀詩)나 자연친화적 서정시들이 그 대표적인 예들이다. 세계상실 그 자체를 하나의 재앙으로 받아들이는 태도와 달리, 그 절망과 폐허를 사랑과 생명으로 감싸 안으려는 일련의 '눈부신' 서정적 자세는 가히 전략적이라 할 만하다.

> 아아 온천지에 그대 수없이 물들고 나서야 비로소
> 그대 떠내려가는 모습 내게 눈부심이었습니다
> 그대 떠나보내야 내 사랑 자란다는 걸 알았습니다
> 은행잎 하나에도
> 그대 얼굴 물드는 시간입니다
>
> —유하, 「눈부신 명상입니다」 중에서[15)]

해동청 보라매 장중한 그리메나 드리우는
개마고원에
월인천강, 고마워라 초승달빛
예성강가에

—윤제림, 「정亭」 중에서[16)]

유하는 연시 형식을 통해 '하나대'라는 유년의 공간을 서정적으로 형상화시키고 있다. 가을 은행나무가 노랗게 물든 은행잎을 떠나보내듯 그대를 떠나보내겠다는 그의 의지는 소유와 욕망을 걸러내려는 '명상적' 태도에서 비롯되고 있다. 유하가 지향하는 사랑의 실체다. 그와 같은 자연친화적 명상이 연시의 한계인 감상성을 벗어나 긴장과 절제를, 그 긴장과 절제 밑에 감추어진 일상적 삶의 모습을 아름다운 서정으로 빚어내고 있다. 윤제림도 개마고원이나 예성강에 이르는 장대한 공간을 아우르는 그 시원성에 자신의 정신적 거처(亭)를 두고자 한다. 그곳은 해동청 보라매와 월인천강(月印千江)하는 초승달빛이 어우러진 신화적 공간이다. 이들이 보여주는 일련의 자연과 생명의 시원성에 대한 동경은, 제1집의 서문에서 밝혔던 "절망에서 희망을, 절멸에서 회생을, 절대악에서 절대 아름다움을 추구"하려는 지향성의 산물이다. 또한 90년대를 풍미하고 있는 서정적 전망과도 맥이 닿아 있는 부분이다.

'21세기 전망' 동인의 성격은 점차 뚜렷해지고 있다. 대중문화가 오늘날의 삶과 의식을 규정짓는 문화적 권력이라는 사실을 인정하면서, 그러한 대중문화의 가능성을 어떻게 생산적인 문화 혹은 문학으로 변모시켜나갈 것인가에 대한 방법론적 모색을 보여주고 있다. 그런 점에

---

15) 『21세기 전망 1집—떠나는 그대 눈부신 명상입니다』, 책나무, 1990.
16) 『21세기 전망 2집—이탈한 자가 문득』.

서 이들은 90년대를 가장 온몸으로 살면서 시의 활로(活路)를 모색하고자 분주하다. 이들의 방향성은 많은 독자들의 공감을 얻고 있으며 시적 의의를 갖기에 충분하다. 그러나 그 대중문화의 속성인 획일성, 유행성, 일회성, 통속성 따위를 어떻게 문학성이나 전위성 등으로 전화시킬 것인가 하는 문제와, 실제적으로 이들의 방법론이 80년대 보여주었던 일련의 해체의 작업과 어떤 변별성을 확보할 것인가 하는 문제는 풀고 가야 할 숙제일 것이다.

권위에의 부정과 자아에의 편향—'슬픈 시학'

'슬픈 시학' 동인은 첫 동인지 『슬픈 시학』의 권두언에 해당하는 「우리는, 당대의, 모든, 권위를, 인정하지, 않는다」라는 글의 제목에서부터 그들의 지향성을 천명한다. 산업사회가 만들어내는 모든 생산품이란 결국 쓰레기가 될 수밖에 없는 현실을 직시하면서 그 쓰레기 더미에서 문학이 살아나가는 방법을 모색하고자 한다. 이들의 인식은, 문학적 허구는 '쓰레기 더미'에 던져져서 "죽은 자들의 거적 가운데에 놓인다"라는 스티븐스의 비유를 연상케 한다. 과거에 대한 향수는 물론 현재의 물질적 풍요나 미래에 대한 기대마저 포기한 이들의 도저한 부정의식이 이들을 '슬프게' 하는 것이리라.

이들이 거부하는 기존의 권위, 그 일선에는 80년대식 '해체'와 '민중'이 있다. 시적 형식과 주제의 해체에 주력한 80년대 해체시 계열은 현실의 구조적 모순을 나타내는 데는 소극적이었고, 권력구조나 경제질서와 같은 문학 외적 체제 구축에 주력한 민중시 계열은 문학의 선전성만 강조한 미숙성을 보였다고 평가한다. 따라서 사회비판적 역할로 한껏 추켜올라간 시의 어깨에 힘을 빼고, 당대의 절망을 가장 민감하게 받아들이는 진정한 실체로서의 '나'의 고통과 '나'의 위상을 회복하자는 것이 '슬픈 시학'의 주장이다. 이 시대에 부합하는 실재적 가능성을 현실화할 수 있는 새로운 서정의 방법들을 모색하자는 것이다. 절망스러운 고통의 중심에 시적 자아인 '내'가 직접적으로 관계함으로써 시적 진실의 가능성을 보여주고자 하는 이들의 의지는 자아로의 편향이라는 특징을 이룬다.

나는 정말이지 자꾸만 히죽히죽 미친 사람처럼 웃고
사람이 보인다 거울 속에 웃고 있는
내가 훤히 보인다

—정병근, 「훤히 보일 때가 있다—거울」 중에서[17)]

'슬픈 시학' 동인들의 시에는 유독 '나'라는 서정적 자아가 많이 등장한다. 일상적 행위들을 통해 개별적 자아의 실존을 확인하려고 하기 때문일 것이다. 이때 서정적 자아와 시인은 일치한다. 일인칭 화자를 고백의 주체로 세워두는 일은 '고백'할 무엇인가를 맘껏 늘어놓기 위한 전략일 수도 있고, '나'를 어떻게 만들어가야 할 것인가를 고민하기 위한 전략일 수도 있다. 정병근의 시도 마찬가지다. 술 먹다가 화장실에 와서 거울을 쳐다보며 자신이 무력한 존재임을 스스로 확인한다. 쉽게 꿈꾸고 또 쉽게 무너지는 가짜 꿈과 가짜 절망에 함몰되어 참된 절망조차도 어려운 이 시대의 풍속도를 보여주고 있다. 김재덕의 "텅 빈 구멍의 지하도, 입이 벌어진다/비어 있기는 나도 마찬가지"(「저녁, 거리마다 삐삐가 운다」)나 "혹, 나는 내가 아닌가/가짜 환영에 가짜 넙치, 생각도 가짜 같다"(「넙치끼리 모여 바닥을 덮고」)는 고백도 마찬가지

17) 『슬픈 시학—가라, 불임의 언어』, 청하, 1991. 이하 인용시들의 출전은 동일.

다. 무기력하게 왜소화된 자아와, 그런 자아의 아우라 혹은 총체성의 상실과, 거기서 비롯되는 관념적인 실존인식과 미시화된 세계인식을 보여주고 있다.

여자는 나를 자기 아이의 아버지로 키우려는 모양입니다
사온 시간도 꼭꼭 씹어 먹지 못하는 내가
누구의 아버지가 되겠습니까만
여자가 아기를 낳으면
말라 비틀어진 젖꼭지를 물리며 달래렵니다
그래도 아버진, 아버지라고요

—이진우, 「그래도 아버진,」 중에서

이진우의 시적 자아는 반지하방에 "무척추 동물처럼 추위를 핑계로 누워" 가장 아닌 가장으로 무위도식한다. 그런 자아가 할 수 있는 일이란, 미래가 없다는 것을 자인하는 스스로를 도리 없이 응시하는 것뿐이다. 자신의 생활이란 것이 얼마나 보잘것없는가에 대한 재확인일 뿐이다. 그러기에 이들이 들려주는 이야기의 대부분은, 자신들이 어떻게 정체성을 상실한 삶에 봉착해 있는가, 그 정체성 없는 삶이란 얼마나 허망하고 어떤 존재의 위기를 느끼게 하는가의 문제이다. 첫 동인지에서 밝힌 바 있는 "명명될 수 없는 우리의 정체, 불확실의 힘이 우리 힘의 원천이고 우리를 즐겁게 한다"는 방향성과 일치하는 의식현상이다.

정체성의 위기는 세계를 유지하는 질서의 위기이다. 그 질서의 뿌리를 삿시 못하고 부유하는 내면심리는 불인과 공포, 두려움으로 기시화된다.

고공공포 때문만은 아닌

발목부터 차오르는 현기증
얇은 두 귀를 검은 솜으로 막고
나는 떠 있다

—김혜수, 「검은 이륙」 중에서

열려진문은불안하다열려진문은
믿기어렵다열려진문이어느날닫혀있다

—이윤학, 「믿기어려운날들」 중에서

김혜수가 보여주는 현재의 '나'는 "캄캄한 허공/무중력의 한복판에" 위치한다. 그는 공포와 현기증에 휩싸여 있다. 언제 닫힐지 모른 채 열려 있는 문에 대한 이윤학의 불안도 심상치 않다. 이런 정체불명의 불안의식은 일상에 매몰된 소시민의 과잉된 자의식의 소산이기도 하다. 이들은 분명 자신의 삶을 끔찍스러워하지만 그 끔찍스러움의 정체나, 그 끔찍스러움을 극복할 이렇다 할 길을 모색하지 않는다. 망설임과 주저, 공포와 두려움에 매몰되어 있는 주변인으로서의 자신을 적나라하게 보여줄 뿐이다. 희망을 갖는다는 게 헛된 일이고 또 허위에 찬 일이기에 이들은 단지 이 세계의 출구 없음을 그 자체로 받아들이고 그 절망을 응시할 뿐이다. 이러한 과잉된 자의식의 정서들은, 막연한 불안의 정서가 그 실체감을 얻지 못한 채 매너리즘화된 자기반성이나 자폐화된 일상의 '비극적인 추상의 문체'를 특징으로 하는 90년대 시의 한 갈래를 이룬다.

그러나 다른 측면에서 보자면, 이들이 표방하는 '불안의 미학'은 병리학적인 현대사회를 그대로 반영하고 있다. 자본주의의 욕망과 속도감은 '텅 빈 사람들'이 되어 자아를 상실한 채 거짓된 삶을 살게 한다. 그러한 시대에 대한 자신의 무력함을 자인하는 정신적 실패와 공허의 자백인 동시에 그러한 세계를 폭로하는 한 방법이 이들의 시적 전략이다. 스스로의 패배를 인정하는 싸움이기에 이들의 시는, 분열된 언어로 표상할 수 없는 것들을 표출하려 한다.

몇 번인가, 다시 태어나고 싶었다
우리는 벙어리인 체 가을 햇볕
저 멀리 머리를 흔드는, 빛나는
꽃을 보았다

—이윤학, 「판교리—억새」 중에서

지구 탈출
연습장과 연필을 가방에 넣고
우리 달나라로 망명하는 거다

—신정숙, 「질량 48kg인 사람이 달나라에 가면 그의 무게는 몇 N이 될까」 중에서

여전히 시적 자아는 고립되어 있고 의사소통은 불가능하다. 이윤학이 "우리는 오랫동안 벙어리였다"고 얘기할 때, 이복희가 "나의 입은 봉함엽서 한 장" "함부로 뜯을 수 없네 쉽게 말할 수 없네"(「봉함엽서」)라고 고백할 때 이들이 겨냥하는 것은, 후기 산업사회의 균열되고 파괴된 세계 그 이면이다. 가면을 쓰거나 자신의 에고 속에 갇혀 세계의 덧없음 혹은 무의미성을 수용해버리는 고립된 자아의 깊은 침묵이다. 인간은 이제 자신을 둘러싼 타인으로부터 소외되었을 뿐 아니라 자기 자신에게도 소외당하기 시작한 것이다. 후기 산업사회가 단순히 자아의 파편화를 드러내는 것이 아니라 그 파편성을 다시 밀봉해버리는 고도의 통합사회이기 때문이다.

신정숙이 지구를 탈출해 중력의 6분의 1인 "달나라로 망명"하고자 하는 것 또한 현실적 고통의 무게로부터 보다 가벼워지려는 욕망에 다름 아니다. "내 절망의 베이스 캠프"인 지상으로부터 '튕겨 오르'고, '떠나'고, '솟아오르려는'(「검은 이륙」) 김혜수의 욕망도 마찬가지다. 하지만 이 같은 침묵 혹은 도피의 욕망들이란 결국, 이 지상으로부터 벗어날 수 없음을 확인하는 일에 지나지 않는다. 때문에 '나'라는 미시적인 내면풍경에 몰두하여 자아의 실존을 확인하고자 하는 '슬픈 시학'의 당면 과제는, 실제적인 방법론이나 시정신에 대한 좀더 치열한 모색일 것이다. 이들은 모색중이다.

동인지는 언제나 문학의 최전방에 있다. 이전 세대를 부정하고 뛰어넘으려는 이들의 시정신이 언제나 선언적이기 때문이고 모색의 과정이기 때문이다. '시운동 제2세대'의 현실주의적이면서 새로운 감각에 의한 신서정, '시힘'의 민중적 서정에 입각한 체험과 현장성, '21세기 전망'의 대중주의와 문화복합체로서 경계 넘나들기, '슬픈 시학'의 '나'의 내면적 반성에서 비롯되는 불안의 정서는 각각 1990년대 시의 최전방이었다. 이들의 공통 지반인 현실중심적 상상력과 새로운 서정의 시학은 시사적으로도 중요한 가치를 지닌다. 게다가 그 동인들의 중심 주체들인 장석남, 이진명, 김기택, 김중식, 유하, 박용하, 함성호, 이윤학, 나희덕 등이 1990년대를 대표하는 시인들이라는 점에도 주목해야 한다. 이들 모두가 동인 활동하고 있다는 사실은, 90년대의 동인의 역할이 80년대만큼 융숭치는 않지만 질적으로는 결코 그에 뒤처지지 않음을 확인할 수 있도록 해준다. 특히 90년대의 새로운 현실을 진정으로 이해하고 문학적인 대응방안을 모색하려는 과정으로 읽어주어야 할 것이다.

일상, 신화, 디지털의 경계와 그늘

—고운기, 이대흠, 이원의 시

고운기의 『나는 이 거리의 문법을 모른다』(창작과비평사, 2001), 이대흠의 『상처가 나를 살린다』(현대문학북스, 2001), 이원의 『야후!의 강물에 천 개의 달이 뜬다』(문학과지성사, 2001)를 한데 놓고 보니, 이 시집들이야말로 파편화되고 해체되어가는 우리의 일상을 각기 다른 방식으로 여과해놓고 있다는 생각이 든다. 이들은 각각 '거리의 문법' '상처' '야후!'라는 키워드를 중심으로 우리 사회가 직면한 모순과 허위들에 접근하고 있다. 고운기가 일상적인 일화나 사건 들을 반성과 성찰의 목소리로 견지해내고 있다면, 이대흠은 서정적 인식에 여성적 신화와 서사를 끌어들여 현실의 상처를 치유하고자 한다. 이들에 비하면 이원의 작업은 강렬하고 색다르다. 그는 프로그램화되고 전자화된 일상을 극사실적인 묘사, 과장과 알레고리 등의 우회적인 방법으로 구축해낸다. 이들의 작업은 우리가 몸담고 있는 현실에 대한 비판적 접근이자 가치의 재발견이기도 할 것이다. 그런 의미에서 이들의 언어는 일상에 관한 우리 시대의 리트머스지와 같다.

일상의 '문법'과 성찰의 깊이

고운기의 『나는 이 거리의 문법을 모른다』는 사람 사는 냄새로 물씬하다. 이 시집에는 아내와 아이들을 비롯해 홀로 계신 어머니, 친척들과 선후배 들의 살아가는 이야기가 배경을 이룬다. 산문적 어조와 구체적인 서사의 틀이 자주 사용되는 까닭이다. 그들과의 애정 어린 관계 속에서 시인은 시종 '사람 노릇'에 대해, '인간됨'에 대해, '시됨'에 대해 고백하면서 묻곤 한다. 시라는 용매 속에 자신의 삶을 녹여내는 그의 고백적 진술들은 상처받은 감정을 토로하기도 하고, 시인을 비롯한 인간들의 허위와 위선을 까발리며 반성하기도 한다. 진솔하고 나직한 목소리로 소소한 삶에 구체적인 의미를 부여하려 한다. 이러한 발화 방식은 삶에의 긍정적인 정화의지를 드러내기에 적합한 것으로 보인다.

이번 시집에서는 소시민의 진솔하면서 쓸쓸한 내면에 천착한 시편들과, 일본에서의 삶과 더불어 그곳에서의 외로움과 향수를 담고 있는 시편들로 대별된다. 전자의 시편들을 먼저 보자.

> 세브란스 병원 장례식장 입구에 붙어 있는
> 안내판 2번 칸을 지우고 있었다, 수위 복장을 한
> 관리인이 이제 모든 절차가 끝났음을, 살아 있는 날의 마감을
> 구체적으로 보여주었다
> 흰 국화로 장식된 화환이 실려 나온다,
> 며칠 사이에 줄기와 꽃이 시들어 있었다

그럴테지, 뿌리에서 잘려나와 알량하게 물 머금은 스펀지에 끼워져서
그만큼이라도 버텨준 게 다행이지 // (…) //

무릇 사람 노릇이란 무엇일까
말하자면 부고나 청첩이 아니다,
장례식장 안내판에서 내 이름이 지워지는 순간이다
어디서 잘라 왔는지
내 다리를 박고 있는 물먹은 스펀지가
시들지 않게 충분히 젖어 있느냐이다.

—「사람 노릇이라는 명상」 중에서

주변의 일상에서 보편적인 깨달음을 이끌어내는 묘미를 맛볼 수 있는 시이다. 순탄하게 이어지는 진술 속에는 "무릇 사람 노릇이란 무엇일까"라는 평범한 물음이 담겨 있다. 흔히 가족이나 친지의 대소사를 잘 챙기는 사람을 '된 사람'이라고들 한다. 시인 또한 그렇게 여기고 "오는 부고장마다 청첩장마다 챙겨 들고" 열심히 찾아다니기도 한다. 그러나 시인은 사람 노릇이란 "장례식장 안내판에서 내 이름이 지워지는 순간"까지, 스펀지에 꽂힌 화환(花環)의 꽃들처럼 "내 다리를 박고 있는 물먹은 스펀지가 시들지 않게 충분히 젖어 있느냐"에 달린 것이라고 한다. 촉촉이 젖어 있는 삶, 물기 있는 영혼을 향한 시인의 열망을 읽을 수 있는바, '사람 노릇'이란 삶의 형식이 아닌 삶의 내면적 토대 혹은 영혼의 물기 속에서 자연스럽게 우러나는 것임을 되새기고 있다.

시인은 시집 전편을 통해 삶에의 긍정은 인간 자체에 대한 따뜻한 사랑의 감정에서 비롯될 것임을, 그리하여 사람 노릇이라는 것도 그러한 따뜻함에서 비롯되는 것임을 나직한 목소리로 말한다. 자신과 주변

에 대한 성찰을 견지한 시인의 따뜻하고 진지한 목소리를 느낄 수 있는 또다른 시를 보자.

오래된 내 바지는 내 엉덩이를 잘 알고 있다
오래된 내 칫솔은 내 입 안을 잘 알고 있다
오래된 내 구두는 내 발가락을 잘 알고 있다
오래된 내 빗은 내 머리카락을 잘 알고 있다

오래된 귀가길은 내 발자국 소리를 잘 알고 있다
오래된 아내는 내 숨소리를 잘 알고 있다

그렇게 오래된 것들 속에 나는 나를 맡기고 산다

바지도 칫솔도 구두도 빗도 익숙해지다 바꾼다
발자국 소리도 숨소리도 익숙해지다 멈춘다

그렇게 바꾸고 멈추는 것들 속에 나는 나를 맡기고 산다.

—「익숙해진다는 것」 중에서

그는 되풀이되는 일상의 근원적인 본질을 차분하게 관찰하고 내면화해낸다. 인용시를 읽다보면 어느덧 '그래, 오래된 것들이 나를 지탱하게 하지, 그러니 오래된 그 모든 것들이 나의 미래이기도 하지' 하며 자신도 모르게 고개를 주억거리게 된다. 그러다가 4연에 이르러 서늘한 깨달음을 얻게 된다. 그 오래된 것들을 '바꾼다'는 것! 오래된 것들에 익숙해지다 '멈춘다'는 것! 인용시의 핵심은 이 두 서술어로 죽음을 명명하고 있는 서늘한 발견에 있다. 묘연하게 되풀이되는 삶의 깊이와 넓이를 가늠하게 하는 시이다.

1

늙으신 어머니를 두고 멀리 떠나 왔다
소록소록 봄비가 귀에 젖는 밤
기숙사 가까이
대학병원 쪽으로 구급차 달리는 소리 어지럽다
여기서 서울만큼 떨어진
어머니는 홋까이도 지진 소식에도 마음 졸이신다지만

콩자반 아직 남았어요, 눈물이 나고
멸치 볶은 것도 맛있네요, 눈물이 나고 // (…) //

3

태평양으로 나가는 배들이 자주 무적을 울리고
창문을 열면 방안까지 스며드는
묻지 말자, 습기 찬 낯선 손님들의 이름
턱을 괴고 무추룸히 창문 저 깊이
쳐들어오는 흰머리가 검은 세월을 밀어내는, 익숙한 광경처럼
오래 전 내 어머니가 나와 함께 누벼진다

먼 마을에 와서 살아보니
구름도 흘러가는 속도가 달랐다.

—「구름의 이동 속도」 중에서

일본에서의 삶, 그 이국땅에서의 외로움과 향수를 담고 있는 시편들 중 하나이다. 쉽게 읽히는가 싶지만 그 안을 들여다보면 녹록지 않은 의미가 겹을 이루고 있다. 구름이나 안개(무적)처럼, 높은 구름이라는 뜻을 담고 있는 시인의 이름처럼, "가벼운 몸만큼이나 가볍게 날며" 이동하다 문득 이국 땅 '먼 마을'의 방에 턱을 괴고 '무추룸히' (앉아) 있는 시인의 내면이 고향에 계신 (홀)어머니의 내면과 "함께 누벼지고" 있다. 특히 그 둘의 내면을 연결해주는 구급차 달리는 소리, 지진 소식, 콩자반, 멸치 볶은 것 등의 소품들은 절묘하다. 구름의 이동 속도는 여기저기를 떠도는 삶의 이동 속도에 다름 아니다. 시인은 이국에서 체감하는 '구름의 이동 속도'를 어머니와의 관계 속에서 에둘러 암시하고 있다. 우리의 일상이 무의미하고 부서지기 쉽고 또 슬픔으로 가득 차 있지만 근원적인 것에의 회상 속에서 한 줄기 구원의 빛을 발견하기도 한다. 시적 여운을 자아내는 이러한 목소리는 시인이 봉착한 삶에의 위기의식과 실존적 서정성을 담아낼 수 있는 유효한 형식이기도 할 것이다.

3

그리하여 가을이 더 깊어진 다음
가슴까지 이르기 전 이빨 사이에 목젖에 걸린
거기서 삭아내린 한때 사랑했던 그림자라도
그립고 그립다가도 그립지 않고 다시 그립고

새벽엔 듯 눈을 뜨니 첫 까마귀 울음소리
한번 울고 사라진 저 까만 생명을 생각하다가
저 둥지를 생각하다가 문득 온풍기 스위치를 눌러 더운 바람에 쏘이

다가

몸 하나 묻고 침대를 덮어 아직 어둠인 날을 뒤척이다가

오늘은 바람이 불어 내가 가는 길에 은행잎 깔리고

비도 내리겠지, 달라붙을 힘이 생기자면, 그래서 빈 하늘로 사라지기 전

먼저 빈 마음부터 준비해야겠다는

그래서 가을이 더 깊어진 다음 얼굴을 스치는 바람에

—「서쪽으로의 산보」 중에서

시인의 눅눅한 슬픔과 서늘한 되돌아봄이 일순 압도하는 작품이다. 백석의 「남신의주 유동박시봉방」을 연상케 하는 장엄한 비애가 북받쳐 오기도 한다. 어머니이자 가족이자 고향이자 죽음을 환기하는 '서쪽'으로의 산보에서 떠오르는, 시인의 얼굴을 "일그러지게도 웃게도" 하는 가을날 저물 무렵의 회억(回憶)들이란 삶의 자국 혹은 등불과도 같다. 특히 인용 부분의 빛나는 구절들을 보라. 시인의 내면풍경이 수식 없는 알몸의 언어로 드러나고 있지 않은가. 이 아름다운 비유들은, 사멸해가는 것들에 쌓인 시간의 먼지와 그것들의 지울 수 없는 친화력을 환기한다. 소멸을 맞이한 사물들의 잦아드는 침묵은 오히려 우리에게 고향과 죽음을 향한 풍요로운 추억의 시간을 허여하는바, 그 침묵의 자리는 죽음의 보편적인 의미를 묻는 자리일 것이다. 또한 시간에 의해 파묻혀버린 삶의 의미를 되묻는 방법이기도 하리라.

그의 시 대부분이 일상성과 구체성으로 인해 평범한 느낌을 주는 듯하지만 그 의미는 자못 깊고 유연하다. 이런 융숭함은 현실에 맞서기보다는 어떠한 고통이나 절망도 견디고 삭히면서 버텨내려는 시인의 건강한 삶의 태도를 반영한다. 편안히 읽히면서도 시적 진정성을 느끼게 하는 감동적인 시편들이 많아 이번 시집이 일궈낸 시적 성취는 실

로 풍성하다.

일상의 '상처'에서 신화적 치유로

이대흠의 두번째 시집 『상처가 나를 살린다』를 읽고 난 느낌은 그의 시가 물갈이중이라는 심증이었다. 이번 시집의 화두는 고향과 여성이다. 이것들은 모두 '상처' '여성성' '희생'이라는 공통점을 지니는 것들인바, 시인은 이 고향과 여성이 세상을 살리고 우리를 살린다고 믿고 있는 듯하다. 희생과 헌신, 견딤과 내성을 바탕으로 상생(相生)할 수 있는 시적 비전을 모색하고 있다.

이대흠의 시집도 크게 두 경향으로 나뉜다. 첫 시집부터 일관되고 있는 공동체적 유대와 소통의 가능성을 놓지 않은 서정적 시편들이 있는가 하면, 세계를 개관하는 듯한 장황하면서도 경쾌한 어조로 새로운 발성법을 선보이고 있는 시편들이 있다. 후자의 시편들 중 특히 신화에 대한 관심은 이번 시집에서 주목할 만한 변화이다. 현실의 신화성 혹은 신화의 현실성에 대해 말하고 싶었는지도 모른다. 빛나는 성찰과 서정이 돋보이는 시편들부터 보자.

뒤돌아보면 상처의 길이 아득하다 지나간 희망이나 사랑은 모두 내 몸에 붉은 금을 그었다 아프다 내 오랜 사랑인 그대를 생각하면 세상을 다시 살고 싶어진다 아픈 것이 어디 내 몸뿐이랴 내 발에 채인 돌은 느닷없는 발길질에 얼마나 놀랐을까 나와 만나 깨어지거나 버려진 자들은 얼마나 많았던가 나와 만나면 모든 것이 망가졌다 타버린 담배 폐차된 자동차 망가진, 그대

으스러지거나 커다란 흉터가 남은 게 아닌데
작은 상처에 아파했던 것은
죄스러운 일이다 혼자인 밤이면
상처 입은 짐승들이
주위를 가득 채운다

따뜻하다

—「상처가 나를 살린다」 중에서

여전히, 아니 아직까지, 그의 시의 본질은 일상과 서정이 맞닿은 지점에서 건져올려지는 힘센 성찰에 있다. 시집 제목이기도 한 인용시에서 시인은, 누구나 "몸의 어디건 상처 하나는 가지고 살아"간다는 일반적인 인식에서부터 시를 끌고 간다. "지나간 희망이나 사랑"이 그 모든 상처의 진원지이자 상처의 가해자였다는, 그런 희망과 사랑의 한가운데 '나'가 있었다는, 하여 "나와 만나면 모든 것이 망가졌다"는, 이러한 시인의 비극적 자기부정은 '따뜻한' 깨우침을 유도한다. 이때 상처는 세상과 나를 하나가 되도록 이어주는 통로로서의 '길'이 된다. 그러기에 뒤돌아보면 상처의 길이 '아득한' 것이고, 두리번거려보면 나를 에워싼 상처의 길들로 한없이 '따뜻해'지는 것이다. 이 같은 '상처'와 '길'이 만나는 지점에서 시인은 '바퀴'를 발견해낸다.

바퀴는 얼마나 슬픈 짐승이냐

바닥에 엎드려
굳어 반짝이는 것들과 함께
한 세상을 건너가는 바퀴

아스팔트건 자갈이건 진창이건
생의 어느 고비에서건
온몸으로 부딪히고 상처 입으며 바퀴는
함께하는 모든 것을 자기 위로 올린다

(희생만큼 지독한 종교가
어디 있겠는가)

다 닳아 빵구나서 아무데나 버려지는
낯빛이 저리 검고 딱딱한 것은
펴내지 못한 평생의 속울음
쌓이고 쌓였기 때문이다

모난 데 다 버리고
둥글다는 것은 얼마나
아픈가

—「바퀴는 슬프다」 중에서

시인은 흔히 볼 수 있는 '바퀴'로부터 이 시집의 화두인 '상처'의 속성들을 투망해낸다. 바닥에 엎드려 건너간다는 것, 온몸으로 부딪히고 상처 입으며 굴러간다는 것, 함께하는 모든 것을 자기 위로 올린다는 것, 평생 속울음을 쌓고 쌓는다는 것, 모난 것들은 다 버려진다는 것! 바퀴의 이런 속성을 통해 시인은 "희생만큼 지독한 종교가 어디 있겠는가"라는, 인간 정신의 회복을 위한 환한 눈뜸에 도달한다. 특히 (수레)바퀴가 시간이나 역사를 상징한다는 것도 주의를 요한다. 이때 바퀴는 일상의 삶을 넘어서 시대와 역사의 상징으로 읽히기 때문이다. 삶이든 시대이든 역사이든, 그 바퀴가 암담한 슬픔의 밑바닥에 역설적인 충만함과 긍정적인 비전을 천착하고 있음은 분명하다. 슬픔, 희생, 속울음의 대가로 얻은 바퀴의 '둥긂'이 바로 그 충만함과 비전으로 이어질 것임을 암시하고 있기 때문이다.

결코 포기할 수 없는 희망이란 기억의 체험이자 슬픔을 극복하는 시간의 체험이다. 그러기에 바퀴는 '슬픈 짐승'과도 같은 슬픈 인간들일 것이며, 바퀴의 모든 상처가 귀착하는 곳은 죽음일 것이다.

술 안주로 먹으려고 사온 조개를
수돗물에 담그자
그것들 일제히 입을 다문다

몸 밖은 죽음

제 안의 어둠을 파먹으며
이승의 삶을 잠시 버티는, 그
불에 닿자 퍽 소리를 내며
다 놓아 버리는
온몸을 환히 열어 보이는

악착같이 잡고 있던 것이
生이라는 암흑이었구나

—「환한 죽음」 전문

몸 밖은 죽음이고 몸 안은 어둠인 조개, 삶이 입 다묾이고 죽음이 입

벌림인 조개, 죽음의 순간에서야 비로소 어둠에 갇혀 있던 삶의 온몸을 환하게 열어 보이는 조개, 그리하여 생의 어둠과 죽음의 광명을 완성하는 조개…… '조개의 몸'을 통해 삶과 죽음을 조명해내고 있는 시인의 시선은 투박하면서도 날렵하다. 조개가 성취해낸 죽음은 우리에게 정갈한 위안과 편안함을 환기시킨다. 일순간에 "다 놓아버리는", 그처럼 깨끗한, 그처럼 환한 죽음에로의 침잠은 그러기에 현실에서 상처받은 시인의 영혼이 찾아들고 싶은 적막한 피난처처럼 읽히기도 한다. 특히 조개의 속성인 침묵, 견딤, 단단함 속에 갇힌 부드러움과 수동성은 곧 수난받는 여성성 혹은 민중성과 맞물려 있기도 하다.

상처에서 바퀴(시간, 역사)로, 그리고 죽음으로 이어지는 시적 궤적은 여성으로 확장된다. 여성—어머니—민중—신화를 한 궤로 엮고 있는 시적 주체, '지나 공주'가 바로 그 매듭 역할을 한다.

(대숲에 커다란 항아리 있었네 변기통이었던 몸 한쪽이 찌그러진 항아리 비가 오면 비를 담고 바람 불면 싹트지 않을 씨앗을 받았네 끈끈한 어둠이 가득 차 그 무엇이 들어가도 흔적 없는 항아리 밤이 되면 댓잎의 머리칼 날리며 한 여자가 나온다네 찰랑거리는 달빛의 음성으로 노래를 한다네)

아버지는 나에게 남비를 주었어요
아버지는 나에게 불을 주었어요
아버지는 나에게 고구마를 주었어요

배부른 나는 아기를 낳았죠
그 아기가 아버지가 될 때까지
끓고 있는 남비처럼 나는 즐거웠죠

깔깔깔 웃어대면 고구마가 익었지요
한 입 가득 한 입 가득 고구마를 먹었어요
내가 낳은 아기가 양식이 될 때까지
다 닳은 남비처럼 나는 그을렸죠
고픈 배 채우려고 빈 달빛을 마셔댔죠
쨍강쨍강 우는 아기 나를 먹고 자라났죠

아버지는 나에게 고구마를 주었어요
내 안에서 익은 고구마 둥그런 달이 됐죠
녹슨 숟가락으로 평생을 파먹었죠

아버지는 나에게 고구마를 주었지요
아버지는 나에게 숟가락을 주었지요
숟가락은 쉬지 않고 나를 파먹었죠

아버지는 나에게……

—「아버지는 나에게—지나 공주 2」 전문

「지나 공주」 연작시들 중 위의 시는 짧고 쉬운 편이다. 그런데 왜 '지나' 공주일까? 이국적(동화적) 느낌 특히 '차이나'(중국)가 떠오르기는 하나, '지나가다(지나치다)' 혹은 '지리다'라는 술어에서 비롯된 이름일 듯하다. 특히 대숲의 항아리 속에서 지나 공주가 나온다는 것, 그 항아리는 변기통이었고 몸 한쪽이 찌그러져 있다는 것, 비가 오면 비를 받고 바람 불면 싹트지 않을 씨앗을 받는다는 것, 끈끈한 어둠이 차 있다는 것은 아무래도 '지리다'라는 의미를 강하게 환기한다. "밤이 되면 댓잎의 머리칼 날리며" "찰랑거리는 달빛의 음성으로 노래를 한다"는 '지나 공주'의 여성성을 강조하는 구절이다. 어쨌든 이 지나 공주는 세상 모든 딸이기도 하고 여자 애인이기도 하고 아내이기도 하고 어머니이기도 하다. 또한 숱한 타자들이기도 하고 그들의 상처이기도 하다. 그러니 이 시의 '아버지' 또한, 세상 모든 아들이기도 하고 남자 애인이기도 하고 남편이기도 할 것이다.

'아버지'라는 이름의 세상 모든 남성 혹은 남성중심의 규범은, 지나 공주에게 냄비와 불과 고구마와 숟가락을 준다. 그것들은 세상을 먹여 살리는 도구들이다. 그리고 세상을 먹여 살리는 양식이 바로 지나 공주이다. 그러기에 세상 모든 '아버지'들은 '지나 공주'를 파먹는다. 고구마나 둥근 달로 비유되는 지나 공주의 '안'은 여성성의 상징인 자궁과도 같은 공간이다. 이처럼 지나 공주와 아버지가 억압과 수탈의 관계에 있으니, 그 둘의 관계는 여성/남성의 관계이기도 할 것이며 지배/피지배, 주체/타자의 관계이기도 할 것이다.

서정과 서사를, 현실과 신화를, 은유와 환유를 결합해 새로운 시적 감수성과 비전을 모색하려는 이대흠의 작업은 인간상실의 상처를 치유하려는 인간회복의 의지를 담고 있음이 분명하다. 사투리나 고어의 사용을 통해 현실대응력과 민중적 정서를 환기시키는 시편들과, 기억 또는 생체험을 바탕으로 '어머니'에 대해 천착한 시편들도 같은 맥락에서 편안하게 읽힌다. 시가 길어지면서 산문적인 기록성에 치우쳐 장황해질 때 종종 적절한 시적 거리를 놓치기도 한다는 아쉬움과 함께.

'야후'의 일상과 디지털 신기루

이원의 『야후!의 강물에 천 개의 달이 뜬다』는 재미있다, 새롭다는 느낌이 앞선다. 이 젊은 시인의 상상력은 확실히 남다른 데가 있으며 그의 시적 감수성은 예민하고 앞서 있다. 시집 도처에는, 21세기 시적 징후들의 박람회라 할 정도로 신세대적인 기호와 장치들로 가득 차 있다. '디지털'이라는 새로운 영토를 독특한 상상력으로 조명해내는 언어적 순발력과 과감성은 한없이 부러운 것이기도 하다. 시인이 즐겨 쓰는 시어들('바코드' '접속' '콘센트에 대한 명상' '모니터, 캔산소, 거울' 등 몇몇 시 제목만으로도 가능하다!)과 산문화된 시형식은, 그 자체로 디지털이란 기표에 매몰돼가는 건조한 일상을 시각화하고 있는 듯하다.

"대용량의 길을 장착한 거울"(「거울 속에서 낙타는 어디까지 갔을까」), 즉 디지털화된 이 세계는 '야후!'로 상징된다. 이 '야후!의 강물' 위에 뜬 복제화된 천 개의 달은 은총인가 재앙인가. 야후!의 강물은 사이보그가 인간을 대신하고 디지털화된 시스템이 인간을 지배하는, 사막화된 '미래'다. 줄곧 전자 테크놀로지가 만들어낸 디지털의 불모성을 응시하고 있는 시인의 상상력은 이 인공적인 것들과 끈질기게 '접속'하며 개성적인 시공간을 구축해낸다. 그 시공간은 큰 서사를 향해 작은 서사들이 플롯을 이루고 있다는 점에서 알레고리적이다. 유목과 디지털, 인간과 기계, 현실과 가상, 삶과 죽음, 그 경계를 넘나들며 신기루를 찾고 있다는 점에서 환상적이고, 불모와 폐허의 비인간화된 이미지들에 천착하고 있다는 점에서 그로테스크하다. 시인은 이 소통불능의 디스토피아를 계시하기 위해 다양한 방법으로 게릴라적 실험을 시도하고 있는 것이리라.

> 나도 누가 세팅해놓은 프로그램인지 모른다
> 오른손으로 미끄러운 마우스를 감싸쥐고 나는
> 문학을 클릭한다 잡지를 클릭한다
> 문학 웹진 노블 4월호를 클릭한다 /(…)/
> 지리산 콘도의 60% 할인 쿠폰을 한 매 클릭한다

프린터 아래의 내 무릎 위로
쿠폰이 동백 꽃잎처럼 뚝 떨어진다 나는
동백 꽃잎을 단 나를 클릭한다
검색어 나에 대한 검색 결과로
0개의 카테고리와
177개의 사이트가 나타난다
나는 그러나 어디에 있는가
나는 나를 찾아 차례대로 클릭한다
광기 영화 인도 그리도 **나**………**나**누고
……**나**오는…**나**홀로 소송……또**나**(주)…
나누고 싶은 이야기……지구와 **나**…………

따닥 따닥 쌍봉낙타의 발굽 소리가 들린다
오아시스가 가까이 있다
계속해서 나는 클릭한다 고로 나는 존재한다

—「나는 클릭한다 고로 나는 존재한다」 중에서

무려 세 쪽에 해당하는 긴 시이다. 이미 인터넷화되고 정보화된 우리 삶을 시인은 지루할 정도로 사실적으로 나열한다. 컴퓨터 기술은 이제 인간이 세계와 접촉하는 핵심 수단이 될 것이며, 조만간 인간지능에 필적하는 인공지능이 개발될 것이며, 오락 등 일상생활뿐 아니라 노동양식에도 엄청난 변화를 가져올 것임을 예견하고 있다. 시인은 "잉크 냄새가 밴 조간신문을 펼치는 대신" 모니터 화면으로 들어가 "신문 지면을 인쇄한 모습 그대로 보여주는 PDF 서비스를 클릭"하고, "나는 클릭한다 고로 나는 존재한다"고 선언하는 현대인을 통해 우리 삶 속에서 진행되고 있는 사이보그적인 징후들을 날카롭게 묘파해낸다. 그 묘사가 체험적이라는 점에서는 사실적이고, 가상적이라는 점에서는 환상적이다.

클릭의 속도가 생각의 속도보다 빠르고, 존재의 속도가 생각의 속도보다 빠른 21세기! 그리고 사이버스페이스의 세계! 시인은 이 생소하고 정체불명인 '전자 사막'을 '나'라는 키워드 하나로 화두 삼아 길 떠난다. 현실과 가상이, 사실과 환상이, 실재와 부재가 혼재하는 그곳에서 '나'에 대한 검색 결과가 177개 사이트니, 웹페이지는 또 얼마나 많을 것인가. 그 속에서 검색되는 '나'는 정말 나일 것인가.

그 사이버스페이스에 '나'의 미래는 없다. 클릭이 멈추는 순간 모든 것들은 무(無)로 돌아가버리고, 발자취는커녕 공간 자체가 부재의 현실로 변해버리는 무위(無爲)도 위협적이기는 마찬가지다. 부재의 중심을 휩싸고 도는 소용돌이, 그 한가운데서 '나'는 가상으로 떠도는 기호 또는 검색어로서 존재할 뿐이다. 그것도 뒤섞인 채 착종되어, 나홀로의 '나'이고 나누고의 '나'와 같은 기호로써 말이다. 현대인을 무와 무위로 가득한 기호 혹은 가상의 세계를, 클릭하며 옮겨 다니는 전자 유목민으로 형상화하는 그의 감각은 탁월하다.

시간은 늘 건축 예정지 같고
모니터와 캔산소는 건축 예정지의 푯말 같다
나는 거울 속에서 지평성을 찾는다
내가 일어서자 거울 밖으로 나갈 노선이 바닥으로 떨어졌다
순간 모니터와 캔산소가 조금 몸을 이동하고
거울 앞에는 녹슬고 구겨진 길들이 뒹굴었다

—「모니터, 캔산소, 거울」 중에서

이번 시집에서 보여주는 시간과 공간에 대한 그의 인식은 독특하다. 그는 자유자재로 시간을 구부리고 공간을 겹쳐놓는다. 분절과 접합이

자유롭다. 인용시에서도 시간과 공간은 달리의 그림처럼 녹아내리는 듯하고 현실과 가상은 겹쳐져 있다. "시간은 늘 건축 예정지 같고/모니터와 캔산소는 건축 예정지의 푯말 같"은, 여기 이곳을 시인은 '냉랭하고 단단한' 사막으로 인식한다. "사막의 달은 차고 환해 내가 들여다봐도 내가 나오지 않는 거울이야" "달의 사막은 미끄러워 숨차 당신의 그림자만 깔려 있는 거울이야"(「거울 속에서 낙타는 어디까지 갔을까」)에서처럼 사막과 거울은 자주 오버랩된다. 내가 나오지 않고 당신의 그림자만 깔려 있는 거울 사막은, 쇼윈도와 철근으로 채워지고 칩과 회로로 매뉴얼된 첨단과학의 결정체인 은빛 컴퓨터 모니터와 휴대용 캔산소(캔산소라니? 산소도 구입해야 하다니!)로 변용된다. 그곳에서 인간과 인간의 삶은 "접촉 불량 회로처럼 끊어지고" "뽑힌 플러그처럼 버려져 있"다. 위의 인용시가 '전자 사막'의 바깥 풍경이라면, 다음의 시는 그 안쪽 풍경이다.

몸 속에 웹 브라우저를 내장하게 되었어. 야금야금 제 속을 파먹어 들어가는 달. 신이 몸 속에 살게 되었어. 신은 이제 몸 속에서 키울 수 있는 존재야. (…) 십계명을 새긴 돌이 자궁 속을 굴러다니고 있어. 사막을 건너 아버지가 찾아와. 내 몸이 신전이니 죽은 아버지가 새벽마다 기도해. 몸 속은 무덤이 아니야. 방금 네가 날 검색했잖니. 서른 넋의 은전도 받지 않고. 새벽은 아직 멀었는데. 쉬지 않고 아버지를 부정해. 더 이상 신전은 몸 밖에는 없어. 이제 낮과 밤은 몸 속에서 만나고. 낮과 밤은 꾸역꾸역 자라. 몸은 구멍투성이야. 신들의 취미는 피어싱. 구멍은 신들의 수유구. 아니면 주유구. 세상은 구멍이야. 만개하는 몸이야. 열리고 닫히는 몸.

—「몸은 열리고 닫힌다」 중에서

이 시는 디지털화된 사회 속에서 육체성과 신성, 여성성과 남성성, 그리고 자연성과 인공성은 어떻게 변용되는가를 비유적으로 보여주고 있다. 달, 신, 사철나무, 산, 불상, 십자가, 새 등에 관한 온갖 정보들로 점점 비좁아지는 몸은 순식간에 검색당하는 전자 사막과 다르지 않다. 신전이면서 무덤이고, 죽은 아버지의 땅이면서 당신의 땅인 내 몸은 이미 내 것이 아니다. 모든 시간들을 프로그램화해주는 컴퓨터에 의해 작동되는 몸들, 몸은 인간인데 머리는 이미 기계화되어 있는 인간들은 컴퓨터에 영속된 불모의 삶을 살아갈 수밖에 없을 것이다. 우리는 이미 프로그램화되었고 시스템화된 것이다!

이원의 시들은 이 '황량한' 디지털 유목의 시대에 인간은 무엇을 해야 하는가? 아니 무엇을 할 수 있는가? 하는 물음을 던진다. 월인천강(月印千江), 달은 하나인데 강물에 비추인 달은 천 개라는 말이다. 이것은 본시 하나의 달이 천 개의 강을 비춘다는 석가가 중생을 교화할 때 쓰이는 말이건만, 이원의 '야후!의 강물에 뜨는 천 개의 달'은, '나'라는 하나의 검색어에 천 개의 '나'가 응답하듯이, 복제 혹은 가짜에 대한 비유이다. 이번 시집에서 펼쳐 보이는 전도된 시공간의 혼란스러움, 황폐함, 기괴함은 인터넷 사용자 이천만 시대를 체험하고 있는 우리에게 더이상 전혀 낯설지 않은 현실로 다가온다.

'자본주의의 약속'으로부터 추방당한 시인

— 함민복의 시

시인은 추방당한 존재다. 그는 도시에서 추방당한,
규칙적인 일과 그리고 제한된 의무에서 추방당한 존재이다.
— 블랑쇼

함민복 시인만큼 시와 삶의 거리가 가까운 시인이 또 있을까. 그는 시라는 용매를 통해, 자신의 삶이라는 용질을, 세계라는 용액 속에 고스란히 녹여내곤 한다. 자신의 가족사와 후기 자본주의의 일상을 근간으로 하는 고백, 기록, 그리고 체험의 진정성은 '유쾌한 우울'과 '날선 냉소'와 '적막한 비애'의 옷을 입고 있다. 그와 처음 대면했을 때가 95년도였던가? 그는 멍이 든 눈가에 반창고를 붙이고 있었는데 그 멍은 널찍한 얼굴, 크고 낡은 가방, 닳아터진 바짓단과 무척 어울렸다. 헛웃음에 가깝게 짤막짤막 웃었으며 뜨문뜨문 얘기를 했는데, 얘기를 할라치면 그 속도는 빠른 편이었다. 그리고 그때마다 입을 손으로 가리곤

했다. 단속적이고 수줍은 듯한 웃음과 화법은 금세 그답게 여겨졌다. 이전부터 잘 알고 있었던 듯 무척이나 익숙한 모습이었다.

사실 내가 그를 익히 안다고 착각할 만한 모든 정보는 이미 상재한 바 있는 시집들[1)]을 통해서가 전부이다. 그는 기능사 2급 자격증을 따고 공업고등학교를 졸업해(「박수소리·2」—I) 울산 근처 원자력 발전소에서 일하다(「나는 여대생의 가방과 카섹스를 즐겨보려 한 적이 있다」—I) 서울로 올라와 한국전력 부속병원 정신과에서 치료받은 적(「우울씨氏의 일일一日·1」—II)이 있나보다. 그리고 형님이 대준 등록금으로 만학을 하면서(「그날 나는 슬픔도 배불렀다」—I) 지방신문에도 당선되지 못한 습작시를 불태우기도 했고(「붉은 겨울」—II) 카페에서 일한 적(「우울씨의 일일·1」)도 있고, 4백여 마리의 돼지를 키워본 적(「기록, 어설픈 하나님」—III)도 있는 듯하다. 그의 시들은 그가 살아낸 삶의 기록이라는 확신이 들 만큼 스스로를 적나라하게 드러내놓고 있다. 그는 시 속에 그의 삶을 고스란히 들앉혀놓곤 한다.

이러한 특징은 그의 시의 강점이다. 체험에 의존한 기록성과 산문성은 구체적인 일상에서 비롯되는 진정성과 생생한 감동을 전달해줄 뿐만 아니라 한 개인이 겪은 삶의 현장을 들여다보는 리얼한 현장성을 제공한다. 그러나 세번째 시집 『모든 경계에는 꽃이 핀다』에서는 체험에 의존한 기록성과 산문성을 약화시키는 대신, 압축된 은유 혹은 상징을 활용하여 행간의 침묵과 깊이를 더하고 있다. 이번 시집의 중심 테마는 시인을 향한 '어머니'의 사랑과 '어머니'를 향한 시인의 사랑으로 요약된다. 그 사랑은 '눈물'로 환기되며 '먹는' 행위와 관계 깊다.

'방'이라는 공간과, '어머니' 혹은 어머니의 따뜻한 '눈물', 그리고

1) 이 글은 함민복의 시집, 『우울씨氏의 일일一日』(세계사, 1990)(I), 『자본주의의 약속』(세계사, 1993)(II), 『모든 경계에는 꽃이 핀다』(창작과비평사, 1996)(III)를 대상으로 한다. 본문에 인용된 시의 출처는 시 제목 옆에 해당 시집의 숫자를 표시하기로 한다.

'먹다'라는 동사. 이 네 개의 키워드는 그의 시 전체를 아우르는 중심 테마다. 다음 시는 그의 시에 접근하기 위한 실마리를 제공해준다.

동거자 김(金)은 남가좌동으로 책 만들러 가고
남가좌동에 사는 시인(詩人) 함성호가
먹이 물러 양재동까지 지하 땅굴을 나는 시각

김이 나고
쌀 익는 냄새가 방안 가득하다
방안에 있는 냉장고의 내장을 꺼내놓고
간장에 날김밥 먹는 아침

서른넷
다니던 직장을 때려치우고
친구 방에 머물러 있는 지방간

그래도 방안에 있지만 부엌이 있고
그 부엌은 밤새도록 노란 불 켜고
보온이라는 따뜻한 말 잊지 않으니

저 작고 소꿉장난 같은 부엌이
나의 어머니다
따뜻한 눈물이다

—「어떤 부엌」 중에서(Ⅲ)

"다니던 직장을 때려치"우고 '동거자 김(金)'의 방에 머물고 있는 그는 '서른넷'에 '지방간'이 있고 때때로 "구혼"(「구혼」—Ⅲ)을 궁리하는 노총각이다. 그가 머물고 있는 방은 '방 안에 부엌'이 있는, 즉 전기밥솥, 냉장고, 밥상 따위가 책상과 텔레비전과 이불과 나란히 이웃한, 부엌을 겸한 방이다. "금호동 산동네"(「달의 눈물」「금호동의 봄」—Ⅲ) 혹은 "창신동의 좁고 긴 방"(「방」—Ⅰ)이나 "아래층에서 물 틀면 단수가 되는 / 좁은 계단을 올라야 하는 전세방"(「그날 나는 슬픔도 배불렀다」—Ⅰ), "서울 하고도 창고에 딸린 지하실 방"(「어머니—잠」—Ⅰ)의 또다른 변형이다. 그 방들은 모두 시인이 살아온 삶의 현장이며, 자신이 몸담고 있는 현재 상황을 고백하고 기록하는 반성적 공간이다. 그러니까 그곳은 질긴 "가난의 뿌리"(「쑥부쟁이—추석」—Ⅰ)를 가진 불운한 가족사와 삶의 편력이 핍진하게 확인되는 현장이고, 스스로에 대한 연민과 자학적 응시로 내면의 깊이를 획득하게 되는 공간이다. 밥을 짓고 밥을 먹고 자고 놀고(!)를 한 방에서 다 해치워야 하는 그 옹색한 방에서 심지어 더부살이를 하고 있는 실직의 '나'에 대한 연민은 "간장에 날김밥을 먹는 아침"마다 확인되곤 한다. 삶의 상처 자리인 그 방에는 좌절된 일상이 보여주는 고통과 욕망의 흔적이 온갖 냄새와 입맛과 함께 새겨져 있다.

> 불알이 멈춰 있어도 시간이 가는 괘종시계처럼
> 하체엔 봄이 오지 않고 지난한 세월로 출근하는 얼굴
>
> 장미꽃이 그 사내를 비웃었다
> 너는 만개하지 못할거야
>
> 그후, 시든 장미꽃이 다시 그 사내를 비웃었다
> 그래도 나는 만개했었어
>
> —「구혼」 전문(Ⅲ)

성(性)으로부터 소외된 시적 자아의 일상 또한 그의 시의 주된 메뉴다. "불알이 멈춘" 괘종시계와 "하체에 봄이 오지 않는" 사내를, '가다'(시간이 간다/출근하다)라는 술어의 유사성으로 연결한 1연의 비유는 기발하다. 2연에서는 그런 사내를 "너는 만개하지 못할거야"라고 장미꽃이 비웃는다. '시든' 장미꽃이 "그래도 나는 만개했었어"라고 다시 비웃는 마지막 연에서 "봄이 오지 않는" 하체를 가진 사내의 비애는 극대화된다. 평이해 보이는 마지막 연의 '그후'와 '그래도'라는 부사의 의미를 새겨 읽을 때, 그리고 사내가 비유로서의 장미꽃에게 했을 법한 '구혼'이라는 제목을 다시 한번 환기해볼 때 비애는 더욱 강조된다.

자기 조롱, 자기 비하, 자기 연민으로 무장한 시인의 자의식을 첨예하게 하는 이러한 방은, 「어떤 부엌」의 마지막 연 "저 작고 소꿉장난 같은 부엌이/나의 어머니다/따뜻한 눈물이다"라는 직접적 진술에서처럼, '어머니' 혹은 '눈물'과 동일한 의미축을 이룬다. 그래서일까. 특히 '방'을 중심으로 전개되는 시들의 주된 형상화 방법은 비극적 서정과 고백적 기록을 그 특징으로 한다.

> 불을 켜야 불을 켜지 않은 방보다 어두운 방은
> 좁고, 나이가 들어, 어머니의 등이 따뜻합니다
>
> —「어머니—지하 생활 3주년에 즈음하여」 중에서(I)

> 오, 이 세상 모든 눈물 속에는 그 에미가 있었구나
> (어머니와나의교집합가슴에눈물로빗금그어온가난한날들,
> 어머니의눈물속에들어가세상을바라다보면
> 먼저내눈물속에들어와세상을바라다보고계시는어머니)
>
> —「산産」—돼지의 일생 · 1」 중에서(I)

“눈물로 빗금 그어온 가난한 날들”에 대한 추억은 시인에게 좁고 어두운 방으로 각인되어 있다. 그 추억은 늘 ‘어머니’를 매개로 환기되어 ‘눈물’로 끝이 난다. 가난에 무기력하기만 한 망가진 중심 혹은 상처 자리 한가운데 위치한 그의 삶 또한, “예, 잘 안들려유—” “이따 다시 걸어유”(「어머니가 나를 깨어나게 한다」—Ⅱ)만을 되풀이하는 어머니의 모습처럼, 외부세계와 단절되어 있으며 때로 외부세계에 대한 두려움을 드러내 보이기도 한다. 이 같은 고립감과 두려움은 시인 스스로에 대한 자괴감과, 어머니에 대한 연민 혹은 죄의식으로 발전한다. 대책 없는 시인의 현실적 무기력 속에서 어머니가 살아온 한평생의 삶을 견인해낼 때, 그 슬픈 확인은 시인을 “맑게 깨어나게”(「어머니가 나를 깨어나게 한다」—Ⅱ) 해주는 어머니의 ‘따뜻한 눈물’이 된다.

또 비린내가 좀 나면 어떠랴
그게 사람 살아가는 증표일진대
이곳 삶의 동맥처럼
새벽까지 끊기지 않고
흐르는
하수도 물소리
물소리 듣는 것은 즐겁다

쇠철망 앞에 쭈그려 앉아 담배를 물면
달의 눈물
하수도 물소리에 가슴이 섲는나

—「달의 눈물」 중에서(Ⅲ)

“산동네의 삶처럼 경사가 저/썩은내 풍길 새도 없이” “누군가를 위해 자신의 몸 더럽히며" 흐르다가 마침내 '삶의 동맥'이 되는 하수도는, 어머니의 한평생과 같다. 그 연결고리가 바로 '달의 눈물'이다. 가난은 제일 먼저 냄새로 오기 때문일까. 그는 후각에 민감하다. 어머니의 눈물 속에서 이미 맡은 적이 있는 "목숨이 목숨을 낳는 비린내"(「산産」—돼지의 일생·1」)는 산동네에서 흘러내리는 하수도의 물에서도 확인된다. 그 냄새는 "사람 살아가는 증표"인 삶의 냄새이자 생명의 냄새이다. 그러기에 비린내가 나는 하수도의 물은 가난의 무게를 오롯이 지고 있는 어머니, 그 모성적 이미지를 환기하는 '달의 눈물'이 된다. 다음 시의 '달우물'은 '달의 눈물'의 또다른 변형에 불과하다.

나는 어머니 속에 두레박을 빠뜨렸다
눈알에 달우물을 파며
갈고리를 어머니 깊숙이 넣어 휘저었다

어머니 달무리만 보면 끌어내려 목을 매고 싶어요
그러면 고향이 보일까요

갈고리를 매단 탯줄이 내 손에서 자꾸 미끄러지고
어머니가 늙어가고 있다

—「세월 1」 전문(Ⅲ)

인용시에서 '눈물'과 '먹이' 속에서 세상을 바라다보는 가난한 어머니는 달우물, 달무리, 고향, 탯줄, 그리고 다시 어머니로 변주된다. 달과 오버랩된 시인에게 어머니는 눈물, 우물, 죽음, 귀소, 탄생, 늙음과 같은 복합적인 의미와 결합돼 있다. "고향과/어머니와/한 여자가/눈물로 만든 안경이 되네"(「내가 잃어버린 안경은 지금 무엇을 보고 있을까」—Ⅲ)와 같은 구절에서도 그 단적인 예를 보여준다. 그때 "저리 깊고 푸른"(「가을 하늘」—Ⅲ) "어머니 마음의 중심(中心)"(「모母」—Ⅲ)은, "팔만대장경"(「자子」—Ⅲ)이나 "우주의 헌법"(「어머니 2」—Ⅲ)으로까지 확대된다.

그러한 어머니의 눈물은 현실적 욕망과 그 욕망에서 비롯되는 고통과 결핍을 투명하게 씻어주고 삭여주는 정화의 물이기도 한데, 그 눈물을 통해 시인이 보고 있는 것은, "아아 그 깨끗한 세상으로 돌아가려나 보다/눈물로 해골이나 맑게 닦아두자"(「아침 햇살에 앉아 술을 깨며」—Ⅰ)나 "눈물 모양의 당신 무덤"(「토문강에서」—Ⅰ)에서처럼, 바로 '죽음'이다. 그는 언제나 "삶의 무게 다 버리고 공중에 매달려/비린내 나지 않는 청아한 울음 한번 울어볼"(「늦은 봄나들이」—Ⅱ) 날을 꿈꾸지만 고단한 현실의 무게는 한 번도 그를 비켜간 적이 없다.

> 닻을 내리자 배는 스르르 멈추었다 누이가 삼키고 있던
> 울음이 수면에 잔잔하게 깔리고 어머니가 누이를 보듬었다
> 변경철씨는 낚시 가방에서 각진 상자를 하나 꺼냈다
> 그리고 흰 장갑을 끼며 누이에게도 장갑을 끼워주었다
> 잠시후 달빛을 받으며 변경철씨 매형의 뼛가루는
> 싱싱한 물비린내 가득한 강물 위에 흩어졌다
>
> —「낚시터에서 생긴 일」 중에서(Ⅲ)

수몰민인 '변경철씨 매형'의 뼛가루를, 그의 고향이었지만 이제는 낚시터가 되어버린 강물 위에 뭔리인 몰래 뿌리는 정황을 시적 소재로 삼고 있는 시다. 이 시에서도 누이의 '울음'은, 누이를 보듬는 어머니와 달빛과 물비린내와 어우러져 모성성을 띤다. 또한 그 모성성의 실체가 바로 죽음과 연결되어 있는 다른 예이기도 하다.

다시 '방'으로 돌아오자. 궁핍한 삶의 근거지인 시인의 '방' 한가운데는 항상 TV가 있다. TV는 그에게 물화된 욕망을 가르치는 가장 탁월한 교사이다. 가난한 시인의 삶이나 내면과는 달리, TV에서 벌어지는 삶의 외양은 화려하고 풍요롭다. "텔레비전 화면을 가득 차는 음식들"은, 실재가 없이 기호화되어버린 과실재 혹은 주체로부터 소외되었기에 더욱 열망하게 되는 가짜욕망에 불과하다. 그 욕망이 커지면 커질수록 상대적으로 시인의 존재는 초라하고 왜소해진다. 현실적 결핍이 더욱 극대화되는 것이다. 그 허구적 욕망의 유혹으로부터 자유롭지 못한 시인은 급기야 그 욕망의 대상에 '먹혀버리는' 위험에 직면한다.

죽어서도 주위환경에 따라 색깔이 변한다는
카멜레온의 묵시록을 본다
정직할 수 있을 만큼 당당한 저 폭력성
티브이는 티브이 밖 시청자들의
욕망에 맞춰 색조를 바꾸며 다가와
우리 무당벌레 같은 영혼을 삽시간에
삼켜 먹으며 한 세계를 이루고
결국엔 확, 무서운 혓바닥.

—「아남 내셔널 텔레비전」 중에서(Ⅲ)

화면으로 보는 것에는 자극적인 생생함이 있다. 반면 환(幻)이 되기 쉽다. 과실재의 환에 의해 TV에게 먹혀가는 시인은, 티브이 속 티브이의 '카멜레온'에게 먹히는 티브이 속 '무당벌레'에 비유되고 있다. 주위환경에 맞게 몸 색깔을 변화시켜가며 상대방의 방심을 유도한 후 한순간 무당벌레를 '삼켜 먹는' 카멜레온의 '긴 혓바닥'은, 시청자들의 욕망에 맞춰 색조를 바꾸며 다가와 그 영혼을 '삼켜 먹는' TV의 '폭력성'과 일치한다. 그 '무서운 혓바닥'은 끊임없는 과잉 욕망을 산출하고 결핍에 대한 관념을 생산함으로써 인간을 욕망의 포로로 만든다. 현실과 TV, TV 속의 TV, 그것들 사이의 경계는 없어지고 허구가 실제를 지배하게 된다. 이러한 TV는 거대한 힘이나 권력의 실체가 되고 그 힘에 의해 시인은 '먹힌'다. 결국 그가 TV를 보는 행위는 소비사회의 화려한 욕망 속에서 한없이 왜소해지다 결국은 브라운관 안에 유폐되어버린 스스로를 확인하는 일에 지나지 않는다. 그런 의미에서 보자면 TV는, 사적 공간으로 축소될 대로 축소된 '방'의 또다른 변형공간인 셈이다. 즉 고립되고 폐쇄된 '방'에 갇힌 자아가 가난에 한없이 무력했던 것처럼, 'TV'에 먹힌 자아도 후기 자본주의 사회의 전일적이고 보편적인 사물화된 욕망 앞에 무력하기만 하다. 그가

언젠가 욕망의 비닐하우스 자궁이
거대한 입이 되어
시장 전체를, 시장을 먹고 사는 사람들을
와삭, 한입에 먹어치울 날이 올 테지

—「거대한 입」 중에서(Ⅲ)

라고 우려할 때 환의 욕망을 상징하는 그 '거대한 입'은 단지 기호의 차원에서 머물지 않고, 자연의 '순리를 파괴'해 때아닌 과일과 채소를 생산해내는 비닐하우스라는 실제적 욕망으로 전화되고 있다. '먹히는' 위협은 자본주의의 소비유통 메커니즘을 통해서도 확인된다. 다음 시에서는 방 안에서 보았던 TV의 화면이, 거리에서 보는 사실적인 카메라의 렌즈로 바뀌고 있다.

티브이 사극 「한명회」, 그 집에 붙어 있는

國泰民安

어린 시절에 본

立春大吉

龍

虎

"採藥忽迷路, 千峰秋葉裏

山僧汲水歸, 林末茶烟起*"

세월이 흘러 너무 멀리 흘러

우리가 매일 만나는 주련

바겐세일 30%

push

* "약초를 캐다가 문득 길을 잃었네, / 천여 봉우리가 가을 낙엽 속에 있구나. / 스님이 물을 길어 돌아가니, / 수풀 끝에서는 차 달이는 연기가 일어나네." 율곡 시 「산중山中」, 허경진 역.

—「자본주의의 주련—텍스트 시편」 중에서(Ⅲ)

인간의 신념이나 바람을 담은 충효(忠孝), 독경(讀經), 국태민안(國泰民安), 입춘대길(立春大吉) 따위의 글자들을 내걸었던 과거의 주련(기둥이나 바람벽 따위에 장식으로 써 붙이는 글씨)이, 오늘날에는 상점의 입구에 붙은 신용카드로 변질되고 있다. 오늘날 우리의 자본주의 현실을 지배하고 있는 도구적 이성은 화폐에서 한 단계 더 나아간 신용카드다. 이 카드는, 실재는 오간 데 없고 기호뿐인 현대 사회구조의 일면을 대변한다. 특히 시에 사진을 끌어들인 전략은 교환가치 속에 고착된 자본주의의 소비, 유통구조와 물적 토대를 그대로 드러내 보이려는 의도로 읽힌다. 시인의 의도가 이와 같다면 단순히 옛 주련의 또다른 한 예로 읽힐 수 있는 이이(李珥)의 한시도 그 의미를 곰곰이 새겨봐야 할 것이다. 각주로 해석을 덧붙인 율곡의 한시(굳이 한자를 쓰고 있는 맥락에 유의하자)는, 인공적이고 물신주의적인 이 시대 삶과 대척점에 선 또다른 전형을 대조적으로 제시함으로써 물화된 조건들 속에 갇혀버린 우리들 삶에 대한 반성을 유도한다. 이렇듯 자본주의의 문명을 비판하는 일련의 시에는, 현실 그 자체를 끌어오거나 사실적 묘사로 끌어들이는 인유의 방법이 자주 쓰인다.

다시 「어떤 부엌」으로 돌아와 '먹다'라는 키워드를 환기해보자. 동거자 김과 시인 함성호가 '먹이를 물러' 간 아침에 시인은 "간장에 날김밥을" 먹고 있었다. 그의 시에는 유독 '먹다'라는 동사가 자주 등장한다. 음식, 즉 모든 먹는 대상은 시인의 궁핍과 욕망을 직접적으로 드러낸다. "먹보분식은 이 세상 어디에 있는가/부처처럼 내 마음속에 있는가/레미콘처럼 비대해진 위장 속에 있는가"(「먹보분식」—Ⅲ)라는 구절에서도 단적으로 드러나듯, 그에게 '먹이'는 화두나.

이제부터 네 스스로 음식을 섭취해라
어머님이 여며주신 생명의 단추

굶주린 배꼽을 움켜잡고

—「흑백 텔레비젼을 보는 저녁」 중에서(I)

개들은 욕망을 으르렁거리며
서로 많이 먹으려다가 빨리 자라고 만다

—「DOG재자」 중에서(II)

신의 밥이 되기 위해 밥을 먹는
신의 먹이사슬에 걸린 우리들의 영혼

—「밥」 중에서(II)

인용시들처럼 그는 '먹고/먹히는' 행위를 통해 현실을 읽어내고 읽어낸 현실을 재구성해낸다. 살기 위해서 먹어야 하고 그 먹이 때문에 고통스러웠던 가족사나 개인사에 뿌리를 둔 삶의 비애를 확인하는 행위가 바로 '먹는다'라면, '먹힌다'는 위협적인 자본주의 메커니즘에 의해 도발되고 침식당한 자아의 욕망과 그 욕망의 좌절을 확인하는 행위에 해당한다.

나는 그 모습이 눈물처럼 아름다워
물배가 부른데도 짜장면을 남기기 미안하여
마지막 면발까지 다 먹고나니
더부룩하게 배가 불렀다, 살아간다는 게

그날 나는 분명 슬픔도 배불렀다

—「라면을 먹는 아침」 중에서(I)

메주처럼 조용한 어머니는 가는귀가 먹어
하늘에서 들리는 삼겹살 써는 소리는 못 먹고
갈비 자르는 소리만 먹습니다
어머니 귀가 통이 커졌습니다

—「어머니—지하 생활 3주년에 즈음하여」 중에서(I)

흑백 텔레비젼을 철커덕 틀면
돈까스를 먹을까, 아냐. 설렁탕을 먹을까,
아냐. 아냐. 소화가 안 되니 굶지 뭐.
(이때 모델은 회전의자를 휙, 돌려 등을 보인다
그리고 텔레비젼 화면을 가득 차는 음식들)
꼴깍.

—「흑백 텔레비젼을 보는 저녁」 중에서(I)

무엇을 먹는가의 문제는 먹는 자(者)의 부의 정도와 권력의 유무를 나타낸다. 위의 시들에서 어머니나 내가 '먹는' 실제적인 대상은 자장면이나 가는귀, TV 속의 광고들이다. 실제적인 포만이나 풍요와는 거리가 먼 것들이다. 슬픔과, 갈비 자르는 소리, 군침만을 배불리 먹고 있을 뿐이다. 가난과 궁핍, 그 체험에 뿌리를 둔 허기가 사적인 공간 '방'에서 '먹고자' 하는 열망으로 인식될 때 시인은 가족사 및 자신의 내면에 귀 기울여 '어머니의 눈물'로 대표되는 비극적 서정을 이끌어낸다. 특히 이 '먹다'라는 동사가 어머니와 결합하면 '눈물이 짠 이유'(「눈물은 왜 짠가」—Ⅲ)를 알게 된다. 반면 화려하고 풍요로운 물적 조건을 상징하는 'TV'를 통해 시적 자아가 '먹히다'라는 위협으로 인식될 때 그의 온몸은 비판의 촉수로 뒤덮인다. 역설적이지만, 궁핍의 체험은 그의 시를 지탱하는 얼마나 큰 힘이 되는 것인지.

시인은 이렇게 늘 허기져 있다. 그 허기를 채우기 위해 "마음이 마음을 먹는 저녁"(「만찬晩餐」—Ⅲ)마다 시인은 "어머니를 다려 먹"(「섣달 그믐」—Ⅲ)곤 한다. 어머니가 흘린 '달의 눈물'은 시인의 정신을 맑게 깨어나게 하기 때문이다. 어머니의 '달무리'가 탯줄과 목을 매는 줄을 동시에 암시하고 있었던 것처럼, 그 달무리의 경계에서 시인은 달의 눈물을 다려 먹고 있는 것이다. 그가 "모든 경계에는 꽃이 핀다"(「꽃」—Ⅲ), "견디고 견디다 나도 모르는 사이 꽃이 되고 말았네요"(「가을 꽃 가을 나비」—Ⅲ)라고 노래했을 때처럼 말이다. 그러므로 어머니의 따뜻한 "눈물이 메마르"거나, 삶과 죽음을 암시하는 "달빛과 그림자의 경계"에 뿌리내린 어머니를 잃어버릴 때, 그때가 바로 시인에게 있어서는 "나와 세계의 모든 경계가 무너져"(「꽃」—Ⅲ)버리는 순간이다. 그러기에 그의 시편들은 자본주의의 약속과 그 약속으로부터 추방당한 시인이, 우울한 그 경계에서 피우는 눈물꽃임에 분명하다.

여성성의 귀환 혹은 비상(飛上)

— 이진명, 노혜봉의 시

'비어 있는 근원'의 유현(幽玄)한 변주

이진명의 두번째 시집 『집에 돌아갈 날짜를 세어보다』(문학과지성사, 1994)가 발간되었다. 일상의 근처를 서성이며 자신의 실존을 확인하고 있다는 점에서 첫 시집 『밤에 용서라는 말을 들었다』와 연계성을 가진다. 그런데 이 두번째 시집에서 그는 문득문득 '근원'적인 어딘가에 도달한 듯하다. 첫 시집의 '저녁 산책'(「겨울, 일몰시간」 연작시에서 보여주듯, 그는 저녁 무렵 어딘가를 자주 서성인다)이 비로소 '집'을 향하고 있다고 할까. 그 지점에서 그의 시들은 존재의 수직적 비상(飛上)을 보여주며 존재의 정신적 터전을 마련한다. 그의 비상은 공소한 관념으로 휘발되지 않은 채 구체적인 일상에서 '환한 풍경'을 빚어내곤 한다. 무늬만 남기고 사라져가는 일상의 덧없음을 무작정 견디는 것이 아니라 능동적으로 희망 혹은 환한 비전을 읽어내려 한다는 점이 그의 비상에 살과 피를 돌게 한다.

첫 시집에 견주어볼 때 발화형태도 변화를 보이고 있다. 시의 호흡이 길어지고 행과 연의 배치도 자유로워지면서 서술적 산문성이 강화되고 있다. 불가적(佛家的)인 것 혹은 옛것에 대한 편향 또한 맑은 위안과 불확정적인 풍요로움에 기여하게 한다. 이 같은 발화는 마치 삶이라는 오래된 집에서 술술 풀려나오는 톡톡한 무명실을 연상케 하는 바, 특히 일상의 섬세함과 구체성을 담보한 서사적 틀 속에 90년대를 풍미하는 서정주의와 정신주의를 웅숭깊게 담아내는 유효한 시적 장치로서의 역할을 하고 있다.

"치욕과 난장의 반생을 넘어"(「참회」), "잦은 감기로 세월에 밀리고/피곤에 밀리며/내일이면 곧 사십이 된다는 나이"(「겨울, 아픈 날」)에 이 진명이 도달한 혹은 도달하고자 하는 지향점은 어떤 곳일까. '저녁 산책'을 마친 자의 안정감과 어떤 의식은 "밤의 말 거의 잊어버리고/하늘에 나무들이 쓰는 환한 말"을 익히는 데서부터 시작된다. 그 말들은 "순간 빛으로 터져" "빈속의 길을 채워주며"(「참회」) 존재와 세계의 심층에 가 닿으려는 조용한 반향을 일으킨다.

넓은 것이 내 앞에 떨어지네
넓은 것이 걷는 내 두 발을 덮네
넓은 것은 하늘 바다 들판
또 강변 모래밭 무령왕릉 금잔디
연못 속 잊혀진 내전(內殿)의 그림자
그 흔들리는 침묵 그리고
홀로 서쪽으로 가는 마음, 빈터
넓은 것이 내 앞을 쓸고 있네

—「넓은 나뭇잎」 중에서

세상 미움 많아 어두웠던 마음이 세월을 두고

삼켰다가 뱉고 삼켰다가 뱉은
쓰겁거나 조금 덜 쓰겁거나 아주 쓰겁거나 했던 것들
어두웠던 마음이 세월을 두고 구르고 굴러
깊은 냇가에서
희고 푸른 물 속 손 담가
진흙 팔다리 씻어내렸지요
굳은 팔다리 무릎 더 속속이 닦았고요
여린 잎줄기 흘러와 손등에 떠 감기고
이른 별이 뜨고
나도 옆구리에 무슨 둥두렷한 것 하나 내어놓고 싶습니다

—「깊은 냇가에서」 중에서

「넓은 나뭇잎」이 시집을 여는 서시라면, 「깊은 냇가에서」는 시집을 닫는 마지막 시이다. 이 두 시는 시인이 도달한 지향점을 극명하게 보여준다. 떨어지는 나뭇잎에서 세계의 '넓이'를, 흐르는 냇가에서 삶의 '깊이'를 가늠하는 그의 시선은 저마다의 사물이 간직한 신성한 내부를 오래 관찰하고 사색하며 들여다본 데서 비롯된 것일 게다. 삶에 대한 보다 근원적인 성찰을 담고 있는 시선이라 하겠다. 그가 바라보는 '넓은 것'이란 실제로는 나뭇잎 하나가 차지하는 공간이다. 그러나 그 나뭇잎의 신성한 내부는 "하늘 바다 들판 강변 모래밭"과 같은 광대한 공간과 "천수백 년 전부터 내려오는 발자국"으로 표상되는 무한한 시간을 내포한다. "무령왕릉 금잔디나 연못 속 잊혀진 내전(內殿)의 그림자"와 같은 신화적, 역사적 성격을 띠기도 하며, "서쪽으로 가는 마음"이 환기하듯 종교적 의미를 갖기도 한다.

그런가 하면 깊은 냇가에 앉아, 흘러가는 그 '희고 푸른' 물에 세상의 미움이나 어두웠던 마음이나 쓰디쓴 것들을 속속히 닦아 구슬이나

쟁반 같은 '빛나고' '둥두렷한' 것으로 만들고 싶어한다. 이러한 정화와 생성을 향한 조심스런·타진은 "비쳐보면 볼수록 속의 길 다함 없는 슬픔"이나 "담으면 담을수록 자리 다함 없는 저 먼 사랑"의 구체화와 맞닿은 것이기도 하다. 이 다함 없는 투명함과 다함 없는 넓음은 온갖 갈등과 모순을 중화하고, 흘러가며 지나가며 소멸하는 것들 속에서 새롭게 태어나고자 하는 시인의 비전을 간직한 것이리라.

이러한 정화와 생성의 동인(動因)은 시인의 마음속에 있으며, 그곳이 바로 시인의 영혼이 머물고자 하는 정신적 거처가 된다. 그곳은 뭔가를 기다리는 듯 혹은 금방 뭔가를 떠나보낸 듯 텅 빈 여백으로 떨고 있다. 바라볼수록 모호한 모습이 되고, 빛으로 터져 부풀어오르기도 한다. 이렇게 '빛나고, 둥글고, 텅 비어 있는' 정신의 거처는 다양한 시적 대상들을 통해 발현되는데, 다음과 같이 대별해볼 수 있다.

① 일상적인 현실 한가운데서 걸러지고 비워진 세계
: '양은자배기' '집' 혹은 '방' '공터' '접시' '복도' '마전터' 등의 공간

② 현실을 비켜선 과거의 혹은 비세속적인 이상화된 세계
: '구슬' '꽃사과' '연(輦)' '영산선원' '두타초암(頭陀草庵)' '발제하(拔提河)' 등의 공간

이진명은 위의 두 세계를 넘나들며 둥그렇게 비어 있는 내면을 일구어나간다. 이 두 세계는 시인의 신성한 내부에서 하나로 만나 시적 사유의 폭과 시선의 깊이를 확보하곤 한다. 먼저 ①의 세계, 일상 혹은 현실 속에서 일구어내는 둥그렇게 빈 세계를 보자.

순간순간 햇빛에 반짝이는 양은자배기

그 속에 차곡히 담긴 푸르른 배추 잎새들
그림 속 빛과 색깔처럼 문득 아름다웠다
가뭇이 눈이 감기고 있는 검붉은 얼굴
뚱뚱한 헝겊뭉치의 고요한 꾸부러짐
늙었으나 불행의 그림자 이미 걷혔다
나는 내 미래가 그리 나쁘게 보이지 않았다

―「나는 내 미래를 알아보았다」 중에서

"햇살이 제일 늦도록 머무는" 시장통 입구에서 둥근 양은자배기에 배추를 놓고 파는, "광에서 내다가 바깥에 꿍쳐논 오랜 부대자루처럼"(「배추 파는 여자」) 늙고 뚱뚱한 여자를 보며 시인은 삶의 근원과 자신의 미래를 가늠한다. 양은자배기, 그 안에 담긴 시들어가는 배추, 그 배추를 파는 여자, 이(것)들은 모두 "한없는 먼지내와 묵은내"가 아름답게 쌓인 "고요한 꾸부러짐"의 형상들이다. 고달픈 삶의 형상들이다. 삶이 남긴 흔적을 지우는 자루 걸레질 하는 여자의 형상도 마찬가지다. 그 여자들의 "시름없는 생애가 밀고 간" "조용하고 길게 빛나는" 복도(「자루 걸레질 하는 여자 1」)는, 강팍한 현실에서 진정한 자아를 항구적으로 지켜주는 더 넓고 깊은 가치를 지니는 곳이다. 그러므로 텅 빈 '복도'의 공간은 시인에게 '시름'으로 가득 찬 현실 그 한가운데서 비롯되는 "걸레 냄새와도 같은" '엷은 안락'을 준다.

현실의 고단함을 걸러내고 시름을 비워낸 위안의 장소가 '먼지내와 묵은내' '걸레 냄새' 등으로 후각화되어 있다는 점은 주목을 요한다. 후각화된 정신, 특히 여성적 공간과 관련된 후각화는 우리들 보다 구체화된 '근원'으로 인도하도록 하기 때문이다. 현실의 삶이란 김치가 익듯 "익어가는 냄새"(「밤풍경 하나」)를 피우고 그 익음이 지나쳐 "쉰 냄새"(「쉰 냄새」)를 풍기기도 한다. 그러나 그 온갖 삶의 냄새를 통해 시인은, 삶이라는 접시의 "둥그런 빈 공간 그 넓이"에서 돌고 있는 '환한 기운' 내지는 '희망'(「접시를 선물받고」)을 읽어내곤 한다.

둥근 양은자배기나 텅 빈 복도와 같은 공간은 "아, 못 떠나온/내 하나의 방과 부엌"(「내 하나의 방과 부엌」), "동네에서 제일 야트막했고/제일 헐어 보이"지만 그 넓은 뒤터에 무 배추 상추 쑥갓 같은 "내가 헤아릴 수 있는 이름의 푸른 것들이 한껏 일궈진" 한 아름다운 집(「여름에 대한 한 기록」), 나를 낳아주었으나 이제 내가 떠나온 현실 저편의 집(「집에 돌아갈 날짜를 세어보다」) 등으로 변용되기도 한다.

②의 빛나고 둥글고 텅 빈 세계는 '일상'과 일정한 거리를 유지함으로써 탈현실적 편향을 드러낸다. 이상화된 과거로의 귀환, 혹은 현실 저편의 비세속적 전망을 통해 구현된다.

꽃사과를 나는 왜 천년 금귀고리라고 생각하는지요
박물관 그 어둡고 고적한 융단 위에서 뒹구는
옛적 마마들이 늘어뜨린 황금 귀고리라고 생각하는지요
모양 때문인가요 손가락 매듭만큼씩만 동그란
귀에다 살랑 걸어 늘어뜨리고 자금색빛 난간에 나선 마마들
박물관 차단된 유리벽 너머
나란히 잠재워진 귀고리들을 들여다보노라면
만지지 못하고 들여다만 보노라면
저절로 숨죽여지며 꽃사과 향기 같은 것 듣는 듯해집니다

—「꽃사과를 주우며」 중에서

꽃사과 하나에서 촉발된 시인의 상상력은 신라 천년의 왕국으로 심화, 확대되고 있다. 그 작은 꽃사과에는 지상과 천상, 과거와 미래를 아우르는 '완벽한 창조'의 질서가 담겨 있고, 그 질서가 빚어내는 '유

현한' 꽃사과 향기가 하늘까지 가득하다. 가지각색의 빛깔과 형태를 가진 지금-여기의 꽃사과를 보며 시인은, 수백 년 전의 시간과 우주적 공간을 거슬러 올라가, 같은 기원으로 환원되는 그 하나의 빛깔과 형태를 그리워하는 것이리라. 이 같은 그리움은 이미 사라져버렸거나 변방으로 밀려난 과거에서 시적 자아가 기댈 삶의 충만을 찾으려는 시인의 열망으로 읽힌다. 시인이 집으로 '돌아갈' 날짜를 세어보는 까닭일 것이다. 과거로 열려 있는 시인의 지향성은 이외에도 다양하게 변주된다. 지금은 "먼지와 어둠과 때에 엉켜 시커멓게 덩어리져 있"으나 과거에는 동그랗게 빛났던 '잃어버린 구슬들'(「구슬에 대한 생각」)을 통해 잃어버린 유년의 꿈을 환기하기도 하고, 금방 일어설 듯 화사한 연(輦, 영혼을 극락으로 인도하기 위해 절에서 재를 올릴 때 사용했던 가마와 비슷한 도구)을 통해서는 모든 죄를 다 씻겨내고 '내 마음의 왕국'에 이르는 높고 화려한 '영혼의 길'(「연輦이 있는 시간」)을 떠올려보기도 한다.

꽃사과, 구슬, 연이 상징하는 그곳은 시인의 '몸 속 마음'에 있기에 그 마음을 뒤집고 조금만 건드려도 솟아오르는, 현실 저편에 자리한 잃어버린 공간이며 모든 인간이 동경하는 원초적인 세계이다. '텅 빈 만세루'는 그 대표적 상징 공간이다.

> 텅 빈 만세루 휘휘한 터에서
> 천 배 삼천 배 팔만사천 배 하는 사람들
> 두 무릎 굽혀 팔꿈치 이마 마룻바닥에
> 두 손 가슴을 흘러 다시 정수리로
> 누 발 뒤로 가지런 모으고
> 저 옷 속에 들어간 몸은 이미 몸이 아닌
> 천년 시간, 바람, 무슨 법(法) 아닐까
> 제각기 하나씩 세운 원 있어

만세루에 모여와 여태껏
펄럭이는 종이 먼지가 다되도록 일어났다 엎드렸다
절하는 사람들

—「만세루 앞에서—절하는 사람들」 중에서

만세루 빈터에서 절하는 사람들의 둥그런 형상이나 그들 "제각기 하나씩 세운 원"은 종교적인 상징성을 띤다. 그러한 둥긂은 "텅 빈 만세루 휘휘한 터"를 배경으로 세속의 모든 욕망을 걸러내 허공에 가볍게 띄우는 힘을 갖는다. 기원하고 정화하려는 시인의 열망은 그러나 일상의 현실을 배타적으로 거부하지 않는다. 그 열망에는 초월성과 일상성이 섬세하게 녹아들어 있다. "한 사람도 마당에 나와 서성인 것 본 적 없"(「여름에 대한 한 기록」)는 첫 시집에서의 '복자 수도원'은 이번 시집에서, 절하는 사람들로 가득 찬 '만세루'로 변해 있다. 삶의 모습과 사람의 냄새를 품고 있다. 한나절 내내 "산밭으로 나가 땀 흘리고/돌아오며 우주일원상만큼 둥글고 커단 연못가에 겹겹 꽃을 가꾸"(「정녀貞女의 집 영산선원」)는 영산선원이나, 고무 슬리퍼를 끌고 고무호스를 대 꽃밭에 물을 주며 장도 보고 텔레비전도 보고 또 동네 사람들이 약수를 떠갈 때 싫은 내색도 하는 스님들이 모여 사는 절집(「동네 이야기 1」)은 모두 일상과 초월이 공존하는 공간들이다.

이렇듯 그가 지향하는 "둥그런 백화난만의 세상/환(幻)으로 오고 환(幻)으로 가는"(「고행자들의 밤 드높은 악기가 되어」) 세계는 삶과 죽음, 과거와 현재, 꿈과 현실, 주체와 사물, 일상과 초월이 함께 공존하고 있을 뿐만 아니라, 지금의 여기와 그때의 저기 사이에 놓인 무한한 기다림에 위치해 있다. 그곳은 "스스로/무엇을 속에 계속 넣고 있지 말고 비우"고 "자리를 고집하지 말고 구멍 숭숭한 허한 곳으로 나가앉"(「쉰 냄새」)아야 도달할 수 있는 곳이다. 넓고 깊고 둥글게 그리하여

'유현(幽玄)'하게 '비어 있는 근원'인 곳이다. 현실 저편의 존재들에게 스스로를 의탁함으로써, 현실의 욕망으로부터 한발 물러서는 이러한 태도야말로 이진명 시의 미학적 원천이자 삶의 진정성을 회복하는 동력임에 틀림없다. 넓고 깊은, 비어 있는 어떤 절대적 지향점에 이르기 위한 고즈넉한 비켜섬의 태도인 것이다. "나같이 빈한한 영혼"(「참회」)을 돌보면서 "제 곳이 아닌 곳에 자빠져 있는 마음"(「짧은 얘기」)을 일으켜 세우려는 태도이며, 욕망과 현실과 일상에 묶인 소자아들로 점철된 이 세계 속에서 진정한 자명성 혹은 총체성을 복원하려는 태도임에 틀림없다.

'잃어버린 수틀'의 뒷면 이야기

노혜봉은 『문학정신』에 1990년부터 작품을 발표하기 시작하여 데뷔한 지 3년 만에 처녀시집 『산화가散花歌』(민음사, 1993)를 발간했다. 여성 특유의 감각적인 이미지와 사유, 여성적 어법을 특징으로 한다. 그의 시에서 가장 눈에 띄는 것은 주부로서 겪는 일상적인 삶의 파편들이다. 바느질을 하거나 수(繡)를 놓다가, 반찬을 만들거나 도마를 씻다가, 간장이나 약을 달이다가, 푸싯감에 풀을 먹이거나 쌀을 퍼내다가 얻어지는 여성 삶에 대한 반성과 성찰이 주된 모티프로 등장한다.

① 구름 그 아래
돌 몇 개, 얼음 몇 개.
납작하게 가라앉히고
몸 씻으며 몸 부비는
천 조각 만 조각 마음가짐

무심한 구름 다 잡아 안고서
사람의 갈 길 열고 있는
여울 물줄기

—「나박김치를 보며」 중에서

② 성고상(聖苦像)을 안은 채 어둠을 베고 돌아누운 다음날 아침이면 어김없이 나는 요철이 심한 나무 빨래판 위에 위생도마를 올려놓는다. (…) 쇠줄에 버혀 생채기난 곳 뚝뚝 떨어지는 피를 물로 씻어주며, 나는 눈물 땀 범벅이 되어 흘러내리는 네 이마 목 겨드랑이 오금을 샅샅이 물로 씻어준다. 비로소 처녀티 앳된 미소 드러낼 때까지

—「비창 제1악장」 중에서

③ 조각보의 항라 깨끼 은조사 숙고사 생고사 노방 안동포 세모시
　다림질해놓은 상보와 수저집 그 네 귀 밑에 얌전히 엎드려 있을 실밥 온박음질 시접들 나는 풀지 않고 가만히 접어두었다.

—「보자기의 숨은그림」 중에서

그의 시는 부엌에서 경험한 삶의 편린들로 짜인 직물이며, 여성의 일상적인 삶에 입혀진 '언어'의 옷이다. ①의 시에서는 하얀 생무, 배추줄기, 미나리 등이 어울려 맛을 내는 나박김치를 보며 구름, 돌, 얼음, 여울, 그리고 사람이 함께 어우러져 풍경을 이루는 자연의 섭리를 유추해낸다. 그 같은 섭리란 "몸 씻으며 몸 부비며" "무심한 구름 다 잡아 안고서/사람의 갈 길 열고 있는" 포용과 조화의 세계를 일컫는다. ②의 시에서 시인은 도마와 동일시되고 있다. '고춧물' '삶의 매운 더께' '칼자국' 등 세월의 때가 밴 도마에 '처녀티 앳된 미소'가 드러날 때까지 물로 씻어주고 있는데, 이는 시인의 자기 정화 의지를 보여

준다.

또한 그의 시편들에는 ③의 시처럼 각종 천 이름이나 상보, 수젓집, 보자기와 같은 여성 고유의 전통소품들이 수(繡)를 놓거나 바느질을 하는 행위와 함께 자주 등장한다. 예로부터 여자의 돌상에 놓였던 가위나 자, 바늘, 실 따위는 여성다움을 나타내는 일종의 기호다. "머리 속이 왼종일 멍멍한 날에는 반짇고리 뚜껑을 열고선 뒤집어 엎어" "엉킨 실타래를 속속들이 헤쳐보는"(「아라베스크 C장조」) 행위는, 시인에게 '시를 쓰는' 행위와 유사하다. 못침, 고무줄, 바늘귀, 스냅단추, 헝겊 부스러기, 색실, 바늘쌈지 따위는 모두 시의 재료인 낱말이 되고, 바느질이나 수놓기의 과정은 "낱말의 기울기는 엇비슷하게" "행간을 타넘는 맛"으로 비유된다. 이렇듯 자잘한 일상에서 시를 끌어내는 섬세한 감각은 시인이 삶을 살아내는 "손때가 묻은 크낙한 힘"이 된다.

'보자기'나 '수'의 다채로운 문양과 색채는 "잃어버린 수틀의 뒷면 이야기"를 가지고 있기 마련이듯, 노혜봉의 다양한 언어와 문체에도 그 뒷면의 이야기가 있다. 그 이야기에는

> 실망 말고 참아라. 고소한 맛 돌 때까지 참는다는 일, 소금을 삼켜 삭힌다는 일
>
> —「시인의 사랑, 감나무」 중에서

> 슬픔을묵힌서른해제자리지키기는어지럽다맴맴(…)그러나간을잘삭힌나는외려행복하다
>
> 「비창 제2악장」 중에서

> 숨결을 다스립니다. 슬픔을 팍팍 달입니다
>
> —「환희에 부침」 중에서

탕약을 밤낮으로 달여보아도 마음 스스로 졸이는 일

—「더늠 2」 중에서

에서처럼 참는다, 삭힌다, 삭다, 묵히다, 졸이다, 달이다 등의 서술어가 자주 등장한다. 이런 서술어들은 돌, 옹이, 응어리, 못, 굳은살, 부스럼딱지, 굵어진 손마디 매듭 따위로 온몸에 '맺힌다'. 그것들은 모두 여성으로서 시인이 겪어온 경험의 결정체이자 현실의 무게이다. 이러한 맺힘이 몸의 언어와 관련 있다는 것은 여성이 세계를 감지하는 또 다른 특징이기도 하다. 노혜봉은 여성으로서 자신이 속한 지금-여기에서 온몸으로 삶 그 자체를 받아들이고 넉넉한 존재론적 차원에서 견디고자 한다.

만으로 치면 서른아홉 해, 이제 네 아픔을 넉넉한 가슴으로 받아주고 싶은데, 인공 때 받은 파편의 옹이도 가만가만 쓸어내리고 싶은데—

—「안골」 중에서

살아가다가 문득 바라다보는 마흔 살의 풀 한귀퉁이에는 아무렇게나 박힌 크고 작은 돌들이 수없이 있었다. 내가 스스로에게 갇혀버린 상처들. 당신이 나에게 범한 상처들이 걸림돌로 박혀 있었다.

—「타이스의 명상곡을 들으며」 중에서

빛이 없는 그대의 안에서 얼굴을 들어 내가 헤엄쳐 가는 땅 위 빛이 없는 물 아래를 본다. 물줄기에 비친 내 손바닥 못이 싫다.

—「물풀 한가운데」 중에서

'인공 때 받은 파편의 옹이' '상처' '손바닥의 못' 따위로 비유되는 삶의 신산함들, 그 무게감과 맺힘을 시인은 어떻게 벗어 던질 수 있을까. 누구든 삶의 바탕이 되고 삶에 자양분을 공급해주는 '유일한' 원천들을 마음속 깊이 지니고 살기 마련이다. 그 원천이야말로 현실의 상처와 응어리를 치유해주는 자기 정화의 기제일 것이다. 노혜봉의 원천은 유년공간으로의 회귀의식, 즉 잃어버린 날들을 회상하는 따뜻한 향수에서 찾아볼 수 있다. "옛집 지붕 아래채 이 세상 제일 눈부신 초록빛 숲 그루터기의 문지방을 넘"(「바로크·미지未知의 나라들」)으면 죽산(竹山) 대실리의 '안골'과 연결되는데 그곳이 바로 시인의 원천지이다.

> 길도 나지 않는, 죽산(竹山)에서 사십 리도 넘는 산. 사람 냄새라곤 풍기지도 않는 산죽숲을 헤치며 벼랑바위를 발끝으로 짚고 넘으면 아심아심 내려다 보이던 대실리. 둥그러니 앉은 초가집. 커다란 안채 그 뒤뜰에 터를 잡았던 넉넉한 그늘.
>
> —「안골」 중에서

그의 시쓰기는 본원적인 '원천'에 대한 상실감으로부터 시작된다. 그런 의미에서 시쓰기는 '잃어버린' 사랑이나 진실을 되짚어 기억하는 작업이기도 하다. '죽산'으로 대표되는 유년의 공간은 "다섯 시간 반이나 터덜거리며 가는 경기도 안성(安城)에서 사십 리 떨어진" 한적한 곳이다. "둘째 이모가 사랑했던 양조장집 큰아들, 안쾡이 마을의 검둥이, 지렁소, 장터거리에서 상영했던 활동사진, 리버티 뉴스, 떠돌이 악극단, 야학당 처녀애들의 노래 소리. 안개만 자욱이 끼어 있었던"(「보자기의 숨은그림」) 곳이기도 하다. 언제나 '넉넉한 그늘'을 가진 곳으로, 노혜봉 시의 상상력을 추진하는 근원적 동력이자 출발 지점이다. 그는 그곳의 주인공이었던 할머니(할아버지), 어머니를 비롯한 친지들을 불러내곤 한다.

꽈리 한 가지를 더듬는다. 노을빛 들녘 꿈길에서도 보지 못했던 어머니의 무덤 속 따뜻한 문이다. 항라 단속곳 얼비치는 어머니의 닫힌 방 꿈 속에서 덧창 한쪽을 열어젖히면 꽈리의 등이 보인다. 그립다. 나는 마른 손 가득히 어머니의 젖꼭지,

—「미완성 b단조—응어리」 중에서

기억은 잃어버린 순수성에 대한 향수를 동반한다. 또한 회상을 통해 새로운 경험으로 질서화한다. 인용시에서 시인은 '꽈리'를 매개로 어머니의 삶과 죽음을 회상하면서 어떤 신성함, 아름다움, 절대적 가치로 모성에 대한 그리움을 담아내고 있다. 그의 시에 등장하는 어머니는 "군복장사를 해보시겠다고 트럭에 올라타시"다가 "늑막 아래 뽑아도 뽑아내도 물이 고이는" 병을 앓으셨다. 그러고는 "어머니의 무덤 속 따뜻한 문" "어머니의 닫힌 방" "어머님 그대로/둥근 무덤이다"에서처럼 죽음과 한몸되셨다.

할머니나 할아버지에 대한 기억도 크게 다르지 않다. "땀냄새, 진흙방 흙냄새, 동백기름 냄새"로 시인의 꿈에 되살아나곤 하는 할머니는 "진 부정 마른 부정"이 들지 못하게 "부적을 옷고름 깊숙이 넣어주고 팥비누로 손톱밑까지 후벼파 씻겨주는" 존재이다. 할아버지 또한 "엄지 발톱이 뱀가죽처럼 까맣게 타" "발바닥 앞뒤 발가락 사이사이에 못이 박"힐 정도로 삶의 무게를 버티며, 시인이 "무엇이든 다 내 마음대로 할 수" 있도록 커다란 울타리를 만들어준 분이다. 이런 할아버지는 남성을 넘어서는 더 큰 신(神)적 존재이다. 할머니(할아버지)에게서 어머니, 그리고 시인으로 이어지는 여성적 연대감은 기억을 통해 여성성으로의 내밀한 귀환이라는 의미를 갖는다. 시인의 육체를 만들어준 어머니, 삶의 방패가 되어 시인을 완성시켜준 할머니(할아버지)는 모두 원숙한 삶의 지혜를 지닌 일종의 원형(原型)이다. 그 원형적 존재들이

시인으로 하여금 현재적 갱신을 가능케 하며 시인의 미래까지를 감싸 안는다. "반짝이는 힘으로 채워주는 크낙한 사랑"의 실체로서 말이다.

그렇다면 시인은 과거를 현재화시킴으로써 현실의 '상처'와 '응어리'를 풀고자 한 것이 아닌가. 그렇게 맺힘에서 풀림으로, 무거움에서 가벼움으로 건너가고자 한 것이 아닌가. 시인의 말을 빌리자면, 현실에 "머무르다는 건너감이라는 뜻"(「그녀는 프루프록의 연가를 지워버린다」)과 통하지 않은가.

> 전서로 새겨진 돌쩌귀를 틀면 눈을 감은 여인이 매듭의 날짜를 풀고 있었다.
>
> —「바로크·미지未知의 나라들」 중에서

> 하얀 이불보 아래 발을 넣고 우리는 잃어버린 수틀의 뒷면 이야기의 매듭을 조용히 풀었다
>
> —「보자기의 숨은그림」 중에서

> 풋잠 푸시듯 꿈풀이 조금때 조금
> 진땀을 들이시고, 내처
> 무명띠 치마말기 풀어 보이세요
>
> —「우는 화살」 중에서

이러한 '풀림'의 상상력은 신산한 현실의 무게를 덜어내고자 하는 '가벼움'의 상상력과 연결되는데, 이진명의 시들처럼 그 가벼움은 '빈 무덤'이나 '둥근 무덤'과 같이 죽음이나 재생과 연결된다.

> ① 침침했다. 어둠에 눈이 익숙해지자 돌밭이 보였다. 거기 부드러운

선을 진하게 그으며 따뜻한 불빛 아래, 벌거숭이 맨살의 몸, 모로 누우신 그분이 보였다. 참으로 이상했다. 무거운 둥치, 그분의 그림자는 어디에 벗어놓으셨을까

—「뜰 아래채, 그 너머—말 마디 가운데에 못을 쳐둔다」 중에서

② 온전히 질긴 실뿌리 따라 허공 중에
한 발을 번쩍 든, 두 팔로 맨땅을 누르는
살판 바로 외줄타기. 눈 감고
절정의 몸짓까지 치달리는 숨

바닥이 보일 찰라 전신을 솟구쳐
떨어지는 화인(火印), 깜부기 몇 톨

—「금싸라기」 중에서

①에서 "벌거숭이 맨살의 몸, 모로 누우신 그분"은 이승의 "무거운 둥치, 그림자"를 벗으신 분이다. '벗다'와 무덤에 '눕다'는 같은 의미를 갖는데 그 의미가 바로 죽음의 이미지다. ②에서도 마지막 명줄이 끊기는 순간을 역동적으로 시화하고 있는데 땅과 공중, 삶과 죽음은 전도되어 있다. 아니 일치하고 있다. 그래서 질긴 목숨의 실뿌리는 허공중에 있고 두 팔은 맨땅을 누르고 있는 것이다. 가볍게 삶과 죽음이, 열림과 닫힘이 하나의 의미로 완결되고 있다.

그의 언어감각 또한 '가벼움'을 지향한다. 그의 시어의 가벼움은 숱하게 등장하는 음악의 제목과 식물들의 이름, 고어, 사투리 등의 자유로운 구사에서도 비롯된다(나는 사전을 너무 자주 들추곤 했다!). 그러나 이런 특성은 모국어의 아름다움을 십분 발휘하게 하지만 생소함으로 인해 그 의미가 분명치 않을 때도 있다. "하늬하늬으아리" "은필리리

리 필리리리" "콩 두어 됫박쯤 덩기덕 쿵 쏟아져 떼구르르르르르르…… 굴러가" "둥그레 둥싯하니" "치마를 둥두럿잡고서" 등과 같은 가벼운 의성어, 의태어는 그가 언어사용에 얼마나 신경을 쓰고 있는가의 한 증거다.

또한 그는 조사의 생략이나 문법을 벗어난 어순에 의해 자주 통사적 구문을 해체하곤 한다. 시의 애매성과 함께 절제된 긴장미를 유발하기도 하지만 때론 시의 호흡을 무리하게 끊어놓기도 한다. '절제'와 '가벼움'에의 지향을 보이는 언어감각에서 비롯되는 것이리라. 음악의 표제가 시의 표제로 사용되고 있는 경우도 마찬가지다. 음악적 선율을 매개로 떠오른 연상을 시각화하기도 하고, 주관적 체험에서 비롯되는 욕망을 언어화한 후 그것에 맞는 선율의 표제를 택하기도 한다. 어쨌든 그가 음악적 요소를 그의 시에 자꾸 끌어들이는 데는 음악이 가진 추상성, 순수성에 기대어 자신의 깊은 내면의식을 미학적으로 표현하고자 하는 욕망과 깊이 관련되어 있을 것이다. 이 가벼움의 궁극적 지향이 모성 혹은 여성성으로의 내밀한 귀환, 혹은 근원적 존재로의 비상을 추구한다는 것은 재차 강조할 필요가 없을 것이다.

'광장'을 향해 다시 부르는 노래

— 임동확, 박해석의 시

80년대를 대표하는 민중시인 박노해는 복역중에, "무너졌다, 패배했다, 이렇게/흐르는 눈물 흐르는 대로 흘러/그래 지금 침묵의 무덤을 파고/나를 묻는다 나를 암장한다"(「경주 남산 자락에 나를 묻은 건」)라고 절망했다. 그러고는 다시 "그해 겨울,/나의 시작은 나의 패배였"지만 "나의 패배는 참된 시작이었다"(「그해 겨울」)라며 애써 '참된 시작'을 다짐한 바 있다. 90년대 민중시는 이렇게 시작되었다.

진보주의 운동권이 안고 있는 상처와 좌절의 깊이를 짐작케 하는 두 시인의 시집이 출간되었다. 임동확의 『운주사 가는 길』(문학과지성사, 1993)과 박해석의 『눈물은 어떻게 단련되는가』(민예당, 1995)가 바로 그것이다. 두 시집은 80년대라는 구체적인 시대 체험을 모태로 하고 있으며 그 체험이 90년대 중반에 이른 오늘날 어떻게 기억되고 있는가에 대한 반성적 성찰이 짙게 담겨 있다. 임동확의 성찰이 5·18 광주의 역사적 지평에 대한 모색을 출발점으로 삼고 있다면, 박해석의 성찰은 민중의 보편적인 삶을 향한 신뢰를 그 귀결점으로 확인하고 있다. 임동확의 시가 민중적 비전에 반성적 인식과 사유의 깊이를 더하고 있다면, 박해석의 시는 민중들의 일상적 진술에 진솔함과 진정성의 깊이를 더하고 있다.

'광장'에서 '마음길'로 가는 길

한 인간이 온몸과 온 마음으로 무엇인가를 간구히 갈망한다면 그 갈망은 한 인간의 이상(理想)이 될 것이다. 빼앗긴 이상을 끊임없이 노래하는 임동확은 광주의 시인이다. 그는 그곳에서 태어났고 그곳에서 배웠고 또 그곳에서 오랫동안 밥벌이를 했었다. 우리가 그를 기억하는 것도 그의 첫 시집 『매장시편』에 각인된 오월 광주를 통해서이다. 세 번째 시집 『운주사 가는 길』 역시 오월 광주의 연장선상에 있다.

그러나 그는 오월 광주라는 화두에서 풀려나는 중이며 그런 의미에서 그의 시는 물갈이중이다. 『운주사 가는 길』의 자서(自序)에서도 이러한 변화는 집약적으로 드러난다. 오월 광주로 상징되는 '광장'으로 회귀하고자 했던 지난 세월을 통해 그가 재발견한 것은 우리의 마음을 관통해온 '소박한 가치'들이다. 그 희미한 시간 너머로, 퇴색하지 않을 '인간의 아름다움'과 '역사적 활로(活路)'를 발견한 그는 그 도도한 흐름을 '숨은 물'이자 '마음길'이라 일컫고 있다. 그의 시의 중심이 '광장'에서 '마음길'로 옮겨지고 있다는 고백이리라.

지금까지 그의 시작(詩作)은 오월 광주를 복원하려는 노력으로 일관되고 있다. 세 권의 시집들이 각각 오월 광주가 갖는 시간적 거리를 잘 반영하고 있는데 첫 시집 『매장시편』에서 "사월의 잔디처럼 싱싱하게 살아오는 회상의 언덕 위에 서"(「언덕의 노래」) 있던 시인은, 두번째 시집 『살아 있는 날들의 비망록』에서는 "주소도 없이 살아온 기다림의 변방/생생한 추억의 후렴만 남겨둔 채 어디로 가고 있느냐"(「유배지에서 보낸 내 마음의 편지 II」)며 아쉬워한다. 그리고 이번 세번째 시집에서는 "못 잊힐 그날의 흔적조차/거의 판독할 수 없는 문자로/희미하게 푸른 바위손에 덮여"(「먼 산」) 있다고 토로한다. '오월 광주'의 의미와 상처가 점차 마모되고 있음을 눈치챈 시인이 못내 마음에나마 '그날'의 의미와 상처를 새겨두고자 안간힘을 쓰고 있다는 점에서 그의 작업은 성실하고 정직하다. 어느덧 '그날'의, 고통의 살은 벗겨지고 그리움의 뼈대만 남아 있는 셈이다.

네가 남긴 흔적을 더듬는다
오직 그리움이 남긴 발자국을 따라서
차가운 시간의 몸뚱이를 껴안는다

—「내가 흘린 말들이」 중에서

그러나 그 형벌 같은 기다림조차
살아 있는 날들의 서글픈 추억이었다면
우린 아주 저버린 게 아니었다

—「둥근 공은 무덤처럼」 중에서

그래서일까. 시집 도처에는 기억, 추억, 회상, 흔적, 세월이라든가 기다림, 그리움과 같은 시어들이 자주 반복된다. 무엇이든 "자꾸 묽어가는 게/탈이라면 탈이다. 어떤 식으로든/그만큼의 시간이 흐른 것이다"(「방어할 수 없는 부재」)라고 고백하는 시인의 내면에는, 모든 것을 무화(無化)시키는 '방어할 수 없는' 세월 혹은 망각에 대한 쓸쓸한 자각이 자리잡고 있다.

몸이 커 버림받은 불새가 앉아 있다.
마치 져버린 붉고 노오란 낙엽처럼
그렇게 휩쓸려가는 시간 속에서
날지 못하는 기다림의 깃털을 부풀리며
억센 뿌리의 갈대꽃만 온통 절정인
그곳에 저만의 크기로
아주 오래 숨죽여 울고 있다

—「가을산」 중에서

서정성과 이미지의 어우러짐이 돋보이는 「가을산」은 광주를 향한 이번 시집의 입지점을 잘 보여준다. 그 입지점은 오월 광주를 생생히 재현하고자 했던 이전 시들과는 다르다. "져버린 붉고 노오란 낙엽"과 "휩쓸려가는 시간"을 배경으로 한 채, "날지 못하는 기다림의 깃털을 부풀리"며 "숨죽여 울고 있는" '불새'는 시집 전체의 이미지와 메시지를 집약적으로 보여준다. 조락(凋落)의 가을산에 틀어 앉아 숨죽여 울면서 돌처럼 견디며 어쩌면 거기 그대로 순명(順命)할지도 모르는 "몸이 커 버림받은" 한 마리 불새에 시인 스스로를 비유하고 있다. 불새가 머리를 두고 있는 불꽃 더미가 바로 오월 광주일 것이다. 불새는 한때 푸르렀던 과거를 기억하고 추억하며 그리워한다. 한때의 비상을 기다리기도 하지만 그것은 원망(願望)일 뿐이다.

불꽃 더미로서의 오월 광주가 다양하게 변용되고 있다는 점도 이번 시집의 특징이다. 그는 먼저, 오월 광주가 지켜내고 가꾼 역사적 활로(活路)의 지맥을 운주사에서 발견한다. 운주사에 대한 그의 시적 관심은 사실 첫 시집에서부터 발아되고 있었다. 첫 시집에서 "과거에도 미래에도 오지 않을/그 황홀한 미륵 세계를 꿈꾸며/와불처럼 누워버린 것이었을까/(…)/사라진/그 저주받은 약속의 땅을 기억하고 있었던 것일까"(「그들은 어디로 가고 있었던 것일까」)라고 화두처럼 내던졌던 물음이 이번 시집에서는 한층 심화되고 있다. 운주사의 와불들처럼 시인에게 오월 광주는 "끊긴 흔적도 길이라는,/익살일 뿐인, 노여움뿐인/날선 파편의 심연 속에서" 그 "깊이를 알 수 없는 휴식" 혹은 "집단적 순장(殉葬)"(「겨울숲에서」)으로 읽힌 것이리라. 때문에 오월 광주를 향한 그리움은 곧 미륵의 하생(下生)으로 용화(龍華) 세상을 꿈꾸는 누워버린 운주사 불상의 마음으로 전이되고, 시인은 그 미륵 세상에 이르는 '숨은 물'의 길을 발견하고자 한다.

그리도 비밀한 그 골짜기 속에
이미 바깥에서 모두 저버리고
안으로만 대피(待避)해온 사람들
다급히 새 왕국을 세우고자 했네

—「첫닭 우는 소리—운주사 가는 길 1」 중에서

운주사는 전라남도 화순군 도암면 대초리(大草里, 큰 풀이라니!)와 용강리(龍江里, 용의 강이라니!)에 소재한 조그만 사찰이다. 그 사찰 주위의 평지와 야산 골짜기에는 돌부처, 돌탑 들이 흩어져 있다. "하루 낮과 밤 사이에 천불천탑을 세우"면 미륵의 세상이 도래한다는 전설과 함께. 그러나 때 이른 '첫닭 우는 소리'에 '무더기로 떼죽음'을 당한 이 미완의 전설에서, 시인은 못다 이룬 오월 광주의 꿈을 본다. 때문에 그에게 운주사는,

① 끊임없이 슬픔의 항해를 재촉하던/아흔 굽이 죽음의 기항지(「첫닭 우는 소리—운주사 가는 길 1」)

② 환영받지 못한 열망들이 드디어 찾아낸 스스로들의 유배지(「몸체

가 달아난 불두佛頭에—운주사 가는 길 2」)

③ 기찰(譏察)의 포위망을 벗어날 수 있었던 유일한 임시 망명 정부(「몸체가 달아난 불두佛頭에—운주사 가는 길 2」)

④ 헛되고 헛된 욕망의 춘화(春畵)를 끌에 새기던 은신처(「몸체가 달아난 불두佛頭에—운주사 가는 길 2」)이자,

⑤ 기다림의 완성을 꿈꾸던 긴 침묵의 성채(「몸체가 달아난 불두佛頭에—운주사 가는 길 2」)

⑥ 갈 수 없는 그리움의 서천(西天)(「시간의 문—박승희에게」)

⑦ 너도 없고 나도 없는, 마음길(「사자의 울음을—운주사 가는 길 3」)

⑧ 누군가 이미 다녀간,/엿보아버린 낙원(「기억만으로 행복한—운주사 가는 길 5」)

으로 인식된다. 그러나 운주사의 "정상에 나란히 누워버린 와불(臥佛) 내외"(「사자의 울음을—운주사 가는 길 3」)는 천년의 정적 속에 빠져든 채 아직까지 누워만 있다. 낮은 곳으로 머리를 둔 채. 시인은 일련의 운주사 연작시들을 통해 오월 광주를 특정한 집단의 고통이나 상처에 한정시키지 않고 민족의 보편적 상처나 신화적 사건으로 바라보고자 한다. 한 시대의 연대를 한 민족의 통시적 연대로 확대하고자 하는 바람일 것이다.

그러나 현실적인 전망은 불투명하다. 한 시대의 역사적 수난은 점차 희석되고 그에 따른 시인 내면의 도덕적 가책은 더욱 무거워만 간다. 이 같은 불화는 그로 하여금 자꾸 유년을 떠올리게 한다. 유년의 고향 또한 오월 광주의 또다른 변형이다. "아무런 근심 없이/보다 순성한 열정이 자라나던"(「내 고향집 살구나무」) 그의 유년시절은 시인을 근원적인 아름다움으로 데려가고 불행한 경험을 잊게 해준다. 때문에 시인이 유년을 추체험하는 동기의 대부분은 현재의 부재와 불행의 강도를

부각시키면서 현재를 위무(慰撫)하고자 하는 것일 게다.

임동확의 유년은 고향, 아버지, 친구들로 둘러싸여 있을 뿐만 아니라 꿈, 열정, 동경, 호기심으로 가득 찬 아름답고 화해로운 세계다. 또한 "어느새 추억의 잔가지만 주름살처럼 늘어/밤마다 난 고향길로 줄달음쳐"(「귀성歸省」)가곤 하는 '순정'이 살아 숨쉬는 세계다. 이러한 유년은 "쉴새 없이 넘쳐 흐르는 슬픔의 샘물"(「고향 가는 길」)이고, 그 샘물은 곧 "고단하고 힘겨울 때면/언제든 안아주마, 다독여주는"(「내 고향집 살구나무」) 정화와 치유의 기능을 한다. 그러나 "어느새 불러도 대답 없는 날들"(「동네 한바퀴」)의 "아무리 불러봐도 그는 끝내 부활하지 못하는"(「기억 속의 철길」) 지금은 부재하는 세계이다.

> 독사의 징그런 혀 같고, 몸뚱어리 같은 긴 세월 속에서
> 기어이 활인(活人)의 감로(甘露)를 찾아내려던 그의 아버지
>
> —「활로를 찾아서」 중에서

'활인의 감로'를 찾고자 하는 아버지는 마치 한 사회 공동체의 질병을 달래거나 소원성취를 기원하는 이 시대의 제사장과도 같다. 그 아버지는 뼛속까지 번져갔을지도 모를 한 시대의 억압과 고난의 상징인 '장독(杖毒)이나 어혈'에 특효라면서 족히 십 년은 묵었을 '사주(蛇酒)'를 권한다. 시인의 육신의 통증과 불안하고 무겁기만 하던 '영혼의 검은 구름'을 걷히게 해주셨던 아버지 역시 지금은 '겨우 서너 대분의 리어카에 실려 나가 한줌의 재로 사라'져버렸다.

이전 시집들이 오월 광주 체험을 근간으로 하는 각성된 자아의 사변적이고 서술적인 발화를 특징으로 한다면, 이번 시집은 오월 광주의 변형인 고향과 운주사에의 그리움을 근간으로 하는 일상적이고 서정적인 발화를 그 특징으로 한다. "순수하고 온전한 형상의 기억"(「영원

히 시작이고 끝인—말에 대하여」)으로 오롯이 남은, 그러나 "끊긴 희망"(「사이—통일호 2」)이거나 "끊긴 흔적"(「겨울숲에서」)으로 남은, 못다 이룬 '꿈'을 노래하고 있다는 점에서는 세 시집 모두 동일하다. 기억이나 희망이나 꿈은 늘 지금-여기의, 결핍의 소산이기 마련이다.

이번 시집에서 시인은 오월 광주가 아닌 현실의 또다른 결핍을 인식하고 있다. 산업사회의 물질문명에 대한 폐해가 바로 그것이다. 그는 "문중산을 군대의 주둔지로, 집터를 별장으로, 뽕나무 밭을 주차장으로" "온 마을이 댐"(「도화원기桃花源記」)으로 변해가는 것을 목격한다. "논밭마다 쓰레기차가 들락거리고/부동산 투기꾼의 자가용이 몰려오고/여기저기 욕망의 굴뚝만 높아가는" 제동장치 없이 달려가는 '속도 빠른 문명의 열차'(「귀성歸省」)와, 한강의 홍수처럼 불어난 '서울의 욕망'(「흙탕물에 대한 소고」)을 목격한다. "자본이 몰염치를 화폐처럼 찍어내고, 이념이 절망의 광기를 부도내"(「오류는 나의 스승」)는 현실을 목격하는 것이다. 현대 물질문명이 야기한 일련의 파괴 양상들이다. 이 같은 파괴는 사실 우리 사회의 안팎에 미만(彌漫)해 있다. 고향과 유년으로 표상되는 자연성의 파괴가 피할 수 없는 우리 삶의 조건임을 그는 다음과 같이 노래한다.

그러나 음력을 중심으로 받아들이던
농경 시대가 몰락해가고
대신 정확하고 신속하지 않으면 도태되는
태양족의 세대가 전진하고 있으니
바야흐로 한 문명의 월경이 끝나가면서
돌아갈 곳 없음으로 잔인해진
새 종족이 탄생중인 것이리라

—「그들이 온다」 중에서

'그들'은 아내와 딸 하나를 거느린 도시중산층이고, 과학을 이용해 신화를 창조하고 정보를 통제하는 '당당한 숙련공'이다. 그리고 현대 문명의 외곽에 버려진 '창녀, 포주, 용접공, 월급쟁이, 자영업자'들이기도 하다. 자본주의가 만들어낸 '태양족의 세대'이자 '새 종족'들이다. 그런 '그들'이 추석 보너스를 들고 돌아가고 있는 곳이 '고향'이다. '그들'의 귀성을 시인은, 생산성이 거세된 산업문명의 고의적 파멸에 대한 무의식적 저항 혹은 눈물 어린 투정으로 인식한다. 자본주의 문명에 역행하는 '우울한 어떤 힘'으로 인식한다. 고향과 고향의 자연성은 오늘날 산업사회 도처에서 망가지고 있음에도 불구하고 우리는 여전히 "따스하고 관대한 모성의 탯자리"를 그리워하곤 한다. '온돌같은 체온' '추석달' '정(情)' 따위로 표상되는 고향이라든가 아버지의 이름으로 불리는 '농경 시대'의 자연성도 마찬가지다. 물론 그 자연성은 희미한 기억 너머에서도 여전히 퇴색치 않을 유년의 아름다운 고향에 뿌리를 두고 있는 것이리라. 이러한 그리움을 통해 시인은 우리 시대의 진정한 삶의 조건이 무엇인지를 묻고 있다.

그는 분명 처참했던 한 시대의 역사 현장을 온몸으로 통과해낸 시인이다. 그는 이제, 희미해져가는 '그날'의 시공간적 의미와 가치를 자신의 일상 속에서 재발견하고 있다. 특수했던 한 시대의 고통과 절망을 보다 보편적으로 복원시키려는 것이리라. 폭력의 역사적 재현에서 근원적인 내면 성찰과 물질문명에 대한 비판으로 확대하는 중이다. 그는 이제 오월 광주라는 화두에서 풀려나 '광장' 밑을 도도히 흐르는, 서정성과 보편성을 획득한 '숨은 물'이자 '마음길'에 들어선 것이다.

'그날'의 불행은 지나가고, 조종(弔鍾)은 침묵하고, 여전히 시들은 씌어지고 있다. 그렇다고 불행의 뿌리가 사라진 것은 아니기에 시인 임동확은 여전히 '그날'의 불행에 기대어 우리의 빼앗긴 이상을 노래할 것이다.

그리하여 이제 그날의 사랑은
지금도 어디서든 계속되고 있나니

—「노젓는 침묵」 중에서

그때-그곳에서 다시 부르는 노래

박해석의 시 또한 우리가 익히 알고 있는 지난 시대와 '그' 시대를 비켜온 자의 정직한 삶이 질박한 가락의 옷을 입고 있다. 그래서 일상적인 모습과 시인의 내면 풍경은 역사적, 사회적 문맥으로 쉽게 환원되어 읽히곤 한다. 그의 시의 주된 정서인 분노와 죄의식 그리고 막막한 슬픔의 밑바닥에는 그 시대를 통과하면서 겪었을 사랑과 배반, 희망과 좌절의 무늬들이 깔려 있다.

"한가운데서 버둥대고 살 필요는 없지/중심에서 벗어나면 이리 편안한 것을/알 사람은 이미 다 알아버린"(「마을버스를 기다리며」) 현실을 그의 시들은 우직스럽게 견뎌낸다. 아랑곳 않는 연륜과 뚝심으로 우직하게 지난 시대를 향해 있다. '중심'이 있었고 적과 동지가 분명했던 그 시대를 향해, 시인이

너 지금 어디 있는가
우리 집 대문을 두드리다 사라진 너
모두가 고요함에 떨고 있는
비섭한 늦은 골목길에서
애타게 날 부르다 지쳐 돌아간 너

—「식수를 끓이며」 중에서

라고 노래할 때, 인용시 속의 '너'는 '타는 목마름으로' 불러댔던 지난 시대의 이상과 신념의 다른 이름이다. 그의 시편들에서 독자들이 친밀감을 느낀다면 그 친밀감의 근원은 동시대를 함께 통과해온 동류의식에서 연유한다. 또한 지난 시대의 시적 문법과 틀을 고스란히 상속받고 있는 데서도 연유한다. 그러기에 지금, 없는, '너'를 향한 시인의 갈망은 "모든 것이 적 없이 남게 된" 지금의 우리가 잃어버린 한 시대의 좌표에 대한 상실감과 향수를 담고 있다. 문제는 대문을 두드리며 애타게 부르다 지친 사람이 '나'가 아닌 '너'라는 데 있다. '나'는 그때-그곳에 있지 않았다. 시인의 현장검증은 '부재'이다. 지난 폭압의 시대 '한가운데'에 부재했었다는 그 부채의식, 박해석의 시는 여기에서부터 출발한다.

> 시내 곳곳에서 데모를 벌인다는 소문이 돌아
> 서둘러 집으로 돌아가는 사람들의 꽁무니를 좇아
> 쫓기듯 전철에 매달리는 창백한 중년의 나이
>
> —「마을버스를 기다리며」 중에서

> 밤 늦도록 스크럼 짜고 구호를 외치는
> 저 열혈 청년들을 멀찍이서 뒤따르다가
> 눈물 콧물 범벅이 되어 뒤따르다가
> 몇이서 슬그머니 그 자리를 이탈해버렸습니다
>
> —「어머니」 중에서

지금-여기에 '네'가 부재하는 원인을 시인은, 많은 사람들이 시내 곳곳에서 밤새 스크럼을 짜고 구호를 외쳤던 그때-그곳에 '내'가 부재했었다는 데서 찾고 있다. "쥐난 세월에/뿔따구난 시절에/찍소리 못하고/뿔 한번 들이받지 못하고 산"(「쥐가 난다」) 시인의 과거는, "삶아도 삶아도 얼룩이 빠지지 않는 이 누더기 같은" 현재에 대한 부정과 "어떻게 살지, 이 곪은 삶아/대답 좀 해다오!"(「삶」)라는 현재의 좌표 상실로 이어진다. 그때-그곳에 있지 않았기에 그는 애써 상처, 억압, 좌절로서의 역사 그 자체인 그때-그곳을 반추한다. 그 기억을 되새기는 것이 부끄러움과 죄의식으로부터 벗어나는 유일한 방법이라는 듯이, 그 기억을 환기하는 것이 '중심 없는' 지금-여기를 견디기 위한 유일한 전략이라는 듯이 말이다. 망설임과 주저로 머뭇거렸던 주변인으로서의 자신에 대한 부끄러움과 죄의식은 그의 시집 도처에서 발견되는 '고개 숙이다'나 '코 박다' '엎드리다'와 같은 시어들을 통해서도 드러난다.

고개 숙이고 어깨 내려뜨리고 사라져가는
저 장삼이사(張三李四)의 눈송이들

—「겨울밤」 중에서

눈보라는 해진 무릎으로 길을 쓸 뿐
고요론 마음 한 가닥 전할 수 없어
땅에 코 박고 돌아서 왔다

—「디아스포라」 중에서

낮게 엎드려 살더라 백일홍도 지고 가을 국화도 시들면
아랫녘에서 심지 낮추고 기침도 삼간다

—「민간인」 중에서

부끄럽게 고개 숙인 소도구 한 마리

힐끔 보고 덤으로 고개 꺾는 망초꽃

—「망초꽃」 중에서

나 혼자 고개 숙이고 들어간다

—「붉은 등燈」 중에서

그의 '숙인/숙여지는' 고개는 지난 시대에 꿈꾸었던 전망의 좌절을 자인하는 모습이고 이제는 어떠한 전망도 갖지 못하는 자아의 모습이다. 그때-그곳에서의 부재가 지금-여기의 부재로 이어지고 있는 것이다. 시의 출발점을 부끄러움과 죄의식에 두고 있는 시적 자아의 형상일 것이다. 지난 시대의 꿈과 이상이 무너졌을 뿐만 아니라 "나이 마흔 넘도록/아무것도 한 것 없이 이룬 것 없"는 자신의 삶에 대해 그는,

구원에 빚지고 절망이라는 년한테 이자놀이를 하며
좁쌀 같은 언어로 떡을 빚어보려고
말의 똥 한번 씨원하게 누어보려고 끙끙거렸으니
오, 향기는 애초부터 기대하지 않았으나
새벽이면 측간에 걸터앉아 하염없이
측은하게 날 올려다보는 곱똥 한 사발에
울다 웃다 하였으니

—「나의 더러운 해적이」 중에서

라고 고백한다. 자신의 해적이(年譜)를 '더러운'으로 수식하는 '나'는 '좁쌀 같은 언어'에나 매달려 있고 '씨원한 똥' 한번 누어본 적이 없는, 측은하기 이를 데 없는 존재에 불과하다. 인용시 외에도 "네 죄를 네가 알렷다!"(「몸의 문을 잠그고」)라고 스스로를 국문(鞠問, 역적 따위의 중한

죄인을 신문하는 행위)하거나 "더 많은 죄를 짓기 위해/더 많은 벌을 받기 위해/어둠의 끝에서 끝 헤매고 다"(「디아스포라」)닌다. 길 없는 곳에서 길을 찾기 위한 자기부정일 것이다. 때문에 '너(나) 지금 어디 있는가'라는 반성적 물음은 이러한 해적이 끝에서 다시금 제기된다.

눈물도 없이 커다란 상처로 웅크린 채 우는 사람들이여
너희들 단단한 가슴 속에는
사리 같은 견고한 눈물이 쌓여 있는가
쌓여 무너져 내리는가
메마른 육신의 어느 한쪽이 저절로 열리면서
거기 샘솟는 아, 기쁨의 우물

—「눈물은 어떻게 단련되는가」 중에서

그는 자주 운다. '죄'와 '곤고함'에서 비롯되는 속울음은 피가 되고 불 속에서 꺼멓게 탄 후 사리처럼 견고해진다. "피의 냄새에 헐떡이는" 현실과 대비되는 그 눈물은, "무어라 이름할 수 없는 아, 그 차고 투명한 것"(「차고 투명한 것」)의 다른 이름이며 삶의 본래적인 순결을 지향하는 투명함과 견고함을 가진다. 그때서야 그 눈물은, 메마른 육신이 열리면서 터지는 기쁨의 샘물이 된다. "아침이면 벌건 콩나물국에 후룩 밥 말아 먹고/씽씽 일하러"(「가난의 힘」) 가게 하고, "더러운 목숨밭/미나리꽝에서는 오늘도 씩씩하게 미나리가 자라"고 "싯푸른 피가 깨끗하게 솟아오"(「미나리꽝」)르게 하는 거름이 되기도 한다. 되풀이되는 죄의식, 막막하기만 한 노여움과 슬픔 따위로 곤두박질하는 시적 진술의 평면성이 이 아름답고 강한 눈물에 의해 시적 전환의 계기를 맞이한다. 그러나 그것을 희망 혹은 전망이라고 말하기에는 아직 이르다. 단지 현실 속에서 상처 입은 영혼을 단련시켜, 절망의 현실을 견딜 수 있는 보다 항구적인 힘을 얻으려는 시인의 의지적 표현에 가깝다.

그의 눈물은 소외된 것들, 더러운 것들, 보잘것없는 것들을 보듬고 싸안는다. 흔들림 속에 결연함을, 여린 것 속에 강철 같은 것을 아우른다. 눈물에 젖은 그의 시선은 "나의 입을 벌리게 하고" "끌어당기는" "블랙홀"과 같은, 그리하여 "나와 우주 공간이 입맞춤"하는 '한 공간'(「입김」)에 집중한다. 그 공간은 삶의 한복판에 자리한, 조용하고 텅 빈, 꼬질꼬질한 냄새와 상처가 배어나는 삶의 모든 것들을 끌어안는 곳이다.

눈발 그치고 갑자기 어두워오는 겨울 오후
노량진역에서 한 아낙이 전철에 올랐는데요
옆구리에 낀 자배기를 내려놓자 해감내가 확 풍겨오는데요
더러는 코를 싸쥐고 슬금슬금 뒷걸음을 치는데요
옷깃에라도 서로 부딪힐까봐 엉덩이들을 빼는데요
남자 코에 매달린 젊은 애인은 갈매기처럼 끼룩거리는데요
때 절은 수건을 목에 두른 채
전대에서는 게새끼처럼 지전(紙錢)이 꾸역꾸역 기어나오는데요
그걸 침 발라 열심히 세고 있는 아낙을 굽어보며
발 버린 턱을 가진 뭍것들이 게걸음을 치면서
동그라미 한 채를 만들어놓았는데요
한 두름으로 엮어져 바다 쪽으로 실려가며
우리들 비릿한 생이 수평선처럼 부풀어오르는 겨울 오후

—「겨울 동그라미」 전문

궁핍과 소외, 아픔과 상처, 그것들의 아름다움과 힘을 노래하기란 쉽지 않다. 슬픔이나 체념 같은 상투적 정서에 매몰되거나 일방적인

미화로 빠지기 십상이기 때문이다. 인용시 「겨울 동그라미」는 고통, 상처, 죄 같은 시어들을 명시적으로 사용하고 있지 않다. 그것들을 고스란히 내면화시키고 있다. 어느 '겨울 오후'의 풍경을, 그러니까 생선이라도 담긴 듯한 해감내 나는 자배기를 안고 지하철에 오른 아낙과 그녀를 피해 "코를 싸쥐고 슬금슬금 뒷걸음을 치는" 사람들을, 독자에게 말을 건네듯, 정감 있는 어조로 묘사하고 있다. 이 낯설지 않은 일상적 풍경을 시인은, 마치 카메라 렌즈를 들이대듯, 아낙/전철 안의 사람들, 해감내/뭍것들을 번갈아 훑고 있을 뿐이다. 특히 전대에서 꾸역꾸역 기어나오는 지전과 슬금슬금 뒷걸음치는 사람들의 모습을 '게걸음'에 비유하는 그의 해학적 재치는 빛난다.

아낙의 비린내를 중심으로 둥그렇게 빈 공간이 형성될 때, 현실의 땀냄새나는 풍경들과 남루의 흔적들은, 일순간, 정화된다. 시적 역설의 순간이다. 둥그렇게 빈 공간 한가운데서 침을 발라가며 돈을 세고 있는 아낙이 한없이 당당한 이유이다. 이때 아낙은 상처 덩어리이자 힘의 화신이 된다. 그러므로 그 '동그란' 공간은 울음과 뚝심이 함께 어우러진 공간이자 축소된 삶의 중심이다. 독자를 향해 말을 건네고 있는 '-데요'라는 구어체 종결형은 7회에 걸쳐 반복된다. 흥미로운 것은 반복되는 문장의 길이가 길어짐에 따라 리듬의 속도는 점차 느려지고, 묘사는 구체화되고, 비애 혹은 해학적 뚝심의 강도는 강화되고 있다는 점이다. 이는 리듬감을 자극함으로써 친숙한 정서를 유도할 뿐만 아니라 묘사 대상의 일상적 삶을 자연스럽게 전달해준다. 정서의 주체와 묘사의 대상 사이를 넘나들며 만들어낸 이 맑은 상처의 공간은 그의 시의 무르익음을 단적으로 보여주는 부분이다. 박해석의 개성화된 시적 공간임에 틀림없다.

동일한 통사적 반복으로 인한 속도감을 통해 가락을 만들어내고, 이 연쇄적인 리듬 위에 같거나 다른 이미지와 의미들을 치환시키는 방법은 다른 시들에서 쉽게 찾아볼 수 있는 박해석 시의 두드러진 특성이다. 그러한 질박한 가락에 실린 사투리나 고어, 구어체는 즐거움, 슬픔, 분노, 갈망의 정서적 분위기를 고조시킨다. 물론 낯익은 풍경을 지나치는 것처럼 시의 의미를 흘려버리게 하고 현실적 상상력을 화석화시키는 역기능도 있을 것이다. 그러나 그의 시 대부분은 이처럼 첫눈에는 새롭지 않지만 읽을수록 진맛이 우러나곤 한다.

환멸과 회의, 퇴폐와 쾌락, 냉소와 야유에 길들여진 90년대 시의 시류와 무관하게 박해석의 시들은 상처로 가득 찼던 한 시대의 역사적 기억을 환기시키거나 소외당한 빈곤의 미덕을 노래하고 있다. 자신이 발 딛고 있는 '지금-여기'의 일상 현실에 새롭게 천착하려는 그의 지향성은 분명 현실에 대한 건강한 안티테제로서 인간회복을 위한, 시인의 고집스런 민중지향적 비전인 것은 분명하다. 그러나 그때-그곳에 선 채 부끄러움과 죄의식을 반복하고 궁핍 그 자체에 한정될 때 그 비전은 90년대 중반에 이른 이 현실을 담아내기에는 지나치게 소박한 것도 분명한 사실이다. 오늘날 우리 삶을 지배하는 제도적 현실은 더욱 음험해지면서 유연해지고 있다. 그 교활함과 정교함에 대항하기 위한 시적 전략 역시 더욱 유연하고 치밀해져야 할 것이다.

세 개의 시선과 세 개의 단평

—박정대, 강윤후, 이기철의 시

'미쳐버리고 싶은 그러나 미쳐지지 않는' 불한당의 퓨전적 계략

박정대의 시적 출발점은 '신서정'에 가까웠다. 잘 정제된 언어에 자연친화적 서정을 담아내려는 정공법에 그 출발점을 두고 있었다. 그러던 그가 어느 날 결연하게 시의 자세를 바꾸기 시작했다. 왜?

> 통곡처럼 깊어가는 어둡고 추운 이곳에서 나는 지금 내가 쓰고 있는 이 글이 읽혀지리라고 기대하지 않아. 희망하지도 않아, 이곳에서 자신을 표현하기 위해선 미쳐야만 해. 그러나 나는 아직 미치지 않았고, 그러고 싶지도 않고 미쳐버리고 싶은 그러나 미쳐지지 않는 그런 상태도 아냐. 그래, 나는 아직까지 불행하게도 마약이 필요없어. 다만 나의 망막에 와닿는 프레임을 조금 바꾸고 싶을 뿐,
>
> —「SADANG 가는 길」 중에서[1)]

1) 박정대, 『단편들』, 세계사, 1997. 이하 박정대의 시는 출전 동일.

그의 시는 야누스적이다. 과묵하고 수줍어하는 '정선'의 얼굴과, 시니컬하고 요설(때로는 독설)적인 '불한당'의 얼굴을 동시에 지니고 있다. 그의 시적 출발점은 '정선'의 얼굴이었다. 그러나 그는, 과속과 과부에 걸린 요즘 같은 물량주의의 시대에 '정선'의 정서와 언어가 유효성을 상실했음을 자각하고 '불한당'의 시사(詩史)에 발을 내딛는다. 모든 기대와 희망을 포기하고 절망의 시적 코드로 무장하기 시작한 것이다. 그 절망의 코드는 크게 '미쳐버리고 싶은 그러나 미쳐지지 않는' 내면 상태와, '망막에 와닿는 프레임을 조금 바꾼' 시적 인식의 틀(혹은 언어)로 이루어져 있다.

'망막에 와닿는 프레임을 조금 바꾼' '불한당'(시인의 표현을 빌리자면 '천박한')의 언어를 찾아내는 것이야말로, '통곡처럼 깊어가는 어둡고 추운 이곳에서' 반복될 뿐인 자신(혹은 언어)으로부터 탈출하기 위한 유일한 가능성일지도 모른다.

> 요즘 내가 가장 혐오하는 시들은 시 속에 사진을 끼워넣거나 영화 이야기 나부랭이를 시 속에 삽입하는 그런 시들이다. 나는 그런 혐오로부터 나를 끝장내기 위해 몇 편의 시들을 썼다. 나는 근본적으로 천박한 것들을 사랑하는지도 모른다. 그러나 모든 사랑에는 한계가 있다. 그리고 그 사랑이 한계에 다다른 지점에서부터 천박함은 말 그대로 천박함일 뿐이다. 이제부터라도 글이 되지 않을 때는 차라리 라디오나 틀어야겠다. 라디오 속에는 음악이라도 있으니까.
>
> —「거울 속에 빠진 양조위」, 주(註) 중에서

시인의 창작 노트와도 같은 인용시 구절은 위악적이고 역설적이다. 본래적인 서정시 양식에 대한 옹호로 읽히기도 하지만, 언어 및 시 장르 자체에 대한 철저한 냉소와 파괴의식의 소산으로도 읽히기 때문이다. 실제로 그의 많은 시들은 언어의 지시기능은 물론 전통적 시양식에서 일탈하는 시형식의 극점을 보여준다. 영화나 음악, 사진 등 다른 대중매체를 차용하여 그것들이 가진 유효성과 함께 그 천박함과 한계를 되확인하고자 한다. 이는 시인이 자신의 시적 리얼리티를 대중문화의 거울에 비친 허구적 영상 속에서 찾고 있음을 암시한다. 그 영상은 시구절, 노랫말, 사진, 그림, 영화(제목이나 대사나 스토리 혹은 배경), 광고 문구를 비롯한 기타 잡문들을 적절히 활용하여 만들어낸 환영들이다.

그의 시집 제목이 '단편들'이라는 데 주목해보자. 그것은 물론 단편(短篇)이라는 의미에 무게 중심이 가 있기는 하지만 단편(斷片) 혹은 단편(斷編/斷篇)을 환기함으로써 총체적으로 짧음, 조각, 단절, 모음 따위의 의미를 동시에 연상시킨다. 그러한 단편들은 서정적 통찰이 빛나는 잠언구, 파토스를 불러일으키는 비극적 수사, 일상화된 대중문화적 감수성과 상상력, 다채롭고 극적인 화자들의 다성악적 울림을 근간으로, 합체가 아닌 '융합', 혼합이 아닌 '화합'의 자연스러운 조화를 성취해내고 있다. 때문에 그의 단편들은 그다지 요란스럽지 않으며 그 재기와 요설 끝에는 순정한 애증과 환멸이, 음울한 조소와 위악이 묻어나곤 한다. 그런 의미에서 박정대의 단편들은 퓨전적이다. 이전의 유하나 장정일과 변별되는 박정대적 패러디, 패스티시, 키치의 새로운 비전이기도 하다.

나는 웃고 있으나 항상 우스운 것은 아니다
이렇게 살면 안된다고 충고하면 나는 화를 낸다
왜 이렇게 살면 안된단 말인가
나는 살아 있지 않은가
이 항의에 누가 대답할 수 있는가

나의 친구들은 늘 이 세상을 행진하고 있다
나의 친구들은 맥주집 앞에서만 걸음을 멈춘다*

—어떤 삶, 어떤 축제에 대한 희미한 기억
—**왜 이렇게 살면 안된단 말인가!**
나는 살아 있지 않은가!

—후후후(後後後), 왜 이렇게 살면 안된단 말인가

—「어떤 죽음에 관한 기록記錄—불한당들의 세계사 3」 중에서

* 표시가 붙은 작은 고딕체는 빅토르 최의 〈나의 친구들〉 노랫말이다. 세 번에 걸쳐 각기 다른 글씨체와 크기로 반복되는 "왜 이렇게 살면 안된단 말인가"라는 구절에는, 기타를 치면서 내뱉는 빅토르 최의 반항과 취생몽사로 주절대는 박정대의 절망적 조소가 녹아 있다. 음악적 코드가 시 속에 합체가 아닌 융합으로, 혼합이 아닌 화합으로 체화되고 있는 것이다. 무의식에 의한 '자동기술법'(「이가흔, 내 책상위의 타락천사」라는 시 뒤에 붙인 각주에서 시인 스스로 자동기술법을 언급하고 있는데, "이가흔: 영화 「타락천사」의 주연 여배우. 내 시의 자동기술법을 도와준 여인"이 바로 그 구절이다) 또한 이러한 융합과 화합에 한몫을 담당한다.

어디에도 없는 그대, 어디에도 없는 생(生)
취해서 살아야 한다면 꿈속에서 죽으리

—「단편短篇들—6 취생몽사」 중에서

황홀하다는 것은 가끔씩 자욱하다는 것, 끊임없이
물질적으로 환풍기가 돌아가고, 돌아가고, 돌아가다가

아 끝내, 멈추어주기라도 할 양이면

―「금연구역의 나날들」 중에서

거대한 환(幻)의 물결이었네. 비록 남아 있는 것은 아무것도 없었지만, 떠난 것들의 길다란 그림자가 서로 부딪치며 어두워져 갈 때, 어둠의 중심으로부터 피어오르는 빛의 흔적들, 빛의 화음(和音)들. 보이지 않는 상처의 흔적들이 여적 남아서 추억의 힘으로 허공을 맴돌고 있었네.

―「누군가 떠나자 음악소리가 들렸다―2음音」 중에서

그의 시에 자주 등장하는 '취생몽사' '물질적 황홀' '환(幻)의 물결' '추억의 힘'은 동의어로 읽힌다. 실제이거나 상상 속에서 잃어버린 '육체성(몸성)'을 획득한 '사랑'의 이미지로 집약되는 그 몽환의 상태는 모두 죽음(혹은 '미침')을 부르는 유혹의 대상이자 유혹의 종착지다. '열반'이기도 하다. 시인은 말한다. "눈물 반 알코올 반의 습기에 찬 목소리지만 그게 열반이"고, "슬픔의 힘이 우리가 사는 이곳을 열반으로 만든"(「위시카강의 진흙강둑으로부터」)다고. 이는 앞서 지적한 바 있는 '미쳐버리고 싶은 그러나 미쳐지지 않는' 내면 상태이기도 하다. 시간과 공간의 모호함, 착각 혹은 중첩, 평행과 불명료한 지시대상들로 이루어진 몽환적 내면 상태는 사실 초현실적이거나 심리학적이라기보다는 일상적이고 정서적이다. 상징이나 은유로서의 언어기호가 기의적 의미를 상실한 채 기표적 기능만 강조되고 있다. 그에게 언어는 단지 하나의 단편적 영상을 만들어내는 데 필요한 도해적 도구일 뿐이다. 그에게 시란 자동적으로 삽힌 사선, 움직임, 순간적으로 명백해지는 불명료한 감정을 구체적으로 스냅사진처럼 짧게 잡아내기에 가장 적합한 형식인지도 모른다.

'미치고 싶은 그러나 미쳐지지 않는' 내면을 담아내기 위해 약간의

'프레임을 바꾼' 그의 시들은 몽롱함과 혼란스러움을 가장한 허구적 플롯으로 삶에 대한 인식적 질문들을 단편화시키는 방식을 택하고 있다. 그 전략은 위악적 가장, 패러디, 패스티시, 키치 등에 의한 자리 바꿈 혹은 인용의 묘미, 철학적 명제의 잠언적이거나 수사적인 개진, 요설과 조소의 혼합, 사고 혹은 담론과 실제 사이에 내재하는 회피할 수 없는 모순에 초점을 맞춘 수사적 문체 등을 교묘히 활용하여 시/대중문화, 사실/허구, 꿈/현실의 경계를 허무는 데 초점이 맞춰져 있다. 다분히 박정대적인, 단편화의 융합과 화합의 퓨전적 계략을 통해서 말이다.

부재에서 망설이는 유출(流出)의 언어

원고를 받기 위해 통화하던 중이었다. 강윤후 시인은 스스로를 '무명시인'이라 했다. 차분하게 조율된 목소리와 '무명'이라는 단어에서는 냉소보다는 무관심이, 열패감보다는 충만함의 기운이 감지되었다. 이 주관적인 인상은 그의 첫 시집(『다시 쓸쓸한 날에』, 문학과지성사, 1995)에서 비롯된 것인지도 모른다. 전해 받은 신작시 7편[2)]은 낯이 익다. 시어가, 이미지가, 어조와 호흡이, 시적 공간이, 정서가 그의 첫 시집과 연속선상에 있다. 그러나 정치(精緻)한 수사로 펼쳐놓은 그 익숙함을 따라가다보면 문득 시의 의미를 놓쳐버리고 막막해할지도 모른다.

그의 언어는 직접적이지 않다. 개성적인 시적 소재나 방법론, 자극적인 어법이나 이미지 등에도 집착하지 않는다. 다소 긴 호흡의 갈앉은 어조는 시인의 상념들을 웅얼거리는 데 용이하다. 지금 여기에 두

2) 『현대시』 1997년 6월호에 발표한 강윤후의 신작시들을 대상으로 한다.

발을 두고 있으면서도 늘 그 너머를 어슬렁거리는 그의 언어는, 그러나 집요한 유출(flux)을 형성한다. 결코 다 말하지 않는 그 웅얼거림은 끊임없이 무엇인가를 외부로 분출하기도 하고 또 무엇인가를 내부 깊숙이 유입하면서 쓸쓸한 여운을 남긴다. 자세히 들여다보면 그 속에는 수많은 조탁의 흔적과 정교한 구조가 자리를 잡고 있다. 아닌 듯 잘 짜인 시, 쉽사리 빈틈을 허용하지 않는 시, 그래서 구조적으로 읽어야 하는 시, 이런 시는 외롭기 마련이다. 이런 시들은, 직접적이고 자극적인 감각에 익숙한 요즈음 독자에게 쉽게 어필하지 않기 때문이다.

> 나는 말하지 않을 테다 아니 말할 수 없다 전생만큼 아득해진 십수년 전 내가 아직 스무살이던 시절을 그 봄날처럼 해마다 너는 내게 돌아오고 나는 어줍잖은 선생질이나 하며 별 수 없이 늙어간다 네가 눈에 들어올 때마다 굳게 빗장 걸린 내 마음 안쪽 작은 골방에 환하게 불이 켜진다
>
> —「마음의 골방」 중에서

삶을 사랑하는 사람은 과거를 사랑하기 마련이다. 현재는 추억 속에 살아남은 과거이기 때문이다. 교단에서 강의를 하다가 학생들 사이에서 '너'의 스무 살 적 모습을 발견한 시인은, "십수년 전 내가 아직 스무살이던 시절의 그 봄날"로 빠져든다. 그는 '아직'도 스무 살로부터 자유롭지 못하며 '결코' 스무 살을 떠나보내지 않고 있다. 그 봄날은 시인에게 있어 치유되지 않는, 치유될 수 없는 병이다. 과거의 열병으로부터 벗어나려는 노력이란 또다른 고통을 증가시킬 뿐이라는 사실을 시인은 이미 체득해버린 듯하다. 하여 그는 무자비한 세월에 들키지 않도록, 빗장을 굳게 건 "마음의 안쪽 작은 골방"에서 너를 향한 열병을 불처럼 환하게 앓고 있는 것이다. 상처와 고열만이 문학을 정화하

고 빛나게 한다.

그런 의미에서 위의 시는 시인이 위치한 지금 여기의 지형도를 단적으로 드러내준다. 이 지형도는 스무 살을 향한 과거로의 여행, 즉 「성북역」에서 시작해 「다시 성북역」으로 끝나는 첫 시집에서 이미 집요하게 그려 보인 바 있다.

오지 않는 너를 기다리다가
나는 알게 되었지
이미 네가
투명인간이 되어
곁에 서 있다는 것을
그래서 더불어 기다리기로 한다

—「성북역」 전문

떠밀리듯 살아온 날들이 나를
처음의 자리로 되돌아가게 하는가, 성북
거기에 가면 기약 없는 내 기다림 아직
우두커니 남아 기다리는가
이제 열차는 종착역에 닿아 멎을 것이다
그러나 어리석은 내 기다림
거기서 또다시
시작되리라
믿는다

—「다시 성북역」 중에서

결코 오지 않을 대상을 응시하는 시선의 깊이와 그 대상을 기다리는 내면적 침잠은 투명하다. 시인에게 기다림은 고통스러운 체험이자 행복한 체험이다. 그 기다림을 통해 과거의 상처를 덧내기도 하며, 오랜 절망에도 견딜 수 있는 보다 근원적인 내성의 힘을 얻는다. 이 같은 사실은 “나를 살게 하는 건 살아온 날들의 저 빛나는 기억들이다. 시를 씀으로써 나는 기억의 목록을 작성하려 했고 심지어 그 기억의 더미 속으로 영영 실종되기를 소망했는지 모른다. 침침하고 눅눅한 현재의 자리에 대한 내 부재를 시를 통해 증명하고 싶었는지 모른다”(『다시 쓸쓸한 날에』, 뒤표지 자서)라는 시인의 직접적인 고백을 통해서도 확인된다. 과거에 갇혀 있는 그리하여 과거 속으로 실종되기를 소망하는 그 기다림은 현재와 미래를 향해 열려 있지 않다. 시인은 지금 여기에 부재하는 것이다. 이때 그에게 있어 시란 머물 수 없는 현재에 자신이 부재한다는 것을 확인하는 작업일 뿐이다. 따라서 그의 대부분의 시에 집요하게 드러나는 ‘나’에 대한 천착은, 투명한 자의식에서 비롯되는 자기 정화의 기능과 함께 나르시시즘의 분위기를 자아내기도 한다.

투명하되 불분명하고 수다스럽되 절제되어 있는 그의 언어는, 그러나 설명도 고백도 평가나 의견도 아니다. “세월에 골병이 들어 아무도/강 건너의 삶과 강에 누인 산의 깊이를/가늠하려 하지 않는”(「춘천春川, 그 흐린 물빛의 날」) 시인의 의도적 고립과 내적 초월의 열망을 담고 있을 뿐이다. 그러한 언어는 의식이 포착할 수 없는 영역에서 망설임을 대신한다. 시인은 엉거주춤한 현재의 망설임을 그대로 발설한다. 시인이 「다시 성북역」이라는 시로 첫 시집을 마감한 것은 이후의 시들이 어떤 형태로든 다른 세계로의 여행을 시작할 것임을 시사하는 것이기도 했다. 그러나 최근 시들에서 그 변화의 조짐은 발견되지 않는다. 단지 망설임의 영역이 과거의 상처나 추억에서 보다 넓어지고 있다.

단념하듯 봄눈 내린다

가로수들이 속죄하는 모습으로
눈을 맞으며 서 있다 아직
집에 닿지 못한 길들이
새로 갈리며 세상을 넓힌다
추억이 많은 길들은 적막하다
얼마나 많은 일들이 약속도 없이
벌어지고 또 얼마나 많은 약속들이
지켜지지 않았는가 때늦어 당도한 눈발들은
아무 것도 확인하지 못한다 다만
하루살이처럼 떠돌며 망각을 부른다
높은 가지 끝에서 찬란한 빛으로 소멸하는
한 점 눈발을 두고서 나는 이제
다른 예감을 품을 수 없다 언젠가
때가 오면 띄워야 할 부고(訃告)가
내게도 있다는 걸 알 따름이다
한 번 갈린 길들은 결코
되돌아올 줄 모른다 나는
세월보다 빨리 늙어 간다

—「봄눈」 전문

이 시 역시 안개 속에 웅얼대며 침윤해가는 종이배를 연상케 한다. 시의 분위기는 쉽게 잡히건만 그 의미는 묘연하다. 눈을 부릅뜨고 다시 읽는다. 그제야 시의 골격이 드러난다. 시인은 '눈'과 '길'과 '나'라는 세 개의 지시틀을 가지고 시의 의미를 정교하게 엮어나가고 있다. '눈'은 먼저 단념에서 때늦음, 망각, 그리고 소멸이라는 술어의 옷을 갈아입으면서 그 의미의 축을 구축한다. '길' 또한 갈리고 되돌아올 줄 모른다. 그렇다면 '나'는 어떠한가. 속죄에서 예감할 수 없음으로, 그리고 늙음에서 부고로 이어진다. 시적 주체와 대상은 하나같이 소멸과 죽음을 향해 촉수를 내리고 있다. 추억 속에 갇힌 시인에게 미래는 희망적일 수 없다. 그러한 지향성은 '집'에 닿지 못할 혹은 되돌아올 줄 모르는 '길'과의 철저한 격절의식을 불러일으킨다. 끝없이 나아가기만 하는 길과 닿을 수 없는 집, 그 사이에서 시인은 휘날리는 눈처럼 망설이고 있는 것이다.

제목의 '봄눈'은 바로 이러한 망설임의 시공간을 단적으로 표상한다. 초봄에 내리는 눈은 겨울과 봄의 경계에서 긴장과 역설을 자아내는데, 봄눈의 차가움과 흔적 없음은 소멸해가는 생명의 존재론적 역설을 상징한다. 실재와 부재가 동시에 구현되고 있는 봄눈에 대한 눈뜸은, 시인 자신도 언젠가 소멸하게 되리라는 인식과 일치한다. "세월이 다스리지 못할 게 세상에는 하나도 없다"(「해리海里에서 띄우는 편지」)고 믿던 첫 시집에서의 시인은 어느덧, "세월보다 빨리 늙어 가고" 있는 것이다. 네 개의 부사, '아직' '다만' '이제' '결코'에도 주목을 요한다. 이 부사들은 시 전체에 세월의 불가항력적 힘과 질서를 부여해주는 반면 시인의 체념적 의지를 드러내준다. 즉 시의 반전과 결기, 그로 인한 시인의 인식 전환을 나타내는 것으로 보인다. 많이 다듬고 계산된 시임에 틀림없다.

시인은 늘, 추억으로 적막한, 망설임의 길에서 서성인다. 여기와 저기, 그때와 지금, 그 경계에 있는 길이 만들어내는 균열들은 때로는 빛나고 때로는 그렇지 못하다. 게다가 그 경계는 다양하게 변용된다.

① 창문을 열고 밖을 내다보듯
한 사내가 액자 속에서 나를 보고 있다
너 임마, 빨리 이리 안 튀어 나올래

어두운 표정을 꾸며 향불을 사르고
절을 하면서도 나는 속으로 킬킬거린다
일루 들어와, 여기가 더 편해
오히려 그가 나를 꼬신다

—「문상問喪」 중에서

② 손금처럼 구불구불한 등산로를 한참 걷노라면 〈천사원 가는 길〉이란 팻말이 길가에서 불쑥 튀어나오고 수풀 사이로 샛길 하나 뱀처럼 꼬리를 감추며 사라진다 나는 함부로 그 샛길을 쫓아갈 수 없었다 수풀 저편에 빛이 있고 그 빛을 보면 나는 당장 눈이 멀 것 같아 두려웠다 여름과 가을을 지나 겨울이 되도록 나는 천사원으로 통하는 샛길을 외면한 채 등산로를 따라 산행을 거듭할 따름이었다 꿈 속에서도 나는 간혹 샛길 입구에서 머뭇거렸다 어쩌면 나는 영영 그 길로 발을 내딛지 못할 것 같았다

—「천사원 가는 길」 중에서

③ 나무들은 제 키를 낮추어 한나절
깊은 침묵에 잠긴
음악당 안쪽을 기웃거린다
밤마다 그 안에서 무슨 잔치가 벌어지기에
저물녘이면 사람들이 수근대며 들어가고
아름다운 소리가 물처럼 흐르고
그 소리 끝에 박수가 터져나오는지
음악당을 지키는 나무들은
도무지 알지 못한다

—「음악당 근처 나무들은」 중에서

①의 시에서 시인은 액자의 안과 밖, 창문의 안과 밖으로 구분되는 삶과 죽음의 경계에서 서성인다. ②, ③의 시에서처럼 아파트와 천사원, 음악당의 안과 밖으로 구분되는 현실과 이상, 일상과 초월, 일상과 예술(축제)의 경계에서 망설이기도 한다. 이 구체적인 공간들은 모두 현재와 과거의 변용이다. 그 경계에서 들여다보고, 머뭇거리고, 기웃거리는 시인의 망설임은 조화나 균형을 목적으로 하지 않는다. 그것은 이도 저도 못 하는 어정쩡한 위치에서의 불안정한 집착이나 열망을 내뿜는다. ②의 "어쩌면 나는 영영 그 길로 발을 내딛지 못할 것 같았다"나 ③의 "음악당을 지키는 나무들은/도무지 알지 못한다"라는 구절에서 알 수 있듯, 그 망설임의 결과는 확연하다. 시인은 완강하게 거기서 한 발자국도 벗어날 수 없기 때문이다. 그러나 이게 웬일인가. 한없이 '머뭇대던' 그가, '갑자기' 게다가 '서슴없이' '비로소' 그 망설임에서 두 발을 떼고 있지 않은가.

아무도 받아 읽지 않는
그 기별들을 차곡차곡
챙기다가 길은 갑자기
눈이 침침해진다
오래 머뭇대던 생각들이
서슴없이 집을 버리는 시간
비로소 길은 고단한 눈을 감고
얼굴마저 가린 채 지하로 잠기고
생각이 떠난 십에
길 잃은 바람이 들어
뜻 모르게 웅성거린다

—「첼로 6」 중에서

"길 잃은 바람이 들어/뜻 모르게 웅성거리는" 음울한 첼로 소리는 죽음을 부르는 저 '지하'의 소리이다. 오르페우스가 그의 아내를 '지하'에서 불러내기 위해서 켰던 리라의 소리가 그러하였을까? 둔중한 현의 떨림은 일체의 '생각'을 버렸을 때야 가능하다. 그 '생각'이라는 단어를 '기억'이라 읽었다가 '추억'으로 읽고, 다시 '열망'으로 읽었다가 '욕망'으로 읽어보자. '길'은 '나'를 대신하고, '집'은 나의 '몸' 혹은 '삶'을 대신하는 은유적 상관물이기 때문이다. 이때 집은, 길이 언젠가는 닿아야 할 일방적인 지향점이 아니다. 언젠가 결별해야 하고 분리되어야만 하는, 길과는 이질적인 공간이다. 그러나 길이 소멸의 집으로 가 닿든, 길이 집을 버림으로써 비로소 고단한 눈을 감든, 그 의미는 같다. 자신의 삶으로부터 추억을 비워내거나 지워버림으로써 존재의 커다란 구멍, 즉 죽음을 들여다보고 있다는 점에서 그렇다. 막막한 삶 속에서 죽음 혹은 소멸의 이미지들을 길어올리는 90년대 시의 경향과 맞닿아 있는 대목이다.

문학은 언제나 주어진 경계 저편, 오직 현실 저 너머에 존재하는 또 다른 곳으로 나아가려 한다. 그러나 지금 여기를 벗어나고자 하는 시도는 번번이 좌절될 뿐이다. 그때(언젠가)의 거기에 가 닿지 못한다는 것을 잘 알고 있기에 시인은 경계에서의 망설임으로 고통스럽게 혹은 쓸쓸하게 견디려고 한다. 현재, 경계, 부재는 시인에게 동의어인 셈이다. 그러므로 시인이 보여주는 언어의 세계는 부재하는 현재의 망설임을 수락하면서 살아가는 지난한 풍경들을 이룬다.

강윤후 시의 매력은 쉴 새 없이 빠져나가려는 추억들을 붙잡아 기억할 만한 순간들로 이미지화하는 데 있다. 정연한 구조와 유려한 그 언어는 제 스스로 말하고 쓴다. 일찍이 문예학의 대가 슈타이거는 서정시인이란 대중에 관해선 전혀 알지도 못하고 오직 자신을 위해 시를 짓는다는 점에서 외롭다고 일갈한 바 있다. 그러나 자신만을 향해 있는 친숙한 언어들은 독자들에게 '인식되기'가 어렵다. 낯익으면서도 멀어 독자들 밖에 있는 것처럼 인식되기 때문이다. 하여 나는 희망하는 것이다. 지금까지 쓴 그의 모든 망설임의 언어들이, 앞으로 그가 쓸 타자와 세계를 향한 시들의 힘찬 촉수이기를.

'가다' '서다', 그리고 '마음 베이다'

> 후일에라도 나는 나를 인생파 시인이라고 불러주기를 염원한다. 이 다섯 편의 시도 그런 생각에서 멀지 않다. 여기 쓰여진 시들, 시 속에서 불리어진 새 이름이나 마을 이름들, 또는 여행길에서 느끼고 본 사물들이 다 그런 것과 멀고 가까운 거리에 있다. 그런데도 나의 시는 즐거운 마음으로 쓰여지지 않고 슬픈 마음으로 쓰여진다. (…) 이제 내가 바라는 것은 삶이 시가 되고 시가 삶이 되는 길이다.
>
> — '시작 노트'(밑줄은 인용자)

신작시 5편[3)]과 함께 발표한 시인 이기철의 '시작 노트' 중 일부이다. 이번 신작시뿐 아니라 10여 권을 넘어서는 그의 시집들을 일별하면서 머릿속에 떠올렸던 단어들과 일치하는 구절들에 밑줄을 쭉쭉 그어봤다. 그어놓고는 물끄러미 바라본다. '인생파 시인'이라? 인생은 흔히 '길'이나 '여행'에 비유되곤 한다. 길을 가다 혹은 여행을 하다 마주친 풍경들이야말로 시인 이기철이 즐겨 그리는 시의 대상들이다. 그래서인지 그의 시에서 '가다/서다'라는 술어의 움직임과 쓰임새가 예사롭지 않다. '지나가다/기다리다'나 '흐르다/멈추다' 또한, '가다/서

3) 『유심』 2001년 봄호에 발표한 이기철의 신작시들을 대상으로 한다.

다'의 변용 술어들이다.

그는 '가다' '서다' 마주치는, 자그맣고 조용하고 연약한 고향의 사물들에 '마음 베이'곤 한다. 시인에게 '마음이 베이'는 것이란, 어둠이 밝음으로 전화되고 슬픈 마음이 맑게 걸러지는 순간을 지칭한다. 그러한 순간은 고통과 비애와 근심으로 얼룩진 '슬픈 마음'을 걸러내는 따뜻한 눈길에서 비롯된다. 그의 시어들이 빛나는 정신과 잔잔한 울림으로 독자들에게 다가갈 수 있도록 하는 비밀의 열쇠이기도 하다.

병 고통 슬픔을 달랠 수 있는 시를 나는 쓰려고 한다
가위 놋쇠 소음 탄피 들을 길들이는 시를 나는 쓰려고 한다
책 학교 칠판 실험실의 부드러우면서도 깨어 빛나는 정신을
나는 시로 쓰고 싶다
눈썹새 안개꽃 쓰르라미 울음을 버리지 않고 나는 시에 담고 싶다
/(…)/
그러나 지금도 나는 그러한 쓸쓸함과 적막함 고통스러움 처연함을
길들여 나를 포함한 내 시의 독자에게 모닥불 같은 따스함과
어둠을 밝히는 조그만 빛을 안겨 주게 되길 희망한다

—「푸른 날들을 위하여」 중에서

한 그릇 밥과 한 그릇 국의 따뜻함을
노래하는 시인
햇살 한 움큼에도 고마워하고
길에서 손 잡고 눈맞춘 사람의 마음 오래 간직하는
질화로 같은 시인
잊혀졌다 찾아낸 편지 속 이름같이
편안한 시인

슬픔도 삭여 기쁨으로 잎 피우는 밑둥이 나무같은
시인이 되고 싶다

—「소망」 중에서

「푸른 날들을 위하여」는 『전쟁과 평화』(문학과지성사, 1985)에 실린 시이고, 「소망」은 『내가 만난 사람은 모두 아름다웠다』(민음사, 2000)에 실린 시이다. 무려 15년이라는 시간의 간격에도 불구하고, 슬픔을 걸러내 희망으로 일으켜 세우고자 하는 그의 시적 태도에는 변함이 없다. 희망을 일상이나 자연 속에서 일궈낸다는 점 또한 그의 시의 일관된 특징이다. 일상과 자연을 바라보는 따뜻한 눈길과 인간적 숨결, 사소해 보이지만 결코 사소하지 않은 우주적 의미를 캐내는 차가운 정신 등은 인생과 시인으로서 "삶이 시가 되고 시가 삶이 되는 길"을 일구는 가장 유효한 보습이었을 것이다. 이러한 보습으로부터 이기철 시인의 시적 품격과 격조는 우러난다.

이번에 발표한 5편의 신작시들은 좀더 편안하고 진솔한 맛이 풍기기는 하지만, 크게는 그가 걸어왔던 시의 길과 멀지 않고 작게는 가장 최근 시집인 『내가 만난 사람은 모두 아름다웠다』의 연장선상에 있다.

그것이 노래인 줄도 모르면서
휘파람새는 휘파람을 분다
휘파람새가 휘파람을 불 때
나무들은 새 쪽으로 걸어오고
구름은 새의 머리 위에 머문다
휘파람새의 휘파람은 알록달록하고
휘파람새의 휘파람은 따끈따끈하다
숲의 흔들림은 나무의 춤이다

휘파람새의 휘파람이 있는 숲은 깊고 아늑하다
젊고 아름다운 새는 젊고 아름다운 휘파람을 분다
휘파람새가 휘파람을 불면
젊고 아름다운 나무에는
젊고 아름다운 꽃이 핀다

—「휘파람새는 휘파람을 잘 분다」 전문

이 시의 중심 비유는 '휘파람새의 휘파람'이다. 그 비유는 축을 달리하여 '구름(의 움직임)' '나무의 춤 혹은 꽃' '숲의 흔들림' 등의 비유로 확장되는데, 이 모든 비유들은 궁극적으로 '(시인의) 노래'로 응집된다. 그것들은 '알록달록하고' '따끈따끈하고' 또 '깊고 아늑하다'. 인간적인 숨결과 품격을 간직하고 있다. 휘파람새가 휘파람을 잘 불 때 새 쪽으로 '걸어오는' 나무들의 움직임이나 새의 머리 위에 '머무는' 구름의 움직임도 눈여겨볼 만하다. 자연의 움직임 속에서 자연의 소리를 닮은 언어, 즉 '노래로서의 시'를 일구어내려는 시인의 의지가 드러나는 구절이다. 첫 행의 "그것이 노래인 줄도 모르면서"라는 구절 또한 그의 시가 궁극적으로는 '노래'를 지향하고 있음을 단적으로 보여준다. 그에게 시란 귀로 읽히는 것이다. 천지 사이의 혹은 자연의 소리이자, 내밀한 영혼과 차가운 정신의 리듬인 것이다. 이러한 지향성은 또 다른 시 「메아리」에서도 확인된다.

제 이름 한 번 부르면 쩌렁하고 대답하는 산골짜기에는
제 이름 한 번 부르면 이쁜 얼굴로 고개드는 산냉이꽃도 산다
저렇게 깊은 산에 메아리 혼자 산다면, 아마
메아리는 심심해서 산을 내려왔을 것이다
그러나 아직도 늙지 않고 쩌렁쩌렁 산을 호령하는 메아리는

싸리꽃 나리꽃 산녱이꽃들의 박수소리에
신명나게 골짜기를 지키고 있는 것이다

—「메아리」 전문

'부르면' '대답하는' 이치, '부르면' '고개드는' 순리, 이런 화합하고 상생하는 자연의 섭리 속에서 "싸리꽃 나리꽃 산녱이꽃들의 박수소리"와 더불어 사는 '메아리'는 곧 시인이 부르고자 하는 '노래로서의 시'와 다르지 않다. 삼라만상의 모든 존재가 서로 상생의 관계를 지니는 자연의 '자연스런' 섭리를 일깨우면서, 자연에서 인간의 자리를 깨닫도록 해준다. 시인의 언어들이 자연의 상생 섭리와 함께했을 때 "늙지 않고 쩌렁쩌렁 산을 호령하는" '신명'은 절로 나게 될 것이다.

'인생파 시인'으로서 이기철 시인이 그의 시편들을 길이나 여행에서 만난 풍경들로 채색하고 있음은 앞서 지적한 바 있다. 이번 신작시에서 보여주는 '유등리'(「유등리」)나 '해남'(「해남 가서」)도 그러한 여행 혹은 길의 공간들이다.

지나는 어디에도 유등리는 있다
오래 만진 삶이 문고리처럼 닳아 반짝이고
잘못 만지면 바스러지고 말 집들이
종이 연처럼 가볍게 추녀에 걸려있다
닳은 신발 잠시 뜨락에 벗어놓으면
굳이 문자로 쓰지 않아도 언문체로 남을 골목들
나는 어제도 이 비슷한 골목을 걸어왔고
내일 또 내일도 비슷한 골목을 걸어갈 것이다
돌담 아래 겨우 몸 부지하고도
제 기쁨만큼 웃는 꽃들을 보면

가난이 아름다움임을 여기서 깨닫는다
가을이 조금씩 여름의 치마끈을 물어뜯는 유등리에 와서
오래 잊고 있던 들깻단과
들판에 내려앉는 구름 그림자에 마음 베이며
한 촌락이 외씨 같은 사람들을 키우고
조선솔 같은 사람들을 껴안는 것을 본다
남쪽 섬돌에 벌레가 울 때까진
나는 길 떠나지 않으리라
돌담처럼 오래 여기 서 있으리라

—「유등리」 전문

이기철은 길 혹은 여행을 매개로 서정적 유토피아를 그려 보이곤 한다. '청도군 이서면 유등리'는 실제 지명이다. 이곳의 어느 '골목'을 지나면서 시인은 사라져가는 아름다운 풍경과 만나고 있다. 이 시는 조사 '처럼'이나 형용사 '같은' 등의 어휘를 적극 활용해 직유를 극대화하고 있는데, 그 직유의 대상들을 주의해서 볼 필요가 있다. 즉 '문고리' '종이 연' '외씨' '조선솔' '돌담'과 같은 직유의 대상들은 '닳고' '바스러지고' '(가볍게) 걸려있으'면서도, '키우고' '껴안으'며 '오래 여기 서' 있는 것들이다. 그것들은 모두 가난한 삶의 체취와 향수를 풍기는 대상들인바, 안타깝게 사라져가면서도 모든 것들을 넉넉히 품어 안은 자연의 품을 닮은 대상들이다.

불행한 시대일수록 유토피아적 열망이 고조된다고 했던가. 궁핍하고 사라져가는 것들이 아름다울 수 있는 건 그것들을 통해 다시 미래를 꿈꿀 수 있기 때문이다. 특히 이 시에서 특수한정조사 '도'라는 조사의 사용을 눈여겨보라. 이 '도'에는 오랜 시간의 풍화와 질곡을 견디면서 끝내 남아 있는, 남아 있고자 하는, 남아 있어야 한다고 믿는 향수의 힘 혹은 향수에 대한 시인의 믿음이 담겨 있다. 많은 곳(것)을 '걸어(지나)왔고' '걸어(지나)갈 것이지만', 그 한가운데서도 '오래 서 있'는 것들은 있기 마련이다. 그리고 결국은 '오래 서 있'는 것들이 세상을 '키우고' '껴안을' 수 있을 것이다. 가다 서는 '나'와 남루한 '일상'과 소박한 '자연'이 내밀한 교감으로 합일하는 곳(것)이 바로 '유등리'다. 시인은 늘 그런 곳(것)에 '마음 베이'곤 한다.

이기철의 시에서 '마음이 베인다'는 것은 시적 인식의 순간, 혹은 시적 초월의 순간과 맞닿아 있다. 바로 우리에게 정갈한 위안과 편안함을 환기하는 자연의 풍경과 정경들이 시인의 가슴에 각인되는 순간이며, 그가 자연과 일체되는 감수성과 감각을 발산하는 순간이다.

햇빛과 그늘 사이로 오늘 하루도 지나왔다
일찍 저무는 날일수록 산그늘에 마음 베인다
손 헤도 별은 내려오지 않고
언덕을 넘어가지 못하는 나무들만 내 곁에 서있다

가꾼 삶이 진흙이 되기에는
저녁놀이 너무 아름답다
매만져 고통이 반짝이는 날은
손수건만한 꿈을 헹구어 햇빛에 널고
덕석 편 자리만큼 희망도 펴놓는다

바람 부는 날은 내 하루도 숨가빠
꿈 혼자 나부끼는 이 쓸쓸함
풀뿌리가 다칠까봐 흙도 골라 딛는
이 고요함

어느 날 내 눈물 따뜻해지는 날 오면
나는 내 일생 써온 말씨로 편지를 쓰고
이름 부르면 어디든 그 자리에 서서 나를 기다릴 사람
만나러 가리라

써도써도 미진한 시처럼
가도가도 닿지 못한 햇볕 같은 그리움
풀잎만이 꿈의 빛깔임을 깨닫는 저녁
산그늘에 고요히 마음 베인다

—「산그늘에 마음 베인다」 전문

'햇빛과 그늘' 사이, '지나오고' '서있는' 그 사이에서 시인은 아름다운 '산그늘'에 '마음 베이'고 있다. 그 산그늘을 매개로 시인은 '고통'을 '손수건만한 꿈'과 '희망'으로 전화시켜놓는다. 쓸쓸함에서 고요함을 읽어내고 있으며, 눈물을 따뜻함으로 덥히고 있다. 이때 '산그늘'은 하나의 풍경이기 이전에 하나의 쓸쓸함이고, 밑도 끝도 없는 철저한 고요함이다. 그 쓸쓸함과 고요함이 시인의 가슴에 박히는 상태, 그것에 감염된 상태가 바로 '마음이 베이는' 것이다. '써도써도' '가도가도'의 특수한정조사 '도'에는 도정(道程) 혹은 여로(旅路)에서의 쓸쓸함과 고요함이 배어 있다. 그런 순간, 마음 베이는 주체와 마음을 베이게 하는 대상들은 살아서 숨쉬며 서로 교감한다. 시라는 게 바로 그처럼 이름 없는 순간의 풍경 속에서 잠시 그 모습을 드러냈다가 사라지는 삶의 번득임이 아니겠는가.

걷다가 혹은 가다가, 문득, 달려들던 순간의 곳(것)들. 시인이란 또 그런 곳(것)들을 무슨 부적이라도 되는 양 마음속에 새겨넣고 살아가는 존재가 아니겠는가. 그러기에 이기철 시인에게 '마음 베이는' 순간이란 '가다' '서는', '지나가다' '기다리는', '흐르다 멈추는', 발걸음의 소산일 것이다. 어쩌면 시인 이기철이야말로 그러한 '마음 베이는' 순간들을 만나기 위해 생을 살아왔고(가고), 시를 썼던(쓰고 있는) 것인지도 모른다.

제3부

해설의 둘레들

=시집의 지름×π

황홀(恍惚)과 수순(隨順)의 시학

— 황동규, 『겨울밤 0시 5분』(현대문학, 2009)

내 마지막 기쁨은
시(詩)의 액셀러레이터 밟고 또 밟아
시계(視界) 좁아질 만큼 내리밟아
한 무리 환한 참단풍에 눈이 열려
벨트 맨 채 한계령 절벽 너머로
환한 다이빙.

—「풍장 36」 중에서(『풍장』, 문학과지성사, 1995)

황동규 시인의 오랜 친구 마종기 시인은 이렇게 말한 적이 있다. "동규는 자기 시학을 확실하게 몸으로 가지고 있는 시인이다"라고. 그리고는, 황동규 시인의 시학을 떠받치는 삼각지지대쯤으로 "평생 동안 자기 시를 갈고 닦아내는 그의 정성"과, "언제나 어디서나 좋은 시를 쓰는 것만이 자기 생의 최고, 최상의 의미"라 믿는 그의 확신과, "사생

결단으로 시쓰기에 매진하는 그의 시에 대한 열정"을 꼽았다. 그런 정성과 확신과 열정으로 '시의 액셀러레이터'를 밟고 또 밟아 이른 절경의 시편들은 얼마나 환한 것인지.

'겨울밤 0시 5분'의 실존적 풍경

'대전발 0시 50분'만 막차겠는가(서울역에서 밤 8시 45분 출발, 0시 40분 대전역에 도착해 다시 0시 50분에 대전을 떠나는 목포행 완행열차가 있었다 한다. 이른바 50년대 후반의 대전발 0시 50분 막차였다). 매일매일 누군가는 막차를 기다리고 누군가는 떠나보내곤 한다. 그러나 때때로 막차는 오지 않기도 하고 떠나지 않기도 한다. 여기, 마을버스 종점에서 '겨울밤 0시 5분' 막차가 도착하기를 기다리고 있는 사람들이 있으니,

> 별 하나가 스르르 환해지며 묻는다.
> '그대들은 뭘 기다리지? 안 올지 모르는 사람?
> 어둠이 없는 세상? 먼지 가라앉은 세상?
> 어둠 속에서 먼지 몸 얼렸다 녹이면서 빛 내뿜는
> 혜성의 삶도 살맛일 텐데.'
> 누가 헛기침을 했던가,
> 옆에 누가 없었다면 또박또박 힘주어 말할 뻔했다.
> '무언가 간절히 기다리고 있는 사람 곁에서
> 어둠이나 빛에 대해선 말하지 않는다!'
> 별들이 스쿠버다이빙 수경(水鏡) 밖처럼 어른어른대다 멎었다.
> 이제 곧 막차가 올 것이다.
>
> —「겨울밤 0시 5분」 중에서

늦저녁의 '별'을 보았고, "잠깐 내리다 만 눈/지금도 흰 것 한두 깃"이 바람에 날리고 있다. 아파트 후문에서 내려 길을 건너기만 하면 집인데, 시인이 내처 종점까지 '한 정거'를 더 걷고 말았던 이유라면 이유다. 마을버스 종점은 삼각형을 이루고 있다. 한 변은 "철물점이 헐리고" "농산물센터 '밭으로 가자'가 들어섰고", 건너편 변에서는 "'신라명과'가 막 문을 닫고 있다". 그리고 나머지 한 변이 시작되는 곳에는 "'이제 그만 죽어버릴 거야'"라고 중얼거리며 막차를 기다리는 여자와, 그 곁에 "아는 사이인 듯" 서서 하늘의 별을 보며 덩달아 "'오기만 와봐라!'"를 되뇌는 시인이 있다. 막차가 도착하는 '겨울밤 0시 5분' 직전의 풍경이다.

'살별'이라고도 하는 혜성은 긴 꼬리를 가진 흉조를 예고하는 별이다. 별은 기실 먼지 덩어리다. 먼지로 된 얼음 덩어리가 혜성인바, 태양 가까이에 가면 녹아 사그라졌다가 태양을 등지고 나가면서 다시 먼지를 모아 커지곤 한다. 그렇게 '먼지 몸'을 '얼렸다 녹이며' 빛을 내뿜는 혜성의 삶을 보며 그것이 '살맛'이라고 다독이는 건, 저기-너머의, 살별의 편에 선 시인의 말이다. 그러나 시인은 한겨울 밤에 막차를 기다리는, 지금-여기의, 무연(無緣)한 여자의 편에 더 가까이 서 있다. 그러고는 "'무언가 간절히 기다리고 있는 사람 곁에서/어둠이나 빛에 대해선 말하지 않는다!'"고 힘주어 말하고 싶어한다. 저기-너머에서 바라본 그 어떤 위안이나 깨달음의 말보다는, 지금-여기에서 한 편이 되어 무작정 기다려주는 것, 그것이 간절함에 대한 예의라고 말하고 있는 듯하다. 그러기에 막차를 타고 올 누군가를 초조하게 기다리는 여자('죽여버릴 거야'가 아니라서 얼마나 다행인가!)와 그 기나림이 안타까워 그 누군가가 오기만을 벼르며 무연히 함께 기다려주는 시인(그 누군가는 과연 올까? 정작 시인이 기다리는 것은 무엇일까?)은 각자의 실존적 고독으로 달궈진 뜨거운 단독자들이자, 우연한 연대로 운명을 같이 하는 동반자들이다.

이렇게 무언가 새로운 것, 미지의 것이 가슴속에 물밀려오는 순간들이 있다. 시인이 맞이할 '겨울밤 0시 5분'이 그러하리라. 집으로 상징되는 '있음'의 일상으로부터 '한 정거'를 내딛는 순간이고, 자신의 실존 한가운데에 자리한 '없음'의 세계를 독대하게 되는 순간이다. 막차가 오면 누군가를 간절히 기다리던 여자도 떠나고 시인마저 떠나게 될, 이 '없음'을 향한 기다림이야말로 사실은 가장 확실한 '겨울밤 0시 5분' 직전의 '있음'의 경험이다. 그러니 "이 겨울, / 미래가 담담히 미래로 남아 있는 곳이 어디 있"(「젖은 손」)을 것인가!

낯선 어둠 속에서 스스로의 존재를 발견하는 것, 그 속에 홀로인 단독자로 잠시 머물고 있을 뿐이라는 것, 더 캄캄한 심연이 외로운 미래를 향해 무한히 펼쳐져 있다는 것, 이것이 '겨울밤 0시 5분'을 맞이하는 시인의 실존적 풍경이다. '있음'의 일상, 그 배후이다. 시인이 귀가를 늦추며 굳이 종점까지 '한 정거'를 더 걸어간 이유, 무연한 여자의 간절한 기다림에 동참하게 된 이유, 그리고 그곳에서 살별(혜성)의 '살맛'을 더듬으며 막차를 기다리는 이유, 그 이유들에는 사실 이유가 없다. 우리가 우리 삶의 막차를 기다리는 이유 또한 이유가 없는 것처럼.

집으로부터 '한 정거'를 더 걸어서, 0시로부터 5분을 더 넘어서, "서로 내면(內面)하"(「겨울 통영에서」)는 '겨울밤 0시 5분'의 풍경은 또한 "삶의 끄트머리 / 스위치 누르지 않아도 / 몸과 주위는 온통 환해지는 순간"(「다시 돌아오지 못하더라도 갈 준비돼 있다」)의 풍경과 다르지 않다. 그렇다면 그 순간은 일상의 끝을 넘어서, 그 무엇인가가 환하게 빛을 발하는 적막한 실존의 순간이 아닌가. 그러기에 그 풍경은 끄트머리의 캄캄함 속에서 온몸으로 지각되는 환하디환한 감각의 풍경이 아닌가.

'이 환한 살아있음'의 감각과 황홀

세계를 인식하는 육체적 지각이 (물질이기도 의식이기도 감정이기도 언어이기도 한) 어떤 심연의 감각과 맞닿을 때 본연의 '살아있음'에 도달한다. 그 생생한 감각은 세계 혹은 존재에 대해 감동하고 있다는 증거이며, 그 감각 하나하나는 존재의 심연과 존재의 행복을 계시한다. 이번 시집 도처에서는 "눈 크게 뜨고 귀 세우지 않아도/여기저기서 달라붙어오는"(「이런 고요」) 혹은 "몸 오싹할 만큼 마음을 쪽 빨아들이는"(「안성 석남사 뒤뜰」) 감각의 향연으로 출렁인다. 청각은 물론 후각, 미각, 촉각의 웅숭깊은 만개는 세계 혹은 존재를 감각의 안쪽으로 바짝 당겨 지각하려는 시적 의지의 소산이다. 세계 혹은 존재의 근원에 더 가까이 이르고자 하는 시적 욕망의 발현이기도 하다. 시인의 감각이 한껏 열렸으니 이제 새로운 감각이 탄생할 것이다.

이젠 휘젓고 다닐 손바람도 없고
성긴 꽃다발 덮어주는 안개꽃 같은 모발도 없지만
오랜만에 나온 산책길, 개나리 노랗게 울타리 이루고
어디선가 생강나무 음성이 들리는 듯
땅 위엔 제비꽃 솜나물꽃이 심심찮게 피어 있다.
좀 늦게 핀 매화 향기가 너무 좋아 그만
발을 헛디딘다.
신열 가신 자리에 확 지펴지는 공복감, 이 환한 살아있음!
봄에서 늦을 찾을까, 싱하게들 핀 꽃에서
봄을 뒤집어쓰지.
광폭(廣幅)으로 걷는다.
몇 발자국 앞서 뛰는 까치도 광폭으로 뛴다.

이 세상 뜰 때
제일로 잊지 말고 골라잡고 갈 삶의 맛은
무병(無病) 맛이 아니라 앓다가 낫는 맛?
앓지 않고 낫는 병이 혹
이 세상 어디엔가 계시더라도.

—「삶의 맛」 중에서

'삶의 맛'이란 게 바로 '사는 맛'이고 '살맛'이다. 이때 삶은 총체적인 감각의 신비를 번역한 것에 다름 아니다. 감각은 서로 통섭하는 것이기에 소리는 향기로 번역될 수 있고 향기는 시선 혹은 시야로 번역되기도 한다. 또한 감각은 몸속에서 스스로 의식하고, 욕망하고, 기억하고, 사유한다. 인간이 감각의 의식체인 까닭이다. 그러므로 사랑, 욕망, 열정, 아름다움에서 비롯되는 인간의 찬란한 열병을 이해하기 위해서는 감각부터 열려 있어야 한다.

환절기 감기에 보름을 고생하던 시인은, 아침 산책길 "문득/허파꽈리 속으로 스며드는 환한 봄 기척"에서 '이 환한 살아있음'의 감각을 확인한다. 봄의 감각은 그야말로 향연 그 자체다. 한마디로 봄을 뒤집어쓰는 맛이기도 하다. 휘젓고 다닐 손바람(촉각), 노란 개나리꽃 울타리(시각), 생강나무의 음성(청각이되 얼마나 후각적인가), 제비꽃 솜나물꽃(시각이되 얼마나 촉각적인가), 매화 향기(후각) 등이 어우러진 '이 환한 살아있음'의 맛이야말로 진정한 '삶의 맛'이다. 이렇게 온몸에 봄을 뒤집어썼으니 넓은 보폭, 즉 '광폭(廣幅)'으로 걸어야만 할 것이다. 그러지 않으면 광폭(狂暴)을 면치 못할 것 아닌가. 특히 공복감(이 공복감이야말로 그 자체로 생의 총체적 감각이다!)으로 확 지펴지는 살아 있음의 감각은 "앓다가 낫는 맛"이라는 역설적 감각을 새롭게 생성한다. 그러기에 "이 세상 뜰 때/제일로 잊지 말고 골라잡고 갈 삶의 맛은/무병

맛이 아니라 앓다가 낫는 맛"이라는 구절은 얼마나 환한 통찰인가.

그런 의미에서 삶의 맛은 "일단 맛본 삶은 기억이 꽃잎처럼 떨어져 나가도/몸 속 어딘가 지워지지 않는 결들로 남아 아리"는 "땀 냄새 침 냄새 눈물 냄새 속에서/시리고 황홀하고 저렸던 몸의 맛"(「몸의 맛」)이기도 하다.

> 비릿한 냄새가 기다리고 있었다.
> 오늘은 이맘때가 정말 마음에 든다.
> 황혼도 저묾도 어스름도 아닌
> 발밑까지 캄캄, 그게 오기 직전,
> 바다 전부가 거대한 삼키는 호흡이 되고
> 비릿한 냄새가 기다리고 있었다.
> 유원지로 가는 허연 시멘트 길이
> 검은 밀물에 창자처럼 여기저기 끊기고 있었다.
> 기다릴 게 따로 없으니
> 마음 놓고 무슨 색을 칠해도 좋을 하늘과 바다
> 그리고 살아있는 이 냄새,
> 밤새 하나가 가까이서 끼룩댔다.
> 쓰라리고 아픈 것은 쓰라리고 아픈 것이다!
>
> —「어느 초밤 화성시 궁평항」 중에서

'사는 맛'이든 '살맛'이든 '살아있음의 맛'이든, 그것이 맛으로 느껴지려면 액화되어야 하고 그리고 다시 기화되어야 한다. '맛'이라고 부르는 모든 감각의 원천은 액화되고 기화되는 냄새에 있다. 냄새는 근원적이고 직접적이다. 냄새는 침묵의 감각이자 언어 이전이다. '비릿한 냄새'로 환한 '오늘 이맘때', 그러니까 "황혼도 저묾도 어스름도 아닌/발밑까지 캄캄"한 "그게 오기 직전"의 때라면 특히 그러하다. "혼자 있어서 홀가분한 이 외로움"이고 "더 비울 게 없어서" 휘는 시간이다. 이 초저녁의 밤, 궁평항(나는 이 항구의 이름이 정말 맘에 든다!)에 충만한 '비릿한 냄새'는 바다의 냄새이고 몸(속)의 냄새이고 생명의 냄새이고 탄생의 냄새이다. '쓰라리고 아픈' 상처의 냄새이고 앓는 냄새이고 살아 있는 냄새이다. 그 냄새의 근원지인 궁평항의 "마음 놓고 무슨 색을 칠해도 좋을 하늘과 바다"는 우리 삶의 시각적 상수(常數)이고, 우리 삶의 모든 모험과 사고와 감정의 배경이다.

그러니까 초밤의 궁평항에서는 감각의 촉수는 예민해지고 감각은 금세 존재의 깊이를 획득하게 된다. '색(色)의 본색'(「잘 쓸어논 마당」)은 한껏 짙어지기 때문이다. '홀로움'('외로움을 통한 혼자 있음의 환희'를 의미하는 황동규 시인의 사전에만 있는 언어!)을 만끽할 수 있는 시간이자 공간이다. "달이 높이 뜨고, 혼자 환하고 적막했다"(「무굴일기 2」)에서처럼, 시인은 이런 시간과 공간에 스스로를 즐겨 부려둔다. 홀로움의 고독과 고요 속에서 만개하는 감각의 살가움을 만끽하려는 시인의 의지적 발현일 것이다. "눈 크게 뜨고 귀 세우지 않아도/여기저기서 달라붙어오는 감각,/이 세상 것들, 우연히 지나치는 사람 얼굴의 표정 하나까지/무한대(無限大)로 살가워지"(「이런 고요」)는, 위대한 고독 혹은 웅장한 고요라고나 할까.

고독은 홀로이고, 고요는 침묵이다. 단 하나의 존재와 그 침묵을 견뎌내는, 아니 기꺼이 향유하는 황동규 시인의 홀로움은 빛(환함) 쪽으로 향기롭게 귀의한다. "사방에 널려 있는 저 예쁘고 흔하고 환한 잡것들!"(「저 흔하고 환한!」)을 향해 존재의 안쪽에서 열리는 촉촉한 혹은 축축한 (눈)물기, (몸의) 맛, 소리 등으로 살가움을 입는다. 삶의 더없이 은은한 향기로부터 묵직한 고요의 소리 그리고 살아 있음의 충만한 맛에 이르기까지, 그의 시들은 삶에 대한 생생한 감각들로 직조된 황홀한 직물과도 같다. 하나의 세계가 행복하고 찬란하게 다가와 우주의 연속적인 풍요로움에 울력하는 그러한 황홀일 것이다.

'꽉 찬 구도'의 수순(隨順), 그리고 역설

그의 시는 자연스럽다. 쏠림이나 과장이 없다. 다양한 경험과 '추억력'('기억에 상상력이 가미되어 더 간절해지는 회상'을 의미하는 황동규 시인의 사전에만 있는 언어!)을 근간으로 하는 시공간적인 연장 혹은 연속의 논리 속에서 시의 서술은 유연하다. 유연한 흐름 속에서 시인은 '깊고 길게 바라보는 법'(「깊고 길게 바라보았다」)을 즐겨 구현한다. 넓게 보여주는 롱쇼트와 오래 보여주는 롱테이크를 연상시키는 시의 시선은 우리 삶의 단면들을 자유롭게 펼쳐 보이곤 한다. 실제로 다채로운 문장부호들은 그의 시에서 얼마나 자유자재로 사용되고 있는지! 그러나 그 자유로운 호흡은 절제된 시적 긴장을 기반으로 한다. 단어와 조사, 문장과 통사, 어조와 화법은 분방한 듯하나 한껏 절제와 균형을 견지하고 있으며 날카로운 통찰, 세련된 이미지, 섬세한 감정을 아우르고 있다.

그래서일까. 황동규 시인의 시를 읽고 있노라면 수순이라는 말이 떠오른다. 수순(手順)은 사물이나 일 따위의 전후, 좌우, 상하 따위의 관계나 그 순서를 이를 때 쓰는 말이고, 수순(隨順)은 타인 혹은 세계에 호응하거나 순순히 따른다는 뜻이다. 불가에서는 중생의 뜻에 따라 응할 때 수순중생(隨順衆生)이라는 말을 쓰기도 한다. 일체의 시적 대상은 시인의 '몸속(감각)'을 거쳐, 언어형식을 통해, 풍경의 안 혹은 바깥으로 자연스럽게 표출되곤 한다. "설계 의도는 잘 보이지 않으나/꽉 찬 저 구도(構圖)!"(「겨울의 아이콘」)는 덧대거나 꾸민 흔적이 없고, "맨 추억을 받아들이지 않으려는 꽉 찬 구도가 숨 쉬고 있는/ 이 풍경!"(「잘 만들어진 풍경」)은 담백하기 그지없다. 가히 미적(美的) 수순이라 할 만하다.

무엇보다 그의 시는 변화한다. 살아 움직인다. 시인 스스로도 한 인터뷰에서 "자꾸 변화해야지요. 시인이 자기 시의 내용, 소재, 형태를 변화시키는 것도 중요하지만, 그것보다는 시인 자체가 변화해야 해요. (…) 그 변화하는 데 바로 자유가 있어요. 그게 바로 탈출구죠. 우리는 자아 속에 갇혀 있습니다. 그 자아를 변화시켜야만 자유가 있는 것이 아니겠어요?"라고 말한 적이 있다. 그 변화 역시 수순의 정신에서 비롯된 것이다.

별 내용 들어 있지 않은 민짜 여행시를 하나 쓰자.
잘난 경치도 없고
타곳에서 불현듯 돋을새김되는 삶의 요철 쓸어보고
그동안 뭘 살았지? 하며 맥 놓고 버스에 오르거나
숨 막히는 경관에 마음 쩌릿쩌릿하지 않고
보통 풍경과 그저 한때 같이 보낸 시.

—「구도나루 포구—시인 오정국, 박주택, 박만진과 함께」 중에서

불현듯 "그동안 뭘 살았지?" 하며 맥 놓고 버스에 오르는, 우리 삶의 흔한 일상에서 건져올린 담담(淡淡)한 이야기와 담담(潭潭)한 풍경들이 담백한 한 편의 시가 되는 경지! "별 내용 들어 있지 않"거나 "잘난 경치도 없"다며 쓰는 민짜 (여행)시, "보통 풍경과 그저 한때 같이 보낸 시"들의 경지! "사방이 꽃과 버들 그리고 꿈결 같은 봄인데/ 무슨 경계가 있겠는가?"(「오월동주」)나 "그처럼 오랜 동안 서로 머지도 가깝지도/ 아무렇지도 않게 살며/ 타며 재 안 남기는 법 익히지 못했겠는가?"(「박

새의 노래」)와 같은, 이런 막힘이 없는 활달한 경지를 일러 원융무애(圓融無碍)라 하던가.

인용시에도 '시인 오정국, 박주택, 박만진과 함께'라는 부제가 붙어 있듯, 그의 시에 유난히 사람이나 공간이나 사물 등에게 주는 헌시(獻詩)가 많은 것 또한 수순과 무관치 않다. 술잔을 주고받듯, 말을 주고받듯, 서로 거스르지 않고 호응하는 화답(和答)의 시적 발현이라고나 할까. 어쨌든 그의 시는 시간과 공간, 수많은 대상과 풍경에 대해 응하고 따르는 이른바 수순의 시적 발현이다. 이렇듯 그의 수순은 삶의 생동(生動)하는 감각과 연관되어 있으며, 일생의 시작(詩作) 과정을 통해 성취해낸 시적 진정성과 시적 변화와 연관되어 있다. 또한 세계와의 화답에 의한 자아의 변화, 그리고 어떤 자유 그러나 아직 확정되지 않은 자유와도 일맥상통한다. 그러므로 그의 수순은 추억과 연결된 마음속에, 감각과 연결된 몸속에 있다. 경험과 삶 속에 있다. 수순에 의해 감각을 불러내고 추억을 불러내고 끝내 삶을 불러내 그것들을 죄다 풀어준다. 그의 수순이, 헤아림이나 나열이 아니라 교감과 해방을 지향하고 있기 때문이다. 확정되지 않은 것이 아니라 그 불확정성으로 확정된 자유를 위한 것이기 때문이다. 그의 시의 수순이 역설에 이르는 도정이다.

생생한 장미들의 색과 생김새가 쳐내는 박(拍),
소리 없는 소리의 황홀!

—「축대 앞에서」 중에서

깨어 있으려면 무엇이 필요할까,
끊길 듯 끊길 듯 이어지는 자장가?

—「무릇—이승원에게」 중에서

만난 것 채 알아채기도 전에 벌써
오늘 그리운 얼굴이 찰칵! 방금 눈앞에서
옛 그리움이 되는 꽃.

—「얼음꽃」 중에서

나 같은 자가 이 세상에서 한 일은
하늘과 땅을 위아래 두지 않고 산 것,
하늘보다 더 환한 땅도 있었어.
까마귀는 극락조와 핏줄이 같은 새,
땅 하늘 밀밭 사람 속을 가리지 않고 날았어.

—「삶에 한번 되게 빠져—고흐의 최후 작품 〈밀밭 위의 까마귀〉에 붙여」 중에서

있는 것과 가는 것이
서로 감싸고도는 고요.

—「이런 고요」 중에서

삶을 관통하는 감각은 사실 믿을 수 없을 만큼 역설적일 때가 많다. 서로 통섭하면서 역설의 통점에서 만나는 황동규 시인의 감각은 천진(天眞)하고 난만(爛漫)하다. 삶에 새로운 '맛'을 부여하는 지점이기도 하다. 아름답고 현명한 역설의 통찰들을 일별하기 위해 인용한 위의 구절들은, 시인 특유의 시적 깊이를 거느린 채 시 전편에 자연스럽게 스며들곤 한다. 참된 역설이 그러하듯 그의 역설 또한 세계의 심연으로부터 삶의 본질을, 존재 이유를 끌어내곤 한다. 그래서일까. 그의 시에서 '속'이라는 단어는 얼마나 자주 반복되고 있는지! 몸속에, 이름할 수 없는 것 속에, 불가능 속에, 죽음 속에 파고든 이후 그곳으로부터

되솟아 오른다. 역설의 발견을 통해 해방되어 빠져나오곤 한다.

인용된 시들에서처럼 있음과 없음, 깸과 잠, 오늘과 옛, 빛과 어둠, 위와 아래, 하늘과 땅, 있는 것과 가는 것 등은 우주적인 순환의 범주 속에서 그 대립의 경계가 무화된다. 역설에 의지해 모순되는 두 특성이 자연스럽게 공존하는 우주의 풍요로움과 그 질서를 포착해내고 있는 것이다. 즐겨 사용하는 물음표들이 상징하듯 숨겨진 질서에 의문을 던지고, 눈에 보이지 않는 수순의 구조를 발견하고 거기에서 경이로운 세상의 법칙을 추측하는 것이야말로 황동규 시인의 역설적인 모험이다. "뵈지 않는 몸속 도처에/생꽃 불놀이 불질하는 일보다/더 벅찬 기쁨"(「속 기쁨」)이나 "도취 속의 환한 외로움"(「무굴일기 2」)과 같은 이 역설적 모험이, 불가능성의 시적 진실에 닿게 하고 마침내는 존재를 황홀이라는 행복한 도취에 이르게 한다. 이는 찬탄하되 과장하지 않고 수순하되 수식하지 않는, 그리고 시인과 화자가 일치하는 데서 오는 날선 긴장에서 비롯되는 것이리라. 이제, 우리는 반세기의 시력(詩歷)에도 불구하고 그 팽팽한 시적 긴장이 벼려낸 새로운 진경의 수순(手順)을 따라 그 진경들에 수순(隨順)하면 되리라.

그리고 "저 삶의 환한 한 형상!"(「낙엽송」)의 수순(手順)을, "몸을 온통 졸이는 황홀한 낯선 외로움"(「낯선 외로움」)으로 수순(隨順)하는 그의 시편들을 향해 나는 문득 이렇게 화답하고 싶어지는 것이다. "적막, 속의 황홀!"(「낯선 외로움」)이라 하셨으니, 선생님, "'맥주 한잔 안 하시렵니까?'"(「축대 앞에서」).

꽃들의 아라비아

— 오세영, 『꽃피는 처녀들의 그늘 아래서』(고요아침, 2005)

1

"내 누이여, 나와 함께 기도하러 오라 / 식물의 영속성을 찾아내기 위해". 바슐라르가 인용했던 시구절이다. '식물의 영속성'이라는 말이 주는 여운 덕분에 이 문장에 오래 머물렀던 적이 있다. '식물의 영속성'이라니! 광물이라면 몰라도. 그러나 곰곰이 생각해보면 식물성과 영속성은 어느 지점에서 등가의 의미로 즐겁게 만나는 것이 아닌가. 바슐라르는 이렇게 덧붙이고 있다. "이 얼마나 아니마의 진실성이 드러나 있으며, 꿈(songe)을 꿀 만한 가치가 있는 세계 속에서 한 넋의 휴식에 대한 상징인가"라고. 아니마와 꿈과 넋의 휴식을 아우르는 식물의 영속성, 그 상부에 꽃이 있다.

식물이 영속하기 위해서는 씨를 품은 열매가 있어야 하고, 열매를 맺기 위해서는 꽃이 있어야 한다. 모든 꽃은 자극한다, 인간의 감각이든 나비의 감각이든 꿀벌의 감각이든. 그리고 모든 꽃은 유도한다, 그들의 욕망이든 꿈이든 몽상이든 휴식이든. 인간이나 나비나 꿀벌이 꽃을 보면 이끌리는 까닭은 꽃이 내뿜는 왕성한 생식활동 때문이다. 실제로 꽃의 향기는 세계를 향해 생식 가능성, 활기와 매혹, 생명력, 아름다움, 젊음의 열정적인 개화 등을 암시한다. 게다가 꽃은 공격하지 않고 파괴하지 않는다. 꽃은 "빛과 웃음과 향기가 한데 어우러진 보석"(「함박꽃」) 같은 존재이면서도, "한결같은 마음"(「무궁화」)으로 한곳을 응시하며 수직으로 부풀어오른다. 그리고 어느 순간 자취도 없이 사라지고 만다. 그러니 영혼이 귀의하고 싶은 아름다움과 휴식 그 자체라 할밖에!

생식활동과 관련되든 혹은 완성되지 않는 꿈과 관련되든, 식물의 영속성으로 명명되는 여성적 깊이를 열어놓는 것이야말로 꽃을 노래하는 시인의 꿈이자 몽상일 것이다. 바닥이 닿지 않는 꽃의 깊이, 그 꽃그늘을 노래하는 오세영 시인의 꿈이자 몽상일 것이다.

2

조선시대 문인이자 서화가였던 강희안(1418~1465)은 꽃들에 관한 양생법(養生法)을 기록한 바 있는데, 꽃을 키우는 이유를 다음과 같이 밝히고 있다.

> 내가 천지 사이에 가득 찬 만물을 보니 수없이 많으면서도 서로 연관되어 있으며, 오묘하고도 오묘하게 모두 제 나름대로 이치가 있습니다. 이지를 궁구(窮究)하지 않는다면 앎에 이르지 못합니다. 그러므로 비록 풀 한 포기 나무 한 그루의 미물이라도 각각 그 이치를 탐구하여 그 근원으로 들어가면 그 지식이 두루 미치지 않음이 없고 마음은 꿰뚫지 못하는 것이 없으니, 나의 마음은 자연스럽게 사물과 분리되지 않고 만물

의 겉모습에 구애받지 않게 됩니다.

—강희안, 『양화소록養花小錄』, 눌와, 1999, 121쪽

꽃을 세상의 은유로 생각했던 강희안은 꽃에 관한 객관적인 관찰과 양생을 기록한 후, 말미에 늘 세상살이와 연관짓는 문장을 덧붙이고 있다. 꽃이나 꽃을 가꾸는 일이란 선비로서 자신이 어떻게 살아가야 하는가라는 삶의 자세를 구하는 대상이자 과정이었고, 그런 의미에서 강희안에게 꽃이란 만물의 이치를 궁구하여 앎에 이르기 위한 비유 대상이었던 셈이다.

중국 명나라의 원굉도(1568~1610)도 "무릇 꽃을 취하는 것은 친구를 취하는 것과 같다"며 꽃을 감상하는 법에 대해 다음과 같이 기술했다.

꽃을 감상할 때, 차를 마시면서 감상하는 것은 상등이고, 한가하게 맑은 이야기를 하면서 마시는 것은 그 다음이고, 술을 마시면서 감상하는 것은 최하이다. 만약 술잔을 돌리고 찻잔을 건너 자리로 건네주면서 일체의 용렬하고 더러우며 세속적인 이야기를 하기까지 한다면, 이것은 화신(花神)이 깊이 증오하고 통렬하게 배척하는 것이니, 차라리 입을 다물고 고목처럼 뻣뻣하게 앉아서, 꽃의 번뇌를 일으키지 않는 것이 옳다.

무릇 꽃을 감상하는 데는 장소가 있고 시간이 있으니, 그 적절한 시간이 아닌데도 꽃을 손님으로 청한다는 것은 도무지 당돌한 일이다. (…) 바람과 일광을 따지지 않고 아름다운 장소를 가리지 않는다면, 신기(神氣)가 흩어지고 느슨해져서, 전혀 감상의 기분이 나지 않으니, 그렇게 된다면 그것은 기방이나 술집 속에 놓여 있는 꽃과 무엇이 다르겠는가?

—원굉도, 「병사 병인甁史 幷引—청상淸賞」, 『역주 원중랑집』 5, 소명출판, 2004, 402쪽

덧붙이자면, 추운 시절의 꽃은 첫눈이 올 때나 눈이 갤 때나 초승달이 뜰 때가 가장 아름답고, 뜨거운 시절의 꽃은 비 온 뒤나 대나무 그늘이나 물가 누각이 아름답다고 피력한다. 이렇게 '맑은 이야기'와 향기로운 '차'를 나누며 때와 장소를 가려 감상해야만 하는 꽃이란 친구나 손님 그 이상의, 지극한 것들에 대한 은유일 것이다.

3

사계절의 순환과 더불어 우리 곁에는 늘 꽃이 있었다. 봄에는 매화와 개나리와 진달래가 있고, 여름에는 모란과 오동과 작약이 있고, 가을에는 연꽃과 국화가 있고, 겨울에는 동백과 납매가 있었다. 한시를 비롯한 고전시가 전반에 걸쳐 꽃을 소재로 한 작품들은 쉽게 찾아볼 수 있다. 미적 체험은 물상(이미지)이라는 객관적 상관물을 통해 재현 혹은 암시된다는 탁물우흥(託物寓興)은 시의 오랜 기법인바, 아름다움을 상징하는 대표적 상관물인 꽃에 시인의 감흥과 뜻을 담는 것은 자연스럽기도 하다. 꽃 자체를 읊든 꽃에 시인의 감회를 싣든, 꽃의 생태를 읊든 꽃의 관념을 읊든, 주관적인 마음의 눈으로 보든 객관적인 관찰의 눈으로 보든, 현대시에서도 가장 흔하게 등장하는 시적 소재가 바로 꽃이다. 오세영 시인의 『꽃피는 처녀들의 그늘 아래서』는 시집 한 권을 통해 꽃만을 노래하고 있다는 점에서 흥미롭다.

오세영 시인의 이번 시집에서도 꽃이란, 세상 혹은 사람을 포함한 '그 무엇'에 대한 은유이다. 시인이 "인간이라면 누구나 가슴에 / 한 송이 / 꽃을 피우고 있는 것이다" (「소나무」)라거나 "누구나 한 생애를 건너 / 뜨거운 피를 맑게 승화시키면 마침내 / 꽃이 되는 법,"(「설화雪花」)이라고 노래할 때, 그에게 꽃은 간곡한 욕망의 결정체이자 승화된 삶의 결정체이다. 꽃의 색깔은 꽃나무 가지에 있을 때 선명하고, 꽃이 제시간에 맞춰 피고 이우는 것 또한 그 가지에 있을 때다. 오세영 시인의 꽃들 또한 여기, 이 삶에의 의지 혹은 충동과 맞물려 있다. 그는 꽃의 성정(性情), 꽃의 성명(性命)에 의지해, 아니 꽃의 즐거움, 꽃의 수심, 꽃의 꿈, 꽃의 깸에 기꺼이 동참해 우리 삶의 단면들을 포착해낸다. "나무의 혈관에 도는 피가/노오랗다는 것은/이른 봄 피어나는 산수유꽃을 보면 안다"(「산수유」)에서처럼 꽃의 감각적 형상에 초점을 맞추는가 하면, "물의 아름다움이 환생해 꽃이라면/억새꽃은 정녕/하늘로 흐르는 강물이다"(「억새꽃」)에서처럼 꽃의 생태나 "첫 키스의 그/알싸한 향기"(「치자꽃」)에서처럼 시인의 주관적인 감흥에 초점을 맞추기도 한다.

4

'꽃피는 처녀들의 그늘 아래서'라는 시집 제목부터 보자. 오세영 시인에게 '처녀'와 꽃은 동의어다. 대장부에 비유한 「소나무」, 근위병에 비유한 「오동꽃」, 독재자에 비유한 「철쭉」과 같은 시가 없는 것은 아니지만, 대부분의 꽃은 어머니, 직녀(의 소지품), 여인, 아내, 요정, 숙녀, 소녀, 유녀(遊女), 혹은 원피스나 머릿결, 브로치, 스커트, 흰 칼라의 교복 등으로 은유되거나 환유된다. 그러므로 시인이 펼쳐 보이는 몽상의 실마리를 따라가노라면, 아마도 어룽대는 꽃의 그늘에서 여성적 아니마를 발견하게 될 것이다. 그 그늘은 꿈같은 유년 시절로 이어지기도 하고, 애인이나 어머니와도 같은 현실로 이어지기도 하고, 죽음 저 너머로 이어지기도 한다. 그에게 꽃은, 인성(人性) 그 이상이다. 타자화된 감각 혹은 이상 그 자체이다. 그런 의미에서 그의 꽃은 은유이고 상징이고 알레고리이다.

배신의 상처가 얼마나 컸으면 이다지도
아름답더냐.
체념의 슬픔보다 고통의 쾌락을 선택한
꽃뱀이여,
네게 있어 관능은 사랑의
덫이다.
다리에서 허벅지로, 허벅지에서 가슴으로, 칭칭
감아 올라
마침내
낼룽거리는 네 혀가 내
입술을 감쌀 때
아아, 숨막히는 죽음의 희열이여.
배신이란 왜 이다지도 징그럽게
아름답더냐.

—「능소화」 전문

꽃의 향기는 관능을 불러일으킨다. 휘발성의 관능, 그 정점에는 죽음이 있다. 관능과 죽음은 인간의 공포인 동시에 특권이다. 인간은 관능과 함께 살아간다. 관능은 인간의 감각을 확장시키지만, 구속하고 속박한다. 그러나 얼마나 아름다운 구속인가. 그러기에 시인은 '사랑의 덫'이자 '죽음의 희열'이라고 말하고 있다. 이러한 관능은 금기와 위반을 전제로 하기에 늘 배반을 수반한다. 관능이 수반하는 배신의 상처, 고통의 쾌락, 사랑의 덫, 죽음의 희열 따위를 시인은 능소꽃에서 읽어내고 있다.

"적막한 봄날 오후./나른하게 지쳐 잠든 여인의/하이얀 모시 적삼에 살풋 내비치는 연분홍/속살이여,"(「영산홍」)에서는 관능의 슬픔을 보고, "숨겨진 관능이여,/ 규방에 갇힌 조선 여인들의 상처난 허벅지의/ 혈흔"(「산당화」)에서는 관능의 고통을 본다. "볼그레 닳아오른 빰에/ 순간/ 어리는 색정(色情)"(「복사꽃 2」)이나 "첫 키스의 그/ 알싸한 향기"(「치자꽃」)에서는 관능의 현기증을 보고, "노오란 속옷 사이로 드러낸/ 풀어진 다리가 요사스럽다"(「달맞이꽃」)에서는 관능의 쾌락(나른함)을 본다. 꽃을 통해 인간의 희로애락을 보고 있는 셈이다. 그것들은 모두 '아름다움의 슬픔'(「영산홍」)과 맞닿아 있다. 관능은 사랑, 욕망, 열정 때문에 아름다움을 발한다. 시인은 아름다움과 공포 속에서, 자신의 맥박 속에서 꽃들을 사유한다. 뼛속까지 스며드는 꽃의 관능을 지각하기 위해 시인은 모든 감각을 열어놓는다.

백합은 향기로 말한다.
등교 길
흰 칼라의 교복을 단정히 받쳐 입고
재잘거리며 교문으로 쏟아져 들어오는 소녀
소녀들,
아침 햇살에
톡
쏘는 향기가 청량하다.
봄 강물 자갈 굴리는 소리.
봄 바람 귓불 붉히는 소리.
백합의 향은
코로 맡을 것이 아니라
귀로 들어야 한다.

—「백합」 전문

시각, 후각, 청각, 미각, 촉각이 한껏 어우러진, 감각의 향연이 펼쳐진 시다. 때로 감각은 뚜렷한 사실들을 애매하게 인지하게도 하고, 미묘한 사실들을 분명하고 확실하게 지각하게도 한다. 감각은 현실을 아주 잘게 쪼갠 다음 그것을 다시 의미 있는 형태로 모은다. 인용시에서 펼쳐 보이는 감각의 핵심은 후각을 청각으로 지각하는 감각의 전이에 있다. 백합의 향기가 스쳐가자 덤불 속에 감춰져 있던 지뢰처럼 시인의 기억은, 백합과 시각적 유사성을 근간으로 하는 "흰 칼라의 교복을 단정히 받쳐 입은" 소녀들의 재잘거리는 소리로 환기된다. "색(色)으로 유혹할 수 없는 것은/향(香)으로 홀려야 한다./색은 육신을 들뜨게 하지만 향은/정신을 아득하게 하는 것"이고 "전신을 하얀 천의/부르카로 감춘 아라비아 여자는 유난히도/몸이/향기로울 수밖에 없다"(「밤꽃」)고 시인 스스로도 노래했거늘, 꽃의 향기가 스치면 세상은 온통 아라비아로 변한다. 꽃들의 아라비아가 열린다. 그의 시에서 꽃들의 향기 혹은 체취 혹은 냄새는, 한 편 건너 꼴로 시의 주요한 발화물(發火物)로 작용한다. 역설적이게도, 순식간에 자취도 없이 휘발해버리는 냄새야말로 가장 힘센 기억의 힘을 가진다.

감각은 꽃들을 다시 피워올린다. "지상의 사물이 조각으로,/굳어 있는 조각이 그림으로,/틀에 끼인 그림이 음악으로,/음악이 드디어 하늘로, 하늘로/비상하듯"(「국화꽃 1」), "꽃은 시각(視覺)으로 말하지만/그의 언어는 미각(味覺)이다"(「철쭉」). 감각과 감각이 어우러져 감각의 경계를 넘나든다. 경계를 넘나드는 것은 비단 감각만이 아니다. 어느 젊은 시인의 시 제목을 끌어들여 말해보자면, 오세영 시인의 꽃은 '모든 경계에서 핀다'. 감각의 경계에서 휘발하고, 관념의 경계에서 폭발한다. 물질 혹은 관념의 이중성, 그 역설을 통해 경계를 확장한다.

겉은 차가우나

안으로 안으로 내연(內燃)하는 열이여,

—「매화」 중에서

화려한 봄의 절정에서 처연하게
목숨을 던지는구나, 목련!

—「목련꽃 2」 중에서

밖이 기쁨이라면
그 안은 항상 슬픔인 아름다움,

—「찔레꽃」 중에서

물의 원심력과 불의 구심력이
직조해낸
아름다움이여.

—「카네이션」 중에서

"처녀와 여자의 / 경계선에"(「복사꽃 2」) 피어 있는 꽃들에 대해 시인은 서로 모순이 되는 이중성을 동시에 본다. 꽃들의 안과 밖, 냉과 열, 물과 불, 원심력과 구심력, 기쁨과 슬픔, 나아가 창조와 파괴, 죽음과 소생을 동시에 인식함으로써 몽상의 깊이를 천착한다. 그것은 관능 혹은 감각이 지닌 양가성, 혹은 그 깊이이기도 할 것이다. 그러기에 그는 역설과 모순을 통해 꽃의 깊이와 그 아름다움을 드러내고, "세계를 꽃들로 불지르"(「진달래꽃 2」)고 싶은 것이리라.

5

이러한 경계는 '그늘'을 통해 구체적인 연장성(延長性)을 확보한다. 시집 제목에서 '처녀'와 더불어 '그늘'을 전경화시키고 있음을 다시 환기해보자. 그늘은 빛과 어둠의 경계다. 밝지도 않고 어둡지도 않지만, 동시에 어둡기도 하고 밝기도 하다. 카오스적이면서 코스모스적이고, 음이면서 양이고, 어둠이면서 빛이다. 위에서 언급한 꽃들이 지닌 모순을 역설적으로 통합하는 하나의 움직임이 바로 그늘이다. 모든 경계들이 공존하는 지대이다. 경계들의 역설적인 상생과 균형의 상태이다.

오세영 시인에게 그늘은 아니마의 세계이다. "아내의 무릎에 누워/그녀의 시원한 부채질 바람으로 낮잠을/자본 자는 알리라./여자는 향그러운 꽃그늘이라는 것을."(「베롱꽃」), "아카시아 꽃그늘에는/내 유년의 어머니가 숨어 있어/(…)/내 어릴 적 죽은 누이가 숨어 있어/(…)/내 청춘의 떠나버린 소녀가 숨어 있어"(「아카시아」)에서처럼, 그늘이 아내나 어머니나 누이의 자리로 비유되는 데서도 단적으로 알 수 있다. 그런 꽃그늘은 죽음 혹은 슬픔의 흔적들로 난만하다.

매화처럼
오는 봄을 기다릴 순 없다는 것이냐.

복사꽃잎처럼 분분히 흩날리는 모습으로
아름답게 갈 수는 없다는 것이냐.

와르르 무너지는 벚꽃처럼 그렇게
미련 없이 갈 수는 없다는 것이냐.

이별의 고통보다 차라리
죽음의 축배를 드는 연인처럼,

화려한 봄의 절정에서 처연하게
목숨을 던지는구나, 목련!

꽃에게도 비극이 있다면 그것은 정녕
너를 두고 일컬음이니

이 아침 고운 흙에 털썩 쓰러지는 네 육신을 두고 나는
화려한 봄의 슬픔을 애도한다.

—「목련꽃 2」 전문

시인은 애수, 슬픔, 고통, 비극, 아련함, 서러움, 처연함, 애도, 눈물(울음), 적막함, 죽음, 상처 따위의 시어들로 꽃의 그늘을 즐겨 수식한다. 오는 봄을 기다리는 매화나, 분분히 흩날리며 아름답게 사라지는 복사꽃이나, 아름다움의 절정에서 와르르 무너져내리는 벚꽃도 그러하지만, "계절의 절정에서 / 목숨을 초월하"는 국화꽃이나 "살아 있는 별들로" 한 무더기 핀 도라지꽃들도 한결같이 순간적인 사멸을 통해 초월이나 영원을 지향하곤 한다. 꽃이 거느린 '그늘'에 시인의 시선이 쏠려 있다는 것은 시인의 지향성이 저물고 소멸하고 감춰진 것들을 향해 있음을 암시한다. 휘발하는 순간적 존재로서의 꽃이 아니라 지속되는 흔적으로서의 꽃을 노래하고 있는 셈이다. 그것은 영원한 슬픔이다. 그러기에 시인은 알고 있다. 그 슬픔의 깊이가 우주를 바꾼다는 것을. 한순간에 와르르 무너져내리는 꽃의 절정에서 죽음을 초월하는 역설적 진실이야말로 이번 시집에서 시인이 되풀이해 강조하는 꽃그늘

의 메시지다.

6

오세영 시인에게 세계는 "인간이 피워올리는 꽃"(「해바라기 꽃」)들로부터 시작된다. 꽃들은 쉼 없이 중얼거리며 감각과 기억을 부른다. 아니마의 꿈을 불러일으키기에 충분하다. 감각과 기억은 몽상으로 뻗어가는 수많은 길을 열어준다. 시인에게 세계는 온통 꽃의 은유다. 세계는 자라나고, 존재를 변형시켜 꽃을 피게 한다. 그의 상상력은 꽃을 은유로 하는 갖가지의 삶으로 열려 있다. 시인은 세상의 모든 꽃들, 그 아름다운 것들이 꿈꾸는 순간적인 열광의 언어를 발견하기 위해 끊임없이 '본다'. 멀리, 적당한 거리에서, 바라, 본다.

너무 완벽한 아름다움이어서 다만
멀리 두고
바라만 보는 꽃이여.

—「모란」 중에서

다가서면 관능이고
물러서면 슬픔이다.
아름다움은
적당한 거리에만 있는 것.

—「양귀비꽃」 중에서

사랑은

멀리서 바라보아야만 아름다운
안개꽃이다.

—「안개꽃」 중에서

경계는 거리의식의 소산이다. 짧은 인용구절들에서도 쉽게 감지할 수 있지만 시인의 경계의식은 '아름다움'을 향한 열망에서 비롯된다. 아름다움이란, 그 아름다움을 가장 잘 인식할 수 있는 적절한 거리를 전제로 하기 때문이다. 아름다움을 '알기' 위한 미적인 거리일 것이다. 그러기에 그의 시에서는 아름다움이라는 시어만큼이나 '안다'라는 시어가 자주 등장한다.

꽃나무만 꽃을 피우지 않는다는 것은
겨울의 마른 나뭇가지에 핀 설화(雪花)를 보면
안다.

—「설화雪花」 중에서

너를 보면 알 수 있다.
낳고 죽음이 또한 다르지 않다는 것을,
한자리를 지키는 죽음이야말로 영원하다는 것을,

—「무궁화」 중에서

불이 물 속에서도 타오를 수
있다는 것은
연꽃을 보면 안다.

—「연꽃」 중에서

'안다'는, 대상보다 주체가 전면적으로 앞서는 술어다. 시인은 꽃을 보면서 아름다움으로서의 앎을 얻곤 한다. 안다는, 알려준다라는 술어와 짝을 이룬다. 그렇다면 꽃들은 어떻게 자기들이 꿈꾸는 혹은 잃어버린 세계를 우리에게 '알려주는' 것일까? 시인이 '안다'라는 술어를 빈번하게 쓸수록, 그리하여 꽃에 대해 잠언화된 아름다움을 명명하면 할수록, 시인은 모든 꽃을 시인의 꽃으로 변형시키고 시인의 아름다움을 모든 꽃의 아름다움에 투사시킨다. 그러할 때 꽃은 시인의 나르시시즘적 도구가 된다. 오세영 시인은 꽃을 '인간'으로서 본다. 아름다움의 '대상'으로서 본다. 그는 결코 꽃이 '되지는' 않는다. 그런 의미에서 그의 꽃은 일방적이다. 타자적이다. 그러니 우리는 시집을 덮으면서 꽃에 대한 새로운 몽상을 시작해도 좋을 것이다. 온전히 꽃이 '되었을' 때, 그 꽃그늘 아래서의 몽상은 어떠할 것인가?

모종컵 속 빨간 토마토

— 조말선, 『매우 가벼운 담론』(문학세계사, 2002)

강박이 독창성을 낳는다는 말을 용인할 수 있다면, 조말선 시인의 시들은 다분히 강박적이고 그런 의미에서 독창적이다. 그의 시적 주체는 현실로부터 소외되고 그의 언어는 과격하게 현실을 벗어난다. 또한 아이로니컬한 유희를 지향하면서 집요하게 '나'를 향해 열려 있다. 강박적이고 기괴하기까지 한 그의 언어를 향해 어떤 독자들은 투덜거릴지 모른다. 왜 사물에 대해 더 단순하게 말하지 않지? 왜 더 잘 이해받기 위해 노력하지 않지?

그러나 무의식에 천착한 언어야말로 미지의 언어가 아니던가. 그런 미지의 언어를 지향하는 동시대 시인들의 계보 속에서 보자면 그의 언어는 이수명 시인보다는 수다스럽고, 박서원 시인보다는 논리적이고, 함기석 시인보다는 경쾌하고, 김참 시인보다는 현실적이다. 아이러니하고 그로테스크하고 환상적이고 여성적이라는 점에서 조말선 시인의 시는, 미지의 언어를 꿈꾸는 동시대 시인들의 시적 징후와 그 가능성으로 가득하다.

시인 조말선은 '아버지'에 의해 재배되는 불안정한 '나'를 들여다보며, '앵무새'의 화법으로 말한다. 자신의 삶을 가두고 위협하는 '아버지'라는 이름의 '냄새가 지독한 관념들'(「손목을 자른 장갑이」)을 아이로니컬한 화법으로 폭로하곤 한다. '냄새가 지독한 관념들'을 수락할 수밖에 없는 현실적 욕망과 그 관념을 부수고자 하는 환상적 욕망이 길항하면서 말이다. 지독한 관념들에 갇히고, 재배되고, 묶인, 시적 주체는 환상적 욕망 쪽으로 번번이 뒤뚱거리고, 쏟아지고, 넘친다.

아버지가 모종컵 속에 나를 심는다

아버지가 모종컵 속에 나를 심는다 아가야, 어서어서 피어라 너를 팔아 새 눈알을 사야지 그때서야 내 너를 볼 수 있지 나는 빛나는 아버지를 쬔다 일렬로 줄을 선 모종컵 속으로 골고루 아버지가 비친다 아버지는 사흘만에 핀 떡잎을 보고 주문을 왼다 너를 팔아 새 다리를 사야지 그때서야 내 너를 업어주지 아가야, 어서어서 피어라 아버지의 얼굴에 무수한 길이 난다 아버지, 나는 어디서 나를 사나요 분무기에서 수천의 아버지가 쏟아진다 몰라, 몰라 이 길을 다 지워야겠어 내가 온 길을 되돌아가야겠어 나는 찢어지는 아버지를 받아 마신다 나는 쑥쑥 찢어진다 아버지가 환해진다

모종컵 속에서 아버지의 사지가 하나씩 피어난다

—「거울」 전문

'아버지'와 '나'의 폭력적인 관계를 단적으로 보여주는 시다. 아버지란, 라캉 식으로 말하자면, 아버지의 이름(법)으로 대표되는 사회적 질

서와 명령과 체제를 일컫는다. 나는 그런 아버지에 의해 모종컵 속에서 재배된다. 아버지는 모종컵에 나를 심고 나를 키우고 나를 팔아, 새 눈알을 사고 새 다리를 사려 한다. 햇빛처럼 쏟아지고 찢어지는 아버지를 받아 마시고 나도 찢어진다. 나의 찢어짐으로 아버지는 다시 환해지고 사지가 피어난다. 나를 피우기 위해 아버지가 찢어지고, 아버지를 피우기 위해 내가 찢어지는 '찢어짐'의 순환 계보! 그러나 나의 찢어짐이란 아버지의 재생을 위한 수단에 불과하다는 '찢어짐'의 불평등 구조! 여기에 시인 조말선의 독특한 시선이 있다.

많은 선배 시인들이 '거울'을 매개로 주체와 타자의 간극을, 허구적 구도 위에 세워진 주체의 타자화를, 그로 인한 자기분열과 자기소외를 천착한 바 있다. 인용시에서도 거울에 되비춰진 아버지는, 나의 타자화된 주체이다. 나는 남근으로 상징되는 아버지에 의해 심기고 피어나고 팔릴 수 있다. 나에게 단독자로서의 위상을 부여하는 이도 아버지요, 결과적으로 그 위상을 빼앗는 이도 아버지다. 그렇다면 아버지를 꽃피우는 나는 이미 아버지가 아닌가. "이 길을 다 지워야겠어", "내가 온 길을 되돌아가야겠어"라는 구절은 나의 발화인지 아버지의 발화인지 확실치 않다. 거울 속에서는 둘이면서 하나이고, 모종컵 속에서는 거름이면서 씨앗인, 나와 아버지의 관계는 의도적인 혼선에 의해 '거울'의 안팎을 이룬다.

아버지와 나의 관계가 '심다/피다'의 관계에서 '사다/팔다'의 관계로 전환하고 있음에 주목할 필요가 있다. 농경주의적 체계가 자본주의적 체계로 전이되면서, 자연적인 순환관계가 사회적인 소유관계로 변질되고 있음을 보여준다. 이 '심다/피다'의 관계는 '보다/보이다'의 관계로도 확산된다. 인식과 발화의 주체가 '보고' '주문을 외는' 아버지이고 나는 그 대상에 불과하다. 보는 자, 말하는(주문을 외는) 자가 권력의 주체이다. 때문에 "아버지, 나는 어디서 나를 사나요"라는 물음은 힘과 권력의 주체, 즉 아버지에게 억압당한 주체의 상실 혹은 주체의 부재에 대한 자각을 담고 있다. 이러한 자각이 반복될 때 나의, 아버지에 대한 적대의식은 강화된다.

> 아버지의 직업은 씨뿌리는 사람이었다 나는 의자 위에서 끄덕끄덕 존다 나는 변기 위에서 애써 뿌리를 내린다 (…) 나는 앉은자리에서 등을 웅크리고 멀리 뿌리를 뻗는 데 몰두한다 나는 앉은자리에서 캄캄하게 속이 썩어간다 그런데요 아버지 내 몸이 자꾸 기우뚱거려요 어딘가로 쏟아져요 아버지, 나를 꽝꽝 박아주세요
>
> —「섬」 중에서

> 아버지, 이 캔버스는 너무 답답해요 너무 네모졌어요 내가 훌쩍이는데 뻐꾸기가 운다 들어가라 애야, 위대한 텍스트는 다 모서리가 있단다 영화관을 가 보아라 도서관을 가 보아라 텍스트의 모서리는 너의 밥이란다 술이란다
>
> —「뻐꾸기가 운다」 중에서

아버지는 일 년 내내 씨를 뿌리고, 씨를 뿌리기 위해 자주(이를테면 "종묘상 미닫이를 밀 때마다") 발기한다(「아버지는 종묘상을 가셨네」). 아버지가 뿌린 씨인 나는 허락된 아버지의 영토 안에 뿌리를 내려야 하는 식물적 존재이다. 나는 앉은자리에서 시들고 앉은자리에서 핀다. 나의 뿌리는 늘 허방에 내려지고 캄캄하게 속이 썩어간다. 결국은 '아버지의 봇질'에 의해 아버지의 영토를 열기 위한 열쇠가 되어 스스로를 가둔다. 아버지의 욕망이 나의 욕망이 되어버린 셈이다. 아버지의 영토는 화분, 거울, 모종컵, 새장, 꽃병, 어항, 가방, 양동이, 구두, 캔버스 등의 시니피앙들로 변주된다. 이것들은 나를 키우는 '밥'이자 '술'

이다. 사육되고 재배되는 갇힌(닫힌) 시적 주체의 사랑이자 족보이자 무덤이다. 우리 시대의 '위대한 텍스트'들의 상징적 질서이자 자기분열과 자기소외를 야기하는 주체들이기도 하다. 그러니까 나를 부동성, 폐쇄성, 수동성, 불모성으로 몰아가는 '막다른 골목'이자 '막다른 불안'(「꽃병」)의 상관물들인 셈이다.

시적 주체인 나는 타자의 욕망, 사회 질서로서의 명령, 아버지라는 이름의 그물에 생포되어 그 실체성이 고사(枯死)되곤 한다. 아버지의 이름으로 인한 시적 주체의 나르시시즘적 자폐의 기호화 과정을 엿볼 수 있는 대목이다. 그리하여 시인은 "아버지의 생애는/내가 부수어야 할 문/너무 조이는 구두였네"(「구두」), "세상의 악기는 감옥이었네/소리는 악기 속에 갇혀/꿈을 조율하였네"(「새장」)라고 발설하기에 이른다. 이런 구절에는 부권적 상징질서에 대한 종속의식과 그 이면의 저항의식이 동시적으로 표출되고 있다.

얘야 너는 너무 익었구나

조말선 시인의 텍스트에는 여성적 육체 이미지가 빈번히 등장한다. 꽃처럼 피고 지는 자폐(「아홉 송이의 자폐」)의 나르시시즘은 성(性)적으로나 언어적으로나 주체의 불안정성을 야기한다. 나아가 카니발리즘적인 환상을 통해 성적 정체성을 확인한다.

빨간 입은 분노였네 노란 입은 빈혈이었네 파란 잎은 두려움이었네 분노를 빈혈을 피워야하는 파란 잎은 세차게 멍들었네 아버지가 비닐하우스로 들어오셨네 이런, 신발이 작구나 얘야 걱정스런 아버지는 신발을 벗기고 내 발가락을 잘랐네 발가락이 잘릴 때마다 나는 열매를 맺었네 나는 미혼모였네 아버지는 매일매일 미혼모를 재배했네 아버지 제발 제 신발을 돌려주세요 한번도 신지 못한 새 신발들이 쓰레기통에 버려졌네 빨간 입은 분노였네 노란 입은 빈혈이었네 파란 잎은 두려움이었네 분노를 빈혈을 말해놓고 파란 잎은 시들어갔네 아버지가 비닐하우스로 들어오셨네 이런, 모자가 작구나 얘야 자상한 아버지는 모자를 벗기고 내 목을 잘랐네

—「화분들」 전문

카니발리즘의 신체절단 모티프들은 「거울」을 비롯해 시집 도처에 깔려 있지만 특히 인용시 「화분들」에 집약되어 있다. 「화분들」은 '미혼모'로 상징되는, 불완전한 여성의 분노와 빈혈과 두려움이 만발한 시이다. '나'는 이 시에서도 식물에 비유된다. 나의 분노와 빈혈과 두려움이 각각 빨강, 노랑, 파랑의 (꽃과 열매와) 잎으로 구체화되고, 그 식물이 뿌리내린 공간은 인위적이고 폐쇄된 '비닐하우스 속 화분'이다. 재배되어 팔려가기를 기다리는 비닐하우스 속 화분 속 식물에 시적 자아를 투사시키고 있다. 빨강, 노랑, 파랑의 색을 지녔음에도 불구하고 이 식물의 지배적인 색조는 빨강다. 분노, 빈혈, 두려움이 곧 피의 분출, 피의 결핍, 피의 내출혈(멍)에 의한 것이라는 점에서 모두 '피'의 이미지를 발산하기 때문이다.

"엄마가 나를 집어먹는다 얘야 너는 너무 익었구나 너무 빨강구나 엄마가 나를 도로 뱉어낸다"(「토마토」), "식탁 위에 있는 토마토가 시뻘개지고 있다 제 몸의 추문 한 방울을 다 빨아먹고 있다(「누가 토마토 모종 아래에 홍건한 서답을 눋었나?」)"에서처럼 '홍건한 시딥'의 이미지는 '토마토'로 집약된다. 서답(월경용 기저귀)은 여성 몸의 가장 적나라한 표상이다. 분노와 결핍과 두려움으로 인해 나의 몸은 "생의 한나절을 다 읽기도 전에" '숙성되'(「정오」)곤 한다. 문제는 그 숙성(熟成)이 아

버지에 의해 타의적으로, 외부와 단절된 채 속성(速成)으로, 인공적으로 관리 통제되고 있다는 데 있다. 시적 주체가 "두꺼운 어둠이 두근두근 뛰고 있"고, "흙을 파 보니 / 충혈된 눈알들이 / 돋아나고 있는"(「구근들」) 구근들의 두근거림처럼 '너무' 익거나 '—하기 전에' 숙성되는 불길한 불안에 휩싸여 있는 이유이다.

> 나는 네가 원할 때마다 내 진로를 바꾼다 오물의 길, 혈액의 길, 극약의 길, 오오 너의 고백의 길, 눈물의 길 (…) 네가 걸어가야 나는 걸어간다 네가 멈추면 나는 멈춘다 네가 흘러 넘치면 나는 흘러 넘친다
>
> —「고무호스」 중에서

> 흙탕을 담으면
> 나는 흙탕이었다
>
> 슬픔을 담으면
> 나는 슬픔이었다
>
> 네가 던진 농담에
> 나는 전신을 떨었다 // (…) //
>
> 보지 마, 못 아래 상처,
> 못대가리에서 터져나오는 이 연분홍 핏물!
>
> —「연, 못」 중에서

네가 원할 때마다 진로를 바꾸는 나는, 네가 원하는 대로 담기는 나는, 한없이 붉은 이미지를 발산한다. 너로 인해 바뀐 나의 길에는 오물

과 혈액과 극약과 고백과 눈물이 흘러넘친다. 너를 거절하지 못하는 나의 내면은 핏물을 흘리는 (연,)못 아래의 상처로 비유되고 그 (연,)못에는 퉁퉁 불은 익사체가 담겨 있다. 수동적이고 피학적인 그의 숙성은 부패 나아가 죽음을 예감케 한다. 그러므로 때아니게 숙성된 시인의 여성성은 불길하게 붉다.

「화분들」이 붉은 이미지로 만발한 데에는 '자르다'라는 술어도 한몫을 한다. '신발'이나 '모자'는 외출 혹은 사회적 활동을 의미하는 비유적 상관물이다. 그러나 시적 주체에게 그것들은 철저하게 제한되고 통제되어 있다. '비닐하우스 속 화분' 안에서만 용납된다. 때문에 신발이나 모자가 작아질 때마다 식물로 비유되는 시적 주체의 발이 '잘리고', 목이 '잘린다'.

앞서 인용한 「거울」이나 「토마토」 같은 시들 외에도 "그 꽃집의 꽃들은 오래 전에 죽었다 그 꽃집은 목이 잘린 꽃들이 피고 있다 지고 있다"(「끝없이 두 갈래로 갈라지는 길들이 있는 정원 4」)나, "당신이 뽑아낸 이 모가지들" "저 빡빡한 유통기한 저 코를 찌르는 죽음 꽂으세요"(「오아시스」)와 같은 구절들에서는 신체절단과 식인(食人)의 카니발리즘으로 변주된다. 여성의 몸에서 비롯되는 결핍, 두려움, 분노 등이 카니발리즘의 배면을 이루고 있을 것이고, 그러한 카니발리즘은 공격적이고 자폐적인 나르시시즘적 환상의 결과이기도 할 것이다. 관리되고 통제된 시적 주체는 세계를 향해 열리지 못한 채 자기 안에만 갇혀, 분열되고 해체된 자의식으로 나타나고 나르시스처럼 죽음을 바라보곤 한다. 그런 의미에서 조말선 시인의 시는 여성의 몸인 '빨간 혓바닥'(「막장」)이 내뱉는, 아버지의 영토를 향한 공격 충동이 남긴 '빨산 이야기'(「매우 솔직한 담론」)라 할 수 있지 않을까.

나는 앵무새처럼 말했다

조말선 시인의 시적 주체는 카니발적인 언술 뒤로 숨는다. 아버지의 영토 안에서 '재배되는' 시적 주체로서는 스스로를 숨기는 언술이 가장 효과적인 전략인지도 모른다. 단적으로 말하자면, 그의 시적 언술은 크게 두 방향 사이에서 길항한다. 제목(시 제목들이 사물이나 정황을 지시하는 명사들이 대부분이다!) 중심의 시적 상관물을 향해 의미를 응집시키려는 방향과, 설명을 배제한 채 치환과 비약을 거듭하면서 의미를 확산시키고 지연시키려는 방향이 그것이다. 미끄러지기를 거듭하면서 의미를 지연시키는 후자의 언술이 언뜻 보면 질서정연하게 분출되고 있다는 느낌을 주는 것은, 전자의 언술처럼 제목을 중심으로 모아지는 집중된 비유와 반복의 형식 때문이다. 특히 시적 의미를 교란시키는 후자의 이질적인 어조와 아이로니컬한 진술은 억압과 통제에 저항하는 다성적(多聲的) 방출과 공격적 위반을 담고 있다.

새장을 샀다 새장 속에 앵무새가 있었다 이름을 물었다 나는 새장이야, 앵무새가 말했다 새장 앞에 거울을 들이대고 물었다 너는 새장이군, 앵무새가 말했다 기분이 상한 나는 앵무새를 날려보냈다 새장 속에 고양이를 넣고 이름을 물었다 나는 새장이야, 고양이가 앵무새처럼 말했다 화가 난 나는 사람들을 데리고 와서 고양이의 이름을 물었다 이것은 검은 새장이군, 사람들이 앵무새처럼 말했다 나는 고양이를 꺼내고 구름을 넣었다 나는 구름에게 이름을 붙여주었다 너는 새장이야, 나는 앵무새처럼 말했다 구름은 앵무새 모양이 되었다가 고양이 모양이 되었다가 비가 내린 어느 날 사라졌다 나는 텅 빈 새장 속으로 들어갔다 사람들이 다가와서 이름을 물었다 텅 빈 새장이야, 나는 앵무새처럼 말했다

—「앵무새」 전문

'새장'은 앞서 언급한 '모종컵'의 변형 공간이다. 이 새장은, 타의든 자의든 새장에 들어온 모든 존재들을 '새장' 그 자체로 만들어버리는 힘을 지니고 있다. 앵무새도, 고양이도, 구름도, 나도, 사람들도 이 새장 안에만 들어가면 스스로는 물론 타자까지도 새장이라고 말하게 된다. 언어가 존재의 집이라는 말도 있거늘, '물었다'와 '말했다'를 반복하며 언어(이름)는 존재를 규정한다. 단문의 건조한 나열과 반복을 특징으로 하는 '앵무새의 말'은 이 시대의 폭력적인 언술의 행위에 대한 알레고리이고, '새장'은 앵무새의 말이 강요되고 용납되는 아버지의 영토에 대한 알레고리이다.

특히 그의 시들은 경쾌하고 속도감 있게 읽힌다. 그러한 리듬은 어휘, 통사구조, 이미지, 어조, 의미 등의 다양한 층위에서 이루어지는 반복을 근간으로 생성되곤 한다. 억압된 무의식은 끝없는 반복 충동에 의해 자신의 억눌린 욕망을 표출하려 한다고 지적한 이는 라캉이었다. 반복형식 자체가 의식의 질서를 무의식 속으로 밀어넣으려는 경향을 지니고 있다는 것이다. 인용시 「앵무새」의 경우도 경쾌하게 반복되는 단문과 대화체의 변주로 음악성이 증폭되고 있다. 경쾌한 형식과 폭력적인 내용 간의 부조화는 아버지의 상징적 질서를 반영하면서 그 질서를 와해하려는 기호적 운동성의 작용이기도 할 것이다. "잘 닦인 길이 말했다/너는 왜 맨날 똑같은 대사를 읊는 거야? (…) 텅 빈 창문이 말했다/너는 왜 맨날 똑같은 풍경을 즐기는 거야"(「순환버스」)라고 말할 때도, 시인은 반복의 질서를 통해 또다른 의미의 속박된 혹은 통제된 질서를 드러내고자 했던 것이다.

그의 시에서 놓치지 않아야 할 또다른 언술의 특성이 아이러니이다. "욕설과 비웃음이 늘어났어요 나무는 갈라지는 것이 숙명이에요 나무는 반어법이 유일한 화법이에요"(「끝없이 두 갈래로 갈라지는 길들이 있는 정원 1」)에서처럼, 욕설이나 비웃음을 숨긴 경쾌한 발화법은 그의 장기이다. 위의 「앵무새」가 상황적 아이러니가 두드러진다면, 앞서 인용한 「거울」이나 「화분들」은 다성적 어조에서 비롯되는 언어적 아이러니가 두드러진다. 그것을 반어법이라고 하든 아이러니라고 하든, 인생이나 체험의 한쪽 면만이 아닌 정반대의 대립적인 것까지도 동시에 보고 표현하고자 하는 시적 시선임에는 틀림없다. 말하는 내용과 말하는 형식 사이의 폭력적 부조화, 말을 주고받는 사람들 사이의 첨예한 갈등, 말 건넴의 대화체와 딱딱한 서술형의 병치, 끊임없이 누군가에게 말하고 있으나 벽 앞에서의 대화와 다를 바 없는 소통의 단절 따위에서 아이로니컬한 어조가 형성된다. 이러한 어조는 '나'와 '아버지'의 어긋난 관계는 물론 '아버지'에 대한 '나'의 복종과 저항의 이중성을 재현하는 적절한 수사적 장치일 것이다.

조말선 시인의 리듬과 어조는, 아버지의 이름으로 통제되는 현실과 갈등하는 시적 주체의 분열적이고 모순적인 내면을 반영한다. 아버지의 이름을 부정하면서도 용납할 수밖에 없는 이 주체는, 아버지가 부여한 제한과 금지 들을 공격적 충동으로 버팅겨낸다. '앵무새'의 발화법 역시 '무엇'에 대해 끝없이 발설하고 있으나 발설되는 족족 앞말과 뒷말은 서로를 무너뜨린다. 그 무너뜨림이 시인 스스로가 주체할 수 없는 파괴력을 동반할 때, 그의 언어는 날카롭고 강한 힘을 얻는다. 그러기에 감히 필자는 그의 강박이 더 깊은 무의식에서 길어올려지기를, 그의 언어가 그만의 언어와 사유의 푯대를 더 멀리 꽂기를 기대하는 것이다.

시간의 나뭇잎 뒤에는

— 이사라, 『시간이 지나간 시간』(문학동네, 2002)

'뼛가루 꽃나무' 한 그루가 서 있네

이사라 시인의 네번째 시집 『시간이 지나간 시간』을 읽는 내내 "작가는 죽을 수 있기 위해 글쓰기에 전념한다"라는 블랑쇼의 말이 떠올랐다. 열매가 씨를 품고 살듯, 작가는 자신의 죽음을 품고 산다. 이사라 시인의 이번 시집에서도 집요하게 반복되는 시어들이 바로 죽음, 시간(시계), 기억, 바닥, 그리고 침묵과 시(詩)이다. 그는 평안한 소멸을 꿈꾸면서, 시간을 기억하고 그 시간의 바닥을 쓰다듬고 침묵하고 그리고 시를 쓰고 있다. 그러기에 그에게 시는 죽음이다. 우리 자신을 무(無)로 만들어가는 시간, 그 시간의 바닥에서 말할 수 있는 것은 침묵뿐이다. 부재이고 빈터인 시간의 바닥에서 말해지는 그의 침묵은, 어머니의 말과 같은, 미래의 말이다. 시집을 읽는 내내 시집의 제목이기도 하고 시집을 꿰뚫는 중심 사유이기도 한, '시간이 지나간 시간'과 '죽을 줄 모르는 죽음'을 나는 읽은 듯도 하다. 만족할 만한 죽음이 있을까마는 만족하게 죽을 수 있기 위하여 시를 쓸 수밖에 없는 시인의 존재론적 모순에 대한 성찰을 담고 있는 이사라 시인의 조용하고 단정한 언어들은 시간과 죽음과 시쓰기의 심연으로 우리를 인도한다.

지금까지 일관되어온 그의 시세계[1]의 특징은 예각화된 감각과 언어로 시적 체험을 간접화시킴으로써 시적 대상과 일정한 거리를 유지하고 있다는 데서 찾을 수 있다. 때문에 그의 텍스트들은 표면적인 진술 밑에 숨겨진 균열들을 함께 바라보고 견주었을 때 비로소 텍스트가 말하고 있는 의미를 읽어낼 수 있다. 이처럼 미학적 거리를 견지해오던 이전 시집들에 비해, 이번 시집은 시인의 내면을 밀도 있게 조명해내는 데 많은 노력을 기울인다. 세월의 바닥에 파묻힌 기억과 죽음의 흔적들을 들춰보고 몸에서부터 발원하는 침묵과 시의 조건들을 내면화하고 있다.

그 여자 단풍 드는 여자
어머니
내 속에 서 있는 나무

그 시간 단풍 드는 시간
죽음
내 속에 서 있는 나무

그 입술 단풍 드는 입술
침묵
내 속에 서 있는 나무

1) 이번 시집 이외에도 『히브리인의 마을 앞에서』(문학사상사, 1988), 『미학적 슬픔』(둥지, 1990), 『숲속에서 묻는다』(세계사, 1997)를 상자한 바 있다.

그 몸 단풍 드는 몸
시(詩)
내 속에 서 있는 나무

죽을 줄 모르는 죽음으로
살 속의 물과 꿈, 긴 속삭임 다 쏟아내고
내 속에 뼛가루 꽃나무를 꼿꼿하게 세운다

—「단풍」 전문

모든 서시는 시집을 열면서 읽고 시집을 덮으면서 다시 한번 읽어야 한다. 그 시집이 표방하는 시정신이 몰려 있기 십상이고, 시인이 좋아하는 작품이거나 객관적으로도 좋은 작품일 확률이 높기 때문이다. 처음 읽었을 때 서시 「단풍」은 군더더기 없는 반복형식이 인상적이었다. 시집을 덮으며 다시 읽었을 때는 서늘한 무게감이 실려왔다. 이 서시 역시 이번 시집을 열고 닫는 수문 역할을 하는데 그 문고리는 바로 네 번에 걸쳐 반복되는 '단풍 드는'이다. 이 '단풍 드는'이라는 구절은 연을 더해가면서 다양한 의미로 변주된다. 1연: 여자(어머니)가 들다, 2연: 시간(죽음)이 들다, 3연: 입술(침묵)이 들다, 4연: 몸(詩)이 들다 등으로 요약할 수 있다. 이 네 문장은 이번 시집의 네 기둥을 이룬다. '드는' 어머니와 죽음과 침묵과 시는, 시인 안에 '서 있는' 나무(들)이다. 이 '드는'과 '서 있는'이라는 술어에는 내맡기고 무릅쓰는, 견디고 버티려는 시인의 자율적 수락 의지가 담겨 있다.

이미지도 없고 과성이나 상황도 없이 덜렁 내던져진 5연의 "죽을 줄 모르는 죽음"은 어불성설과 자기모순에 기댄 채 오리무중이다. 문고리는 잡았으되 그 고리가 움직이지 않는다면? 에돌아가는 수밖에. 사실 그의 시에서 이런 모순어법(oxymoron)은 심심치 않게 발견된다. "시간이 지나간 시간"(「시간이 지나간 시간」)을 비롯해, "햇볕 속에서/햇볕의 중량을 사라지게 하"는 자루, "황혼이 되어도 등뒤에 긴 그림자는 안 생기"는 시간, "짧게 혹은 길게 소리내어 웃어도/소리는 안 움직이"는 웃음(「낮잠」) 등이 그 대표적 실례이다. 또한 시간(시계), 기억, 죽음, 바닥과 같은 중심 시어들 자체가 모순적 속성을 띠면서 시적 사유나 시의 구조적 차원에서 드러나기도 한다. 인용시 「단풍」에서도 "죽을 줄 모르는 죽음"은 모순되는 이미지 '뼛가루 꽃나무'로 발현된다. '뼛가루'는 '꽃가루'를 연상시킨다. 그것들은 날리는 입자들이라는 점에서 공통적이다. 그러나 뼛가루가 죽음과 사멸을 떠올리게 하는 시어라면, 꽃가루는 생명과 생성을 떠올리게 하는 시어이다. 이렇듯 그는 역설적 사유 속에서 삶과 죽음을 통합시킨 후, 시간과 기억과 바닥에 눌어붙어 있는 생(生)과 멸(滅)의 이미지를 동시적으로 구축해내곤 한다. 그렇게 보자면 그의 역설적 사유는 세계인식의 틀이기도 하다.

다시 "죽을 줄 모르는 죽음"으로 돌아가보자. "시간이 지나간 시간"과 마찬가지로 이 구절에서는 시간의 바닥에 고여 있는 침묵과 부재의 미래, 즉 부활과 영원의 의미를 읽을 수 있다. 그러므로 "죽을 줄 모르는 죽음"으로 "살 속의 물과 꿈과 속삭임"을 다 쏟아낸 후 들여다보게 된, 빈 몸속에 세워진 '뼛가루 꽃나무'야말로 이 사막의 도시 한가운데서 시인이 명명하는, 세계의 나무 그 이름인 것이다. 이 나무 안에 '드는' 어머니와 죽음과 침묵과 시는 서로의 꼬리를 문 채 원환(圓環)의 구조를 이룬다.

'드는' 시간들이 원환(圓環)을 이루네

이사라 시인은 자신이 살고 있는 이 도시를, 엘리베이터가 집과 집을 이어주듯 디지털화된 수직 골목으로 연결된 수직 제국(「수직 골목」)으로 읽어낸다. 피뢰침이 새와 둥지와 새끼들을 키우고 쇠나무 한 그루가 되는 곳(「피뢰침 한 그루」)이나, 지하철과 지하도와 지하층으로 이어지는 카타콤베 등으로 읽어내기도 한다. 등껍질 아래 물을 모으는 사막거북이와 거북이 같은 사막 나그네가 양끝을 잡아 늘이는 사막 수족관(「사막 여행」)으로 읽어내기도 한다. 이 죽음의 은유 공간 한가운데서 시인이 붙들고 있는 화두가 바로 시간이다. 시간 자체는 무한하다. 그러나 시간을 의식하는 주체인 인간은, 시간 속에서 태어나 죽어야만 한다. 멸(滅)해야만 하는 유한한 존재에 불과하기에 시간의 문제는 인간에게 비극적으로 인식될 수밖에 없다.

우리가 과거를 기억하는 까닭은 과거로 되돌아가고자 해서가 아니다. 과거 속에 이미 다른 미래의 모습이 있기 때문이다. 그래서일까. 그의 시간은 변화한다. 진흙 덩어리였다가 네모난 두부 모양이었다가, 썰려 토막 나 사다리처럼 이어지기도 하고 포로로 잡혀 달아나다가 힐끔거리기도 한다(「시간」). 정신을 놓치기도 하고 한없이 느리게 돌아가기도 한다(「한없이 느리게 돌아가는 시계」). 누워 있기도 하고 누르고 있기도 하고 도망가기도 하고 말랑말랑하기도 하다(「관계」). 그의 시간은 "만화경 속에서 저렇게 반짝이는 생의 입자들!"(「관계」)처럼 변화하기에 치유와 웃음과 부활과 생명력에 관여한다. 사멸과 상실에 닿아 있는 시간의 비극적 운명을 이사라 시인은 이렇듯 역설적인 사유와 역동적인 상상력을 통해 따뜻하게 반죽해내곤 한다. 그리하여 풋풋하고 말랑말랑한 생명의 싹을 끄집어내곤 한다. 그런 의미에서 이사라 시인에게 시간은 어머니이다.

겨울이 다 지나갔을까?
빙판에 다리 부러져 누운 시계

그 시계
이제는 말할 수 있답니다
죽을 만큼 힘은 들었어도 마침내
빙하기를 건너왔다고
훙얼훙얼 노래처럼 말하지요

어머니
수십만 년 얼음 깨고
째각째각 몸을 부수면서 걸어나오네요
아, 환해라
지붕이 무너지니까
눈이 부시네
어머니 이마가 상처로 눈이 부시네요

누가 잔뜩 세상을 싣고 지나가네요
거울 속에도 가득한 세상을

이제 막 봉우리 맺는 꽃잎의 속살이 훤히 보이고
꼬마 시간들 마구 뛰쳐나오려는 것도 보여요
어머니의 발꿈치를 물고서

—「어머니」 전문

빙판, 얼음 등의 시어로 지탱되는 겨울(빙하기) 이미지가 시간에 대한 비극적인 인식을 드러내고 있다면, 노래, 봉우리, 속살, 꼬마 등의 시어로 지탱되는 봄(꽃잎) 이미지는 시간에 대한 생명적인 인식을 드러내고 있다. 1연의 '노래'처럼 하는 말이나 2연의 환하게 부신 '상처'

는 생성의 이미지를 환기시킨다. 급기야 시계의 몸과 어머니의 시간은 '꼬마 시간들'을 마구 생산해낸다. 시간이 지닌 생성의 이미지는 겨울을 지나온 "이제 막 봉우리 맺는 꽃잎의 속살"과 오버랩되면서, 어머니의 발꿈치를 물고 마구 뛰쳐나오는 풋풋하고 말랑말랑한 아이들로 형상화되고 있다. 뿐만 아니다. 시인이 '시간의 바닥'을 쓰다듬을 때 시간은 다시 '집 한 채'로 태어나고(「생가生家」), 시인은 "시간이 지나간 시간을 씻으면서 맑아지고"(「시간이 지나간 시간」)자 한다. 이처럼 시간은 쓰다듬다, 웃는다, 태어나다, 씻다 등의 몸과 관련된 술어를 동반한 채 재생과 정화의 이미지를 구축하고 있다.

특히 1연의 "다리 부러져 누운 시계"와 2연의 "째각째각 몸을 부수면서 걸어나오네요"에 의해, '시간'과 '어머니'는 동일화된다. 그의 시에서 시간은 어머니(여성성)이다. 그의 다른 시 「이런 기억도 사랑이라네」에서도, '옛날'로 표상되는 과거의 시간(추억과 기억)이나, '봉분'과 '무덤'으로 표상되는 미래의 시간(회귀, 사멸)들은 모두 "기적 같은 시간"이자 "사랑"이다. 그 '시간의 몸'도 어머니의 육체성을 통해 확인되곤 한다. 「여자를 따라다니는 여우」에서도 "구백 년 전부터 빨지 못했던/뽀얀 젖" "시간이 낡아가니?/내 몸이 가진 시간이 낡을 뿐이지"와 같이, 시간은 여성의 몸과 결합되어 있다. 여성적 삶의 조건들을 내면화하고 싸안으려는 여성적 정체성에 대한 인식은 눈에 띄는 대목이다. 시간이라는 이름 속에 파묻혀버린 삶의 흔적들을 들춰보기도 하고, 여성적 삶의 조건들을 내면화시키고 싸안으려 한다.

내게는 한 마리 슬픈 여우가
늘 따라 다녀
너도 나처럼 잡아먹힐 때까지만 살아보렴
시간이 낡아가니?

내 몸이 가진 시간이 낡을 뿐이지
하루에도 수백 번
네 뒤를 밟다보면
불쑥 너를 잡아먹고 싶지만, 그래도
그냥 따라다니지
그러면서 측은하게 몸을 웅크리며
내 등 너머로 물러서는
내가 허락해서는 안 되는 여우 하나
달력을 뛰어넘어 휘익 내 앞을 가로막네

—「여자를 따라다니는 여우」 중에서

여성 시인들의 경우 자신의 여성적 정체성을 확인하게 되는 시적 대상이 있다. 이사라 시인의 경우 여성적 정체성은 바다, 늑대, 곰, 성녀 혹은 마녀, 걸레, 독(毒) 등 다채롭다. 인용시에서는 '늙은 여우'로 비유된다. 여자를 여우에 비유하는 것은 흔한 발상이다. 꼬리가 아홉 개 달린 구미호가 그러하거니와, 백 년(혹은 천 년) 묵은 혹은 백여우도 그러하다. 남성중심의 시각에서 여우는 대체로 부정적인 여성성을 상징한다. 숱한 변신이 가능한, 타인을 유혹해 위험에 빠뜨리는, 거칠고 위험하고 탐욕스런 속성을 겨냥한 것일 게다. 그러나 그와 같은 여우의 속성은 고분고분하게 길들여지지 않는, 주기를 거부하고 빼앗는 여성의 야성적 본능을 의미하기도 한다. 흔히 말하는 여걸(wild woman)의 속성 말이다.

「여자를 따라다니는 여우」에서 보여주었던 이중적 여성성은 「민담」에서는 상실한 야성(野性)성으로 보다 명확해진다. 빵가게에 걸린 '북극곰'은 그림 속에 존재하는 그림일 뿐이다. 그것도 마냥 걸어가는 뒷모습이고 상처로 꿰매어져 퍼즐 조각으로 맞춰져 있다. 아기 단군을 품었던 곰여자, 웅녀의 자취는 이미 사라지고 없다. 여기까지가 객관적인 서술이었다면, 2연 끝에서 슬쩍 시인의 현실적 자아가 개입한다. "나의 뱃속은 허기져 나를 빵처럼 부풀리는 몽롱한 오후"라고. 빵가게에 걸린 그림 속의 곰이 바로 자신의 모습임을 암시하고 있다. 그리고 시인은 다음과 같이 노래한다.

> 말랑말랑한 빵가게의 빵들은 밥알보다 화사하게 웃을 줄 알고 부드럽게 씹힐 줄 아는데, 나는 저 곰을 뱃속에 집어넣고 울고 싶습니다. 빵가게에서 매달아놓은 이국의 깃발들이 흔들리는 바람난 가을 오후입니다
>
> —「민담」 중에서

빵과 밥알은 인간의 주된 '먹이'라는 점에서는 동일하다. 그러나, '서구화된 삶과 문화' / '한국적인 삶과 문화', '간편하고 현대적인 문명과 정신' / '복잡하고 전통적인 문명과 정신'이라는 서로 다른 기호체계를 가진다. 때문에 북극곰 그림이 굳이 빵가게에 걸려 있는 것은, 시인이 먹이 혹은 밥벌이 한복판에 노출되어 있을 뿐만 아니라 서구화된 삶과 문화에 길들여져 있음을 드러내는 약호로 해석된다. "이국의 깃발들이 흔들리는" 밥벌이의 현장 속에서 말랑말랑한 빵처럼 화사하게 웃을 줄 알고 부드럽게 씹힐 줄도 아는 시인은, 잃어버린 자신의 야성과 모성을 그리워하는 것이다. 특히 "저 곰을 뱃속에 집어넣고 울고 싶다"는 대목은 그 말랑말랑한 빵 대신 북극곰의 야성으로 허기를 채우고 싶다는 의지적 표명으로 읽힌다. 주지하다시피 배는 몸의 중심이다. 태아가 몸의 중심 배꼽에서부터 성장해가듯, 세계는 우주의 중심인 배에서부터 퍼져나간다. 배는 새롭게 시작할 힘의 원천이 저장된 곳이다. 때문에 그 뱃속을 채우고 싶은 시인의 허기는 생리적인 배고픔이 아닌 자신의 야성과 모성을 향한 보다 근원적인 허기이고 그것을 상실

한 자연 혹은 근원적 자아를 향한 무한 연민으로서의 허기인 것이다.

근원적 서정의 회복과 갱신을 배면에 깔고 있는 시인의 허기는 세계를 향한 수락의 시선을 동반한다. 그러한 시선은 잃어버릴 것을 모두 잃어버린 자의 편안함에서 우러나오는 너그러움의 시선이기도 하다.

조그만 상처가 전부인 키 작은 여자들이
언제든 돌아갈 길 보이는 여자들이
빚도 아주 조금 있을 뿐인 여자들이
마취가 잘 안 될 것 같은 여자들이
신도 차마 안 건드리시는 여자들이
마당 한 구석
좁지 않은 마음을 누비는 저 발바닥
까매서 이쁘네!

—「채송화」 중에서

시인이 바라보고 있는 채송화는 키가 작고, 그러나 잘 익었고, 꿈틀꿈틀 사랑을 키워올리고, 마음이 붉다. 그런 채송화에게서 시인은 또 다른 여성성의 만개(滿開)를 확인한다. 그 여성성은 유년의 혹은 잃어버린 시적 자아의 정체성을 회복하기 위한 실존적 서정성과 정신성을 담고 있다. 향수라든가 추억 따위는 대체로 아름다운 영상을 만든다. 현재에서 새어버린 텅 빈 시간이 지나간 것들을 미화하기 때문이다. 채송화는 그처럼 텅 빈 시간의 바닥에 고여 힘겹게 피어 있고, 거기에서 시인은 누적된 여성으로서의 삶의 무게를 감지한다. 허기진 여성성이다. 그러나 키 작은 채송화처럼, 여리고 작은 것들의 살이 오르는 것처럼, 그 허기진 여성성을 허락하고 감싸 안으려는 시인의 의지가 읽힌다.

시간이 어머니와 결합하고 있다는 것은, "젖이 퉁퉁 불은 무덤"(「조금 높은 곳은 푸르다」)의 이미지처럼 시간이 이미 죽음을 전제로 하고 있음을 예측 가능케 한다. 이사라 시인에게 시간은 어머니이자 죽음이다.

바람이 이곳 저곳 세상을 훑다가
우연한 죽음 하나 만드는 시간
저도 모르게
한 세상이 끝나야 하는 나뭇잎 같은
죽음은

무너진 담의 벽돌 밑 저 부지런한 개미집을 지나서 오나
붉은 복숭아 속에서 통통하게 살 오르고 있는 저 벌레를 지나서 오나
광고 문자에 깔린 채 터져나오는 저 폐수 거품을 넘어서 오나

—「나뭇잎 뒤」 중에서

시인은 "죽음을 향해 질주하"는 나뭇잎에서 인간의 존재론적 상황을 읽어낸다. 시간의 한 귀퉁이에서 맞이하게 되는 우연한 죽음을, 떨어지는 '나뭇잎'에 비유하면서 말이다. 나뭇잎 뒤에는 죽음의 시간이 그 배경을 이룬다. 죽음은 살아 있는 '부지런한' 개미집에도, '살 오르고 있는' 복숭아 벌레에도, 그리고 죽어가고 있는 '폐수 거품'에도 깔려 있다. 세계의 배경으로서의 시간은 이렇게 살아 있는 것과 죽어가는 것들의 몸 안에 똬리를 틀고 있다. 삶과 죽음은 다른 것이 아니다. 죽음은 생명에서 오고 생명은 죽음에서 온다. "삶과 죽음이 서로 끌어당기는/신비의 펑 뚫린 중심"(「먼 거리의 죽음」), "사랑은 사라지고/첨탑 끝에서 죽음과 생이/암수 한 몸으로 하나가 되어/혀를 낼름거리"(「고통을 굴려 눈사람을 만든다」)듯 죽음은 삶과 맞물려 있다. 그러기에 이사

라 시인에게 시간은 어머니이고 죽음이고, 그리고 침묵이다.

시인은 침묵의 말을, 침묵의 거대한 속삭임을 감지하는 자이다. 그 거대한 속삭임에서 이미지가 열린다. 그러고는 상상이 되고, 말하는 깊이가 되며, 공허하면서도 불분명한 충만함이 된다. 그런 침묵은 시의 언어가 다다르고자 하는 자기소멸에 뿌리를 내리고 있다. 이번 시집에서도 어머니의 몸을 통해서 확인되는 시간은 침묵의 말을 통해서도 확인된다.

몸을 뚫고 터져나온 혀의 파편들은
낯선 곳에서
풍화되고 있지만
한때는 부글부글
붉은 혀들이 마음껏 방황하였으리
폭발 직전까지 망설였을 말들이
이제 들릴 것만 같네

시간이 휘젓고 간 심연 속에서
어디선가 억새풀 소리를 내는 이상한 신음 소리
말의 화석들이 깨어나는 소리
내 몸 안을 저벅저벅 돌아다니네

—「분화구」 중에서

그의 시에서 '분화구'는 블랙홀과도 같은 '심연'이다. 사람들이 갑자기 하나둘 사라지고 나도 한없이 끌려가고 낚아채인다. 그러한 심연은 시간과 어머니와 죽음과 침묵의, 살아 있는 '부드러운 바닥'이기도 하다. 말이 되기 이전의 소리이고 말들의 죽음이기도 하다. 또 그것은 표현되지 않는 것, 말해지지 않은 것, 이름 짓기와 이데올로기 밖에 머물러 있는 것, 그리고 말할 수 없는 것, 말하지 않고 두어야 할 것 들을 묻어두고 있다. 어머니의 몸(시계)을 뚫고 나왔던 꼬마 시간들처럼, 몸(분화구)을 뚫고 혀의 파편(말)들이 뚫고 나온다. 그 분화구 속에서 폭발 직전까지 망설였을 말들이 침묵이고, "시간이 휘젓고 간 심연 속에서/어디선가 억새풀 소리를 내는 이상한 신음 소리/말의 화석들이 깨어나는 소리"가 바로 침묵이다. 중요한 것은 그 침묵이 새로운 말(언어)의 가능성을 갖고 있다는 점이다. 그것들은 말과 시의 바탕이자 원료이다. 그러니 침묵은 말과 시의 뿌리이다.

"한 세상을 소리도 못 내고/빠끔거리"고(「내공」) "바람 한 점 누울 자리 없이 꽉 찼"(「책 읽기」)을 때, 그러니까 침묵이 절정에 달하는 순간에 "침묵이 소리를 내"(「책 읽기」)게 된다. 말이 형성되는 것이다. 그 말의 파장은 크다. 시인이 시를 쓴다는 것은 그 침묵을 파악하고 침묵에서 태어난 말을 자기 것으로 소유한다는 것을 의미한다. 침묵의 분화구가 폭발하면서 시인은 사물을 명명하고 사물을 묘사한다. 시란 침묵의 분화구의 폭발이다. 그러기에 이사라 시인에게 있어 시간은 어머니이고 죽음이고 침묵, 그리고 시이다.

누구나 때가 되면
몸이 낡아간다—헐렁해진 모오오옴은
모음(母音)
저 혼자 고요히 말하기 시작하는
옹알이 소리, 옹알
어머니의 말은 내 몸에서 편안하다 //(…)//

낡은 몸 더 낡아간다

모음(母音) 더 따듯해진다

—「낡은 몸, 따듯한 말」 중에서

낡아가고 상처난 몸은, 사랑의 몸이고 시간의 몸이고 죽음의 몸이고 재생의 몸이다. 몸은 곧 모음(말)이다. 모음으로 이뤄진 옹알이, 어머니의 말, 그 모음은 '내' 몸에서 가장 편안하다. 그 몸은 낡은 가방, 거미집, 자궁으로 변주되는데 이것들은 앞에서 언급했던 '분화구'의 변형 공간들이기도 하다. 인용 부분에서는 생략된 "혼자 저렇게 말들을 쏟고, 갈가리/찢겨도 끝까지 남는 말"도 '분화구 속의 침묵'과 동일선상에 있다. 어쨌든 낡아가고 상처난 몸은, 모음이라는 이름의 어머니 몸인 것이다. "낡은 몸 더 낡아간다/모음 더 따듯해진다"라는 마지막 구절에는 멸(滅)과 생(生)이 동시에 진행된다는 역설적 진실이 담겨 있다. 낡아갈수록 따듯해진다니! 본질적인 말은 암시적일 때가 많다. 단지 연상시키고 환기시킴으로써 사물들을 멀리하고 사라져버리게 한다. 바로 그러한 말이 침묵과 소리(신음, 울음, 노래)를 넘어선 진정한 의미의 말이자, 갈등과 억압의 말을 뚫고 우리가 찾아야 할 잃어버린 어머니의 목소리이고 시의 목소리일 것이다.

'내'가 '나'를 굽어보고 있네

블랑쇼는 이렇게 일갈했다. "시를 파고들어가는 자는 죽는 자"라고. "심연과 같은 자신의 죽음과 해후하는 자"라고. 『시간이 지나간 시간』을 읽는 내내, 시란 시간과 어머니와 죽음과 침묵과 말이 서로 내연관계에 있다는 것을 새삼 확인하곤 했다. 시는 "죽을 줄 모르는 죽음"이, "시간이 지나간 시간"이 '가능할' 때에 씌어진다는 것, 죽음과 시간이 시인의 내면에서 힘이 되고 가능성이 될 때에야만 씌어진다는 것도 함께 말이다.

사라진 이름들이
침묵으로
한 글자 한 글자
자서전을 써서
길 위에 뿌린다

그 틈바귀에서
구멍 뻥뻥 뚫린 내 이름을
바스락거리며 줍는다

—「낙엽」 중에서

이번 시집의 마지막 시는 「낙엽」이다. 서시가 「단풍」이었던 것을 환기해본다면 의도적인 배치다. 어머니, 죽음, 침묵, 시에 대한 시인의 원환(圓環)의 사유가 또다시 나뭇잎을 통해 형상화되고 있는 것이다. "죽을 줄 모르는 죽음" "시간이 지나간 시간"이 시적 대상으로 구체화된 것이 '나뭇잎 뒤'이다. 그곳은 인용시의 중심 술어인 '침묵으로 부르다' '사라지다/죽다' '자서전을 쓰다' '내 이름을 줍다'는 행위를 통해 도달한 곳이기도 하다. 시인이 시집 도처에서 "생의 바퀴를 흙에게 바치"(「흙에게」)고 "사랑을 방생하는 까닭"(「원시遠視」) 또한 여기에 있을 것이다. 「낙엽」을 비롯해 지금까지 인용한 시들에서도 쉽게 눈에 띄는 사실이지만 그의 시에는 유난히 '나(내)'라는 튼실한 기둥이 많이 세워져 있다. 이처럼 철저하게 자기 자신을 굽어보고 있는 진술의 주체 '나'를 그토록 세워두고자 하는 것은, 모호하고 표현 불가능한 분화구 속의 침묵에 귀 기울이고자 하는 주체의 의지적 표현의 발로일 것이다.

매번 이전보다 더 좋은 시집을 내는 시인들은 무섭다. 바위 절벽에 가파르게 집을 짓고 사는, 누르스름한 그믐에서 그믐으로 허공에 집을 짓고, 허공 그 자체인 칼새에게서 '자서전'을 읽어내는 시인의 눈길이 한없이 매서운 것은 그의 시들이 날로 날렵해지고 깊어지기 때문이다. 시의 길을 찾아 허공으로 몸을 던지는 백척간두 진일보의 정신이 바로 그의 시의 미래일 것이다. 다음 시집이 벌써 기다려진다.

마음 스치고 간 칼날들이 그믐달로 뜬다

일생 땅에 집을 짓지 못하는 칼새의 짧은 다리, 긴 날개
허공에 알을 놓고 허공을 박차고 허공에서 낫을 갈고
허공만이 그의 허파였던

—「자서전을 읽는다」 전문

중력의 사랑을 맛본다는 것

— 한영옥, 『비천한 빠름이여』(문학동네, 2001)

『비천한 빠름이여』는 한영옥 시인의 네번째 시집이다. 이 시집을 읽고 가장 먼저 떠오른 단어는 '중력'이었다. 중력은 이 땅에 발붙일 수 있음의 생존 근거이다. 동시에 발 뗄 수 없음의 숙명적 조건이기도 하다. 중력 때문에 무수한 관계 맺기를 해야 하며, 중력 때문에 위태로운 중심 잡기를 해야 한다. 중력은 존재를 실존에 이어붙이는 접착의 힘이다. 지평선에 의한 속박인 동시에 높이에 대한 그리움의 표상이기도 하다. 이 수직성을 실존이라 부른 이는 메를로퐁티였을 것이다. 존재는 세계 앞에 똑바로 서 있되, 무수한 관계를 껴안고 서 있어야 한다. 중력 안에 있는 모든 존재는 긍정적인 것과 부정적인 것, 보이는 것과 보이지 않는 것의 양면구조를 지닌다. 그것들은 경계가 아니라 접촉에 의해 지탱하고 서 있다. 존재의 실존을 일갈해내는 이 중력의 수직성이야말로 한영옥 시인의 시정신을 단적으로 보여준다. 그러니 중력 체감하기, 중력 바라보기, 중력 견뎌내기쯤으로 그의 시세계를 명명해볼 수 있지 않을까.

이번 시집은 인식과 서정을 아우르는 내면적 성찰이 두드러진다. 그 점에서 이전 시집들의 연장선상에 있다. 시인 한영옥이 체감하는 중력의 강도는 세계를 향한 자신의 내면을 묘사할 때 두드러진다. 그에게 시란 세계를 인식하는 내면의 프리즘이며, 일상적 내면을 향한 성실한 성찰과 반성의 기록이다. 그러기에 그는 자연스런 어조와 호흡으로 '풀어낸다'. 이는 감성적 중량과 집요한 심혼의 떨림을 담아내는 형용사화된 시어들(실제로 형용사를 비롯한 부사, 부호, 반복 등의 빈번한 활용)을 통해서도 감지된다.

이름이 육체를 버렸으니

시인은 시집 도처에서 불화에 시달린다. 주체와 타자 간의 갈등, 보이는 것과 보이지 않는 것 간의 균열을 읽어내고는 그 갈등과 균열의 틈을 메우려고 애쓴다. 타자의 욕망에 대한 욕망을 통해 타자 안에서 주체화된다고 말했던 이는 라캉이다. 타자화되는 과정에서 본래적인(무의식) 욕망과 타자화된(의식화된) 욕망은 때로 중첩되고 상응한다. 그러나 많은 경우에 서로 충돌하고 적대한다. 마치 이름과 사물, 시니피앙과 시니피에, 기호와 실재, 형식과 내용, 겉과 안이 서로 중첩되기도 하고 충돌하는 것처럼 말이다. 이렇듯 짝을 이루는 대립적 질서들이 빚어내는 미세한 균열에 촉각을 세우곤 하는 시인은, 언어(소리와 말)와 그것이 감추고 있을 의미 사이에서 서성인다.

쥐똥나무가
쥐똥나무일 때를

제대로 읽기 위하여서는
선불리 쥐똥나무꽃 향기에 주저앉지 말고
적어도 11월까지는 금의 침묵을 꽉 문 채로
너무 헤프게 웃지 않는 것이 좋다
쥐똥으로 맺힌 열매 힘없이 떨어져
또그르르 구르는 뒤를 한참 따라붙었다가
굽은 허리를 펴는 순간,
물기 없는 바람에 살을 긁히기까지는
쥐똥나무라는 이름은 개운치 않다

긁힌 살 자국을 쓱쓱 지우고 둘러보면
쥐똥나무는 먼저 제 이름을 지워버렸다
어디론가 쥐똥들은 자취없이 굴러가버리고
쥐똥나무였던 쥐똥나무만 우두커니 서 있다
민망스런 몸을 질질 끌어다
허공 동굴에 꾸겨넣는 세상 것들이여
이름이 버린 육체들이 여기저기서 주저앉는다
정명(正名)의 지난함이 폭설로 곧 오리라
다시 한번 이름들은 지워지리라, 흔적없이.

—「정명正名」 전문

존재 그 자체를 '제대로 읽기' 위한 시인의 욕망은 집요하다. 위의 시에서는 정명(正名, 바른 이름 혹은 이름이 바르다)의 지난함을 쥐똥나무를 통해 보여주고 있다. 존재와 언어 사이에는 언제나 틈이 있기 마련이다. 존재도, 언어도, 그만큼 불완전하다. 우리가 '쥐똥나무'라고 이름할 때 그 이름에 합당한 쥐똥나무의 실체가 맞아떨어져야 '정명'

일 것이다. 쥐똥나무 향기만을, 쥐똥나무 열매만을, 쥐똥나무 가지만을 지시할 때 쥐똥나무의 이름은 완성되지 않는다. 게다가 쥐똥나무가 살아 있는 한 쥐똥나무는 늘 변화함으로써 제 이름을 지워버린다. 그러니 "쥐똥나무였던 쥐똥나무만 우두커니 서 있"게 된다. 시인이 쥐똥나무였던 쥐똥나무를 '민망스런 육체' 혹은 '이름이 버린 육체'라 하고, 늘 자취도 없이 쥐똥나무 이름들이 굴러가버리는 곳을 '허공 동굴'이라 하는 까닭이다.

'정명'이라는 말은 개념적인 언어와 실제적인 대상의 합일을 지향하는 인식론과, 규범적인 명분과 구체적인 현실의 일치를 지향하는 공자(孔子)적 명분론을 동시에 환기시킨다. 언어(이름, 형식, 명분)가 존재(실질, 육체, 대상)와 만나지 못하면 그 언어는 공허한 것이 되고 만다. 그러나 언어가 변화하는 육체를 향해 있는 한 정명이란 불가능하고, 이름이 육체를 버리고 이름으로 남아 있는 한 정명일 수 없다. 언어를 향한 철저한 부정의식과, 존재를 향한 도저한 허무의식이 엿보이는 대목이다.

꼭 당신이어야 할 까닭이 없이
지금 내게는 당신이지
나도 마침내 나일 필요는 없었지만
이렇듯 내게는 나이듯
이제 당신을 잡아두지 않으면
당신은 흩어져버릴 거야
마음이 튀어올라 떠돌아다니니다
하얗게 질리며 떨어진 꽃잎 자리에서
애써 생각을 늘이고 있었지
떨어져 쌓인 이 마음 부스러기가

들러리 섰던 진짜 마음은 무엇일까
그러나 이제 더는 생각을 늘이지 못해
얇아진 생각은 끊어지고,
얇아지며 당신도 끊어질 테니까
그래서 꼭 당신일 까닭이 없이 당신이지
하얗게 꽃진 자리 쳐다보며 당신을 묶고 있어
떨면서 떨면서 꽁꽁 묶고 있어.

—「규정」 전문

'규정'이라는 말은 규칙과 표준 따위를 떠올리게 한다. 이 시에서도 시인은 '규정'이라는 말을 통해, 보는 것이 보여지는 것을 틀 지우고, 보이는 것과 보이지 않는 것이 어긋나는 단면들을 날카롭게 묘파하고 있다. "꼭 당신이어야 할 까닭이 없이/지금 내게는 당신"인 존재나, "마침내 나일 필요는 없었지만/이렇듯 내게는 나"인 존재는 모두 상황이 빚어낸 우연의 존재들이다. 그렇다면 "꼭 당신이어야만 하는 (나의) 당신"이나 "마침내 나이어야만 하는 (당신의) 나"는 어디로 가버렸단 말인가. 필연의 존재들이 부재하는 이 자리를 차지한 우연의 존재들은 그럼에도 불구하고 서로를 붙잡고 서 있다. 그렇게라도 '잡아두지' 않으면 이 우연적인 존재들은 흩어져버리고, 튀어올라 떠돌아다니고, 떨어져버린다. 때문에 "떨면서 떨면서 꽁꽁 묶"어 두고 있는 것이다. 시인은 이런 '규정'이 없으면 존재도 없어진다고 생각하는 듯하다.

"떨어져 쌓인 이 마음 부스러기"와 "들러리 섰던 진짜 마음"은 구별되어야 하는 것임에도 시인의 현실 속에서는 구별되지 않는다. 끊임없이 서로를 부르고 있기 때문이다. 우연과 규정과 존재를 동의어로 묶어내려는 시인의 싸안음은 넓고 깊고, 애처롭고 연민스럽다. 여전히 '나를 이루어낸 힘'은 '나'를 닮지 않았고(「어떤 개인 날」), "포근히 감싸 안을 수 있으리라는/또 그렇게 안길 수 있으리라는/막연한 따뜻함, 막연한 기쁨"은 "사람을 다 감싸지 못한다는/사람은 사람에게 다 감싸일 수 없다는/분명한 글씨, 분명한 떨림"(「막연한 생각만이」)과 대치하고 있다. 이 불균형한 관계 속에서 기진맥진해진 시인의 영혼이, 내던져진 세계의 전체성을 형용사들과 감정들로 분출해내곤 하는 것이리라. 시인의 비극성과 허무의식의 뿌리는 여기에 있다.

사랑이 시간이야?

함께 쳐다본 그것들의 윤곽
또록또록 살아나는 것을
환하게 본 그후로는
함께 보아야만 보인다는
내 시선의 투정에 시달린다
혼자서 보는 모든 것들은
이제 믿기지가 않는다

—「연두 꽃에서 비롯된」 중에서

시인은 보는 것과 보여지는 것, 보이는 것과 보이지 않는 것들 사이의 간극을 끊임없이 메우려 한다. 그런 의미에서 '함께'라는 부사와 '보다'라는 술어는 중요하다. '함께'는 둘 이상의 '보는' 주체를 일컫는 시어이다. 또한 '보여지는' 대상의 시니피앙과 시니피에를 아우르는 겹눈적 시선을 일컫는 시어이기도 하다. 그러니 주체와 객체의 어우러짐과, 객체 안팎의 어우러짐을 욕망하는 시어인 셈이다. 함께 보았을 때 세상은 "연두 꽃에서 비롯된" '환함'을 발한다. 함께 본다는 것은

"나의 기다림이/다른 사람의 기다림 속에도/앉아 있"고 "나의 그리움이/다른 사람의 그리움 속에도/스멀대는 걸 보는"(「그날」) 것이다. "사물들과 그림자가/섬세하게 엉기"(「달나라에서 온 눈」)는 것을 보는 것이고, "내 몸과 마음 잘 담아주는 그곳"(「언젠가 말하게 될 때」)을 그리워하는 것이다.

'이름'과 '육체'로 대변되는 대립체계를 하나로 엮고자 하는 시인의 욕망을 '함께'라는 부사를 통해 드러내는 것이라면, '사랑'이라는 명사를 통해서는 보다 명료하게 천착하고 있다. '사랑'이라는 시어에 시인의 욕망을 쏟아붓고 있다고 해도 과언이 아니다 싶을 정도로 '사랑'이라는 시어는 이번 시집에서 자주 반복된다. 그러나, 한영옥 시인에게 사랑은 좌절된 욕망의 좌표 혹은 그 흔적에 불과하다. 그 사랑은 늘 변해 있고 부패해 있다. 그래서 '지금'은 아니다. 그는 늘 사랑을 향해 스스로의 패배를 인정하곤 한다. 그에게 사랑은 바로 시간과 동의어이기 때문이다. 시간 앞에 사랑인들 어찌해볼 도리가 있을 것인가.

벌써 사랑이 썩으며 걸어가네
벌써 걸음이 병들어 절룩거리네
그나마 더는 못 걷고 앙상한 수양버들 아래
수양버들 이파리 수북한 자리에 털썩 눕네
누운 키 커 보이더니 점점 줄어드네
병든 사랑은 아무도 돌볼 수가 없다네
돌볼수록 썩어가기 때문에
누구도 손대지 못하고 쳐나만 볼 뿐이네
졸아든 사랑, 거미줄 몇 가닥으로 남아 파들거리네
사랑이 몇 가닥 물질의, 물질적 팽창이었음을 보는
아아 늦은 저녁이여

머리를 탁탁 쳐서 남은 물질의
물질적 장난을 쏟아버리네
더 캄캄한 골목 가며 또 머리를 치네
마지막으로 물큰하게 쏟아지는
찬란한 가운데 토막, 사랑의 기억
더는 발길 받지 않는 막다른 골목까지 왔네.

—「벌써 사랑이」 전문

사랑은 썩고 병들어 급기야 누워버렸다. 시인은 썩어가고 졸아드는 사랑을 속수무책 쳐다볼 뿐이다. '지난'이라는 형용사는, '벌써'라는 부사와 '기억'이라는 명사로 대치되는가 싶더니, 어느새 "거미줄 몇 가닥으로 남아 파들거"리고 있다. 기억까지를 물큰하게 쏟아버리는 사랑에 대한 '막다른' 인식은 막막하다. 사랑은 언제나 움직임과 연결되며, 동작이나 운동을 통해 시간성을 드러낸다. 그러니 "이번 봄, 꽃 좋은 봄은/지난 봄 될 것이"고, "이번 사랑, 잘 도는 아지랑이도/지난 사랑 될 것이다"(「이번 봄」). 시간이 지나가고 사라지는 것이라면 사랑 또한 그럴 것이다. '이번'은 항상 '지난'을 거느리고 다닌다. 이 '지난'이라는 형용사에는 존재 자체의 유한성과 불완전성이 뭉쳐 있다. 「먼저 겪었다고」에서도, 꽃을 꽃이 아니게 하는 것은 장대비이고 시간이다. 그러나 여전히 떨어져 누운 꽃들을 꽃이게 하는 것은, '지난' 시간을 이겨낸 꽃의 마음이고 다독거림이다. '먼저 겪었다'는 다독거림만이 유일하게 시간을 견뎌내는 방법인지도 모른다.

미덕이 덫이 되는 사랑, 생각이 규정이 되는 사랑, 기대가 감옥이 되는 사랑! 한영옥은 시집 도처에서 사랑의, 아니 시간의 아이로니컬한 폭력성을 폭로한다. 시간은 '사라지고' '날아간다'. 때문에 사랑도 형상을 가질 수 없고, 말(언어)로 언표화할 수도 없다. '그냥'이라는 부사는 시간의 근거 없음과 대책 없음, 그 폭력성을 담고 있다(「그냥 날아간다네」). '보게' 하고 '따라가게' 하고 '들게' 하는 것도 시간이고, '꺾어들게' 하는 것도 시간이다. 시간은 늘 모든 것들을 '(그것) 아니게'(「용담꽃은 용담꽃 아니었다」) 하곤 한다. 그러기에 '비천하게' 빠른 것이다(「비천한 빠름이여」). 시간 혹은 사랑에 대한 시인의 태도는 이렇듯 연민과 허무가 지배적이다. 이러한 정서가 시인이 몸담고 있는 현실적 조건과 맞물릴 때 시적 구체성은 증폭된다.

> 굳어버릴까, 말랑말랑해질까
> 뒤척이는 밤이 떨어뜨린 사랑의,
> 별꽃을 총총히 떠올려다오
> 내 사랑은 한 솔 가득 괴어올라
> 위태롭게 흔들리길 마다하여
> 조금씩 떠버리며 떠버리며
> 국자를 움켜쥔 채 울먹거린다
>
> —「떠올려다오」 중에서

> 내가 한 사랑도
> 버려져 저처럼 있는 것이네
> 지금부터 한참 갑갑하겠네
> 뻘건 자루가 멀뚱히 보네
> 저게, 내가 했다는 사랑이라는 게
> 저게, 양파넝어리라는 게
> 매끄럽게 떠오르지 않네
> 한참 딱하네, 한참 갑갑하네.
>
> —「양파자루에서 시작된,」 중에서

시인 한영옥에게 사랑은 자아를 압도하는 넘침이다. 「떠올려다오」를 보자. "떠올려다오"의 '떠올림'과, "떠버리며"의 '떠벌임(떠벌림)' 사이에는 단애가 존재한다. 그것은 마치 시인의 이상과 현실 사이의 간극처럼 보이기도 한다. '떠올려'지기를 바라는 원망태와 '떠버려'지는 현실태 사이에 사랑은 존재한다. '떠올려'져야 하는 사랑을 '떠버릴' 수밖에 없는 현실 한가운데서 시인의 언어들은 "국자를 움켜쥔 채" 위태롭게 울먹일 수밖에 없을 것이다. 「양파자루에서 시작된」도 유사한 시적 발상이다. 부엌 한구석에 버려져 있는, 빨건 양파자루에 갇혀 있는, 양파 덩어리를 통해 시인은 자신의 사랑을 발견해낸다. 부엌 구석에 '버려진' 여성적 자아와 사랑, 이것이 시인 한영옥이 위치한 위태로운 현재다. 이때 '국자'나 '양파자루'는 시인에게 폭력을 일삼는 시간과 사랑에 대한 은유이자, 현실과 세계에 대한 은유일 것이다.

달고 뜨거운 어머니가 계시다

'육체'가 버린 '이름'을, '시간'이 지나가버린 '사랑'을 감지하고 다독거리는 시인의 감각은 미각과 촉각을 향해 열려 있다. 현대시가 시각적 이미지를 강조하면서 출발했다는 것은 주지의 사실이다. 그러다보니 우리 시에서 시각 이외의 미각이나 촉각의 활용은 드문 편이었다. 감각에도 거리가 있다. 그 거리는 시각, 청각, 후각, 미각, 촉각의 순으로 대상과 가깝다. 한영옥의 시에서 미각과 촉각의 활용이 두드러진 것은 세계를 보다 가까이, 보다 육체적으로, 여성적으로 인식해내려는 시인의 욕망이 반영된 결과일 것이다.

어머니의 메모리는

다른 메모리에 섞이지 않는다
또글또글한 꽃사과 알갱이로
딴 목소리들 헤치고
혼자 굴러나온다
혀끝에 가져가 대면
슴슴한 맛으로 고이다가
메모리 끝나면
강엿으로 굳는다.

—「꽃사과, 메모리」 중에서

이 시에서 '메모리'는 어머니가 남겨놓으신 전화 메시지를 지칭하는 것이겠지만, 더 넓게는 어머니에 대한 '기억' 전체를 의미한다. 어머니의 메모리가 다른 메모리와 섞이지 않는 것은, 그 메모리가 다른 메모리들과 불화하기 때문이 아니다. 그 메모리가 결코 다른 메모리들과 섞일 수 없는 독자성과 존엄성을 지녔기 때문이다. 어머니의 목소리는 "또글또글한 꽃사과 알갱이로 혼자 굴러가는 소리"에 의해 시청각적으로 환기된다. 그리고는 '슴슴한 맛'에서 강엿의 '단맛'으로 굳어져 미각, 촉각, 후각으로 환기된다. 짧은 구절임에도 오감각을 고루 활용하고 있다.

그의 시에서 '먹다'라는 술어는 주목을 요한다. 이 술어는 '먹어치우는' '바꿔 먹는' '목구멍에 들이미는' '먹는'(「내 생각을 먹는 너」) 따위로 변용되고 있다. 시인에게 세계는 "목메는 밥상에 / 힘겹도록 그득한 그리움의 반찬"과 다르지 않다. 시인은 "하루 종일 서성이다가 / 또 한 상 목메는 밥상 덥썩 받고"는 "버적버적 구겨넣고 울컥이다가 / 울컥이는 추억 토해내려고" 먹곤 한다(「흔들걸음이여」). 이 '먹다'라는 술어는 근본적으로 '어머니'와 '단맛'을 향하고 있다. 어머니는 무엇이든 맛있게 잡수시고 무엇이든 맛있게 먹여주시기에 달고, 죽을 것 같은 날들도 덮어주시기에 달다. 세상 모든 뜨거운 불에 고아지고 또 고아졌기에 달고, 세상 모든 바람에 잘 굳었기에 달다. "아, 달고 뜨거운 어머니, 어머니가 계시다"(「어머니가 계시다」)는 고백과 "겹겹 헤아리는 나의 침묵은 달다"(「한 고백의 결」)는 고백은 여성적 자각을 통해 세상을 '한껏 잡아당기'(「맛있었던 것들」)려는 시인의 욕망을 반영한다.

이렇게 '맛'의 뿌리가 어머니에 닿아 있다는 것은, 어머니의 공간이 인간의 가장 원초적인 욕망의 대상임을 증명해 보이는 대목이다. 시인의 무의식은 모체로부터 분리되어 나오면서 생기기 시작했던, '이름'이 버린 '육체'의 틈이나, '시간'이 지나가버린 '사랑'의 틈을 메우고자 한다. 즉 어머니의 영역으로 회귀하려는 무의식의 욕망이, 주체와 객체의 거리가 없어지는 미각(특히 단맛)에 대한 편집증으로 나타나고 있는 것이다. 갈등하고 분열하는 모든 대립적 질서를 깨뜨리고자 하는 욕망의 모태가 어머니에게 있으며, 감각이 미각인 셈이다. '물크러지다'라는 촉각도 마찬가지다.

세찬 비가 폭포처럼 쏟아지고
내다보이는 산벼랑이 줄줄 패인다
매달린 딸기송이들 저렇게 물크러진다
엿새 전부터 가슴 들쑤시던
도드라진 목소리가 사라진다
그저께 영월 들판 가다가 만난
딸기송이 훑어내리는 중에도
내내 저 산벼랑만을 떠올렸건만
오늘 비에 저 아릿함 다 쓸려간다
차라리 잘된 일이다

울먹했던 밥맛이 다시 돌겠다
애타게 하던 것 물크러지니
애타게 마음도 물크러지는구나
그래 그래, 편안한 일이다.

—「물크러진다」 전문

딸기나 밥 따위의 먹을 것과 연결된 '물크러지다'라는 술어는 미각과 후각과 촉각을 동시에 환기한다. 이 '물크러짐'은 세찬 비나, 가슴 들쑤시던 목소리나, 아릿함이나 애탐 따위를 일시에 와해해버린다. 안팎의 모든 경계와 간극과 날섬과 딱딱함을 일시에 제거해버리는 술어이다. 그러니 물크러지면 편안해지는 것이리라. 이런 '물크러지다'라는 술어는 "너는 나의 애달픔/이 애달픔, 짓이겨버리려면/나 너를 먹을 수밖에 없다/(…)/이것아 나의 모진 애달픔아/사실은 나 네게 먹히는 것이다, 이것아"(「뭉크로부터 1—뱀파이어」)에서처럼 '짓이기다'나 '먹다(먹히다)'라는 술어들과 상통하고, "복숭아 냄샌지/장미 냄샌지/거기, 물큰한 꿈 냄새"(「진실보다 먼저」)에서처럼 '물큰하다'라는 술어로도 변용된다. 물크러진다는 것은 물렁물렁한 물질로의 회귀를 의미한다. 물렁물렁한 물질에는 늘 손상되지 않는, 그리고 손상되지 않을 힘이 내재해 있다. 고체이고 액체이고 기체이기도 한 그 원물질이 억압과 무게와 단절의 경계를 허무는 해체와 융화의 힘을 지니고 있는 것이다. 그러한 물크러짐의 촉각이 닿는 곳이 바로 현실이자 미래임을 시인은 자각하고 있다. 이 또한 여성적 자각의 한 특징이기도 할 것이다.

시인 한영옥에게 있어서 시쓰기는 중력과의 싸움이고 중력과의 화해이다(중력이라는 말이 애매하다면 현실이라는 말로 치환하자). 중력은 '육체'와 '이름'으로 대별되는 모든 대립적 질서로부터 야기되는 불화이고 갈등이다. '시간'이기도 하고 '사랑'이기도 한 이 중력은 비천하기

이를 데 없이 빠르게 썩어간다. 그러한 중력은 또한 세상의 중심이자 달고 뜨거운 어머니이기도 하다. 그의 시들은 이런 중력들을 견디며 벼랑처럼 외롭게, 위태롭게 서 있다. 그의 시는 이 중력이 미치는 현실의 어떤 지점에서 발생하는 갈등과 화해의 기록들이고, 제어할 수 없는 열정이나 절대적인 순수가 세상에 받아들여지지 못하는 데서 발생하는 연민이나 안타까움의 기록들이다. 이 중력을 견디면서 돌파하는 그 과정 속에서 그의 시는 발설되곤 하는 것이다.

물질적 욕망에 걸린 생(生)

— 주창윤, 『옷걸이에 걸린 양羊』(문학과지성사, 1998)

시인 주창윤이 오랜 유학생활이라는 물리적 공백을 잘 갈무리하고 9년 만에 두번째 시집을 내놓았다. 이번 시집에서 그는 일상과 육체와 욕망이 만들어내는 현대문명의 트라이앵글, 그 한가운데서 가부좌를 틀고 앉아 숙고중이다. 우리의 일상은 현대문명이라는 숙주에 기생하는 가짜 욕망에 의해 통제되고 가짜 욕망은 육체성을 상실한 일상적 육체에 의해 통제되고 있음을, 그는 사유중이다.

때문에 그의 시편들에는 '문명'이라는 날것의 시어가 자주 등장한다. 문화라는 단어가 인간활동의 정신적 가치에 관련되어 사용되는 반면 문명이 인간활동의 물질이나 기술의 산물과 관련되어 사용된다는 점을 감안한다면, 그의 시는 인간 욕망의 물질적 토대와 그 조건에 비판의 촉수를 드리우고 있는 셈이다.

인간의 욕망을 충족시키기 위해 개발된 현대문명은 이제 자체 생산된 무제한적인 기술의 욕망에 인간을 종속시키고 있다. 결과적으로 현대문명에 대한 인간의 영원한 종식을 가시화시키는 부정적 결과를 초래하게 된바, 여기가 바로 시인 주창윤의 시적 사유가 발아하는 현실 인식의 출발점이다.

집약된 메타포 혹은 상징, 알레고리, 그리고 정언(定言)화된 화법 등을 주된 무기로 일상 한가운데서 길어올리는 그의 언어는 지적이고 산문적이다. 그는 현대문명의 물적 토대인 후기 자본주의의 일상적 경험들, 특히 문명의 이기이자 도구적 기계들을 재구성하여 즐겨 형상화하곤 한다. 속도감, 규칙성, 평균성, 단조로움, 반복성 등은 문명화된 도시생활을 특징짓는 일반적인 요소들이다. 그의 시에서도 일상의 모습은 이러한 특성을 근간으로 한다.

> 3분이면 끝나버릴 절규를,
> 증기구로 다 빠져나간 김빠진 외침을,
> 그래서 폭발하지 못하는
> 저 생의 답답함
>
> —「압력솥」 중에서

인용시에서 시인은 삑—삑—거리며 끓는 압력솥을 통해 "더 깊은 생의 그늘 아래에서" 끓어오르는 어두운 생의 '소리 없는 절규'를 듣는다. 코뿔소가 우는 소리, 뭉크의 판화, 나의 목젖으로 비유의 틀을 전환하고 있는 이 끔찍한 절규는 "울어도 폭발하거나/벗어나지 못하는 가엾은 생의 그림자"를 청각화한 것으로서, 이는 곧 폐쇄된 일상에 대한 경보의 소리로 들린다.

> 가스로 채워지는 생(生)은
> 무감각하거나

소멸하기 시작하는 생(生)이다.

—「가스로 채워지는 생生」 중에서

가스난로를 켜다가 '불꽃' 대신 품어내는 '마술적인 가스 냄새'에 취해버린 한순간을 포착하고 있는 시이다. 가스난로가 위치한 일상적인 공간에서 시인은, 유태인을 학살했던 가스실로, 서울의 지하로 그 비유의 틀을 전환한다. 그러고는 "가스실로 가기 위해 도열해 있는 가죽과 뼈만 남아 있는 유태"인과 달리, 앞다투어 출근 전철을 타고 똥물과 부패물의 가스로 가득 찬 "서울의 지하로 빨려들어가는 우리들"의 모습을 간파해낸다. 결코 불꽃으로 폭발하거나 연소하지 못한 채 단지 무감각하게 소멸해갈 뿐인 현대인의 초상인 셈이다.

속력의 사생아가 낳은 거대한 이물질이 문어처럼
차 앞유리에 쩍 달라붙는다.
안이 들여다보이지 않는 저것을
문명이라 부를 수 있겠다.
무한대로 달리는 덤프 트럭의 뒤를 곡예하듯 따라가며 느끼는
죽음으로 향하는 에로티시즘

—「덤프 트럭의 비애悲哀」 중에서

수인 산업도로를 무한대의 속력으로 질주하는 덤프트럭을 통해 현대문명의 속도전을 폭로하고 있다. 시인은 이렇게 통찰한다. "문어처럼/차 앞유리에 쩍 달라붙"는 저 가공할 만한 속력의 사생아는 곧, "안이 들여다보이지 않는" 문명의 또다른 이름이라고. 그러고는 시인은 문명화된 속력과 그것이 가져다주는 쾌락의 끝은 죽음을 향해 있을 뿐이라고 경고한다. 현대문명에 대한 절망적 인식을 보여주고 있다.

그것이 압력솥이든 가스난로든 덤프트럭이든, 밀폐성, 무감각, 속도감 등으로 요약되는 이와 같은 일상적 대상들은 '현대문명'의 메타포로서, 문명화된 거대 현실에 먹혀버린 왜소한 시적 주체를 선명하게 드러내주는 시적 상징물이다. 현대문명에 대한 거시적 통찰과 그 일상적 세부묘사의 치밀성과 상징성은 이번 시집에서 가장 돋보이는 시적 성취이다. 이러한 일상에 대한 그의 비판과 반성은 곧 현대문명에 대한 평가나 개념화를 함축한다. 그 평가는 확실히 회의적이고 비관적이다. 폭발하거나 상승하거나 비약할 수 있는 근기로서의 '육체성'을 상실하고 있기 때문이다.

유적은 육체가 없어서 아름다운 것
소멸하고, 다시 생성하는 어떤 푸르름의 노을을
그리워할 때마다 나는 세속적이게도
천박한 거리의 풍경을 떠올린다.
육체만 있고 육체성이 없는 현대의 유적에 대해서

—「시집 속의 누란樓蘭—유적을 찾아서」 중에서

인용시에서 시인은, '유적'이란 육체가 없기 때문에 아름다운 것이라고 단언한다. 누란이 아름다운 것은 그 육체는 없고 육체성만이 남아 있기 때문이라는 것이다. 이 누란에 빗대어 그가 겨냥하고 있는 것은, 이 누란과 대조적인, 육체만 있고 육체성이 없는 '현대 유적'의 "세속적이고 천박한" 단면들이다. 시집 전체에서 되풀이해 강조하고 있는 이 '육체성'이란 "그 누구도 가본 적은 없는" "은밀하고 눈부신 정신의 밀원(密原)"이며, "내밀한/ 생의 눈금들"이다. 그것은 현대문명이 상실하고 있는 '아우라'의 다른 이름이기도 할 것이다. 사실 육체란 육체성과 접합됨으로써 존재와 세계를 매개할 수 있다. 그러나 현대문명은 육체성으로 명명될 수 있는 이 시대의 모든 정신적인 것, 형이상학, 초현실, 영혼, 정신, 신성(神性) 들을 압살하고 굴복시켜버린다. 그 결과 세속적이고 천박한 육체만 남게 되는 것이다.

삶을 구별지어주던 그 어떤 양식(樣式)도 사라지는 거리의 복판에서
그가 고속버스처럼,
기호의 복부에서 나왔다가
기호의 복부로 들어간다.

—「샌드위치맨이 있는 광장」 중에서

등과 배에 광고를 붙인 채 광장을 바삐 오가는 '샌드위치맨'에게서 시인은, "속이 빈, 몸통만이 전체를 이루는" "차이가 없고" "구별이 사라진", 우리 삶의 모습을 읽어낸다. 여기서 차이 없음, 구별 없음이란 그 경계의 해체를 의미하는 것이 아니다. 경계의 상실과 잠식을 의미한다. 육체성을 상실한 육체, 영혼을 잠식당한 몸통들이란, 실체 혹은 지시대상이 없는 텅 빈 기호에 불과하다. 그 텅 빈 기호들의 허상에 의해 착란(錯亂)되는 현대문명의 단면을 비판하고 있는 것이다.

어깨는 신성(神性) 없는 생에 눌려 주저앉았다.
봄이 와서, 철 지난 옷들을 정리해본다.
옷걸이의 어깨에 걸려 있는 고단한 생의 무게,
육체 없는 생이,
영혼 없는 육체의 외피가 이렇게 무겁구나. /(…)/
외양이 본질보다 더 무겁다. 우리는 그것을,
문명이라 부른다.

—「옷걸이에 걸린 양羊」 중에서

상실된 육체성과 기호화된 육체 사이의 갈등은 시집 전체를 통해 보다 다층적이고 심층적으로 분화한다. 옷걸이에 걸려 있는 옷은, 본질이 빠진 외양을, 신성 없는 생을, 육체(성) 없는 생을, 영혼 없는 육체(의 외피)를 상징한다. 허깨비에 불과한 그 옷은 기호, 육체의 외피, 생, 외양 등으로 확대되면서 실제, 영혼, 육체성, 신성, 본질 등을 잠식해 간다. 실제가 잠식되어버린 육체, 영혼이 잠식되어버린 물질성, 육체성이 잠식되어버린 인간성, 신성이 잠식되어버린 외양, 본질이 잠식되어버린 현대문명. 이것이 바로 시인 주창윤이 날카롭게 인식하고 있는 현대문명의 단면도이다. 우리의 생, 삶, 일상은 이 단면도로부터 자유롭지 못하다. 그림으로 그려보면 다음과 같다.

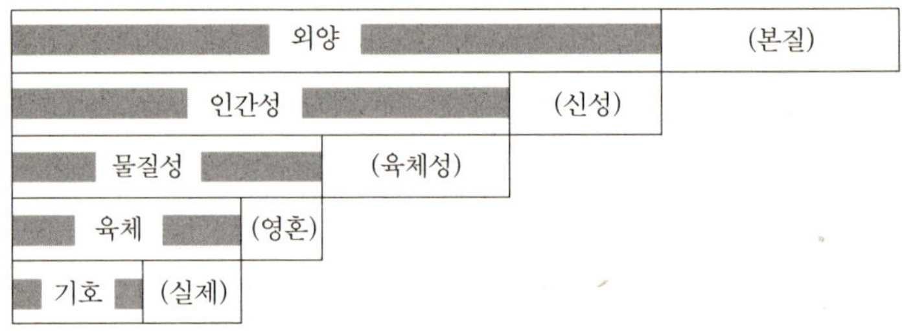

현대문명은 끝없는 기호의 파편 혹은 기호의 자기 증식(그림에서 음영처리된 물질적 욕망들)에 의해 통제되고 있다. 기호들 그 허상의 바다 한가운데 위치한 현대문명은 진정한 정신 혹은 진정한 자아의 빈곤을 초래하고 물질화, 파편화된 욕망을 자극할 뿐이다. 이 같은 육체성의 결여는 현대문명이 갖는 욕망의 폭력성과 연결된다.

치질—혹은 욕망의 현장 증명
아무도 알리바이를 증명하지 못한다.
거울로 보이는 것은 나의 항문이지 더러운 밀애가 아니다.

내 몸의 작은 일부가
전체를 통제하고 있는 듯
나는 욕망에 끊임없이 모욕당하고 있는 것이다.

—「치질의 알리바이」 중에서

현대문명이라는 기호의 허상, 즉 "외양의 미로(迷路)"가 품고 있는 욕망의 속성을 시인은 '치질'에 비유하고 있다. 육체 중에서도 가장 은밀하고 가장 더러운 곳에서 자라나는 치질은, 육체 전체를 '통제'하고 '모욕'한다. 육체와 욕망은 억압과 해방의 문제가 아니라 통제와 구성 방식의 문제임을 논증한 푸코의 지적을 환기시키는 구절이다. 현대문명을 제조해낸 은밀하고 더러운 욕망과 자신도 모르게 밀애에 빠지고 스스로가 사물화되는 현실을 비판적으로 성찰하고 있는 것이다.

지칠 줄 모르는 우리들의 식욕처럼
피부마다 돋아나는 길다란 욕망의 흡반(吸盤)들

하, 하마(河馬)는 없다.

—「하마는 없다」 중에서

현대문명의 이기(利器)인 '히포(hippo, 하마) 진공청소기'와 습기를 빨아들이는 '물먹는 하마'라는 상품명에 착안하여 현대문명의 욕망, "지칠 줄 모르는 우리들의 식욕"과도 같은 그 "놀라운 흡입력"을 구체화시키고 있다. 뿐만 아니라 '하마'의 이미지와 '하마'라는 상품만이 기호로서 존재할 뿐, 실체로서의 하마란 존재하지 않는 현실을 꼬집어내고 있다. 익명, 과잉, 뻔뻔스러움이라는 의미를 함의하는 관용어 '얼굴

없는'으로 수식되는 그 욕망은, 실제의 현실을 유혹하고 빨려들게 하고 잠식당하게 한다. 이때 욕망은 "폭력의 종교가 되고"(「시월」), 문명이란 한낱 욕망의 "폭력이 세워놓은 공중정원"(「퍼스 가는 길」)에 불과한 것이 된다. 이것이 바로 과욕망의 현실을 사는 우리들의 운명이자 자화상이기도 하다.

시인 주창윤에게 시쓰기란 "세상의 일부를 해석"(「흰 모자 속의 마르크스」)하는 것이다. 그것은 현대문명으로 압축되는 일상 속에서 상실해버린 '육체성'의 회복이자 그 내면화 과정이기도 하다. 이러한 일관된 시적 사유의 궤적을 담아내는 그의 시편들에는 진지하고 냉정한 지성에서 비롯되는 힘이 있다. 이 지성을 근간으로 현실의 이면을 꿰뚫어 볼 수 있는 통찰력과 시적 형상화 능력은 시인의 큰 자산임에 틀림없다. 연역적이고 관념적인 특성으로 인해 현실을 단순화시킬 수도 있는 이 같은 지성은, 그럼에도 불구하고, 구체적인 시어와 메타포를 통해 현대문명의 파괴성과 그것이 초래하는 인간성의 위기를 충분히 경고하고 있다.

이번 시집의 표제이자 7편의 시 제목이기도 한 '옷걸이에 걸린 양(羊)'의 시적 상징성은 선명한 편이다. 옷걸이가 현대문명의 세 꼭짓점을 이루는 일상, 육체, 욕망의 트라이앵글을 의미한다면, 양은 그 허위적이고 통제적인 굴레를 벗어날 수 없는 현대인 혹은 현대인의 생을 상징하는 것으로 보인다. 그러므로 우리의 "생이 시작되고 끝나는" 현대문명이라는 그 옷장은, "육체 없는 허깨비들이 플래카드처럼 줄지어 서 있는" '문명의 나무관(棺)'이자 '양(羊)들의 거대한 무덤'(「옷걸이에 걸린 양」) 혹은 '욕망의 무덤'(「우울한 왕릉王陵」)에 불과한 것이다.

우리는 그 "속으로, / 떼 지어 기어들어"(「옷걸이에 걸린 양」)간다. 가스실로 향하는 유태인들처럼, 공장으로 향하는 채플린의 양(羊)떼들처럼. 이 현대문명의 정점에는 늘 죽음이라는 개념이 자리잡고 있다고,

시인 주창윤은 현대문명이 야기할 수 있는 파국이나 종말에 대한 암시적인 경고를 보내고 있는 것이다. 이 현대문명의 행렬이야말로 "죽음으로 향하는 에로티시즘"(「덤프 트럭의 비애」)이라고, "죽음으로 질주하는 길에는 누구에게나 / 막힘이 없다"(「앰뷸런스」)라고.

도망중인 푸른 어릿광대

— 김추인, 『모든 하루는 낯설다』(세계사, 1997)

김추인 시인의 다섯번째 시집 『모든 하루는 낯설다』를 읽으면서 나는 줄곧 루오의 그림 〈어릿광대〉 연작을 떠올렸다. 루오에게 있어 어릿광대들은 고독과 비애의 인생 상징이다. 그들은 탁하게 덧칠된 색감과 검고 강렬하게 윤곽선 속에서 긴 얼굴, 도드라진 광대뼈, 늘어진 턱, 감은 눈, 숙인 고개를 하고 있다. 고통과 재난에 눌린 평범한 인간들의 선천적 선(善)함을 대변하고 있는 듯하다. 그 모습에는 삶의 고통스러움과 수난을 극복하려는 장엄함이, 그리고 인간의 어리석음과 비애에 대한 루오의 연민과 동정이 깃들어 있다.

이번 시집에서 김추인 시인은 삶 자체를 무대 위의 서커스로 인식한다. 세상은 "어디서든 「개새끼들아」/손나팔로 한번만 불러봐 사방에서 개들이 돌아보"(「환타지아—딱딱한 고체 속으로의 여행」)는 '개판의 무대'다. 화려한 분장과 옷차림으로 웃음과 재능을 팔아야 하는 현대인의 고달픈 '개판의 무대'에서, 또는 분장을 지우며 자기 자신의 고독과 피로를 응시하는 거울 속의 모습에서, 그는 어릿광대의 숙명적인 고독과 비애, 우수를 발견한다.

외눈박이 도깨비같이 온몸이 눈뿐인 내가 울컥
눈물나서 내 속의 눈이란 눈, 차라리 감고 산다 나
바람치는 서울이야 항시 가설무대, 몸 한쪽 엉성하게 비끄러매고 입
찢어지게 웃고 산다 나

—「삐에로 서울 살다—광대일기」 중에서

무대를 내려와 황급히 빠져나가는
밤 골목길
화장기도 지워졌을 네 웅크린 그림자는
무슨 슬픔 덩어리 같아서

한줌 내 체온과 맥박, 네 커다란 손바닥에 남아 있고 싶다
작은 새 새끼의 가슴처럼 두근대며 실핏줄을 타고 네 몸 구석구석
외로운 방들을 방문하고 싶다

—「삐에로의 귀가—광대일기」 중에서

울컥 눈물을 삼킨 채 "입 찢어지게 웃고" 사는 삐에로, 그는 나이고 우리이다. '바람치는 서울' 한 귀퉁이라는 가설무대에서, 습관화된 관계의 사슬과 거대한 서류 뭉치에 짓눌린 채 웃으면서 울고 있는 삐에로에게 '나'란 없다. 가짜 욕망이나 가짜 행복이 진짜 욕망과 진짜 행복의 자리를 대신하는 '나'의 삶이란 거짓과 위장으로 연명될 뿐이다. 김추인의 시편들은 이렇듯 번잡하고 다양한 도시의 가면을 관통하며 가면 안에 숨어 있는 소외, 단절, 무관심을 끄집어내고 있다. 분장하고

위장하는 자들의 가면 속을 들추어내고자 하는 것이다.

삐에로에게 가장 강조되는 것은 "귀밑까지 찢어진 붉고 큰" 입이다. 인용시처럼 찢어지게 웃는 '입'(「삐에로 서울 살다—광대일기」)과 대조적으로 꼭 감은 채 울고 있는 '눈'(「삐에로의 귀가—광대일기」)은, 그의 시의 양면성을 단적으로 보여준다. 웃음 뒤편의 울음이야말로 벌거벗은 우리들 삶의 역설적 진실이다. 분장을 한 채 웃고 있는 입이 보고 있는 것은, 자기 자신의 맨얼굴인 울고 있는 눈이다. 분장과 가면으로 얼룩진 일상생활을 향해, 그의 입은 웃고 있고 그의 눈은 울고 있는 것이다. 이처럼 웃음과 울음이 맞물린 그의 희비극적인 언어에는 가벼움과 진지함, 슬픈 분위기와 유쾌한 분위기가 공존한다. 그의 언어들은 이 두 세계를 불안한 이음새로 교직해간다. 그 교직물은 삶에 대한 환멸의 무늬를 이룬다. 시인에게 그 같은 하루하루는 "날마다 살아도 낯선 나날들"(「모든 하루는 낯설다—광대일기」)일 뿐이다.

다시 무거운 세상으로 나가야 할 시간
서둘러야지 삐에로
정기공연은 날마다 시연되어야 한다네
낯익은 가면을 탈. 탈. 탈. 털어
가면 속으로 내가 들어가네 세상의 궁전이네

누구야 내 분장실을 엿보는 자
가면 속에 숨은 나를 꺼내려 하지 마

—「가면 속으로 숨다」 중에서

위장과 거짓으로 점철된 채 정체성을 상실해가는 현대인의 불안한 심리는 다른 사람들의 갈채와 동정을 동시에 이끄는 아이러니를 연출

한다. 어느 시인의 말마따나, 어떤 형태로든 '가끔은 주목받고 싶은' 것이다. 이때마다 시인은, 거짓의 실감 없는 일상을 견디기 위해 화려한 연극을 실연(實演)하곤 한다. 그리고 그때마다 자아의 자리는 부재하고 "우리들은 모두 우리들의 바깥에 있"(「또다른 세상—광대일기」)게 된다.

이번 시집에서 '가면(탈)'은 얼굴, 표정, 거울, 분장, 화장, 탈, 데드마스크 등으로 다양하게 변용되고 있다. "어제를 닦아낸 거울 속의 저 여자 정말 누구야?"나 "멀리서 보아도 종착역이 환한 까닭을 알겠다 주검보다 더 딱딱한 웃는 탈 하나 마침표처럼 떨어져 있을 광장"(「모든 하루는 낯설다—광대일기」)에서처럼, 시인에게 펼쳐진 과거나 미래는 가면의 세계일 뿐이다. 가면의 특징은 안과 밖이 철저하게 분리되어 있다는 점이다. 낯익은 가면을 쓰고 볼 때 세상은 '궁전'과 같지만 맨얼굴로 바로 보았을 때 그 세상은 낯설기만 한 남루 그 자체이다. 그런 맨얼굴과 마주 서기 싫어서 그는 "막이 내리고 분장실을 나온 나의 뒤를 따라오지 마 조그만 어깨에 얹혀가는/더 조그만 나의 하루를 얼룩들을/엿보지 말란 말이야"(「춤추는 삐에로 1—광대일기」)라고 악다구니를 한다. 이때 '분장'이란 자신의 결핍을 위장하고 결핍으로 인한 비난에 스스로를 방어하려 한다는 점에서 '나'를 보호하는 전략적 행위가 될 수 있다.

김추인 시인은 분장하고 위장하는 자들의 가면 속을 들추어내고자 한다. 자신의 얼굴에 씌워진 가면의 존재를 의식하는 한 시인은 스스로를 타자로 인식할 수밖에 없다. 이 타자화된 의식은 규정된 타자로서의 '나'와 반성하는 본래적 '나' 사이의 괴리를 전제로 형성된다. 그럼에도 불구하고, 아니 그렇기 때문에 그는, 끊임없이 가면 바깥에서 가면의 안을 '엿본다'. 분열된 두 자아 사이를 오가며 엿보는 행위에는 일상에서 마모되어가는 스스로에 대한 불안한 성찰이 담겨 있을 뿐만 아니라, 두 자아 사이의 소통 혹은 교섭에의 열망도 드러나고 있다. 이렇게 엿보는 행위란 존재의 분열 위기에 직면한 '나'를 확인하는 일이며 나아가 '나'를 회복하고자 하는 몸짓인 셈이다.

분열된 이중의 자아를 표출하는 시인의 언어는 불안정하고 들떠 있다. 때로는 직설적이면서 공격적이고, 때로는 극적이면서 수다스럽다. 그와 같은 화법 속에서 우리는 가면의 겉과 속, 말하고 있는 것과 말하지 않는 것, 표면적 의도와 거기에 숨겨진 균열, 직설적 공격과 불안한 동요, 그것들 사이에서 흔들리는 시인의 내면 풍경을 함께 읽어낼 수 있다.

> 정신의 집은 대체로 딱딱하고 무표정해 보인다
> 사물의 덩어리 같다 / (…) /
>
> 이제 벽은 거울이구나
> 거울 앞 동그랗게 웅크린 저것
> 나를 따라 벽 속으로 들지 못한 그림자 하나 기다리고 있다
> 문앞인 줄 아는지 내내 기다리고 있다
> 주인을 기다리는 개처럼
> 내 육신, 나의 그늘
>
> —「딱딱한 고체 속으로의 여행—환타지아」 중에서

이 시에서 딱딱하게 고체화된 '벽'은, '개판의 무대'로 지칭되는 가면의 세계를 감싸는 딱딱한 껍질을 상징한다. 친구와 이웃과 가족, 규범과 본분과 인연, 그리고 도시와 직장과 직무로 묶인 사슬이자 굴레이다. 그 벽으로 인해 시인은 끊임없이 갑갑해한다. 그러나 그는 가면의 밖에서 안을 '엿보기'만 할 뿐 그의 삶을 억압하는 제도화된 그 모

든 벽들과 맞서 한 판의 '싸움'을 만들어내지는 않는다. 현실에 대한 두려움의 뿌리를 드러내지 않는다는 점에서, 현실의 억압상황을 예리하게 인식하거나 날카롭게 공격하고 있지 않다는 점에서 그렇다. 그의 다른 시 "세상은 블라인드를 내리고 있다//밖이 닫히고 안이 열린다/새 비늘로 날을 세우는 거울, 거울 속의 거울"(「거울보기 혹은 관념벗기—광대일기」)에서처럼, 단지 그는 환상에 의지해 가면의 벽을 뚫고 들어가 딱딱한 고체 속의 탐사를 감행할 뿐이다. 그 환상적 여행을 통해 시인은, 벽이란 "윤곽 같은 거/형체라고 하는 거/별거 아니라는 것"임을 깨닫는다. 이때 벽은 거울이 되면서, 안과 밖으로 구분되었던 가면의 경계가 해체되고 시인은 가면의 안팎을 자유롭게 넘나든다. 그러나 그것은 '환타지아'라는 부제가 암시하고 있듯, 여전히 상상 속에서나 가능할 뿐이다. "벽 속에 앉은" 내 앞에 웅크리고 있는 "벽 속에 들지 못한" "내 육신, 나의 그늘"이, 여전히 가면 혹은 그 딱딱한 고체의 벽과 일체를 이루지 못하고 있기 때문이다.

그런 의미에서 시인의 시적 자아는 현실을 부정하면서도 그 현실에 단단히 묶여 있다. 이 같은 사실은 분열과 위장을 특징으로 하는 그의 가면의 언어가 결코 세계와의 격절이나 새로운 세계의 구축으로 나아가지 않는다는 점에서도 확인된다. 그의 언어는 세계를 희비극적 감성으로 껴안으려 한다. 가면을 쓰도록 위장과 거짓을 강요하는 현실을 감싸는가 하면, 일상과 생활의 자잘한 슬픔과 좌절과 연민 들을 웃음의 자리에 모은다. '가면' 속이나 '벽' 속을 응시했을 때 시인의 시선은, "무대를 내려와 황급히 빠져나가는/밤 골목길/화장기도 지워졌을 네 웅크린 그림자는/무슨 슬픔 덩어리 같"(「삐에로의 귀가—광대일기」)은 삐에로의 몸, 바로 '집'으로 수렴된다. 시인에게 집은 가면 뒤의 맨얼굴 혹은 얼룩 자국과도 같다.

투구게를 생각합니다
남이라도 세들어
나를 떠메고 떠나가는 꿈을 꿉니다만
그리움으로도 끝끝내 따라나서지 못하는
집은 멀리서 보아도
항시 그 자리
모서리가 헐어 낡으며 바래며

낮도 밤도 없는
빈집
지나는 바람결에 삐걱삐걱 울고 싶은
나는 집입니다

—「슬픔이 자라는 집—존재의 늪」 중에서

아무도 세 들어 살지 않는 몸, 항상 그 자리인 몸, 이제는 벌써 모서리가 헐어 낡고 바랜 몸, 그리움으로 삐걱삐걱 울고 싶은 몸, 그와 같은 존재의 '빈집'에는 슬픔이 자라고 있다. "세상의 골목으로부터/돌아와 눕고 싶은" "알몸으로 내 속에 기대어/영 안 일어나고 싶은" '무덤 같은', 그러나 슬픔이 켜켜이 자라고 있는 자신의 집을 시인은 연민의 시선으로 응시한다. 그리고 그는 그 빈집을 향해 안간힘으로 '경쾌한' 행보를 한다. 엘리아데의 말처럼, 우리는 저마다 자신의 다리와 악으로 집으로 가고 있는지도 모른다. 슬픔이 존재의 늪처럼 드리워진 그의 집 한가운데에는 그의 아버지가 자리하고 있다.

사방무늬 골을 따라
모서리 지워진 젊은 추억이 사랑이나 치기 같은 것이

무시로 찾아와 어른대는 그의 방
우리들의 주인공은 하얗게 누워
그의 24시가 대사 없이 등퇴장하는 것을 책하지 않는다.

때로 미농지 같은 의식의 문이 삐그시 밀리며
방백 떨구듯 객석을 향해
거 누고? 누가 왔노?……
그의 안광이 환하게 방문을 뚫고 나갔다가 돌아선다

내가 보았던 그의 무게
생애의 모자가 되어주던 가면들
이제는 벗어 손에 든 채 그의 고도가 보이는지
출입구 쪽을 향한 시선이 무심천이다.

곧 암전되리라.

—「아버지의 모노드라마 1」 중에서

시인은 아버지가 누워 있는 집을 무대화시킴으로써 자신이 버텨내야 할 현실을 극화시켜놓고 있다. 따라서 "쿵— 고목 쓰러지듯 모로 누워" "사방 뿌리들이 불거지며 청독"(「아버지의 모노드라마 3」)에 든 아버지가 뿜어내는 죽음의 그림자와 슬픔은 철저히 객관화되고 있다. 극적 양식에 의해 아버지의 현실은 완벽한 분장과 무대 위에서 연기되는 제삼자적 의미를 갖게 된다. 삶 자체를 무대 위에서 시연(試演)되는 어릿광대의 연기라고 보고 있음을 단적으로 보여주는 시이기도 하다. 삐에로를 통해 슬픔을 웃음으로 분장하고 있다면, 모노드라마 속의 아버지를 통해서는 그 슬픔을 허구화시키고 있는 셈이다.

그런데 그 무대는 침묵에 가깝다. 시인 김추인이 자신의 시를 통해 연출하고 있는 시의 무대가 모노드라마나 마임의 형태를 띠고 있다는 점은 주목을 요한다. 이는 무대 혹은 텍스트에 존재하는 의미심장한 침묵, 공백, 부재를 언표화하는 침묵의 극적 기호이면서 세상을 향한 통로로서의 역할을 하고 있기 때문이다. 대사가 없다는 것(대사가 있는 경우도 그것은 독백에 불과하다) 혹은 배우 혼자서 등장한다는 것은, 삐에로의 입이 말하기 위해서가 아니라 단지 웃기 위해서 귀 뒤까지 찢어져 있다는 점과도 무관하지 않다. 관객이 삐에로의 웃음 뒤의 눈물을 읽어내야 하듯, 침묵의 언어 밑에 가려진 은폐된 서사를 복원해내야 하는 일은 독자의 몫인 셈이다.

이 침묵의 기호들은 또한 시인이 늘 현실로부터의 외출이나 도망을 꿈꾼다는 사실과 맞물려 있다. 미약하지만 현실에 대항하는 거부 내지는 도피의 의미를 띠고 있기 때문이다. "제 땅을 떠나본다는 일상 속의 작은 소망/혹은 제 뜻과 아무 상관도 없이 어디엔가/낯선 곳으로 날려가보고 싶은 때가 있지 않던가"(「그의 외출—광대일기」)라고 노래하는, "죽어도 제 가면을 벗을 수 없는" '도시의 삐에로'는

거기로부터 달아나 그들로부터 빠져나와
내 마지막 문양이고 눈물이고 꽃잎일 삐에로, 내 징그러운 웃음
나의 어미이며 밥이며 옷이며 구두가 되어주던 웃음 한 쪽
수박쪽 같은 빨건 웃음 한 쪽 벗어 못에 걸고
빈방, 내 속에 꽁꽁 숨어 앉는다
울타리 치고 문 걸어도 악악대는 소리
제 속을 긁어대는 소리 나네 또 도망이다 튀자—

—「도망자—틈새의 생」 중에서

처럼 이 가면의 삶으로부터 도망치고자 한다. 제도화될 수 없는 혹은 제도화되지 않는 자아를 확보하기 위해서 말이다. 그의 시에서 다양한 형태로 변주되는 도망 혹은 탈출의 이미지는 제도화된 현실의 강요로부터 스스로를 격리시킨다. 현실로부터 도피를 꾀하려는 시인의 욕망을 담고 있다. 자서(自序)나 「보리 쭉정이의 노래」와 같은 시에서 끌어들이고 있는 떠돌이 '젤소미나'나 '잠파노'는 유랑하는 삐에로가 대표적 표상이다. 그들은 타인과 사회의 소통체계로부터 소외된 혹은 벗어난 인물의 상징이기도 하다. 틈틈이 가면 안을 '엿보'면서 그 속으로 환상여행을 떠나곤 하던 시인은 이제, '경쾌한 행보'로 가면의 세계를 벗어나고자 하는 것이다. 그와 같은 떠남과 유랑, 도망의 이면에는 "가끔 생이 날 뱉어버리려고 캑캑거린다"(「도망자—틈새의 생」)에서 짐작되는 타의적 기제와 "그래도 나 역마살 둥둥둥 떠돌고 싶으니 병인가 몰라"(「광대일기—보리 쭉정이의 노래」)와 같은 자발적 기제가 함께 작용하고 있다.

특히 "또 도망이다 튀자—"와 같은 가볍고 돌발적인 어조는 어떠한 부정적 현실에도 좌절하지 않고 현실을 긍정하려는, 그의 시가 갖는 건강성으로도 읽힌다. 존재의 무거움과 경쾌한 어조를 결합시킴으로써 그는 현실의 번거로움으로부터 벗어나 유쾌하게 가벼워지려 힘쓰고 있는 것이다. 그의 시는 그런 의미에서 낙천적이다.

> 하루의 끄트머리, 그곳에
> 숨겨논 동굴 하나 있는 거 모를 걸
> 어둠의 출구에서 주문처럼 열리는 문
> 문안은 따뜻하고 시간은 말랑하지 아 풋내, 풀밭인가 봐
>
> —「삐에로의 잠—광대일기」 중에서

떠남, 도망, 유랑, 그 자유로운 풀림이 닿는 곳은 따뜻하고 말랑말랑하고 풋내가 가득한 '풀밭'으로 집약된다. 그곳은 아버지의 모태이자 나의 모태인 고향과 자연 즉, 시적 자아의 시발점이자 귀착점이다. 또 모두가 맨얼굴로 살 수 있는 곳이기도 하다. 그곳은 때로 시인의 내밀한 갈등이나 고통이 생략된 채 관념화됨으로써 시적 긴장을 놓치기도 하지만, 이처럼 절대화된 꿈이 바로 숱한 가면과 분장으로 얼룩진 이 도시의 삶을 견뎌내는 시인의 힘인지도 모른다. 그 꿈은 이 도시의 삶을 살아내고 자신을 보호하는 힘이자 독(毒)이 된다.

누가 알 것인가
내 열두 늑골 뗏장 밑에 엎드려
향방 없는 일상의 사막 가운데로
때없이 날 내달리게 하는 독푸른
전갈 한 마리를

—「모래가 키우는 불—틈새의 생」 중에서

잠깐 동안의 무대라고 생각하는 이 삶, 이 가면의 삶을 견뎌낼 수 있는 힘의 근원은 바로 "막창자 꼬리까지 탱탱한 독을 뻗쳐들고" 질주하는 '독푸른 전갈'과 같은 어릿광대의 생명력에서부터 비롯된다. 이 질긴 생명력이야말로 시인의 삶을 반성적으로 돌아보게 하는 근원이다. 경쾌하고 수다스럽고 때로는 공격적이기도 한 그의 언어들은 이 갑갑한 일상을 수락하면서 살기 위한 독한 형식들이고 위장된 현실을 기록하기 위한 역설적인 발현이기도 할 것이다. 그의 시편들이 숨기고 있는 매력의 실체는 여기에 있다.

진정한 시인이란 진실과 가장, 현실과 상상 사이의 경계에 천막을 치는 유랑자인지도 모른다. 그러나 진실은 가장에 의해 침해당하고,

위장된다. 가장은 진실에 의해 밝혀지고, 계도당한다. 때문에 경계에서의 유랑은 사회의 경직 혹은 모순으로부터 객관적인 거리의식을 갖도록 도와주어 삶(현실, 일상)과 시(예술, 꿈) 사이의 균형을 유지하도록 한다. 이번 시집의 미덕은 이 같은 경계의 혹은 이면적 진실을 극적인 제스처로 그려낸 데에 있다. 다음의 시는 그의 시적 지향점이 잘 수렴되어 있다.

> 거기서도 외롬 타는 바람기가 여전히 곁눈질을 할 때
> 사랑해— 말은 안해도
> 차가운 손이나마 꼭 쥐어줄거야
> 외로움이 외로움을 기워주며
> 어깨 기대고 걸을 수는 있을거야
>
> —「저승에 입문하는 날은」 중에서

그의 시는 여성으로서 겪는 소소한 삶에 대한 구체화보다는, 자기인식의 진정성을 향한 열망에 더욱 집요하다. 그가 지향하는 삶이란 고독과 비애와 사랑이, 나와 네가, 맨 얼굴과 가면이 하나가 되는, 하여 슬픔을 덮을 수 있는 연민 혹은 연대에 있다. 그러기에 그는 결코 "외로움이 외로움을 기워주며/어깨 기대고 걸을 수 있"는 희망을 놓지 않는다. 일체의 안/밖의 대립과 적대에서 벗어나 그 둘을 함께 아우르며 어깨를 기대며 걸어 나아가는 김추인의 시편들은, 특히 루오의 〈다친 어릿광대〉라는 그림을 떠오르게 한다. 덧나기 위한 상처, 잃기 위한 사랑, 버리기 위한 희망으로 일그러진 삶 속에서 그 상처를 감싸안고 사는 피에로 앞에, 김추인 시인은 그 스스로를 그리고 우리 모두를 가까스로 세워놓고 있는 것이다.

조르주 루오, 〈다친 어릿광대〉

아이러니의 경쾌한 균형

— 박의상, 『라 · 라 · 라』(고려원, 1995)

1964년 『서울신문』 신춘문예 시부문에 「인상」이 당선되어 데뷔한 박의상 시인은, 40여 년의 시력(詩歷)을 통해 이미 여섯 권의 시집[1)]을 상재한 바 있다. 80년을 전후한 시기의 침잠과 크지 않은 목소리 때문이었을까. 그는 묵묵히 시를 써오고 있다. 그 힘은 아마 시를 향한 시인의 성실한 근기(根氣)에서 비롯되는 것이었으리라. 그의 시세계는 1984년에 상재한 『바위는 저의 길을 가로막는다』를 기점으로, 언술형식뿐만 아니라 시의 내용에서도 많은 차이를 보인다. 이전의 시들이 추상적인 내면을 난해한 이미지로 형상화했었다면, 이후의 시들은 일상적인 삶을 평이하고 진솔한 구문에 육화시켜 형상화하고 있다. 그러나 무기력하고 무의미하게 왜소해지는 한 개인의 내면과 개인적 삶에

1) 『금주今周에 온 비』(성문각, 1967)를 필두로, 『성년成年』(문원사, 1971), 『봄을 위하여』(열화당, 1977), 『바위는 저의 길을 가로막는다』(문학사상사, 1984), 『흔들리는 중심』(문학과비평사, 1989), 『내 안에 사랑이』(미학사, 1993).

천착하고 있다는 점은 일관된 특성이다. 86년부터 89년 사이에 씌어진 이번 시집의 시들은 그 진솔한 구문에 형식적 경쾌함이 강화되고 있다. 이 같은 변화는 연륜이 만들어내는 단순한 힘과 건강함에서 비롯되는 것이리라.

시는 분명 시인이 몸과 마음을 두는 자리에서 생겨난다. 이번 시집에는 특히 중년의 모습이 다양한 각도로 등장한다. 술을 마시고 연극 구경을 하고 비밀스런 사랑을 꿈꾸는 중산층 소시민 '나'의 안팎 모습과, 그런 '나'와 관계되는 많은 사람들이다. 이를테면 화장을 하고 상아귀고리를 하는 아내 혹은 여자, 사회적으로 성공하고자 하는 혹은 성공은 했으나 불안하기 그지없는 중년을 넘긴 친구들, 비밀스런 사랑을 하는 스무 살의 아들, 공금 횡령한 빚을 갚아달라 보채는 동생, 데모를 하고 임금투쟁을 하는 젊은이들의 이야기다. 이렇듯 그의 시들은 일상에 대한 애정과 반성이 짙은 '쉰' 세대의 자기고백적 지형도를 그려 보인다. 그래서일까. "나는 마흔일곱 살/마흔일곱은 목석이 다된 나이"(「새해에 울고 싶다」)라든가 "오십이 다된/지금이야/까놓고/말이야 정말이지만"(「오십에 정말」)에서처럼 나이에 대한 인식이 두드러진다. 그러한 인식은 '지천명(知天命)' 혹은 '쉰'의 중산층 소시민이 겪는 일상인으로서의 자화상으로 수렴되곤 한다.

맑고 푸른 가을, 이 깊은 아침빛 속을,
나는 무슨 죄라도 진 것 같은 종종걸음으로
출근을 서두르면서,
누구에겐가, 이게 아닌데, 이렇게 살자던 게 아닌데,
소리라도 치고 싶어
돌아보는데
갑자기

삐—이—익

급정거

브레이크 소리, 그리고

이 새꺄, 정신 차려!

소리치는

어떤

가련한

친구의

하얗고 긴 목

그 목을

왜 단단히 조인

검은 넥타이

—「하얗고 긴 목」 전문

일상에 대한 회의와 그 일상으로부터 탈출하고자 하는 욕구는 현대인의 일반적인 심리이다. 일상인으로서의 박의상 또한 마찬가지다. 매일 반복되는 출근을 서두르며 그는 "이게 아닌데, 이렇게 살자던 게 아닌데"라는 내면의 목소리를 듣는다. 그러나 "삐—이—익" 급정거하는 브레이크 소리와 "이 새꺄, 정신 차려!"라는 욕설 소리는, 시인으로 하여금 내면의 목소리에 귀 기울이지 못하게 하는 현실적 조건이다. 욕한 사람 또한 무기력하기만 한 "하얗고 긴 목"의 소유자이며, 그 목을 조이는 현실적 조건인 '검은 넥타이'로부터 자유롭지 못하다. 욕을 하는 '가련한 친구'의 모습은 욕을 먹는 시인 자신의 자화상에 불과하다. 이렇듯 그는 주변의 사물과 자잘한 사건들 속에서 좌절하고 훼손당하는 자아의 모습을 포착하는 데 능하다. 그와 같은 민첩한 포착과 고백적 양식은 일상에 대한 반성적 자의식을 유도한다.

시인은 브레이크, 욕설, 넥타이 따위로 상징되는 일상에 꽁꽁 묶여 있으면서 그 일상 밖으로 튀어나가고 싶어한다. 현실의 속박을 사랑하면서도 현실로부터의 자유를 꿈꾸는 이중적 욕망에 시달리는 것이다. 그러나 그 자유에의 욕망이 파괴적이거나 일탈적인 것은 아니다. 그러므로 독자들은 이번 시집에서 '오십이 다된' 나이에 직면한, 속박과 자유 사이의 흔들림과 균형감각을 읽어낼 수 있을 것이다.

기우뚱 내가 흔들리고 술병이 흔들리고 탁자
가 흔들리고 앞자리 친구의 안경이 흔
들리고 계산서가 흔들리다가
반쪽 창 밖의 밤이 흔들리다가
그 무섭던 모든 질서, 가치가
흔들리고
하나도 무섭지 않다가
……술값쯤이야……내일 출근쯤이야
마음 놓고 비틀거리고
겁도 없이 비틀거리다가
일어서다가
휘청 벽에 기대 본 나는 알지
벽이 얼마나 아직 튼튼한지
무섭고 튼튼한지
벽은 왜 무섭고
튼튼해야 하는지

—「벽」 중에서

인용시에서 시인은 연신 '흔들리고' '비틀거린'다. '오십이 다된' 중년 사내의, 어쩔 수 없고 어쩌지도 못하는 갑갑하고 불안한 심리의 반영일 것이다. '흔들림'의 테마는 "아무도 아무것도 보이지 않는/그 높이에 앉아서/흔들린다/아슬아슬/의자보다 높이 흔들리고 있다"(「절정」)에서처럼 시집 전체에 걸쳐 반복된다. 자서(自序)에서도 "이 흔들림을 그러나 누군들 어떻게 벗어날 수 있을까요"라고 고백하고 있다. 다시 인용시 「벽」을 보자. 시인은 "취해서 비틀거리는 자유", 그 흔들림을 갈구한다. 직위, 돈, 도덕 따위의 현실적 조건을 흔들리게 하는 그 비틀거림이 얼마나 자유롭고 황홀한지를 체험한다. 그러나 그 자유는 술에 의지한 순간적인 자유 혹은 순간적인 황홀일 뿐, 존재의 진정한 자유 혹은 황홀로 나아가지 못한다. 현실은 여전히 '흔들림'을 방해하거나 가로막는 '벽'으로 튼튼하게 존재하고 있기 때문이다. 그러나 "벽은 왜 무섭고/튼튼해야 하는지"라는 구절에 이르면 시인은 무섭고 튼튼한 '벽'의 필요성을 역설하고 있는 듯도 싶다. 벽의 굴레와 벽의 보호, 벗어나고 싶지만 다시 희구하는 인간의 이중적 욕망을 벗어나지 못한다. 아니 벗어나지 않는다. 다만 그는 욕망하고 좌절하고 다시 화해하면서 살아가는 소시민의 모습을 보여준다. 이런 태도에서 우리는 삶을 향한 시인의 정직한 비전을 짐작할 수 있다.

현실을 겨냥한 속박과 자유의 이중적 욕망 사이에서의 흔들림은, '문'이라는 상관물에 대한 집착과 서술 태도를 통해서도 증명된다.

그들은 떠들고
　　　　우리는 문을
　　　　　　쾅! 쳤다
　　　문은 다 닫기지 않았다

―「문」 중에서

바깥 세상으로
　　문만 열면 열리는
　　　　저기 저 밤의 세상으로

—「캄캄한 연극」 중에서

두드려라 두드려도
　　　문은 안 열리고 아직
　　　　　　소리만 날 것이다
　　　　　누구세요 아무도 없는데요
　　　　　그래도
　　　　　　　　그래 그래도

—「경험론」 중에서

……움직이지 말아요……문아……
　　문틈을 스미는 바람아……

—「미래를 향하여」 중에서

그의 시에 등장하는 '문'들은 완전히 닫히지도 환하게 열리지도 않는다. '문 밖'은 시인에게 일상을 벗어나는 위험과 불안의 세계이자 자유와 모험의 세계이다. 그는 언제나 '문 안'에서 '문 밖'을 기웃거린다. 일상적 공간인 '문 안'을 회의하지만 여전히 '문 안'에 강한 애착을 보인다. 벗어나고 싶지만 벗어날 수 없는 이 부조리함 역시, 마치 '벽'처럼, 달가워하는 것은 아닐까. 이러한 망설임과 주저는 분열적인 서술 방식을 통해서도 드러난다.

사 랑 한 다……고

썼던가

아니, 미워한다고 썼던가

사랑한다……고 쓰고

아니, 미워한다고……고 쓰고 /(…)/

그러니 내가

어디 있었던 것도 아니고

이제는 그도

없는 게 아닐까 /(…)/

내가 없어도

또 다른 내가 있고

그러면 또 다른 그가

어디 있는 게 아닐까 /(…)/

아니, 그저

……한다……고

……하고 싶다……고

그러다가, 아니, 아니

……이 하고 싶다……고

—「무엇이 하고 싶다?」 중에서

인용시는 망설임과 주저 속에서 머뭇거리는 주변인으로서의 내면 풍경을 부정에 부정을 거듭하며 서술하고 있다. '—한다고 아니 —한다고' '—이 아니고 —이 아닐까' '—이 없어도 —이 있고'와 같이, 긍정한 후 뇌부정하는 서술형태는 꿈틀대는 복잡한 생각과 감정의 덩어리를 숨기거나 억누르고 있는 듯하다. 시인의 내면에 반석처럼 자리한 현실원칙이 항상 현실과 이상, 일상과 꿈 사이를 중재하고 조정하고 있기 때문이다. 각도를 달리해 보자면, 이러한 서술은 또한 순간순간 갈등하는 일종의 반성적인 더듬거림을 반영할 뿐만 아니라 인간이란 이 갈등의 상황을 벗어날 수 없음을 재확인시켜주기도 한다. 결국 현실에 눌러앉은 시인의 거처는 '—이 하고 싶다'라는 욕망에 의해 지속된다. 삶의 진실이란 꿈과 현실 중 어느 하나를 선택함으로써 얻어진 부분적인 통일성의 산물이 아니라 그 둘을 함께, 끌어안으려는 몸과 마음의 고통스런 움직임이라는 사실을 시인은 역설하고 싶었는지도 모른다. 어쨌거나 그 고통스러움은 가파른 삶의 경사를 동반한다.

자전거가 춤춘다
라·라·라, 그 위에 타고 있는
중화각 총각이 춤춘다
그 우억스런 손바닥 위에 얹힌
자장면 세 그릇도 춤춘다
보자, 보자,
춤추다가 기운다
노래하자 우리는
이쯤에서
저 기우는 것들
피사의 탑처럼 ML주의처럼 5공 6공처럼
춤추던 욕망
땅 위에 한낱 모험일 뿐
가을날 한 작은 과일처럼
춤추고 기우는
기울게 하는
굽은 언덕길을
—역사를

역사의 전환을

노래하자 라·라·라

—「라·라·라」 중에서

표제시이기도 한 이 시의 제목은 즐거움과 경쾌함을 준다. 그러나 탄력적으로 부풀어오르는 언어형식과 다른, 어둡고 무거운 의미를 감지할 수 있다. 형식과 내용 간의 불일치를 통해 감각적 부조화를 유발시키려는 전략일 것이다. 또한 '춤춘다/기운다(쏟아진다)'라는 대비적 서술어가 동일 의미를 지향하게 함으로써, 존재의 가벼움과 무거움을 동시에 드러내려 한다. 자전거를 타고 배달 가는 '중화각 총각'과 그의 손에 들린 '자장면'은, '춤추는' 욕망의 객관적 상관물이다. 이 상관물에다 시인은 'ML주의'니 '5공 6공'이니 하는 이데올로기나 정치적 맥락을 오버랩시킨다. 사소한 일상과 거대한 역사의 만남. 그것들이 모두 위태롭게 흔들리고 비틀거리는 데서 '춤춘다'의 시적 의미는 완성된다. 그것들은 "땅 위에 한낱 모험"에 지나지 않는다. 삶의 가파른 경사 즉 '굽은 언덕길'에서는 기울고, 쏟아지고, 나둥그러질 뿐이다. 그 가파른 경사 위에서는 그러므로 '라·라·라' 노래하는 것이 우리가 할 수 있는 전부이고 최선이라고 시인은 말하고 있다. '라·라·라', 경쾌한 언어형식으로 치고 빠지면서 현실의 굽은 언덕을 빠져나가고 있는 셈이다.

지금까지의 인용시들에서도 쉽게 눈치챌 수 있었던, 그의 시의 개성적인 언술형식에 초점을 맞춰보자. 시를 쓰는 데 있어서 방법 혹은 전략으로서의 시작 기교가 필요하다는 것은 누구도 부정할 수 없는 사실이다. 무기교의 기교조차 기교가 아니던가. 시인 박의상은 이 시대를 살아가는 '오십이 다된' 세대의 일상적 통찰을 크게 두 가지 방식으로 담아내고 있다. 그 하나는 행갈이나 정렬방식이나 어조와 같은 외적인 언술형식에 대한 배려이고, 또다른 하나는 내적인 언술형식으로서의 아이러니에 대한 탐색이다.

길이가 짧은 행들의 어긋난 배치, 병렬적 나열 혹은 반복을 특징으로 하는 형태시적 구조는 시에 경쾌함과 속도감을 준다. 이러한 시형식은 84년에 상재한 『바위는 저의 길을 가로막는다』에서부터 보이기 시작하는데, 그 시집 자서에서 시인은 사회와 개인, 일상과 꿈, 역사와 현실 간의 고통스럽고 숨가쁜 대결을 적나라하게 드러내기 위해 행갈이와 그 배열을 새롭게 시도한다고 밝힌 바 있다. 그의 말을 그대로 인용하자면, "혼란되고 무질서한 어떤 파탄의 세계를, 정통적 배열의 질서정연한 순서로나 따라 읽게끔 해서는 그 긴장의 복잡성, 또는 복합성을 놓치게" 하기 때문이다.

위태롭게 혹은 경쾌하게 어긋나는 이 같은 행갈이와 연배열은 빠르게 교체되면서 급박한 리듬을 형성할 뿐만 아니라, 이미지들을 단절시키고 그 서술구조 사이의 일관성을 와해시킨다. 시적 구조의 상투성이나 의미의 일반성으로부터 벗어나고자 하는 시인의 의지를 반영하는 것이리라. 또 다르게 얘기하자면, 일상 현실과 시인 내면 사이의 갈등을 순간적, 유희적으로 교직함으로써 시의 의미를 감각적(특히 시각적, 청각적)으로 형상화한 것이라 할 수 있다. 아무튼 이런 행갈이와 연배열방식은 대상을 향해 응시하고 사색하는 시선의 깊이를 독자들에게 강요하지 않는다. 그의 시의 출발이 난해한 이미지와 분열된 의식세계의 표출에 있다는 점을 환기해본다면 이러한 시형식이 시사하는 바는 자못 크다. 파탄의 현실세계를 시각적으로 드러내기 위해서라는 그의 고백을 감안해본다면 더욱 그러하다. 그런 의미에서 그의 시는 젊다.

단문의 구어체를 특징으로 하는 이러한 행 배열은 경쾌하고 자연스러운 시의 호흡을 느끼게 해줄 뿐만 아니라 현실과의 아이로니컬한 화해의 제스처를 유도하기도 한다.

마음을 놓아요
당신의 고백이 끝나고
우리들 고백도 끝나고
용서가 끝나고
찬송가도 끝났으니까
아아 그리고
또 다른 죄들이
또 싸워야 할 하루들이
저 바람부는 밖에 기다리고 있으니까

—「고백」 중에서

탁자를 쾅! 치는 것보다
좋아! 좋아요! 하면
이기는 길이 있다고
당신이 좋으면
당신이 좋아하는 길이 다 있다고
떠들던 그 사람은 벌써 갔다네
차를 타고 씽
저 혼자 제 길로 가버리고
좋아요! 우리는
우리 길로 간다네 우리도

—「길이 있다」 중에서

라, 라, 라, 구만리가 있다고요
자꾸 그러시지만
구만리 지겨운 입시지옥이

구만리 지겨운 감옥이 감옥보다 더한
내 사랑 없는 세상이

—「구만리」 중에서

서술, 청유, 감탄, 의문을 드러내는 —해요, —했어, —하지, —하나, —하자, —일까 등의 다양한 어미를 가진 구어적(口語的) 언술은 독자의 주의를 환기한다. 언뜻 보면 시인의 생각과 정서 혹은 의지를 직접적으로 드러내는 것 같지만, 주의 깊게 보면 오히려 조급한 분노나 슬픔의 감정을 객관화시켜 차분한 절제의 자리를 마련해주는 역할을 한다. 이 구어적 말 건넴의 형식은 시적 주체가, 말하는 대상으로서의 타자를 상정함으로써 일정한 거리를 유지한 채 스스로를 들여다보는 역할을 하는 것이다. 여기서 우리가 놓치지 말아야 할 것은 개성적인 행갈이와 구어체의 단문을 주된 무기로 하는 문체적 특징이다. '아이러니'가 바로 그것이다. 위의 "좋아! 좋아요" "마음을 놓아요" "라·라·라" 등과 같은 시어는 가벼운 '언어적 아이러니'에 기대고 있다.

말해진 것과 의미된 것, 진술과 평가, 그 사이의 긴장 또는 대립에서 유발되는 아이러니는 이번 시집의 두드러진 특징이다. 그 어조는 경쾌하지만 경박하지 않고, 날카롭지만 냉소나 야유와도 거리를 유지한다. 현실을 비꼬기보다는 가볍게 띄우기 위해, 현실을 공격하기보다는 감싸 안기 위해 시인은 아이러니를 사용한다. 이 같은 아이러니적 비전은 시인의 내적 흔들림, 즉 가치관의 교란을 야기하기도 한다. 앞에서 언급한 '흔들림', 망설임과 주저를 특징으로 하는 이중적 서술도 바로 이러한 아이러니적 비전과 연계성을 갖는 부분이다.

벽돌은 단단해야 된다고
그러자면 숨이 콱 막히게 짓눌러 찍어야

한다고
그래야 독이 올라서
저 육중한 빌딩벽을
사력을 다 해
버틴다고
빨갛게 익도록
피멍이 박히도록
온 힘으로
피 한 방울도 다 짜내는
죽을 힘으로
두 번 세 번도 더 짓이겨
찍어대고
우리는
녹초가 되었다 녹초가 되어도
좋았다

*

독재 만세!

—「미로末路」 전문

인용시 「미로」는, 어떤 일의 상태나 사건이 전도되어 구조적인 반전을 불러일으키는 '상황의 아이러니'를 단적으로 보여준다. 벽돌의 가장 벽돌다운 점은 단단함에 있다. 그 단단함을 위해 우리는 벽돌을 "숨이 꽉 막히게 짓눌러 찍어"내야 한다. 그러나 육중한 빌딩 벽을 지탱하기 위해 짓이겨지고 짓눌려져야 하는 벽돌의 상황은, 마지막 연 "독재 만세!"에 의해 정치현실로 전환된다. 독재자가 우리를 억압하는 상황을, 우리가 벽돌을 찍는 상황과 결합시키고 있는 것이다. 이때 아이러니의 효과는 알레고리화된 정치현실을 통해 더욱 극대화된다. 이처럼 알레고리와 아이러니가 결합된 형태는 그의 다른 시들에서도 쉽게 찾아볼 수 있다. 「허리」에서는 분단의 상황을 허리의 통증에, 「눈물」에서는 정치현실의 불화를 외식 나간 가족의 불화에 비유하고 있다. 문제는 사회정치적 현실에 대한 알레고리가 일정 부분 정형화되고 있어 현실을 보는 시각이 일반적인 시각에서 범주화되어 있음을 보여준다.

그의 아이러니적 전략은, 현재의 일상이 그러하고 마땅히 그러해야 할 것처럼 말하지만 사실은 그와는 반대의 의미를 말하고 있다는 데 있다. 또한 일상 그 자체가 가벼워서가 아니라 그 일상을 다루는 그의 언술형식이 가볍기 때문에 일상의 문제가 가벼운 것처럼 보인다는 데 있다. 때문에 그의 아이로니컬한 진술은 한번 더 걸러져 해석되어야 하고 다시 한번 되짚어 읽어볼 때 그 의미는 훨씬 풍부해진다. 독자들에게는 말해진 것에서 말해지지 않은 것을 읽어내야 하는 수고로움과 즐거움을 함께 선사한다. 이는 그의 시의 주된 기능이나 매력이 지적인 특성에 있다는 증거이다. 때문에 독자들이 진의와 허의를 구별하거나 연관지어 읽을 수 있는 지적 능력이 풍부할 때 시적 효과가 증대될 것이다.

현실의 구속과 자유를 동시에 꿈꾸는 시인의 이중적 욕망과, 현실의 모순을 들춰내 경쾌한 말하기 방식으로 가볍게 들어올리려는 아이러니의 비전은, 시인이 오십에 길어올린 시의 바다라 할 수 있다. 일방적이고 단순하기 그지없는 현실의 질서와 그 이면에 드리워진 혼돈을 의도적으로 분열시켜 동시에 드러내는 그의 시적 비전은 현실지향적인 경쾌한 균형감각을 통해 재정립되며, 그 경쾌한 균형감은 다시 시인이 몸담은 일상으로서 삶 그대로 비유된다. 그는 분명히 세계와 자아를 느끼기보다는 이해하려 한다. 그것도 유쾌하고 가볍고 경쾌하게. 어떠한 부정적 현실에서도 좌절하지 않고 일상의 삶을 긍정하려는, 그의 시가 가진 건강성의 발로일 것이다. 그런 의미에서 그의 시는 현실적이고 낙천적이다. 어차피 이중적이고 반어적일 수밖에 없는 그의 삶을 보다 여유 있고 즐겁게 하는 시인의 전략일지도 모른다. '오십이 다된' 나이에 도달한 이 경쾌한 균형으로 그는, 삶에 대해 관조하고 삶과 화해하고 삶을 만끽하고 있는 것이리라.

(나)와 (무) 사이에 (나무)가 있었다

— 윤종대, 『소금은 바다로 가고 싶다』(고려원, 1995)

시에 있어서 상상력이란, 언어라는 땔감이 진정한 땔감이 될 수 있게 하는 불씨이다. 불씨가 없을 때 땔감의 존재란 쓰레기에 불과하다. 불씨를 잘 일으키기 위해서는 적정의 풀무질이 필요한데 상상력의 역동적 진폭이야말로 이 풀무질의 강도를 좌우한다. 너무 약한 풀무질은 불씨를 쉬이 꺼뜨릴 수 있고 너무 강한 풀무질은 제멋대로 타다가 금방 소진해버릴 수 있다. 얼마만큼의 강도로 풀무질을 할 것인가가 시인이 상상력을 운용하는 관건인 셈이다. 상상력의 역동적 진폭에 좌우되는 시적 이미지의 형상성이 바로 시적 교감과 작품의 성공 여부를 결정한다. 이러한 상상력이란 시의 요소가 아니라 시의 실존 그 자체로까지 중요성을 인정받게 된다. 우리는 윤종대라는 신인의 시에서 현상학적으로 잘 풀무질된 역동적 상상력을 음미해볼 수 있다.

새들이 떼를 지어 빈 배를 떠메고 달빛 속으로

돌아가는 것을 보았다.

—「달밤」 중에서

푸드득 잠을 깨고 일어나는 나무들
푸른 날개를 저으며 떼를 지어 나른다
물보다 부드러운 발톱이다

—「원형질」 중에서

인용시는 그의 시적 감수성이 펼치는 상상의 역동성을 단적으로 보여준다. 시인의 첫 시집인 이번 시집에서, 물고기는 새가 되어 빈 배를 떠메고 달빛 속으로 돌아가고 나무들은 새떼가 되어 하늘을 바다처럼 날기도 한다. 물고기나 나무에 날개가 달릴 때 하늘과 바다는 동일한 높이와 깊이를 가진 정상(頂上)의 공간이 된다. 그 정상의 골짜기에서 시인은 '낮고 낮은 길'(「바다로 올라가는 물」)을 발견한다. 자연 속에서 자신의 정체성을 발견하려 하고 또 자연과 인간의 근원적인 합일을 꾀하려 한다. 자연에 뿌리박고 있는 그의 물질적 상상력이 일구어낸 시의 세계는 풍요롭고 아름답다.

시의 효용성은 다양한 측면에서 접근 가능하다. 윤종대 시인의 시에서 그 효용성은 우리의 내면을 순화시키고 정화시켜준다는 점에서 찾을 수 있겠다. 시적 즐거움이란 현실적인 메시지, 개념적인 지식, 실제적인 의미 따위로 구현되는 언어적 진실로만 구현되는 것이 아니다. 시인 내면과 연루된 언어의 역동적인 상상력과 이미지로도 구현될 수 있다는 것을 이 젊은 시인의 시는 다시 한번 일깨워준다. 그러므로 그의 시는 가능한 한, 천천히 그리고 느리게, 그 역동적 유도(誘導)를 따라가며 읽을 때 시 읽기의 즐거움은 배가된다.

그의 시에서는 상상되는 대상과 상상하는 주체 중 어느 한쪽이 전적인 우위를 점하고 있지 않다. 대상과 주체들 간의 간주관성에 의해 시적인 힘을 발휘한다.

숲속에 (나)가 있다.
숲속에 (무)가 있다.
숲속에 (나무)가 있다.
(나)와 (무)의 사이에 숲이 있다.
그 숲은 이야기로 되어 있고
이야기의 사이사이에
이야기의 모양대로 생김새와 색깔이 다른
꽃이 피었다가 지곤 한다.
꽃이 지는 자리에는 언제나
물방울이 맺히게 되고
물방울 속에는 요정이 있어
물방울을 먹고 자란 흰 손이 나온다.

—「나무에 대한 변증법」 중에서

그의 시는 마치 수목원과 같다. 온갖 나무들로 가득 찬 숲이 있고, 그 숲에는 새가 있고 꽃이 있고 강이 흐르고 하늘과 바다가 펼쳐져 있다. 한마디로 풍요로운 식물적 풍경을 그려 보인다. 시인의 개성이란 사물들 및 타인과 맺는 관계양식이나 세계를 포착하는 감수성의 형태에 의해 규정된다고 할 때, 우리는 그의 시를 식물성을 견지한 현상학적 상상력이라 명명할 수 있을 것이다. 그러나 자세히 들여다보면 '(나)'라는 주체의 존재론적인 있음과 그 주체의 인식론적인 없음으로서의 '(무)(無)' 사이에 '(나무)'라는 현상학적 대상이 놓여 있음을 간파할 수 있다. 인용시는 시인 윤종대의, 세계를 향한 인식 구도를 단적으로 보여준다.

'(나)'와 '(무)'를 동시에 거느린 그 '(나무)'는 이 세계의 다른 이름이자, 시인의 존재론적인 거처이고 인식론적 대상이다. 시인의 세계 인식은 나무와의 만남으로부터 출발한다. 그리고 나무의 양태와 그 세부조직과의 접촉을 통한 감각적 경험으로 귀결된다. 그에게 '(나무)'란 인간과 무(無) 사이에 낀 자연으로서, 그 사이를 건너기 위해 열정적으로 감싸고 부여안아야 하는 대상인지도 모른다. 이러한 시적 인식의 틀은, 인간 존재가 세계-내-존재로 던져졌으며, 그 존재론적 의미는 인식 주체와 세계의 상호관계 속에서 발현된다는 현상학적 인식을 근간으로 한다. 그러므로 인용시의 처소격 조사 '에'와, 거리를 지칭하는 명사 '사이'가 만들어내는 시적 공간은, 세계와 그 세계를 바라보는 시인의 내면의 거리를 의미한다. 이 '사이'에 의해 시인은 외부의 사물들과 구별되는 동시에 연결된다.

'나(인간)와 무(없음) 사이에 나무(세계)가 있다'라는 그의 시적 구도는 그러나 확정적이지 않다. '(나무)'와 '(나)' 사이에 '(무)'가 있을 수도 있고, '(나무)'와 '(무)' 사이에 '(나)'가 있을 수도 있다. 때론 '(나)' 안에 '(무)'가 있을 수도 있고, '(무)' 안에 '(나)'가 있을 수도 있으며, '(나무)' 안에 '(나)' 혹은 '(무)'가 있을 수도 있다. 이렇듯 그 구도가 끊임없이 유동하는 것은 그것들 간의 거리 내지는 관계가 고정적이지 않고, 그것들을 지시하는 의미 또한 단일하지 않다는 증거이다. 존재란 무한한 가변성 그 자체이고 의미란 결코 확정될 수 없다는 시인의 인식태도를 반영하는 것이기도 하다.

특히 인용시에 사용된 괄호는 지시체의 개별성, 단독성과 함께 미확정성을 강조한다. '(나)'라는 주체와 동등하게 '(나무)'와 '(무)'가 존재하고 그것들을 지시하는 관념체로서의 언어가 있다는 사실을 유표화할 뿐만 아니라, 대상의 실재성을 괄호로 묶어둠으로써 그 의미를 탐구해야 한다는 현상학적 인식을 형식화하고 있다. 요컨대 그의 시에서 언어는, 자연과 마찬가지로 이 세계를 인식하는 수단을 넘어 그 자체로서의 존재성을 확보한다. 그러한 맥락에서 인용시의 '숲'은 한 편의 시를 이루는 언어의 숲을 의미한다. 숲을 이루는 나무, 이야기, 꽃, 물방울, 흰 손이라는 상관물들은 각기 한 편의 시를 이루는 시어, 의미, 이미지, 상상력, 감동 등의 요소로 해석될 수 있기 때문이다.

다음과 같은 시에서는 언어와 인식의 문제가 보다 구체적으로 드러난다.

아무래도띄어쓰기가문제이다.
나무가가진의미 와 흙이가진의미
문이 가진의미 와 창문이 가진의미
그 사 이 에 는 언 제 나 바 람 이
비가 샌다.

바람 속에 홀로 서 있는
「너」와 「나」라는 글자는 보기에도 딱해
꼭 붙여 쓰고 싶다.
「너나」 「나나」로 만들어
바람 좀 막아 보고 싶다.

—「띄어쓰기」 중에서

그가 짓는 언어의 집은 "아무리 메워도 벽에는 구멍이 숭숭해/따뜻한 방이 되질 않는"다. 그 이유를 시인은 '띄어쓰기' 때문이라고 한다. 글을 쓸 때 어절을 단위로 띄어 쓰는 것은 인지하기에 편리하도록 만들어낸 약속 혹은 문법이다. 띄어진 공간에 따라 문장의 의미가 달라질 수 있으므로 띄어쓰기는 정확한 의미 전달과 인식의 필수조건인 셈이다. 그러나 시인은 그 띄어쓰기의 규범과 띄어 씀으로써 발생하는 빈 공간을 거부하고 싶어한다. 간격을 없애 붙여보기도 하고 좁혀보기도 하고 최대치의 간격으로 띄어보기도 하며, 시인은 글자들 '사이'가 만들어내는 의미의 경계를 부유하고자 한다. 그러므로 "아무래도띄어쓰기가문제이다"라는 인용시의 발언은 "(나)와 (무)의 사이에 숲이 있다"라는 존재론적 발언을 언어의 층위로 환원시켜놓은 것에 다르지 않다.

아무튼 그는 글자와 글자, 단어와 단어 '사이'를 붙임으로써 인간(도시)/자연, 언어/사물, 현실/상상의 간격을 좁히고자 한다. 이를테면 '「너」'와 '「나」'에 '나'라는 글자를 첨가하여 '「너나」' '「나나」'로 붙여 쓴다. 그 첨가하려는 글자 '나'가 인칭대명사이건 특수조사이건 간에, 너-나의 주관성과 그 경계를 없애고 단독자 너 혹은 나에게 편중된 완고한 편견의 무게를 덜어내려는 의도가 깔려 있다. 이때 존재론적인 현상학은 언어의 현상학으로 전화되며, 이미지 그리고 마음의 현상학으로 이어진다. 너-나의 경계나 각각의 주체들이 가진 편견의 무게는 '마음'에서 비롯되며, 우리가 인간인 한 그 무게로부터 완전히 자유로울 수는 없기 때문이다.

내가 찍은 사진은
마음으로 더듬어 보아야 한다.

—「흑백사진의 감상」 중에서

편중된 마음의 무게를 벗어버리기 위해 그는 일단 "조용히 앉아서" 자신과 세계를 "망기"(「맨손체조」)한다. 그에게 망기(忘棄, 望記, 望氣)란 제한적인 '흑백사진'의 구도와 색을 벗어나 '마음'으로 보는 것이다. 주지하다시피 이미지의 현상학이란 시적 교감의 주관적인 느낌을 잘 묘사하고 의식체험의 감각적 깊이를 드러내는 데 강조점을 둔다. '마음'은 이미지 현상학에 기여한다. 현상을 꿰뚫어보는 첨예한 시각은 육안에 의한 피상적인 관찰이 아니라, 마음에서 비롯되는 대상과의 내연적이고 감각적인 성찰을 필요로 하는 것이다. 그래야만 흑백사진 뒤에 숨어 있는 "실물보다 진한 색깔"을 볼 수 있다.

그렇구나.
나에게 마음의 눈이 있어
나를 행간에 가두고 있구나.

—「독서법」 중에서

그러나 마음은 항상 무엇인가를 찾는다. '마음의 눈'은 주체에게 영향력을 미치는 의미영역 안에서만 무엇인가를 말하고 보고 싶어하는 까닭에, 상호작용하는 주체와 대상의 중립적 친화를 저해할 수도 있다. 그것은 주관적인 응시이며, 극단적으로 말하자면 대상과 무관하게 응시하는 주체의 의미체계 안에서 발휘된다. 때문에 시인 윤종대는 그러한 '마음의 눈'이 자신을 행간(언어)에 가두고 있다고 인식한다. 다른 시에서는 '눈'(雪/目)이 가는 곳까지 "왜 마음은 몸을 끌고 가는 걸까"(「얼음타기」)라고 묻는 까닭이다. 존재의 참다운 의미란, 대상과 주체의 마음 사이에 존재하는 것이라고 일관되게 피력하고 있는 것이다. 이 역시 '마음의 눈'에 내재하는 주체의 주관적인 욕망이나 환상의 요소를 가능한 한 배제하려는 의도로 읽힌다.

이제 그의 언어들이 어떻게 '(나)'-'(무)'의 '사이'를 가로지르며 그 넓이를 채우는지, 그리하여 그 깊이 속에 어떠한 시적 행복을 투사하는지에 초점을 맞춰보자.

올곧은 나무둥치의 물관부를 타고
하늘에서 건너온 누군가의 기척들이
점점 돌아가는 소리가 들린다.
가지에 앉아 있는 새의 발바닥을 파고들어
작은 허파 속을 지나서 돌아간다
나뭇가지에 안겨 있는 내 핏줄을 통해서도
그 기척은 느리고 깊은 진동으로
지나간다

—「나무와 나의 숨소리」 중에서

'(나)'와 '(무)' 사이에 있는 '나무'가 시인의 등가물이자 시인과 자연을 상응케 하는 일차적 매개물임은 앞서 지적한 바 있다. 땅 밑에 뿌리를 박고 땅 위로 솟아오르는 나무야말로 '상승의 꿈'(「바다로 올라가는 물」)을 상징하는 대표적인 형상물이다. 뿌리 밑 금지된 욕망의 그림자를, 가지와 잎과 꽃을 통해 빛의 욕망으로 가볍게 끌어올려 솟아오르는 나무의 욕망은 뿌리 아래에서 당기는 힘의 강도와 비례한다. 따라서 스스로의 '커다란 뿌리'(「봄. 과수원」)가 현실에 '박히어 있'다고 인식하는 그 중력만큼 시인의 상승 의지 또한 증폭된다.

인용시에서 '나무둥치의 물관부'는 흙과 물과 빛의 복합작용에 의한 상승운동의 통로이다. 이 물관부를 통해 숨소리의 '기척'은, 나뭇가지 끝으로, 그 가지에 앉은 새의 발바닥과 허파로, 그리고 나무에 기댄 내 핏줄로 전달된다. 시인과 자연의 교감이 물, 불, 공기의 운동에 의한 숨소리를 통해 이루어지고 있는데, 이 숨소리는 나무와 밀착된 거리에서라야 감지가 가능하다. 결국 '하늘'을 지향하는 시인의 욕망은 솟는 '나무'와 날아가는 '새'의 욕망으로 전이되어, '나무와 새와 내'가 하늘 한 조각을 물고 끌어안는 하나의 동일체를 이룬다. 그의 시적 감응은 이렇듯 감각적이며 생생하고, 자발적이며 직관적이다. 그의 상상력이 대상과 대상, 대상과 주체 사이의 물질적 전이이자 그것들에 대한 물질적 몽상임을 다시 한번 입증해준다. 시인에게 자연은 형식이 아니라 실체이다. 자연에서 생명을 되찾고 녹색의 근원을 회복하려는 유혹을 시인은 수직의 식물인 나무를 통해 구현해내고 있다.

시인의 욕망은 중심 서술어와 시의 마무리 형식에도 뭉쳐 있다. 먼저 중심술어를 보자. 그의 시에서 가장 자주 반복되고 있는 술어는 원망(願望)의 보조형용사 '싶다'와 전이의 자동사 '되다'이다. 이런 서술어들은 일관된 시적 자아의 욕망과 의지를 반영한다. 즉 앞서 언급한 자연 상응과 비상(수직상승)에의 지향성과 동궤를 이룬다. 특히 그 서술어가 시의 마지막 연이나 행에 빈번히 위치함으로써 특징적인 종결 구조를 이루고 있다는 사실은 자못 흥미롭다.[1)]

상상력의 움직임에 주목해보는 것 또한 윤종대 시인의 시를 온전하게 감상하는 밑거름이 된다. 그의 시에서 감지되는 통일적 움직임은 '가벼운 상승'이다. 그러나 가벼움을 지향하는 상상력의 이면에는 어둡고 무거운 현실이 깔려 있다. 먼지투성이이고(「확실한 처방이 없어」) 유리창에 갇히고(「모빌」) 수은에 중독되고 질식되어(「흑요석, 불의 눈」) 날지 못하는 오피스가의 매미(「오피스가의 매미」) 혹은 흐르지도 못하고 죽어버린 물풀줄기(「강물, 그대의 노랫소리」)처럼, 유령 같은 간판의 미로(「간판 사이의 길」)나 쇠뭉치 속에 껴 죽는(「살인」) 도시인의 모습은 어둡고 무거운 현실을 대변한다. 도시인의 이 같은 일상은 물질과 기계에 도리어 먹히고 있는 훼손된 현대인의 삶 그 자체이다. 이런 도

---

1) '싶다'(의지적 변형으로 -겠다, -할 거다, -하기로 한다와 같은 서술어도 포함시킨다)나 '되다'로 시가 종결되는 경우는 인용시 외에도 「강물, 그대의 노랫소리」「흑백사진의 감상」「봄에 보내는 회신」「말할 때의 요령」「파종기」「날개 소리가 들린다」「꽃병」「떳떳하게 개찰구를 나가야」 등이 있다.

시와 대조되는 자연 공간이 바로 '숲'이다.

다리가 짧고 팔이 긴 사람은
숲으로 가고 싶다.
나뭇가지와 가지를 타고 놀아
몸이 더욱 가벼운
날다람쥐를 만나고 싶다.

도시를 숲속으로 옮기고 싶다.

—「산사람」 중에서

시인은 도시 삶에 적응하지 못할수록 더욱 자연과의 융합을 통해 그 근원적인 생명력과 아름다움을 얻고자 한다. 그는 우리 삶의 근원적인 문제를 자연과 단절된 데서 찾고 있는 듯하다. 또 자연으로부터 삶의 비전과 위안을 구하고자 하는 듯하다. 인용시에서처럼 도시에 숲을 옮기는 것이 아니라 도시를 숲속으로 옮기고 싶어하는 데서도 알 수 있다. 그러나 도시/숲, 인간/자연이라는 이러한 이분법적 세계관은 때로 시적 긴장을 이완시키는 안이한 결말을 유도하기도 한다.

바람에 쓸리고 물색이 짙어져
나는 푸른기가 도는 흰색의 알이 된다
깃이 허물어질 때쯤 꿈도 허물고 동박새로 날겠다
이번에는 아예 집도 짓지를 말고
꽃 속에서 살겠다
녹색 바닷빛만 먹고 살겠다

—「황록색의 날개를 달고」 중에서

위의 시를 보면 '싶다'에서 한 단계 나아가, 현실 완료를 나타내는 '되다'와 미래적 의지가 첨가된 '겠다'로 그 서술어가 변화되고 있다. 가볍고 자유로운 삶의 잠재태로서의 "푸른기가 도는 흰색의 알"이 '되어' 있으며 나아가 그 투명함과 가벼움을 증폭시켜주는 날개를 갖고자 한다. 현실적인 거처인 '집'과 반대되는 '꽃 속'이나 '녹색 바닷빛'도 그의 이상적 욕망의 실현태인 '숲'을 더욱 감각화시킨 것이다.

갇혀 있어도
저렇게 바람으로 춤을 추면서
하늘로 오르는 것은
내 가슴의 노래이다.
견딜 수 없이 가벼운 내 혼이
맨 마지막 한 잎의
새싹이 된다.

—「타오르는 불」 중에서

"맨 마지막 한 잎의/새싹"이 '됨'으로써 시인의 꿈은 완성된다. '견고한 장벽'과 '장막'을 넘어 자유로이 날아오르고 싶어하는 시적 자아의 욕망은 인용시에서처럼 종종 날개와 춤의 이미지가 혼합된 타오르는 '불'로 구체화된다. 그 불의 이미지는 파괴적이지 않다. "위로/위로 뛰쳐나와 보란 말이야/나의 불꽃 속으로"(「흑요석. 불의 눈」)와 같은 구절에서처럼 장해물을 밀어내고, 뚫고 나와, 가볍게 날아오를 수 있는 힘을 지니고 있을 따름이다. 그 힘은 타고 남은 재가 거름이 되듯, 마지막 새싹의 생성과 소멸에 동시에 관여하는 식물의 연소작용을 통해 발휘된다. 예컨대 "열매들이/밝은 소리를 내며 타오른다/손이 닿은 잎들이/파랗게 색이 살아나/날아오른다"(「천일야화」)와 같은 구절이

이를 증명해준다.

그가 되고 싶어하는 것들의 첫번째 공통점은 그 대상의 서술어들이 날아오르다, 부풀어오르다, 떠오르다, 솟아오르다, 가볍다, 환하다, 비어 있다와 같은 상승적 움직임을 지향하고 있다는 점이다. 삶 깊숙이 자리잡고 있는 가벼움에의 희열일 것이다. 두번째 공통점은 그 대상이 자연, 특히 식물에 집약되어 있다는 점이다. 시인의 투사물인 "맨 마지막 한 잎의 새싹"은 이제, 팽창함으로써 동시적으로 어둠을 끌어올리는 식물의 비상, 그 가벼움으로 개화한다.

들뜨기 시작하는 살갗
그 속에서 무언가 움직이고 있다
온몸이 근질거리고 눈이 아른거린다
물비늘로 알았던 내 몸의 외투 속으로
누가 대마의 씨앗을 마구 뿌려 놓았는가
푸른 싹들이 온통 몸을 뚫고 나온다
수억의 별들이 반짝거린다
그 너머에 누군가 있는 듯하다

—「봄에 보내는 회신」 중에서

들뜨다, 움직이다, 근질거리다, 아른거리다, 뚫고 나오다와 같은 동사의 움직임에 의해 씨앗은 무한히 부풀어간다. 상승을 위해서는 강한 운동성이 필수적이다. 휘발하는 힘, 퍼지는 힘, 침투하는 힘을 가진 이 서술어들은 시적인 폭발을 환기하기에 충분하다. "겨울이 숨겨놓은 땅속의 바람이/가득 가득 부풀어오르는" 이 봄날의 풍경은 식물의 완벽한 대향연을 위해 꿈틀거리는 온갖 감각들과 이미지들이 혼융되어 있다. 이런 이미지들을 통해 독자들이 만끽하게 되는 미적 체험은 마치 자신이 새로 돋아나고 자신의 영혼이 쇄신되는 것 같은 격앙감이다. 이 우주적인 팽창에 의해 어떤 내부로부터 사방으로 부풀어오르는 생명의 풍요로움이 구현되고 있다. "멀리 날아갈수록 화안하게 빛나는"(「봄. 과수원」) 풍요로움에 의해 시인과 독자와 세계의 점착(粘着)을 경험하게 되는 것이다. 이러한 순간의 포착은 그가 불모화된 도시의 일상을 노래할 때보다 자연과의 상응을 노래할 때 더욱 빛이 난다. 하지만 이로 인해 현실적 자아가 만들어내는 구체적인 삶의 결이 지워지기도 한다.

'싶다'나 '되다' / '겠다' 등의 서술어로 마무리되는 닫힘의 종결구조는 시인의 완결된 지향성과 분명한 의지를 반영한 것이기도 하다. 이러한 구조는 부풀어오르고 날아오르는 상상력의 움직임과는 대조되는, 안정적이고 확정적인 마무리의 형식이다. 시인은 미완의 판단중지나 우연으로 마무리되는 열린 종결구조보다는, 지향적이고 의지적인 닫힘의 종결구조를 선호한다. 이러한 완결의 종결구조는 시인의 시적 열망의 강도가 그만큼 강하고 시의 응집력 또한 높여주는 반면, 독자의 상상력을 몰아감으로써 개방적인 상상력의 유로(流路)를 저해하기도 한다.

비상(수직적 상승)을 향한 시인의 열망도 자세히 들여다보면 단순히 날아오르는 것만은 아니다. 가라앉고, 박히는 등의 하강과 고립의 깊이로 천착하는 서술어와 길항하면서 날아오른다. "날고 있는 동굴"(「모닥불」)이 바로 그 대표적인 이미지다. 깊이를 담보한 높이, 침잠을 담보로 한 솟아오름의 의미를 동시적으로 구현하고 있다.

산비탈을 올라갈수록 나를 내려누르는 무엇인가가 가벼워지는 것은 이들이 나와 마음이 맞아 나의 무게를 나누어 가지는 탓이다 그러자 하늘이 손에 만져지고 발에 닿는다

하늘을 밀어내는 산 위에서 내 몸의 하늘을 밀어낸다
나의 자리를 찾아 앉는다

—「산이 있는 자리」 중에서

내려누르는 무거움과 그 무거움을 밀어내고 솟아오르려는 가벼움이 팽팽하게 맞서고 있다. 내려누르는 삶 혹은 그 삶으로 인한 존재의 무게를 밀어냄으로써 가볍게 할 수 있다고 믿는 시인은, 하늘마저도 밀어내는 그 산 한가운데 자신의 자리를 정한다. 한 시인의 역동적 상상력의 지향점은 이처럼 반대적인 운동을 통해서 그 의미가 더욱 강조되는 것이다.

식물의 비상, 즉 개화로 이어지는 가벼움에의 희열은 '비어 있음과 무(無)'를 향한 유혹으로 발전한다. "날개의 무게에 매달려 있는 알 수 없는 그림자"(「인동초 이야기」)를 인식한 시인은 이제, 높이에서 다시 내면적 깊이로 침잠해 자신의 욕망을 실현시키고자 한다. 즉 고립무원의 깊이로 숨어들어, 벗음과 사라짐과 기다림이 성취해내는 침묵, 집중, 죽음 따위의 우주적 소멸에 스스로를 내맡기고자 하는 것이다. 날고자 하는 욕망이 한계에 직면함으로써 육체의 무화(無化) 내지는 정신의 기화(氣化)로 발전하게 되는 예정된 귀결점이기도 하다. 그러기에 「고산목」은 비상의 꿈이 이루어낸 견고한 정점을 이룬다.

높은 산에 오르면 사람들에게 벌목되지 않고 스스로 목숨을 끊은 나무가 있다.

지리산 개평리에서 주워 온 땅에 떨어져 있던 고산목의 검은 마디들은 그 무엇을 기다리며 바라보다가 마지막 남은 눈썹들이었다. 나는 그 눈썹들을 끌어안고 돌아와 불을 붙였다. 붉게 하나씩 빛을 뿜으며 흰 재를 남기고 사라졌다. 마지막까지 입고 있던 얇고 가벼운 영혼의 흰 옷을 벗어 두고, 한 그루의 나무가 그가 기다리고 찾던 그 무엇의 품으로 돌아가는 것을 가만히 바라보았다.

—「고산목」 전문

위의 '벗는 고산목'의 이미지는, 앞서 살펴본 '부풀어오르는 씨앗'(「봄에 보내는 회신」)과 일견 상충되어 보인다. 전자는 팽창함으로써 날아오르는 반면, 후자는 비움으로써 가벼워진다. 그러나 상승하는 운동성은 공통된 특징이다. 이 솟아오르는 가벼움과 비우는 가벼움의 운동성은, 이 살벌한 '도시'의 일상을 안간힘으로 버텨내고 그 현실로부터 자유롭고 싶어하는 시인의 시적 태도를 반영한다. '벗은 고산목'은 밀어낸다-부풀어오른다-타오른다-날아오른다-돌아간다-기다린다와 같은 술어를 중심으로 가볍게 비상하거나 연소하면서 변용을 거듭한다. 그 고산목이 "마지막까지 입고 있던 얇고 가벼운 영혼의 흰 옷"마저 벗어둔 채 돌아가는 "그 무엇의 품"은, 시적 자아가 나무, 새(물고기), 불 등으로 존재 전환을 거듭한 끝에 도달한 일종의 성소(聖所)와도 같다. 높이와 깊이, 가벼움과 어두움을 동시에 아우르는 이 고산목의 거처야말로 시인의 견딤과 사라짐의 열망이 응집된 곳이리라.

산의 정상에서 "그 무엇을 기다리며 바라보다가 마지막 남은" '눈썹'에 비유되는 고산목의 마디는, 역동적 상상력의 정점을 이룬다. 다른 시에서 "들어서기만 하면 어디론지 사라져 버릴 것 같고" "안쪽으로 들어갈수록 더욱더 들어가고 싶은"(「얼음 타기」) 산 속 '길'로 변용되기도 하고, "가장 깊은 곳에서 움직임을 멈추고 싶"(「날개 소리가 들린다」)은 '철새'의 욕망에 투사되기도 한다. 그와 같은 격절의 공간은 '(나)'의 반대점에 있는 '(무)'의 세계이자, 물질과 의식과 타자와 언어가 가진 각자의 '테두리'를 벗는 곳이기도 하다. 막바지에까지 쫓기는 삶의 절박함 속에서 비움으로써 솟구쳐오르는 윤종대 시인의 시적 초월의 순간은, 일체의 사회적, 윤리적, 정치적 요소가 배제된 순연한 자연의 공간에서 이뤄지고 있다. 이 투명한 즐거움이 바로 그의 시의 가장 감동적인 순간에 해당한다.

자연의 순환성과 영속성에 귀의함으로써 자신의 꿈을 완성하려는 윤종대 시인의 독특한 비전과 감수성은 기계적이고 불모화된 삶을 살아가고 있는 우리의 주목을 받을 만하다. 그리고 나는 글을 마무리하면서, 이 현상학적 자연주의자의 꿈에 현실의 구체성과 치열한 내면의 파토스가 담보되었을 때의 그 시적 울림을 떠올려본다. 그때 "한줌의 뼈가 세상의 어부로/ 다시 태어나"(「소금의 바다로 가고 싶다」)는 생성과 소멸의 감동적인 시적 리얼리티를 떠올려본다. 더욱 아름답지 않겠는가.

| 초고가 실렸던 발표 지면 |

제1부 시학의 깊이

소월시의 애매성과 모호성 『시의 아포리아를 넘어서』, 이룸, 2001 ; 『현대문학』 2002년 8월호

아브젝시옹(abjection)의 상상력_서정주의 『질마재 신화』를 중심으로 『한국시학연구』, 한국시학회, 2006

패러디 시학의 향방_1990년대 이후의 시를 중심으로 『한국언어문화』, 한국언어문화학회, 2005

병렬(parallelism)과 병렬의 시적 구조 『한국시학연구』 제9호, 한국시학회, 2003

알레고리의 유형과 변모 양상 『한국문학이론과 비평』 제21집, 한국문학이론과 비평학회, 2003

모더니티와 은유_'신시론' 동인의 『새로운 도시와 시민들의 합창』을 중심으로 『어문연구』 제25권 3호, 한국어문교육연구회, 1997

제2부 서정과 현실의 넓이

사랑의 권력, 사랑의 언어_우리 사랑시의 갈래와 욕망 『서정과 현실』 제2호, 2004

서정과 일상의 변주, 그 불완전의 시학_1990년대 시동인 활동의 위상 『향수는 자전거를 타고 와서』, 답게, 1994

일상, 신화, 디지털의 경계와 그늘_ 고운기, 이대흠, 이원의 시 인터넷 웹진 '시단' 5호, 2001

'자본주의의 약속'으로부터 추방당한 시인_함민복의 시 『현대시』 1995년 4월호

여성성의 귀환 혹은 비상(飛上)_이진명, 노혜봉의 시 『현대시학』 1994년 12월호 ; 『문학정신』 1994년 1월호

'광장'을 향해 다시 부르는 노래_임동확, 박해석의 시 『문학정신』 1993년 4월호 ; 『상상』 1995년 여름호

세 개의 시선과 세 개의 단평_박정대, 강윤후, 이기철의 시 『문학사상』 2000년 2월호 ; 『현대시』 1997년 6월호 ; 『유심』 2001년 봄호

제3부 해설의 둘레들

황홀(恍惚)과 수순(隨順)의 시학_황동규, 『겨울밤 0시 5분』(현대문학, 2009) 해설

꽃들의 아라비아_오세영, 『꽃피는 처녀들의 그늘 아래서』(고요아침, 2005) 해설

모종컵 속 빨간 토마토_조말선, 『매우 가벼운 담론』(문학세계사, 2002) 해설

시간의 나뭇잎 뒤에는_이사라, 『시간이 지나간 시간』(문학동네, 2002) 해설

중력의 사랑을 맛본다는 것_한영옥, 『비천한 빠름이여』(문학동네, 2001) 해설

물질적 욕망에 걸린 생(生)_주창윤, 『옷걸이에 걸린 양羊』(문학과지성사, 1998)

『작가세계』 1998년 가을호 서평

도망중인 푸른 어릿광대_김추인, 『모든 하루는 낯설다』(세계사, 1997) 해설

아이러니의 경쾌한 균형_박의상, 『라 · 라 · 라』(고려원, 1995) 해설

(나)와 (무) 사이에 (나무)가 있었다_윤종대, 『소금은 바다로 가고 싶다』(고려원, 1995) 해설

문학동네 평론집
파이의 시학

초판 인쇄 | 2010년 2월 12일
초판 발행 | 2010년 2월 19일

지은이 정끝별
펴낸이 강병선
책임편집 이연실 임혜지 오동규
마케팅 방미연 우영희 | 온라인 마케팅 이상혁 한민아
제작 안정숙 서동관 김애진 | 제작처 영신사

펴낸곳 (주)문학동네
출판등록 1993년 10월 22일 제406-2003-000045호
주소 413-756 경기도 파주시 교하읍 문발리 파주출판도시 513-8
전자우편 editor@munhak.com | 대표전화 031) 955-8888 | 팩스 031) 955-8855
문의전화 031) 955-8889(마케팅) 031) 955-2651(편집)
문학동네카페 http://cafe.naver.com/mhdn

ISBN 978-89-546-0936-4 03810

* 이 도서의 국립중앙도서관 출판시도서목록(CIP)은 e-CIP 홈페이지(http://www.nl.go.kr/ecip)에서
이용하실 수 있습니다.(CIP제어번호: CIP2010000358)

www.munhak.com